DE LA MÊME AUTRICE

Aux Éditions Gallimard

LE DON DES MORTS, 1991.

PASSAGES DE L'EST, 1992.

LE PRINCIPE DE RUINE, « L'un et l'autre », 1993.

LES TROIS MINUTES DU DIABLE, 1994 (« Folio », n° 2879).

VIOL, 1997 (« Folio », n° 3189).

D'AMOUR, 2002 (« Folio », n° 4188).

DIEU.COM, « Hors série Littérature », 2004.

LA FRAGA, 2005 (« Folio », n° 4517).

QUAND MÊME, « Le Manteau d'Arlequin », 2006.

CASTOR DE GUERRE, 2008 (« Folio », n° 4930).

NOUS, ON N'AIME PAS LIRE, « Hors série Connaissance », 2009.

LA VIE ÉCLAIRCIE, 2010.

SIBIR, 2012 (« Folio », n° 5947).

DISCOURS DE RÉCEPTION À L'ACADÉMIE FRANÇAISE, 2013.

L'ÉGLANTINE ET LE MUGUET, 2018 (« Folio », n° 6861).

ARMISTICE, *collectif*, 2018.

JOJO LE GILET JAUNE, « Tracts », 2019.

UN VIRUS ET DES HOMMES, *collectif,* « Tracts de crise », 18 mars-11 mai 2020.

PAROLE EN HAUT, SILENCE EN BAS, « Tracts », 2021.

Aux Éditions Flammarion

PAYSAGES DE RUINES AVEC PERSONNAGES, 1975.

LE VOYAGE D'AMSTERDAM OU LES RÈGLES DE LA CONVERSATION, 1977.

Aux Éditions Hachette (P.O.L)

LES PORTES DE GUBBIO, 1980 (« Folio », n° 2758).

Aux Éditions P.O.L

UN PRINTEMPS FROID, 1983 (« Folio », n° 4424).

LA VIE FANTÔME, 1986 (« Folio », n° 4187).

Suite des œuvres de Danièle Sallenave en fin de volume

RUE DE LA JUSTICE

DANIÈLE SALLENAVE

de l'Académie française

RUE DE LA JUSTICE

nrf

GALLIMARD

À la mémoire d'Augustine Girault-Lesourd (1810-1890), républicaine angevine, artiste-peintre, écrivaine, militante féministe, et de son combat en faveur de l'éducation populaire.

« Les morts sont des vivants mêlés à nos combats. »

VICTOR HUGO

« Le peuple et les parlementaires disent la République, la liberté, la Révolution ; mais ce n'est ni la même République, ni la même liberté, ni la même Révolution. »

CHARLES PÉGUY

Laurence Frémondière, née Cormeau,
1863-1939 (collection de l'autrice).

Ce livre répond à un projet que je nourrissais depuis quelque temps déjà : faire connaître une figure issue des profondeurs du petit peuple des bords de Loire, celle de mon arrière-grand-mère Laurence Frémondière, née Cormeau en 1863, qui travailla toute sa vie sur un bateau-lavoir dans la petite ville de Chalonnes-sur-Loire, et toute sa vie conserva sur sa cheminée, entre une statue bretonne de la Vierge à l'enfant et un volume des *Misérables*, une gravure encadrée des obsèques nationales de Victor Hugo.

Il me semblait que le moment était venu, dans cette période avancée de ma vie, de payer ma dette, de rendre ce que je dois à la lignée de ces modestes ruraux dont je descends, qui, avec la république, découvraient les idéaux d'égalité, de justice, d'instruction et de progrès. Découvraient aussi ce mirage qui devait leur donner tout : la modernité. Nés dans un monde marqué par la tradition et la répétition, et la méfiance du changement, ils devinaient soudain, confusément, que, pour leurs enfants plus que pour eux-mêmes, on pouvait *attendre quelque chose de ce monde-ci.*

Mais c'est un épisode de notre histoire récente qui m'a donné la certitude qu'il était urgent, et nécessaire, de le faire : le mouvement des Gilets jaunes. Avec eux, en octobre 2018, la nation et ses chefs, les « élites » et la classe moyenne découvraient dans la stupeur qu'après un long sommeil le temps était revenu des manifestations populaires spontanées, des communes et des jacqueries. Ce que visiblement les Gilets jaunes réclamaient, au-delà de la justice fiscale, c'était le droit à exister sur la scène politique et sociale, c'était leur droit à sortir de l'invisibilité, c'était leur droit d'être associés au changement et c'était, d'abord, leur droit à la parole. Une sympathie immédiate m'a rapprochée d'eux. J'étais chez moi. Je croyais entendre dans leurs propos la voix étouffée de « ceux qu'on ne connaît pas », de « ceux qu'on ne compte pas » (Victor Hugo, *Les Châtiments*, 1853), ce peuple d'« impropriétaires » dont je descends.

Au cœur de ce mouvement inouï, et qu'on n'attendait pas, il y avait d'abord ceci, qui dérange : des citoyens anonymes ne s'accommodent plus d'être oubliés dans la prise de décisions qui affectent toute leur vie. Et c'est justement ce qui marque, je l'ai découvert plus tard, la toute première manifestation des Gilets jaunes, où ce nom apparut pour la première fois. Ce n'est pas, comme on croit, le refus en octobre 2018 d'une nouvelle taxe frappant les carburants. C'est, quelques mois plus tôt, une protestation des riverains contre la gêne insupportable engendrée par une « ligne à grande vitesse », la LGB Paris-Rennes, pour l'établissement de laquelle ils se plaignent de ne pas avoir été consultés.

En faisant cette entrée imprévue et fracassante sur la scène sociale, politique, médiatique, en y faisant la preuve de leur intelligence, de leur combativité, malgré quelques dérives regrettables, les Gilets jaunes apportaient un démenti à l'idée régnant dans les sphères supérieures, de gauche comme de droite : « le peuple » n'existe plus, il a été remplacé par une population dépolitisée, plus soucieuse de consommation, de loisirs et de divertissements que de combats politiques et sociaux. Certains esprits critiques n'avaient pas manqué d'y reconnaître, à juste titre, l'effet d'une stratégie savamment orchestrée pour les besoins d'une économie reposant sur la croissance et le profit. Mais, que ce soit pour le déplorer ou s'en réjouir, le constat d'un prétendu asservissement du peuple aux satisfactions matérielles se colorait toujours d'une condescendance, d'une inconsidération pour la France des HLM et des pavillons. En somme, le mépris classique de la France d'en dessus pour la France d'en dessous, selon la belle formule de Jean-Pierre Salmon, une France tout juste bonne à être gouvernée — et à déposer un bulletin dans l'urne à intervalles réguliers. Et ne nous y trompons pas : toute occasion sera bonne pour la déconsidérer, si jamais elle veut de nouveau se faire entendre.

Le mouvement des Gilets jaunes venait ainsi révéler brutalement à une classe politique sidérée le retour d'exigences que l'on croyait disparues avec le progrès technologique et l'amélioration générale, encore qu'irrégulièrement répartie, des conditions de vie. Chez les Gilets jaunes, les justes revendications pour les salaires et le pouvoir d'achat ne masquaient nullement la volonté de se faire entendre, de prendre la parole et de participer à une cité démocratique autrement que par un bulletin de vote. Et même s'ils sont restés à distance de ce mouvement, n'est-ce pas ce que réclament nos concitoyens français d'origine, de culture ou de confession musulmane, qui souffrent eux aussi de se sentir incompris, rejetés, méprisés, mis à part de la communauté ?

Et dans le réveil, dans la surrection d'un peuple oublié, je reconnaissais soudain quelques-unes des très anciennes revendications dont étaient porteurs mes aïeux anonymes, qui en 1870 attendaient de la République, troisième de ce nom, qu'elle tienne enfin la grande promesse de 89 : justice, égalité, progrès, reconnaissance. Aller à la rencontre des Gilets jaunes sur les ronds-points, c'était revenir vers le monde où je suis née, et dont l'ensemble de mes expériences ne m'a jamais séparée. C'était retrouver ce petit peuple dont je suis issue : journaliers agricoles, vignerons, artisans, ouvrières d'imprimerie, qui avaient voulu que leurs enfants soient fonctionnaires, cheminots, instituteurs (mes parents) pour échapper à la précarité, à l'illégitimité, au silence. En les écoutant, je retrouvais ce que j'ai toujours ressenti, et que j'ai hérité de mes modestes aïeux des bords de Loire : une soif de justice, d'égalité, de reconnaissance, d'instruction.

Mieux : pour reprendre la belle formule d'Hervé Mazurel[1]*, j'avais senti qu'il y avait *un futur dans ce passé-là*.

Et c'est ainsi que, progressivement, mon projet a pris consistance et que ce livre est né. À travers la figure de mon arrière-grand-mère Laurence Frémondière née Cormeau, j'ai tenté de réveiller la mémoire de ces gens d'avant, gens d'en bas, injustement traités, injustement oubliés. Le poids sur leurs vies de l'Église et des châteaux. Leur difficile existence de travail, traversée et soutenue par de modestes espoirs, farouches, obscurs, indéracinables : l'égalité, la justice, le progrès, l'instruction. Autour d'eux, les forces conservatrices de la contre-révolution politique et sociale, mais aussi les voix de Victor Hugo, de Louise Michel, et celles des républicains et républicaines oubliés de la terre angevine. En fond de décor, un paysage, le bocage de la « Vendée angevine », la vallée de la Loire, et la rumeur du grand fleuve : au moment où commence ce livre, une brume lumineuse, transparente, se lève sur ses deux rives.

* Les notes appelées par des chiffres sont regroupées en fin de volume (*N.d.É.*).

Le 30 mars 1939, *Le Petit Courrier*[2] publie l'acte de décès de mon arrière-grand-mère « Laurence Veuve Frémondière, née Cormeau, 76 ans, demeurant rue de la Justice* à Chalonnes sur Loire, Maine et Loire ».

Vers le milieu du mois, en fin de journée, elle est remontée du lavoir municipal du quai Saint-Maurille en poussant une brouette chargée de linge mouillé. Comme chaque jour, elle s'est attardée un moment à l'étendre pour le faire sécher. En arrivant chez elle, elle frissonne, ce n'est rien, dit-elle, elle a juste pris froid, elle boit un peu de café au lait et va se coucher. Dans la nuit une forte fièvre la saisit. Appelé le lendemain, c'est une pneumonie, dit le médecin. Elle résiste un peu moins d'une semaine.

* Beaucoup de villes, même petites, ont une rue de la Justice, qui garde la trace des juridictions d'Ancien Régime. Celle de Chalonnes-sur-Loire dépend de l'évêché d'Angers. En dépendent aussi Rochefort et Saint-Laurent-de-la-Plaine. Il y a à Chalonnes un sénéchal, et un juge ordinaire, civil, criminel et de police. Les audiences ont lieu le mardi, jour de marché. Une centaine d'affaires par an, dettes, placements, tutorat. Les bateliers de Loire sont souvent en cause.

Garder toute sa vie sur sa cheminée la gravure encadrée des obsèques nationales de Victor Hugo, lorsque au demeurant on a toute sa vie travaillé sur un bateau-lavoir, c'est un hommage à la République autant qu'à l'auteur des *Misérables*. J'avais évoqué à plusieurs reprises la figure de mon arrière-grand-mère dans des livres précédents, mais sur le fond d'une grande ignorance. Jusqu'à ce que j'entreprenne ce travail, je ne connaissais pas la date exacte ni le lieu de sa naissance, et c'est le faire-part de son décès qui m'a fait retrouver sa dernière adresse, à Chalonnes, « rue de la Justice ». En cherchant un peu plus, j'ai découvert que cette rue descendait vers un quai de la Loire, autrefois quai Saint-Maurille, et que celui-ci avait pris en 1905 le nom de quai Victor-Hugo. Une espèce d'escorte soudaine, inattendue, fraternelle se levait autour de cette modeste proto-républicaine, mon arrière-grand-mère.

Née en 1863, morte en 1939, Laurence Cormeau a vécu toute sa vie sous la IIIe République, sa génération est la première dont toute l'existence s'est déroulée sous un régime républicain. Elle avait grandi dans un village des Mauges, au sud-ouest du Maine-et-Loire, peu favorable en 1870 à l'établissement de la république, une région marquée par le souvenir de la guerre de Vendée et par une puissante réaction religieuse et contre-révolutionnaire. Son père était tourneur sur bois, sa mère sage-femme et couturière, son mari roulier. Sa fille aînée, ma grand-mère, qui s'appelait aussi Laurence, et son petit-fils, mon père, furent tous deux instituteurs — instituteurs publics. Comme le fut aussi ma mère. Rien de plus inévitable — rien de plus conforme à leur idée d'une ascension sociale républicaine : à 20 ans, j'entrais à l'École normale supérieure.

Par ce geste, mon arrière-grand-mère devenait une figure représentative de ce monde d'en bas qui eut alors la conviction que son temps était venu, que la république serait l'« ascension du peuple », beau titre du livre de Roger Thabault, régulièrement cité, et salué, non sans parfois quelque condescendance[3]. Je tenais peut-être le moment où ma lignée de sans-pouvoir, cette population rurale pauvre, avait pensé que la république allait lui *faire droit* et l'arracher à des siècles de soumission. Michelet : « Venez voir, je vous prie, ce peuple couché par terre, pauvre Job, entre ses faux amis, ses patrons, ses fameux sauveurs, le clergé, la royauté. » De cela, je n'ai pas de confirmation, ni de témoignage, je le redis, mais juste cette preuve : la présence, sur une cheminée, *d'une gravure encadrée des obsèques nationales de Victor Hugo.* Dans son monde, le monde rural des bourgs et des villages — une ruralité tempérée et ouverte grâce aux échanges anciens de ces vallées viticoles —, la république fait peur, comme elle fait peur à Jean, le paysan de Zola jeté dans la guerre de 1870[4]. Et la classe dominante entretient cette peur. Il va donc me falloir trouver dans sa famille, avant sa naissance, puis autour d'elle, dans sa jeunesse, les raisons d'une adhésion qui ne devait certainement pas être partagée par tous.

Laurence et tous les siens appartiennent à un petit peuple de journaliers agricoles, de vignerons, d'artisans, de femmes de journée. Derrière elle : une longue lignée de ces anonymes qui peuplent indistinctement notre arbre généalogique, à nous autres qui en descendons et en sommes fiers. Péguy, *Note conjointe sur M. Descartes* : « L'homme se retourne vers sa race et aussitôt après son père et sa mère, il voit avancer ce front de quatre et aussitôt après, aussitôt derrière, il ne voit plus rien qu'une immense masse et une innombrable race, aussitôt après, aussitôt derrière, il ne voit plus rien. Pourquoi ne pas le dire, il s'enfonce avec orgueil dans cet anonymat. L'anonyme est son patronyme. L'anonymat est son immense patronymat. »

De ces ancêtres, qui appartenaient au peuple innombrable des gens modestes, des gens humbles, qui ne laissent pas de traces écrites, de journaux, de mémoires, nous n'avons que des souvenirs impersonnels, bientôt dissous, qui ne forment pas un ensemble articulé, cohérent. Le temps passe, les mémoires s'effacent en une, deux générations. Aussi loin que je remonte — mais je ne remonte, on l'aura compris, pas bien loin —, personne dans ma famille n'a jamais transmis quoi que ce soit d'un peu consistant : terre, maison, objets, meubles. Pendant longtemps, il y eut bien chez mes parents deux armoires au fronton sculpté, dont le bas était de bois plus clair, décoloré. Lors des grandes crues, qui recouvraient partiellement l'île de Chalonnes, où mon arrière-grand-mère vécut quelque temps, les habitants s'installaient à l'étage, souvent un simple grenier, en attendant la décrue, sauvant ce qui pouvait être sauvé. Les meubles ne pouvaient pas être déplacés. Mais rien ne prouve que ces crues eurent lieu de son temps, les meubles avaient peut-être été achetés dans cet état, marqués par les inondations de 1856 et 1866.

À sa mort, elle ne laissa rien. Comme tous ceux qui l'avaient précédée. Si, tout de même : ce miroir, encadré de bois doré, accroché au mur de la pièce où je travaille en ce moment. En lisant Gracchus Babeuf, j'ai trouvé le mot qui convient à leur situation. Il est rare, il apparaît une fois ou deux au début de la Révolution. C'est le mot d'« impropriétaires ». Mon arrière-grand-mère et tous les siens appartenaient à la *classe des impropriétaires*.

Les impropriétaires : chose énorme que de soulever la question de la propriété, ce que fait Babeuf. Il se met d'emblée en porte-à-faux avec la Révolution. Déclaration des droits de l'homme et du citoyen de 1789, article 2 : « Le but de toute association politique est la conservation des droits naturels et imprescriptibles de l'Homme. Ces droits sont la liberté, la propriété, la sûreté, et la résistance à l'oppression. » Dans la revue *L'Histoire*, Alain Plessis écrit en 2016 : « En proclamant les Français égaux devant la loi tout en reconnaissant le caractère "*inviolable et sacré*" du droit de propriété, la Révolution française a favorisé l'épanouissement d'une société où l'argent joue un rôle éminent, et qui demeure de ce point de vue fort inégalitaire. » Vers 1880, une grande partie des adultes décédés, près des trois quarts dans les grandes villes, ne laissent rien à leur mort. Le « droit à l'existence » devient ainsi la seule propriété des impropriétaires.

Selon Babeuf, les débuts de la Révolution ont été suivis d'une trahison rapide, originelle et jamais rattrapée. « Qu'est-ce que le droit de propriété ? Une des plus déplorables créations de l'erreur humaine [... d'où] découlent tous nos vices, nos passions, nos crimes, nos maux de toutes espèces. » Mais il ajoute que, si ancienne soit-elle, aucune injustice n'est indéracinable. La preuve : la Révolution à ses débuts ! D'où cette idée : « Faites beaucoup d'impropriétaires, abandonnez-les à la dévorante cupidité d'une poignée d'envahisseurs, les racines de la fatale institution de la propriété ne sont plus inextricables. Bientôt les dépouillés sont portés à réfléchir et à reconnaître que c'est une grande vérité, que les fruits sont à tous et la terre à personne ; que nous sommes perdus pour l'avoir oublié*. » C'est la leçon de Rousseau, à laquelle il se veut fidèle, dans le fracassant début du « deuxième Discours », le *Discours sur l'origine et les fondements de l'inégalité parmi les hommes* (1755) : « Le premier qui,

* Proudhon dira à peu près la même chose en 1840, dans *Qu'est-ce que la propriété ?*. Il attaque violemment « la rhétorique des nouveaux législateurs » qui ont rédigé la Déclaration : « Tous les hommes sont égaux par la nature et devant la loi ; déclaration ambiguë et redondante. Les hommes sont égaux par la nature : est-ce à dire qu'ils ont tous même taille, même beauté, même génie, même vertu ? Non : c'est donc l'égalité politique et civile qu'on a voulu désigner. Alors il suffisait de dire : tous les hommes sont égaux devant la loi. Mais qu'est-ce que l'égalité devant la loi ? [La Déclaration] suppose une inégalité de fortunes et de rangs à côté de laquelle il est impossible de trouver l'ombre d'une égalité de droits. »

ayant enclos un terrain, s'avisa de dire : Ceci est à moi, et trouva des gens assez simples pour le croire, fut le vrai fondateur de la société civile. Que de crimes, que de guerres, de meurtres, que de misères et d'horreurs n'eût point épargnés au genre humain celui qui, arrachant les pieux ou comblant le fossé, eût crié à ses semblables : Gardez-vous d'écouter cet imposteur ; vous êtes perdus, si vous oubliez que les fruits sont à tous, et que la terre n'est à personne. » On lit toujours Rousseau aujourd'hui, parfois pour *Le Contrat social*, parfois pour s'inspirer de la moins légitime de ses thèses, sa vision des femmes, rarement pour le deuxième Discours : on peut se demander pourquoi.

Car aujourd'hui, sauf erreur, une réflexion radicale sur les inégalités ne peut qu'aborder la question de la propriété (privée). À la suite d'un premier ouvrage, *Le Capital au* XXIe *siècle*, l'économiste Thomas Piketty présentait en 2019 son nouvel essai, *Capital et idéologie*, où il se propose d'étudier « l'histoire des systèmes de justification de l'inégalité » : il y suggère entre autres « de dépasser le régime de la propriété privée, et de la remplacer par la propriété sociale et temporaire ».

Restons encore un moment avec François-Noël Babeuf, dit Gracchus Babeuf, né près de Saint-Quentin. Terrassier à l'âge de 12 ans pour les travaux du canal de Picardie, puis géomètre, il lit Rousseau, se prononce pour la collectivisation des terres et l'abolition de la propriété, devient journaliste et ami de Marat en 1790. En 1794, il fonde *Le Tribun du peuple* ou *Le Défenseur des droits de l'homme*, continuation du *Journal de la liberté de la presse* lancé le 3 septembre et dont il change le titre le 5 octobre[5]. C'est avec cet instrument qu'il tente d'organiser son combat dans la guerre « perpétuelle » des riches contre les pauvres. Il déclare que « le christianisme et la liberté sont incompatibles ». Jacobin, il réprouve la Terreur et qualifie la répression en Vendée de « populicide ». Dans *Le Tribun du peuple*, il écrit : « Les gouvernants ne font des révolutions que pour gouverner. Nous en voulons enfin une pour assurer à jamais le bonheur du peuple, par la vraie démocratie. » Pendant la réaction thermidorienne, il fonde et dirige la « Conspiration des égaux » qui vise à prolonger l'action de la Révolution. Arrêté, il est transféré à Vendôme, par prudence. Condamné à mort, il se frappe d'un stylet et il est guillotiné mourant le 8 prairial an V, 27 mai 1797.

Mon arrière-grand-mère, une babouviste ? Certes, non. Et il est probable qu'autour d'elle on avait la crainte des « partageux », même lorsqu'on n'avait rien à partager, puisqu'on n'avait rien. Mais c'est un fait : ce sont des impropriétaires qui, à la fin du XIXe siècle, assurent les bases d'une République conservatrice*, qui fait du droit de propriété un droit inaliénable, une République décidée à « réprimer, avec énergie, toute tentative d'agitation ou de désordre** ». Et il est clair que mon aïeule et ses semblables auraient lu avec satisfaction ces mots du *Manifeste des plébéiens* : « Tout ce qu'un membre du corps social a au-dessous de la suffisance de ses besoins [...] est le résultat d'une spoliation [...]. Tout ce qu'un membre du corps social a au-dessus de la suffisance de ses besoins [...] est le résultat d'un vol [...] Marchons franchement à l'égalité. »

* « La République sera conservatrice, ou elle ne sera pas. (*Sensation.*) » (Thiers, Assemblée nationale, 14 novembre 1872.)

** Charles Dupuy, président du Conseil, devant la Chambre des députés, le 22 novembre 1893, à l'occasion de la rentrée parlementaire.

Le peu que je sais d'elle, je le tiens de mon père, son petit-fils. Son courage quotidien, ses saillies, ses traits de langage, son inaltérable bonne humeur, forment un vif contraste avec la mélancolie qui a marqué de ses sombres traits le monde de mon enfance, le caractère de mes parents, la couleur même des jours. Pourquoi était-elle tonique et courageuse ? À cause de quoi ? Malgré quoi ? Que s'est-il donc passé, ensuite, pour que cette confiance s'efface ?

Qu'avait-elle appris à l'école, auprès de pauvres bonnes sœurs à moitié incultes et désespérément pieuses ? Lisait-on des journaux, dans sa famille, plus tard dans son foyer ? Je ne sais dans quel roman paysan des années 1880, de jeunes soldats envoyés faire la guerre en Crimée par « l'empereur », Napoléon III, pensent qu'il s'agit du premier de ce nom. Pouvoir, savoir, vouloir mènent le monde, a dit Victor Hugo. Mais mon arrière-grand-mère, et les siens, les impropriétaires, que savaient-ils, que voulaient-ils, que pouvaient-ils ? Des grands événements qui ont marqué le moment de sa naissance, et par la suite, du grand déroulement de l'histoire, elle n'a rien su. Elle est allée peu de temps à l'école, elle n'a pas voyagé. Le monde se développe loin d'elle et des siens, de leur vallée, de leur bourg, de leurs bonheurs et de leurs tourments. Des événements de leur monde, qui en a connaissance, dès qu'on s'éloigne un peu ? Et cependant tous, tant qu'ils sont, subissent l'effet de la grande histoire, qui gronde au loin et parfois s'abat sur eux. Rien ne peut m'émouvoir davantage que de songer à l'ignorance où sont alors plongés les « gens d'en bas », et leur désir d'en sortir. Ma soif inapaisable d'apprendre est comme la revanche que je veux leur donner.

Si je cherche un peu, je ne trouve que ceci, qui la dépeint sans lui appartenir en propre ; elle a été peu de temps à l'école, elle s'est mariée jeune (en 1881, à 18 ans), elle n'a jamais pris sa retraite. Mais ce qu'elle sait, ce qu'elle pense ? Ce qu'elle veut ? « Bonne année, bonne santé, l'paradis à la fin d'vos jours » ? Et ses rêves ? « Travailler, manger son pain, avoir un trou à soi, élever ses enfants, mourir dans son lit », les mots que prête Zola à Gervaise ?

Je ne sais pas. Et pourtant, je m'obstine. Il le faut. Il est temps. Nous autres, n'avons-nous pas involontairement partagé une profonde inconsidération des plus humbles, des « sans parts », tout en voulant que s'améliorent les conditions de leur existence, et dans la mesure même où nous le voulions ? Nous ne voyions même pas de quel poids pèse sur eux le nom que leur attribue, pour rendre compte de leur place en son sein, une société foncièrement inégalitaire, et soumise à l'impitoyable classement économique. Des gens « simples[6] », des gens « modestes », des « humbles »... Tous qualificatifs empoisonnés par leur héritage religieux. Modeste et humble, c'est ce que l'homme doit être devant Dieu. Modestes et humbles, c'est ce que doivent demeurer ceux qui sont « sans », sans pouvoir, sans savoir, sans nom, sans héritage, sans propriété. Je voudrais ne plus avoir jamais à utiliser ces mots : modestes, humbles. Encore faudrait-il que j'en trouve d'autres. Je pourrais reprendre à ceux qui en faisaient un terme de mépris le beau mot de « gueux » — les pauvres gens, ceux, dit Guez de Balzac, « qui n'ont pas de quoi vivre selon leur état, leur désir ». Mais il est devenu le synonyme d'une misère et d'un dénuement tout à fait étrangers à ceux dont je me réclame. C'est pour cette raison que dès le début je me suis emparée de ce terme : « impropriétaires ».

En 1870, la république s'installait en France, sur le fond d'une trahison, d'un désastre militaire et de l'occupation d'une partie du territoire. Et si elle va parvenir à durer soixante-dix ans, c'est grâce à l'appui que les élites conservatrices vont trouver dans le peuple. Ce peuple, qui va se réconcilier avec la République, ce n'est pas le peuple ouvrier, écrasé par deux fois, en juin 48 et en mars 71 avec la Commune. C'est la ruralité : « La République sera rurale ou ne sera pas », dit Jules Ferry. Ce peuple rural, majoritaire en France, qui avait soutenu le coup d'État de Louis Napoléon Bonaparte, et en février 71 encore envoyé à l'Assemblée une majorité hostile à la république.

En 1871, la République conservatrice et modérée joue une forte partie. Pour se la concilier, elle va séparer la ruralité, classe paisiblement laborieuse, dont elle approuve la modération, de la classe ouvrière, « classe dangereuse » dont elle redoute les révoltes. Et veiller à ce que ne se réalise pas l'union des parties séparées du peuple, le monde rural et le monde ouvrier. Comme au lendemain de la Commune elle s'efforcera de maintenir à distance les revendications ouvrières et d'effrayer le peuple rural avec le spectre de « la sociale ».

Mais la ruralité, qui s'était ralliée à Napoléon III par peur des « partageux » et des communards, ne souhaitait cependant pas le retour de l'ancienne société par ordres. Ce peuple-là, depuis 89, est passé définitivement de l'autre côté. C'en est fini du règne des notables, et de tout ce que légitiment l'ordre social et la religion[7]. On continuait de tirer son chapeau à « not' maître » mais en le soulevant un peu moins haut, dit George Sand dans *Le Meunier d'Angibault*.

C'est tout un peuple qui découvre timidement les voies de l'émancipation. Un mot inconnu de lui, sans doute trop grand. La contre-révolution l'avait replacé sous différentes tyrannies, et soudain le peuple devine une vie nouvelle, il la sent vibrer, circuler, comme une sève invisible derrière l'écorce.

Ce que la République conservatrice ne voit pas, c'est que toute une partie de ce peuple a pris au pied de la lettre les proclamations d'attachement à la « Grande Révolution » que les gouvernants multiplient dans les discours et les cérémonies officielles. Un peuple attend depuis la Révolution l'abolition de vieux privilèges, et la réparation de longues injustices. Méditons un instant sur ce que signifie l'adhésion de ces gens simples à la République. Cela signifie que le peuple et la République, à ce moment-là, ne font qu'un, comme aux premiers temps de la Révolution. D'une masse composite, hésitante, fluctuante, un peuple va surgir. Mon idée, c'est ça : mes ancêtres ont surgi avec elle. Le « peuple », c'est ce qui n'existait pas avant la Révolution. Selon la célèbre formulation de Sieyès : qu'est-ce qu'était jusqu'à présent le tiers état dans l'ordre politique ? Rien. Mais que demande-t-il ? À y devenir quelque chose.

Si une partie du peuple rural, sinon sa majorité, va rallier la République, c'est parce qu'il pense trouver en elle l'accomplissement de la « splendide promesse faite au tiers état », pour reprendre les mots du poète Ossip Mandelstam, mort au goulag, dans son poème réquisitoire contre Staline, qu'il accuse de l'avoir trahie. L'espoir de ne plus être condamné à vivre dans un monde où ceux d'en haut pensent qu'ils ont de toute éternité le droit d'y être nés et d'y rester. De ne plus être condamné à vivre dans un monde inégalitaire où la loi s'accommode du privilège, de l'exception et même de l'arbitraire. Quand je me demande ce que je dois à ce petit peuple-là, dont je descends, je trouve cela précisément : mon rejet de l'exception, ma haine de l'arbitraire ; je leur dois de me répéter toujours dans les moments d'incertitude politique, de drame, de crises inattendues que la loi est « la même pour tous, soit qu'elle protège, soit qu'elle punisse » ; et de vouloir en finir avec les inégalités sociales et économiques parce qu'elles font de cette promesse d'égalité un mensonge et une hypocrisie.

Le petit peuple se met aussi à rêver d'ascension sociale. Et ce que le peuple mettait sous ce mot, ce ne sont pas les places, l'argent, le pouvoir. Une amélioration des conditions de vie, sans doute, mais surtout la reconnaissance. Sortir non de l'anonymat mais de l'illégitimité. Et aussi l'égalité, le suffrage « universel ». Que vomit un monarchiste intransigeant, catholique et polémiste de talent, Barbey d'Aurevilly, l'homme aux yeux de qui la Révolution a ouvert dans l'histoire de France « une ornière sanglante », « à moins pourtant que dans ce monde du devenir de Hegel et du *Ça ira* des Sans-Culottes, il n'entre dans la caboche humaine l'idée — très digne d'elle — qu'à l'aide de l'éducation et de la science, on peut tirer de la fange de leur animalité les chiens et les singes et les faire entrer avec nous — et au même titre que nous, — dans l'immense et imbécile farandole du Suffrage universel ! » (*Les Bas-Bleus*).

Cette IIIe République, qui pourtant ne remet pas en cause le droit de propriété, ni la suprématie bourgeoise, semble avoir réveillé le souvenir des magnifiques premiers mois de 1789. Le 14 juillet, la prise de la Bastille, ce « symbole anachronique, lugubre, froid et menaçant », dont les cahiers de doléances de la capitale demandent la destruction, cette figure de pierre « qui se dresse face aux quartiers ouvriers et populaires de Saint-Antoine et de Saint-Marcel, cœur de l'insurrection »[8]. Et la nuit du 4 août : quand, pour calmer la colère du peuple qui se rue contre les affameurs, l'Assemblée nationale vote la fin des privilèges. C'est l'égalité sur le plan des droits de l'homme, donc une égalité juridique, au sein d'une inégalité générale, politique, sociale, économique, culturelle*.

Et une revendication beaucoup plus ancienne, restée longtemps informulée : la demande de justice. Clemenceau l'a bien compris : « La grande formule de la Révolution — Liberté, Égalité, Fraternité — qui contient dans ces trois mots tous les Droits de l'homme, toutes les réformes sociales, tous les préceptes de la morale, se résume dans une formule plus brève encore, la Justice**. » Liberté : sans doute, sur le tableau de Delacroix, c'est une « femme du peuple » qui tient le drapeau de la liberté. Mais quel sens concret, politique, ces mots pouvaient-ils avoir pour mon arrière-grand-mère, dans les années 1880 ? « Les hommes naissent et demeurent libres et égaux en droit » ? Laveuse sur les bords de Loire, elle voit bien comment on s'adresse à elle quand elle vient prendre ou rapporter le linge. Elle est née et elle vit au sein d'une société inégale, hiérarchisée, divisée, mais elle est armée de cette certitude nouvelle que le travail, l'honnêteté, le courage, lui donnent le droit de soutenir le regard de ceux qu'anime, dans sa variante moderne, flatteuse et hypocrite, le « préjugé nobiliaire ». Peut-être sait-elle aussi que c'est aux siens qu'incombera la tâche de le faire disparaître. Comme dit Benjamin Constant, persuadé que « l'inégalité nobiliaire est un fléau » : « Ce n'est pas de ceux qui en profitent que j'attends la délivrance... Je l'attends des progrès de la raison, non dans une caste mais dans la masse populaire où réside la force[9]. »

Le mot de justice est sans équivoque. Condorcet : « si l'on me demande quelle est la première règle de la politique ? *C'est d'être juste*. Quelle est la seconde ? *C'est d'être juste*. Et la troisième ?

* Le 14 juillet 1880, inauguration du monument à la République. La statue de la République représente Marianne, l'équerre à niveau est le symbole de l'Égalité.

** C'est du reste le nom du quotidien qu'il fonde et qui paraît pour la première fois le 13 janvier 1880. Le rédacteur en chef en est Camille Pelletan, venu du *Rappel*. Le 7 janvier 1881, Charles Longuet, gendre de Karl Marx, y décrit l'enterrement de Blanqui, comme l'« un des spectacles les plus extraordinaires et les plus émouvants auxquels nous avons jamais assisté ».

C'est encore d'être juste ». Le désir de justice est ancré en l'homme — au sens générique ; y compris chez ceux qu'on tient pour les plus éloignés de la vie politique, intellectuelle, sociale. Après son voyage auprès des bagnards de l'île de Sakhaline, Tchekhov note ceci : dans le cœur du plus déshérité ne subsiste qu'une chose, dit-il, un désir farouche, insatiable, de justice. Pour l'homme d'en bas, « si la justice n'existe pas parmi les hommes placés au-dessus de lui, alors d'année en année il tombera dans l'amertume et l'extrême scepticisme[10] ».

À cette soif de justice, il faut associer la soif de dignité. Dignité : mot que sa captation religieuse a rendu suspect aux yeux de beaucoup et qui pourtant pourrait se résumer dans la formule de Kant, « Toute personne existe comme une fin en elle-même », complétée par celle-ci, il faut traiter l'humanité « aussi bien dans ta personne que dans la personne de tout autre ». Le mot est partout maintenant, alors qu'il a beaucoup tardé à s'inscrire dans le droit, même si le décret Schœlcher du 27 avril 1848 abolissant l'esclavage énonçait déjà que « l'esclavage est un attentat contre la dignité humaine »[11].

Dignité, et reconnaissance : être reconnu dans ce qu'on est, si obscure en soit la perception, c'est là où les humbles de 1870 rejoignent ceux de notre début de XXIe siècle. Je l'ai dit en commençant : ce que les Gilets jaunes nous ont révélé à l'automne de 2018 sur leurs ronds-points, c'est justement qu'ils souffraient d'un déni de reconnaissance. Par où il faut entendre le désir de chacun, notamment dans le travail, de se sentir « considéré comme utile à la collectivité, et capable de lui apporter sa contribution ». En même temps qu'une demande d'égalité dans la sphère des relations juridiques. « Chacun doit pouvoir sentir qu'il a les mêmes droits que les autres individus, pour développer ainsi le sentiment de respect de soi[12]. » Mais ce désir de reconnaissance que les Gilets jaunes ont exprimé jusque dans leur défiance envers les modes traditionnels de représentation politique, il se peut qu'on le retrouve dans ce qu'on nomme la « ghettoïsation des banlieues », ou encore le « communautarisme » ou « séparatisme » musulman. Même s'il s'exprime différemment. C'est ce que nous révèlent les travaux de Samia Langar dans « L'islam et l'école, une "affaire française"[13] », inspirés sur ce point par le livre d'Axel Honneth *La Lutte pour la reconnaissance*[14]. Ceux qu'on accuse d'un rejet en sont d'abord l'objet, et les victimes. Qui les entend ? Qui les écoute ?

Autour de ce noyau incandescent, qui rougeoie dans l'ombre et ne se formule pas toujours, de grandes idées rayonnent : le progrès, la nation, la patrie. Et l'instruction, qui permet de monter en dignité, l'ignorance étant une marque d'infériorité. C'est ce qui ressort d'innombrables récits, autour de ces temps-là. Jean, le paysan-soldat de Zola, dans *La Débâcle*, se sent intimidé par Henriette, d'une classe sociale un peu au-dessus de lui, surtout parce que « à peine savait-il lire et écrire ». L'instruction, c'est d'abord cela : ce n'est pas ce qui vous fait sortir de la pauvreté, ou « monter » dans la société, c'est ce qui vous fait sortir de la « honteuse ignorance ».

D'où la fierté des villageois quand l'instruction prend une forme concrète, qui s'inscrira jusque dans la figure des villages et leur architecture, avec l'extraordinaire mouvement de construction d'écoles sur tout le territoire. Rien ne peut me toucher davantage que ce beau mot d'école, qui n'est ni une chose ni un lieu mais les deux à la fois : un endroit où se réunissent deux générations autour de l'idée fondatrice que l'une doit enseigner et l'autre apprendre. Tout peut y servir : j'ai le souvenir d'avoir vu dans le nord de l'Inde un ancien bassin pour les éléphants, aujourd'hui asséché, dans l'ombre des pipals. Un groupe d'enfants était assis sur les marches, l'ardoise aux genoux, le maître écrivait à la craie sur le mur du fond ; des voix douces se croisaient, j'étais chez moi. D'où l'émotion que me donne ce grand remuement de la fin du XIXᵉ, cet espoir en l'instruction, par où sera reconnue l'égale dignité de tous, et comblé le fossé qui sépare ceux qui savent de ceux qui ne savent pas. Peu de pages de la littérature me parlent plus que celle de *L'Assommoir* où les invités à la noce de Gervaise, la blanchisseuse, défilent au Louvre devant des tableaux qui ne leur disent rien[15]. Il naît alors une demande d'instruction comme on n'en connaîtra plus. D'une instruction dont on sait, confusément parfois, qu'elle libère. Ce temps-là, cette espérance-là ne sont plus. Là encore, le monde moderne a trahi une espérance native en se donnant d'autres horizons, la croissance, la consommation. La République, en laissant faire, ne devinait-elle pas qu'elle trahissait les siens ? Et perdait ses plus puissants appuis ?

Le peuple veut justice, dignité, reconnaissance, instruction, mais que veut pour lui la « république des élites » ? Les élites s'efforceront toujours de limiter les effets d'une émancipation qui mettrait en péril une domination à laquelle il n'est pas question de renoncer.

Commence alors le temps des malentendus, des illusions, des duperies. Le nationalisme, qui mènera à une guerre que le peuple, dans sa majorité, refuse. L'ambition coloniale, qui entretient un sentiment de supériorité du conquérant bien utile pour refuser les revendications des dominés. Un suffrage dit universel, mais qui exclut la moitié du genre humain, les femmes. Une citoyenneté qui exclut les « indigènes » outre-mer, une inégalité sociale et économique révoltante (Jaurès : « Souverain dans l'ordre politique, le citoyen est dans l'ordre économique réduit à une sorte de servage »). En résumé : un universalisme essentiellement blanc et masculin, une école qui perpétue un système à deux vitesses, un progrès reporté à l'infini, une idée de la patrie mêlée à un nationalisme revanchard, une laïcité qui doit s'imposer face à la reconquête catholique, une espérance de vie encore très basse*.

* En France, vers 1901, la mortalité infantile est de 143 ‰ en moyenne. L'espérance de vie moyenne (hommes et femmes confondus) est d'environ 48 ans en 1900.

Très vite, le système suscite du mécontentement. Est-ce qu'on peut se contenter de voter tous les quatre ans ? Ce n'est pas un Gilet jaune qui parle, ni Mendès France en 1958. C'est Clemenceau, en 1891, après que l'armée a tiré sur une manifestation pacifique de grévistes : « Vous avez cru qu'il suffirait de leur dire : Vous êtes souverains tous les quatre ans, le jour où vous déposez un bulletin de vote dans l'urne. (*Applaudissements sur divers bancs, à gauche.*) Et vous avez pensé qu'ils se contenteraient de cette part congrue de souveraineté ? Quelle erreur ! Qui de nous s'en serait contenté ? Assurément, ce n'est pas moi. »

Il y a plus.

En rejetant « la sociale », la République de 1870 refusait aussi ce dont était porteur le monde ouvrier : solidarité, sens du devoir, profonde compréhension du poids de la misère, et désir confus d'émancipation. Valeurs communes, du reste, à ceux qui sont « sans » : sans pouvoir, sans nom, sans héritage, sans propriété. Et qui ont forgé entre eux cette « grande fédération des douleurs », comme dit Vallès. Mais en choisissant de s'appuyer sur la France rurale, la République prenait-elle la mesure de ce qu'était cette France ? Ces paysans qui la peuplent, laboureurs, métayers, journaliers, rouliers, elle redoute leur opposition, souhaite leur appui, mais en dehors d'un attachement à la terre qui rassure les propriétaires, d'une religiosité qui semble calmer toute velléité de subversion, qu'est-ce que les républicains « modérés » savent d'eux ? Que savent-ils de ce qu'ils apportent à la république naissante ? Des plus humbles, des plus modestes, ils approuvent la résignation qu'ont enseignée des siècles de soumission à un ordre impitoyable, social, politique, religieux. Une soumission rassurante, pour les possédants, aux lois implacables de la nécessité, de la pauvreté, de la misère parfois. Mais ce regard dur que d'en haut ils font peser sur les humbles, mesurent-ils quel effet il produit, quelles rancœurs il suscite, quelle soif de justice il éveille ? Grave, dangereuse erreur des élites ! S'appuyer sur « le peuple » mais ne pas comprendre ni accepter le monde dont il est porteur, comment cela n'aurait-il pas eu de conséquence pour la République ?

La Révolution, dès ses débuts, comme la gauche plus tard, avait fait preuve du même aveuglement. Les conservateurs chérissent dans le peuple son apparente soumission, sans voir les ferments de révolte qui s'y cachent. La Révolution, puis la gauche continueront longtemps de voir dans les paysans (tant qu'il y en aura) des fils de Vendéens, des chouans, frappés d'un traditionalisme congénital, rebelles à la modernité, fermés à toute perspective d'arrachement et même de progrès.

C'est ainsi, au bout du compte, que se met en place, à gauche autant qu'à droite, un mépris, une méconnaissance du monde « d'en bas ». Dont à droite il faut entretenir la résignation, tandis que, à gauche, on doit l'arracher à son arriération.

Et tout au long de sept décennies, qu'il s'agisse du peuple rural ou du peuple des faubourgs, il manquera à la République de comprendre quelle était cette force qu'elle mettait à son service (ou s'employait à contenir).

Cette force vitale, ainsi l'exalte Michelet : « Souvent aujourd'hui l'on compare l'ascension du peuple, son progrès, à l'invasion des Barbares. Le mot me plaît, je l'accepte... Barbares ! Oui, c'est-à-dire pleins d'une sève nouvelle, vivante et rajeunissante. Barbares, c'est-à-dire voyageurs en marche vers la Rome de l'avenir, allant lentement, sans doute, chaque génération avançant un peu, faisant halte dans la mort, mais d'autres n'en continuent pas moins. Nous avons, nous autres Barbares, un avantage naturel ; si les classes supérieures ont la culture, nous avons bien plus : de la chaleur vitale*. »

* On mesure tout ce qui sépare Michelet d'un Saint-Marc Girardin qui, dans le *Journal des débats* du 8 décembre 1831, écrit : « Les "barbares" ne sont ni dans les montagnes du Caucase ni dans les steppes de la Tartarie mais dans les faubourgs de nos villes manufacturières. »

Sur les photographies, elle montre un corps robuste, qui s'est épaissi avec l'âge, un visage rond, qui ne sourit pas. Mais à cette époque et dans sa classe, on ne sourit pas sur les photographies.

J'imagine parfois, moi qui ne l'ai pas connue, que je suis assise à côté d'elle, en fin d'après-midi devant la cheminée. Il ne m'est pas difficile de savoir de quoi nous pourrions parler, les questions qu'elle me poserait, celles qu'à mon tour je lui poserais. Mais est-ce que je peux l'imaginer, assise à côté de moi, devant l'écran d'un téléviseur, tandis qu'on montre aux nouvelles du soir « une de ces villas dont on rêve, *avec une piscine à débordement* » (octobre 2021) ? Je vois son visage interrogatif qui se fronce, soudain traversé d'un éclat de rire : Ah ben ça alors ! (Un silence.) Mais qu'ils sont bêtes ! dit-elle.

Ainsi parle Emerence, l'inoubliable servante du roman de Magda Szabó, *La Porte*. Qu'ils sont bêtes ! dit Emerence, qui se ferait tuer pour eux, mais n'a aucune complaisance pour le mode de vie d'un couple d'écrivains hongrois, des bourgeois, chez qui elle travaille. Qu'est-ce que c'est que ces façons de vivre ?

Comme de son expérience, de sa vie, de son corps, je ne sais presque rien, je recours à quelques figures pour m'aider. Celle d'Emerence, justement, ou encore celles d'Honorine et de Ragotte, les « femmes du peuple » que Jules Renard a si bien su entendre et faire parler[16].

Et, au moment où j'entreprends cette descente dans une vie chargée d'énigmes, je me sens puissamment aidée par la vague d'une pandémie encore hors de contrôle (septembre 2021) qui m'a fait revenir à mes années d'enfance provinciale, rurale. Il me suffit de laisser retomber le loquet d'une ancienne porte de grenier, dans la maison de village où je me suis retirée, pour retrouver sa figure et la figure de son temps et de ses rêves. C'est alors sa maison que je vois, dans le quartier Saint-Maurille à Chalonnes-sur-Loire, et la précédente « dans l'île » où elle s'était établie après son mariage en 1881. Au bruit que fait la barre de métal retombant dans son support, il me semble que je saisis tout, le monde qui l'entoure, sa saveur, son odeur, cette intime familiarité avec la vallée de la Loire et son grand fleuve, la brume d'hiver sur les peupliers des deux rives, l'église sur la butte, la lumière des soirs d'été, et j'imagine, une fois encore, son retour du lavoir dans la petite maison de la rue de la Justice. Elle marche le long du quai. Je vois ses pieds gonflés, ses pantoufles dans des sabots. L'ombre descend, avec la fin du jour et le désir de repos. Un chat saute d'un mur en froissant le feuillage puis détale à travers la rue pour disparaître dans un jardin. Elle est arrivée. Elle pousse la porte, après avoir « de son doigt tordu par les lessives[17] » ôté quelques fleurs fanées aux géraniums sur sa fenêtre.

Son mari, Jacques-Jean, est déjà rentré. Son front marqué d'une ligne rouge laissée par sa casquette paraît très blanc au-dessus de ses joues colorées par le soleil et le vent.

Plus tard, assis de part et d'autre de la table étroite, ils mangent silencieusement une salade de haricots verts à la vinaigrette, accompagnée d'un œuf dur. Sur la cheminée, entre deux bougeoirs, une gravure encadrée reçoit les derniers rayons du soleil. La fenêtre est ouverte, et il monte du quai de la Loire une rumeur de vent, de branches froissées et l'odeur de l'eau. Puis la nuit tombe et ils vont se coucher.

Demain est un autre jour.

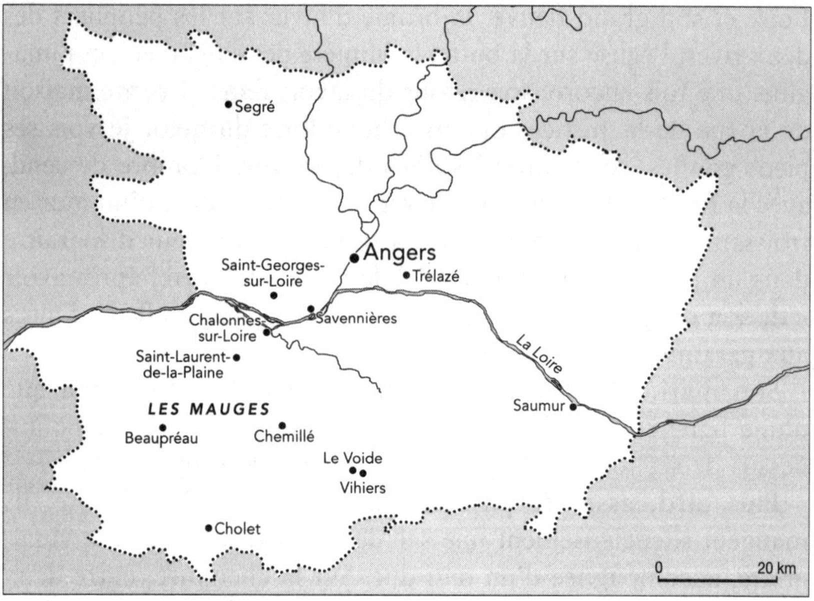

Carte du Maine-et-Loire.

D'abord, élargir le champ : commencer par un paysage, le bocage de la « Vendée angevine », lieu de sa naissance, puis la vallée de la Loire, et Chalonnes, « ville bleue » sous la Révolution. Michelet : « Vive verdure en août comme en mai, des fruits, des arbres. Si vous regardez du bord, l'autre rive semble suspendue en l'air, tant l'eau réfléchit fidèlement le ciel : le sable au bas, puis le saule qui vient boire dans le fleuve ; derrière, le peuplier, le tremble, le noyer et les îles fuyant parmi les îles. Molle et sensuelle contrée[18] ! » Ce paysage aussi fait partie de mon héritage, il est comme l'arrière-plan secret des grandes villes où je vis depuis le début de mes études. Je suis faite moi aussi de ces étendues de campagne, de vignes, de prairies, d'arbres et d'eau, où les villages sont séparés par de larges espaces non bâtis. De ces soirs d'été où se répand la « colossale douceur des choses » (Victor Hugo, *Quatrevingt-treize*), de ces après-midi d'hiver, de ces nuits sans lune, où règne un silence aussi compact qu'un élément, rompu seulement par le mouvement du vent léger faisant à peine bouger les feuilles. Dans le contraste entre cette « molle et sensuelle contrée » et la terrible nécessité qui accable ces vies sans nombre.

À sa naissance, dans les dernières années du Second Empire, un monde nouveau s'apprête à éclore. Industrie, chemin de fer : les cloisons du vieux monde éclatent. Mais elle et les siens, où sont-ils, quelle place s'apprêtent-ils à tenir sur cette scène nouvelle ?

Qu'est-ce que Laurence a jamais su de ces bouleversements considérables qui autour des années 1860 ont changé la face du monde ? L'année même de sa naissance, en janvier 1863, la Russie écrase dans le sang le troisième soulèvement de la Pologne pour son indépendance. Appelé au secours par Herzen, Victor Hugo répond par un magnifique appel à la fraternité et au refus de la guerre, qui commence ainsi : « Soldats russes, redevenez des hommes. Cette gloire vous est offerte en ce moment, saisissez-la ! » (On ne peut qu'en être ému quand par une coïncidence extraordinaire, au moment où j'achève ce livre, la guerre est revenue sur le continent européen, et que de nouveau l'armée russe cherche à écraser un peuple libre.) En 1863, aucune condamnation officielle n'est publiée. L'empereur s'enferme dans un silence gêné. Malgré la pression de l'opinion publique[19], majoritairement soulevée d'indignation, et le manifestant un peu partout en France, comme une première fois en mars 1848 lors des grandes fêtes républicaines organisées à Angers, quand le préfet Grégoire Bordillon avait fait applaudir les étudiants polonais en exil, après l'écrasement de Varsovie.

Mais qu'en a-t-on su dans le bocage des Mauges ? Comme de la proclamation d'émancipation des esclaves signée par Lincoln ? Ou du « royaume arabe » que, ces mêmes années, l'empereur Napoléon III, pour qui la majorité rurale a voté en 1851, propose comme solution à la question algérienne* ? Sous l'influence de conseillers saint-simoniens, il s'est rendu deux fois en Algérie, en 1860 et 1865. Et il a décidé de mettre sur pied l'égalité politique et économique entre la métropole et l'Algérie. Ce projet ne sera jamais réalisé.

Comment inscrire un destin anonyme dans ce qu'on appelle la grande histoire ? J'établis des ponts, des liens, des lignes... mais sans succès, sans résultat : rien de tout cela ne vient battre les rives de la Loire, toucher ses habitants laborieux de l'ombre. Ni le scandale de l'*Olympia* de Manet au Salon de 1865, ni cet autre scandale, la *Vie de Jésus* de Renan, où celui-ci le proclame « un homme incomparable » sans allusion à sa divinité. Pourtant, le succès du livre est inimaginable, « les dix mille volumes du premier tirage s'écoulent en quelques jours, et de juin à novembre 1863, soixante mille exemplaires supplémentaires sont vendus. [...] La 11e édition paraît en 1867. De 1863 à 1947, près d'un demi-million d'exemplaires du livre de Renan ont été vendus. Ses ventes sont comparables aux meilleures ventes de Zola ou d'Alphonse Daudet[20] ».

« Une mauvaise action et un méchant livre », déclare l'abbé Freppel, futur évêque d'Angers, alors professeur d'éloquence sacrée à la Sorbonne, qui publie l'année même de sa parution

* Le territoire algérien ne devait plus être considéré comme une « colonie proprement dite », mais comme un « royaume arabe ». « Les indigènes ont un droit égal à ma protection et je suis aussi l'empereur des Arabes que l'empereur des Français », avait déclaré Napoléon III. Mais une terrible famine ravage le pays en 1866-1868. Cf. Bertrand Taithe, « La famine de 1866-1868 : anatomie d'une catastrophe et construction médiatique d'un événement », *Revue d'histoire du XIXe siècle*, 2010.

une réfutation des thèses de Renan : « Nous sommes en droit d'appeler la *Vie de Jésus* par M. Ernest Renan un misérable roman, une grave insulte au bon sens public et à l'honneur des lettres françaises. » La virginité de Marie « l'affriande » ! La résurrection de Jésus serait le fruit de la « forte imagination » de Marie de Magdala. Et il a le front de vouloir « dépouiller Jésus-Christ de sa divinité ! ». « Mais qui êtes-vous, pour tenter une pareille entreprise ? Dans trois ou quatre mois, c'est à peine si l'on parlera encore de votre livre. »* Il ne pouvait pas échapper à Zola que ce livre offrirait à la bourgeoisie bien-pensante un dérivatif commode pour dissimuler, en faisant bloc contre lui, ses vices et ses tares. Ainsi, dans *Pot-Bouille* (1882), la réconciliation après un adultère crapuleux se conclut-elle sur des « paroles furibondes » contre la *Vie de Jésus* : « Ce n'est pas le livre qu'il faudrait brûler, c'est son auteur[21] ! »

Cela dit, il serait faux de faire de l'ouvrage de Renan un manifeste d'athéisme : il faudra attendre les années vingt du XXe siècle pour que les libres-penseurs en fassent leur livre de référence. Avec la *Vie de Jésus*, Renan leur semblait accorder une place trop importante au sentiment du divin. Mais si j'ai trouvé, dans les livres laissés par mon père, une édition des *Souvenirs d'enfance et de jeunesse*, achetée entre 1925 et 1928, alors qu'il était élève à l'école normale d'instituteurs d'Angers, c'est sûrement à cause de son supposé « anticléricalisme », peut-être à cause de phrases comme celle-ci dans *L'Avenir de la science* : « La morale, comme la politique, se résume donc en ce grand mot : élever le peuple. »

* De même l'abbé Besson, évêque de Nîmes, écrit : « On voulait dormir, et dormir à tout prix aux bords de l'abîme. Je n'en veux d'autre preuve que ce livre fameux, cette *Vie de Jésus*, dont la réfutation, si nécessaire à la foi et à la raison, a paru un scandale à la prudence. Misérable ouvrage, le produit le plus audacieux, le plus frivole et le plus coupable à la fois de cette impiété qui avait revêtu des formes élégantes et qui avait ainsi obtenu grâce dans un monde si fertile en ressources, en formules, en efforts, pour composer avec l'erreur et avec le mal. Son triomphe principal fut d'avoir paru honnête et presque chrétien à ceux qui l'ont lu, en laissant croire que c'était un danger pour la religion de le réfuter, un danger au moins égal à celui de l'avoir écrit, en sorte qu'aux yeux du monde, l'apologiste de Jésus-Christ, ç'a été l'auteur de cet odieux roman, mais l'ennemi de Jésus-Christ, c'était l'imprudent, l'indiscret qui a osé s'étonner, s'indigner et se plaindre d'un tel scandale ! »

Aujourd'hui, on a une vision plus controversée de l'œuvre de Renan et de son influence, et on peut regretter comme moi ce qui vers 1920 ou 1930 n'aurait choqué personne : sa conception étroitement négative de l'islam et des musulmans. Peut-être même, au contraire, aurait-on approuvé cette formulation : « L'islam est le dédain de la science, la suppression de la société civile ; c'est l'épouvantable simplicité de l'esprit sémitique, rétrécissant le cerveau humain, le fermant à toute idée délicate, à tout sentiment fin, à toute recherche rationnelle, pour le mettre en face d'une éternelle tautologie : Dieu est Dieu. »

Ce dont certains, aujourd'hui, font un usage offensif et guerrier. Mais, comme on dit dans les romans, n'anticipons pas.

Pour conclure, provisoirement : l'une des difficultés de ce livre, c'est la nature même de l'expérience vécue par les « gens d'en bas ». L'époque où ils voient le jour, c'est et ce n'est pas leur histoire. Je ne sais pas d'énigme plus grande que celle-ci : il y a deux mondes dans le même monde, l'un agit, pense et crée, gouverne et décide, l'autre subit les effets et les conséquences de ce qu'il ignore entièrement. Mais ce n'est rien encore : quelle leçon tirer d'une telle séparation ? Que décide, que veut un pays où la grande majorité n'est pas conviée à décider, à vouloir ? Que vaudront des changements qui n'auront pas été voulus ?

Dans ces âmes-là, où la République d'alors s'est inscrite, une chose cependant est sûre : cette génération, attachée à sa petite patrie, à ses mœurs, à ses traditions, est en même temps très sensible au progrès technique et à ses promesses. Je suis donc sûre de rencontrer mon arrière-grand-mère en évoquant le plus grand pont de pierre édifié sur la Loire, un pont de chemin de fer, le pont de l'Alleud, qui relie le bourg de La Possonnière, détaché en 1851 de mon village natal, Savennières, et la petite ville de Chalonnes sur la rive gauche. Commencé justement en 1863, l'année de sa naissance. Dix-sept arches, six cents mètres de long, de larges arcades destinées au passage des bateaux à vapeur qui à l'époque circulaient sur la Loire* et que le chemin de fer justement détrôna. J'ai suivi maintes fois à bicyclette la levée de Loire qui mène jusqu'à ce pont, long, majestueux, désormais inutile, barrant l'horizon, aussi énigmatique que ces restes de civilisations presque oubliées, temples ou pyramides égyptiens ou aztèques.

Le pont de l'Alleud.

L'arrivée du chemin de fer dans une province, à cette époque et dans les décennies qui précèdent la Première Guerre mondiale, les constructions qu'il entraîne sont des succès techniques et mécaniques auxquels est sensible la classe laborieuse qui y voit, à juste titre, le point de départ non d'un enrichissement mais d'une amélioration de sa condition quotidienne. Sous la IIIe République, le chemin de fer ne sera pas seulement une avancée économique, mais une avancée politique ; il va faire partie de la vie des républicains d'en bas. Dont les enfants, surtout après la Première Guerre mondiale, vont entrer « aux chemins de fer » pour s'assurer une vie de travail protégée par l'État[22].

* Jules Vallès, dans *Le Bachelier*, se rend de Paris à Nantes en descendant la Loire en bateau à partir d'Orléans.

Mais le plus important, dans ces années-là, c'est peut-être la parution, en 1862, des *Misérables*, à Bruxelles le 30 mars et le 3 avril à Paris. Dont vingt ans plus tard, un volume trône sur sa cheminée.

Naissance, donc, le 16 août 1863, au Voide, de Laurence, fille de Pierre Cormeau, tourneur sur bois, né le 26 mars 1829 à Chemillé, Maine-et-Loire, et de Joséphine Challet, née le 22 août 1841 à Vihiers, Maine-et-Loire. (Une ultime vérification me jette dans le doute : sur un deuxième site de généalogie que je consulte, les noms des enfants ne correspondent pas. On ne signale qu'une seule fille prénommée Clotilde, née en 1870.)

Un écrivain de la même génération que Laurence, et son homonyme, Henry Cormeau, né en 1866 à Beaupréau et mort à Seiches-sur-le-Loir en 1929, a beaucoup écrit sur leur commune région natale : « Allons vers le bas des Mauges, où la terre a la même profondeur qu'en Bretagne et qu'en Vendée, toutes voisines, et aussi la même ramée touffue et hostile, le même silence méfiant, la même résignation fataliste, le même anachronisme de mœurs et de sentiments, la même surannation d'Ancien Régime. » Et il continue, énumérant les sites et les villages : « C'est vous, surtout, chapelles de saints plus ou moins officiels, et tous, guérisseurs, églisioles sans ornement et même sans crépi… c'est vous qui symbolisez les Mauges… Et c'est vous tout autant, statuettes barbouillées comme des masques, nichées dans les arbres millénaires… »[23] Pour Jean Delumeau[24], les Mauges bocagères, « pays de bois, de landes et de haies vives », sont un « *pays de foi robuste, de sol maigre et de mauvais chemins* ».

Laurence s'installera quelque temps après son mariage à Vihiers, puis elle ira vivre à Chalonnes où la Loire va s'enfoncer dans le Massif armoricain. Elle passe ainsi d'un pays de bocage et de vallées encaissées, aux larges ouvertures de la Loire. (Et de la Vendée royaliste et catholique à une petite ville républicaine.)

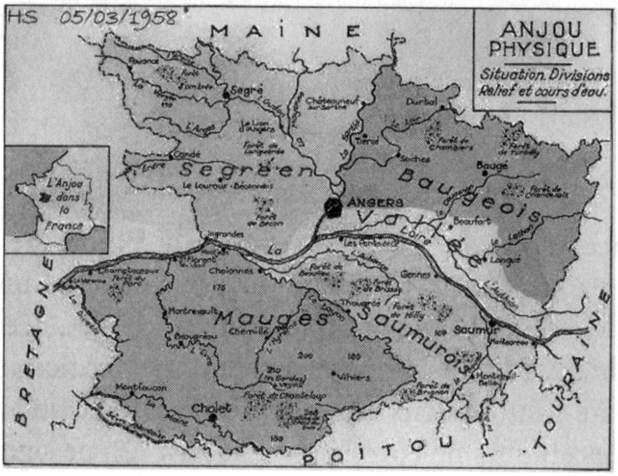

Sur cette carte de 1958 du Maine-et-Loire,
la région des Mauges occupe le quart inférieur gauche.

Les Mauges. Il y a une sonorité maléfique dans le nom de cette région, qu'une étymologie douteuse confirme : les Mauges, ce seraient les « mauvaises gens », dont Étienne Davodeau a fait le titre d'un de ses récits en bande dessinée, qui revient sur la vie difficile de ses parents, syndicalistes chrétiens dans les Mauges des années 1950[25]. En fait, l'origine de « Mauges » serait plutôt *metallica*, à cause d'un sous-sol minier.

Mais on ne peut toucher à rien sans qu'un ébranlement gagne toute la toile qui se perd dans l'infini du temps. « C'est à Foulques Nerra, fils de Geoffroy Grisegonnelle [qu'on doit] l'intégration à l'Anjou de cette partie du Poitou limitée au nord par la Loire, par une manœuvre politique particulièrement habile. » Foulques Nerra. En épelant ce nom dont la sonorité enchantait les enfants, je retrouve les images qui lui étaient associées, et j'entends la voix de ma mère dans la petite classe de Savennières. C'était aussi cela, l'école : un lieu où on découvre, et cultive, une fierté locale, un amour de la « petite patrie » que la IIIe République a cultivé, car elle y voyait le chemin vers l'amour de la « grande ». Grande ou petite patrie, je crains que ces mots ne fassent fuir le lecteur (la lectrice) qui pense y déceler un relent de nationalisme guerrier. Mais je sais que je dois à chaque pas soulever la chape d'incompréhension qui s'est posée sur le travail mené par les instituteurs d'autrefois. Sans doute avaient-ils été formés, dans les écoles normales, à diffuser une idée de la République tout entière au service d'une vision de la nation et de ses bienfaits qui nous paraît aujourd'hui dominatrice, arrogante, après les secousses du terrible XXe siècle. Mais notre école échappe-t-elle à un dogmatisme catéchisant quand elle croit nécessaire, pour éviter le danger de repli individuel ou communautariste inhérent aux sociétés modernes, de célébrer comme un mantra le « vivre-ensemble » ? Une éducation « au vivre-ensemble » qui, selon les termes d'un site officiel, doit « prendre le temps de sensibiliser l'élève très jeune à l'interaction positive avec l'autre. Il leur faut essayer de se mettre à la place du camarade, dans la tête du différent[26] ».

Foulques Nerra n'est pas le paisible oiseau des marais, la foulque noire, *fulica atra*. Son nom est germanique, c'est un faucon, et s'il est dit noir, c'est, paraît-il, à cause de son teint. Reste de l'invasion maure menée par l'émir Abd al-Rahman, victorieux à Bordeaux du roi aquitain Eudes, arrêtée en Poitou un siècle et demi plus tôt ? À son tour, Faucon Noir s'est jeté sur le Poitou et en a emporté un gros morceau tout vif, de bois et de sombres halliers : les Mauges. Avec le fils du comte d'Anjou, c'est l'an mil qui s'invite, le temps des croisades et des violences, un pèlerinage à Jérusalem, la construction de tours puissantes, de forteresses défensives, l'agrandissement de la province.

L'histoire et la figure même de la province et des provinces voisines en sont profondément marquées. Bien qu'il ait passé sa vie en pèlerinages à Jérusalem et en guerres, Foulques construit treize châteaux, dont beaucoup sont la base de grands « châteaux de la Loire » comme, en Touraine, Langeais, Chaumont, Montrésor, Sainte-Maure et, en Anjou, Faye, Montreuil-Bellay, Passavant, Maulévrier, Baugé, et « *multa alia que enumerare mora est* », « et beaucoup d'autres qu'il serait trop long d'énumérer », comme dit un chroniqueur du temps. Avec la complicité de l'évêque d'Angers, Hubert de Vendôme (son parent ? Foulques a épousé Élisabeth de Vendôme en premières noces), il parvient à exercer une mainmise politique sur cette partie du Poitou. Et, pour la protéger, il érige à Saint-Florent-le-Vieil une forteresse de bois, « *castellum terræque cumulo ac lignis magnæ altitudinis* », « un château sur une motte de terre et de bois de grande hauteur », selon le même chroniqueur.

Petit village des Mauges, Le Voide s'est dissous dans une récente réforme administrative qui a fait fusionner d'anciennes communes, et disparaître leurs noms sous un toponyme générique qui ne convient à personne et ne correspond à aucun : Lys-Haut-Layon. Pour des raisons économiques, administratives et financières, mais au prix d'un sacrifice d'histoire et de mémoire. À l'époque, c'est une paroisse de Vihiers, bourg de la ruralité profonde, avec son marché aux bestiaux. Vers 1860, un édit stipule que le ramassage des bouses dans les rues et sur le marché sera payé 300 francs : mais la commune se rembourse sur le prix des bouses qu'elle revend.

D'où vient ce nom étrange, Voide, qui m'a toujours étonnée ? Le voide est une plante, *isatis tinctoria*, dont on extrait le pastel, souvent employé comme équivalent de « bleu ». Prononcé et fréquemment écrit « vouède » c'est la même chose que le mot « guesde ». « Nous disons en Anjou le *guesdon* », écrit Ménage dans son *Dictionnaire étymologique de la langue françoise* (Paris, 1790). (En accumulant ces informations que Laurence n'avait pas, il me semble que j'accomplis ainsi son vœu d'instruction.) Le bleu est la couleur dominante, au XIXe et jusque dans le début du XXe siècle dans toutes ces zones rurales, provinciales : couleur des vêtements, des portes, des fenêtres, des volets, des charrettes...

Cependant, le *Glossaire angevin* de Charles Ménière[27] ne donne rien au substantif voide, et signale seulement un verbe « voider », qui signifie vider, par exemple « vider la lessive ». Singulière référence pour le lieu de naissance d'une laveuse de bateau-lavoir à Chalonnes-sur-Loire.

Les particularités de ce modeste village tiennent en quelques monuments — dont un vieux lavoir — et l'église Saint-Pierre dont la nef est reconstruite en 1863 par l'architecte Alfred Tessier, qui refait le clocher en 1872. (Une autre notice attribue seulement le clocher à Alfred Tessier, et le date de 1889.) L'église sera donc prête pour sa communion solennelle, à 12 ans, en 1875. La communion solennelle, la seule jusqu'en 1910, est un événement, le moment où les orphelins sont mis en apprentissage (ou jetés sur les routes : voir l'enfance de mon grand-père paternel, gendre de Laurence[28]).

Lorsque Laurence y voit le jour en 1863, Le Voide est encore extrêmement marqué par la mémoire de la guerre de Vendée — « l'inexplicable Vendée » dont Barère ne se lassait pas de demander la destruction*. Les Mauges sont en effet le cœur de la « Vendée angevine », expression qu'on doit à Célestin Port, l'archiviste républicain d'Angers.

Et, au XIXe siècle, un foyer de la contre-révolution.

Louis-Marie Clénet, auteur chez Perrin d'un livre sur *Les Colonnes infernales*, fait d'emblée le rapprochement entre la contre-révolution française et la contre-réforme de 1630 : « La crainte des menaces sur la religion catholique romaine ravive, au sein du peuple, de vieilles haines contre les "hérétiques", protestants au premier chef, mais aussi philosophes, francs-maçons et jansénistes, fustigés par le "parti dévot" au XVIIIe siècle. » Telle est une des failles profondes qui traversent à plusieurs reprises la partie sud de l'Anjou, où Saumur restera longtemps marqué par la présence protestante. L'autre faille, c'est l'opposition durable entre la République et la contre-révolution catholique.

La contre-révolution commence en 1793, elle est cette

* « Citoyens, l'inexplicable Vendée existe encore, et les efforts des Républicains ont été jusqu'à présent impuissants contre les brigandages et les complots royalistes qu'elle recèle. La Vendée, ce creuset où s'épure la population nationale, devrait être anéantie depuis longtemps. » (Barère aux députés de la Convention nationale, le 1er octobre 1793.)

« hydre » que la République a dans le cœur au moment où elle a sur la tête ces « tigres », les rois, les puissances coalisées contre la république naissante[29]. Mais elle va se poursuivre après 1815 et à travers tout le siècle dans cette région. Et n'a peut-être pas entièrement disparu aujourd'hui.

Que la famille de Laurence ait été plongée dans le brasier de la guerre de Vendée, je n'en ai aucun doute, mais de quel côté, je n'en sais rien. Probablement pas du côté de la Révolution. Il y a un Frémondière (nom de son mari) sur une croix de 1793 à Beausse, village situé à quelques dizaines de kilomètres, 300 habitants sous la Révolution. Plantée dans les années 1860, elle commémorerait un massacre (dit le site *Vendeensetchouans*). Dans son *Dictionnaire historique, géographique et biographique de Maine-et-Loire*, paru en 1878, Célestin Port n'en parle pas. Il décrit seulement un pays « chargé de pauvres », où l'on peut voir encore à son époque (vers 1880) un habitat misérable de huttes jaunes, avec « une basse porte et une étroite fenêtre ».

En 1793, le maire du Voide s'appelle Michel Choloux, c'est un médecin vétérinaire, il a présidé le comité royaliste pendant l'occupation vendéenne. Arrêté à Saumur, il est fusillé à Doué-la-Fontaine le 4 nivôse an II (25 décembre 1793). Pour Vihiers, dont Le Voide est une paroisse, « la guerre de Vendée fut désastreuse », écrit Célestin Port. La « malheureuse petite ville [...] y périt presque tout entière, à deux reprises incendiée et pillée ». En janvier 1794, les colonnes infernales passent par Vihiers pour s'en emparer. Un peu plus tard, c'est à Vihiers que le général Hugo, avec cinquante hommes seulement, le pied fracassé par une balle, arrête une armée de trois mille Vendéens. Mais son bataillon ne ramène que quelques hommes.

Plusieurs communes, dans un rayon d'une trentaine de kilomètres autour de Vihiers, perdent quelques centaines d'habitants entre 1790 et 1806. Ainsi d'Andrezé près de Beaupréau. Je cite le blog de Daniel Jolivet : « Début 1794, un détachement du général Cordelier, connu pour avoir conduit une des colonnes infernales (la 9e), stationne une quinzaine de jours dans le bourg, utilisant l'église comme écurie et comme grange pour ses chevaux. La plupart des maisons et des fermes sont incendiées[30]. »

Laurence est baptisée au Voide, et elle y fait sa communion solennelle (dite à l'époque première communion).

À l'époque, le prêtre de la paroisse est l'abbé Félix Joseph Deniau*, vicaire, de 1834 à 1838, puis curé du Voide jusqu'en 1888 et chanoine de Beaupréau. L'abbé Deniau n'est pas n'importe qui, c'est une référence, il est l'auteur d'une monumentale *Histoire de la Vendée* en six volumes, dédiée à Mgr Freppel, évêque d'Angers, « où sont recueillis les souvenirs des anciens insurgés, mais aussi les mœurs de cette partie de la "Vendée angevine"[31] ». Publié en 1878, son ouvrage obtient un succès exceptionnel. Je cite intégralement *Vendeensetchouans* : « Félix Joseph Deniau [...] n'eut de cesse de célébrer la mémoire de sa petite paroisse en recueillant les récits de la Grande Guerre de 1793 de la bouche même des anciens soldats vendéens, encore nombreux au milieu du XIXe siècle. » Son neveu et homonyme Félix Deniau, curé de Saint-Macaire-en-Mauges, le rééditera quelques décennies plus tard, « ne s'épargnant aucune fatigue pour améliorer la première rédaction ».

Félix Joseph Deniau est né le 28 février 1809 à Cholet, il y est baptisé le 1er mars 1809 et il meurt au Voide le 19 juillet 1890 à l'âge de 81 ans. Il y reste de lui une tombe au cimetière, ainsi que deux plaques commémoratives.

Et l'église, dont il finança la réfection grâce aux ventes de son *Histoire de la Vendée*.

Le milieu du XIXe siècle dans l'Anjou profond est le temps de la construction d'églises, souvent peu proportionnées aux villes et villages, comme celle du Voide, ou celles de Bécon-les-

* Célestin Port met un accent sur le *e* de son nom, ce qui est plus conforme à la prononciation locale.

Granits et de Beaupréau. On est arrivé à l'autre extrême depuis quelques années, un siècle et demi plus tard : trop vastes, trop lourdes à entretenir, certaines ont déjà fait l'objet d'une décision de destruction, qui scandalise bon nombre de catholiques. Guy Massin-Le Goff analyse ainsi la situation : ce n'est pas la totalité du territoire angevin qui est saisie par une fièvre de démolition, « mais principalement sa partie [...] marqué[e] par les Guerres de l'Ouest ». Suggérant qu'on voudrait effacer le souvenir de la guerre de Vendée ?

En tout cas, dans les années 1850 à 1870-1880, c'est une folie de constructions, comme au Louroux-Béconnais, au nord de la Loire. Saint-Aubin ayant été incendié en 1794 par les chouans pour en déloger les républicains, la construction d'une nouvelle église est envisagée, pouvant accueillir plus d'un millier de fidèles. Elle est confiée à l'architecte angevin Dusouchay. Né en 1820, mort en 1878, René-Eugène Dusouchay est une des figures de l'architecture angevine au XIXe siècle : son œuvre marquera les villes, villages et paysages par de nombreux travaux d'entretien, de rénovation et la construction d'hôtels privés, châteaux, églises, chapelles, mairies, écoles. En 1874, inspecteur des édifices diocésains, il participe à d'importants travaux, notamment à l'évêché et au grand séminaire d'Angers. En 1875, Mgr Freppel lui confie la construction de l'Université catholique d'Angers, mais il meurt en 1878 à sa table de travail et son fils Eugène-Augustin lui succède, qui construira le nouveau séminaire d'Angers, rue Barra. C'est là qu'en 1942 les Juifs d'Angers seront regroupés avant d'être envoyés dans les camps.

Alors à la tête du diocèse d'Angers, Mgr Angebault — soutien actif de la loi Falloux — rétablit la liturgie romaine en Anjou, forçant le clergé à abandonner certains rites locaux. Comme plus tard Mgr Freppel, il fait appel à l'architecte Tessier qui va reconstruire plus de cent cinquante églises endommagées durant la Révolution. Parfois aussi pour les embellir ou les agrandir. Si on en croit Guy Massin-Le Goff, ce serait pour répondre au vœu général que « les évêques comme les maires, le conseil départemental des bâtiments civils et les érudits ont encouragé ce grand mouvement de reconstruction » qui suscite « l'enthousiasme des populations ». Je ne sais ce qu'on en a pensé chez les Cormeau.

Établi à Beaupréau, Tessier est l'un des pionniers de l'art néogothique en Anjou, le style Saint-Louis, « s'inspirant » du XIIIe siècle. Selon le chanoine Houdebine, « ce ne sont que des pastiches [...] sans caractère et sans nom, [...] sans proportion avec les besoins [...] des paroisses ».

Au Voide, la nef et le transept avaient déjà été rebâtis dans les années 1840. Les travaux d'achèvement débutent en 1860. L'église est inaugurée partiellement en 1863, l'année de la naissance de Laurence, et consacrée le 30 septembre 1867*.

Décédé le 19 juillet 1890, l'abbé Deniau « ne put malheureusement assister à la reconstruction du clocher et du chœur, initiée la même année » (*Vendeensetchouans*).

L'abbé Deniau.

* « Les vitraux de l'église Saint-Aubin, commencés en 1860, évoquent la Révolution française en relatant l'histoire de Noël Pinot, prêtre réfractaire de la paroisse. Il est jugé et exécuté en 1794. Dans l'église, on peut voir le document du jugement de Noël Pinot et la huche à pain dans laquelle il s'était caché. [...] "Bienheureux Noël Pinot" était un prêtre catholique de l'ouest de la France pendant la Révolution. Il a été guillotiné pour sa foi au Christ et à l'Église par les révolutionnaires. Né à Angers d'un père tisserand, il devint curé en 1770. Il fut d'abord vicaire à Bousse (72), puis devint instituteur à l'école du village de Montsabert à Coutures. Guillotiné sur la place du Ralliement le vendredi 21 février 1794 à 15 heures. Béatifié, 1926, canonisé, 1984. » (Bulletin de l'Association Bienheureux Noël Pinot, Val d'Erdre-Auxence.)

L'historien Claude Petitfrère[32] a magistralement résumé ce qu'est l'*Histoire de la Vendée* de l'abbé Deniau : une des réalisations les plus caractéristiques du courant clérico-royaliste. « Écrit sous l'épiscopat de Mgr Freppel, en pleine période d'Ordre moral, ce livre est moins un ouvrage d'histoire que d'édification pieuse, comme le prouve la dédicace à l'évêque publiée en préface. » Poursuivons avec l'historien : « On retrouve chez l'abbé Deniau, poussée jusqu'à la caricature, la description d'une société vendéenne séraphique, inspirée de la marquise de La Rochejaquelein, de Berthe de Bourniseaux et de Crétineau-Joly : "*Leur maintien à l'église pendant l'office divin était des plus édifiants ; il n'était d'ailleurs que la conséquence naturelle de la candeur et de l'ingénuité de leur foi […]. Leurs mœurs, comme leur piété, étaient généralement simples, candides et pures. Ils ignoraient, pour la plupart, le vice honteux, jusqu'au temps le plus avancé de leur jeunesse**." »

Tout est en place pour la justification d'un ordre théologico-politique auquel Félix Deniau apporte son soutien, dans son livre comme dans sa vie de prêtre et de chanoine. Il relève donc, bien sûr, la « haute considération » des paysans pour les nobles qu'ils « regardaient comme leurs protecteurs dans leurs différentes entreprises, et comme les appuis et les guides naturels de leur maison ». Cet état des choses et des esprits marque profondément les lieux où se déroulent l'enfance et la jeunesse de Laurence Cormeau. Il n'a pas tout à fait disparu dans les années de ce début du XXIe siècle, où il m'est encore arrivé d'entendre des propriétaires qui en sont issus développer leur vision de ce qui est le rôle de l'aristocratie : protéger ceux qui dépendent d'eux.

* La suite est de la même eau : « On n'entendait jamais ou peu souvent, parmi eux, des paroles équivoques ou ordurières : un enjouement enfantin, quelques bons mots, d'innocentes espiègleries faisaient habituellement le fond de la conversation des jeunes gens. On ne remarquait presque point à cette époque de liaisons dangereuses, de promenades et de courses solitaires entre personnes de différent sexe. Les filles avaient la bonne habitude de ne s'éloigner jamais de leur mère […]. Bienveillants, pacifiques, doux, affables, portant sur leur visage l'empreinte d'une grande bonhomie et d'une candeur primitive, ils ne désiraient tant rien que de conserver l'union et la concorde avec toutes les personnes de leur maison et de leur voisinage. »

La naissance ne donne plus de droits mais elle impose toujours des devoirs.

Mais Claude Petitfrère le souligne : en bon ecclésiastique, l'abbé Deniau privilégie l'amour des prêtres. « C'est surtout à leur égard que les Vendéens portaient la confiance et l'affection jusqu'aux limites les plus extrêmes », écrit l'abbé.

Laurence est donc l'enfant d'une région profondément marquée par son identité catholique : « une quasi-théocratie », selon Alain Gérard, directeur du Centre vendéen de recherches historiques[33]. Jusque dans la deuxième partie du XXe siècle. Un exemple : Mgr Cazaux, qui dirige le diocèse de Luçon, en Vendée, jusqu'en 1966, cumule pour ainsi dire les pouvoirs de l'évêque, du préfet et du président du conseil général. C'est lui qui fait les élections. C'est aussi l'époque où l'assiduité à la messe atteint des sommets : dans certains villages du haut Bocage, la pratique dominicale frôle les 100 % ! Peu de personnes s'abstiennent d'aller à la messe.

Mais avant d'accompagner les premières années de Laurence, je reste un moment avec l'abbé Deniau, qui rapporte un épisode tardif de la guerre de Vendée, intervenu à l'époque de la naissance du père de Laurence, Pierre Cormeau (né, je le rappelle, en 1829).

Durant les Cent-Jours une « petite chouannerie » s'était réveillée dans la région. En 1815, le duc de Bourbon avait en vain lancé « de son quartier général de Beaupréau, le 22 mars 1815 », une proclamation qui appelle aux armes tous les hommes de 18 à 50 ans ; on s'agite de Cholet à Maulévrier ; la pacification est signée au lendemain de Waterloo. Mais les Mauges connaissent de nouveaux prolongements de rébellion vendéenne sous la monarchie de Juillet. Et il faut essayer de comprendre ce qui se passe dans cette région au tournant des années 1830. Car là-dessus les vues divergent. Si la résistance chouanne (vendéenne) n'a pas tout à fait disparu, il n'est pas sûr que la concernent les entreprises extravagantes de la duchesse de Berry* : telle est la thèse défendue à la fin du siècle par les républicains. Toute une

* Née en 1798, Marie-Caroline Ferdinande Louise de Bourbon, princesse des Deux-Siciles, épouse en 1816 Charles-Ferdinand d'Artois, duc de Berry, second fils du roi Charles X. Le duc de Berry est assassiné en 1820. Son fils, l'« enfant du miracle », naît sept mois après la mort de son père. Duc de Bordeaux, puis comte de Chambord, il est prétendant légitimiste au trône de France sous le nom d'« Henri V ».

province est en train de se couler dans le monde qui naît, celui de la monarchie de Juillet, appuyé sur une modernisation technique, industrielle, qui sera bientôt perçue comme un progrès par les habitants modestes du Bocage, d'abord hésitants. Je m'appuie ici sur un ouvrage de l'économiste Henri Baudrillart, l'un des fondateurs avec Jules Barni et Jules Simon de la Société démocratique des libres-penseurs. (Il est le père du cardinal Baudrillart, de l'Académie française, belliciste en 1914, que sa haine du communisme pousse en 1940 dans les bras du maréchal Pétain et qui sera membre du comité d'honneur du groupe Collaboration...)

Voici ce qu'écrit Henri Baudrillart : « Nobles ou bourgeois, l'union subsista entre eux et les paysans. Ceux-ci profitèrent de tous les moyens d'amélioration et s'attachèrent au nouveau régime. Aussi une très faible partie des paysans fut-elle entraînée dans le mouvement d'insurrection essayé en 1832 par la duchesse de Berry[34]. »

Les choses sont vues un peu différemment du côté des nostalgiques de la chouannerie. Dans son vocabulaire, et selon sa fidélité aux Vendéens de 1793, le site *Vendeensetchouans** porte la contradiction à Henri Baudrillart, en soulignant habilement la résistance de la région à un autre aspect de la monarchie de Juillet : son anticléricalisme. « À cette époque, les Mauges profondément légitimistes grondent d'une sourde colère contre les exactions du nouveau régime de Louis-Philippe Ier. Les croix sont abattues, le Collège de Beaupréau est dissous (le petit séminaire),

* Organe en ligne du Souvenir vendéen, « association mémorielle créée en 1932 pour perpétuer la mémoire des combattants vendéens de 1793 », très actif aujourd'hui encore.

En avril 2012, l'assemblée générale du Souvenir vendéen s'est tenue au château de Landebaudière, en Vendée, où eut lieu, en 1831, l'arrestation de Mme de La Rochejaquelein suivie de son évasion. Voici le compte rendu de la rencontre, mis en ligne par le web-magazine *VendéeChouannerie* : « Bruno Retailleau, président du conseil général, a rejoint la délégation. Avec le président de l'association, Jean de Dreuzy, il a déposé une gerbe devant la monumentale croix de granit érigée en 1839 au sommet d'un tertre central dans lequel se trouvent les restes de nombreuses victimes de 1794. Tour à tour, les deux orateurs ont pris la parole pour mettre en exergue le devoir de mémoire : "Nous devons avoir le souci constant de transmettre aux générations futures les conditions ignobles du génocide qui s'est déroulé ici." »

Jean (ou Jehan) de Dreuzy est conservateur du musée de Saint-Florent-le-Vieil, consacré à la mémoire des guerres de Vendée.

les maires suspects sont remplacés par des agents dévoués [...] On arrache les arbres de la liberté, on brûle des drapeaux tricolores, on moleste les maires, et on récupère des armes, en veillant toutefois à ne jamais répandre le sang pour ne pas discréditer la cause. »

Essayons de comprendre ce qui se passe. Depuis la Révolution, ce qui n'a pas changé, c'est la peur et le refus de la conscription. La modernisation à outrance ne passe pas toujours ; ainsi, quand le maire de Montfaucon, aux limites de la Loire-Atlantique, veut une « grande route qui contribuerait à la civilisation du pays », le village retrouve la mémoire des révoltes de 1793. Et l'anticléricalisme de Louis-Philippe fait murmurer puis gronder. Il est clair en effet que depuis l'émeute antimonarchique de Saint-Germain-l'Auxerrois, Louis-Philippe a choisi une France qui ne serait plus de « droit divin ». Rappelons que, le 14 février 1831, à l'occasion de la onzième commémoration de l'assassinat du duc de Berry, cette église, puis l'archevêché de Paris avaient été dévastés par des émeutiers antimonarchistes qui interprétaient la cérémonie comme une provocation. Après l'émeute, Louis-Philippe a fait retirer les fleurs de lys des armes royales. Et, déjà, il avait aboli le 11 octobre 1830 la loi de 1825 sur le sacrilège. Cette loi, dit Rita Hermon-Belot, avait été la « grande victoire de la droite la plus conservatrice du temps ». Même si elle était formulée de façon à ne pas pouvoir être appliquée, elle faisait de la France « un État exclusivement catholique, rompant avec une pluralité religieuse acceptée de fait, héritage incontesté de la Révolution. » Ce sont les débuts de « l'idée laïque »[35].

Louis-Philippe ne nourrit donc aucune sympathie particulière pour la Vendée et le souvenir de la guerre. « Il n'y a pas d'homme sensé, écrit-il au maréchal Soult le 30 mai 1831, qui ne sache que la France repoussera toujours ce qui lui viendrait de la Vendée et des chouans, que leurs insurrections doivent nécessairement finir par leurs défaites, et par fortifier le gouvernement qu'ils attaquent. » Mais il n'entend pas non plus forcer les choses. Tout va cependant dégénérer quand, sacrilège dans nos bocages !, il fait détruire le monument à Cathelineau, le « Saint de l'Anjou ». Cathelineau, le 13 mars 1793, s'était mis à la tête des Blancs dans les Mauges et fut tué au siège de Nantes, le 29 juin 1793. La Restauration lui fait édifier un monument au Pin-en-Mauges, en 1827. Louis-Philippe le fait enlever en 1832. Après diverses péripéties, une nouvelle statue est inaugurée en 1993.

C'est dans ce contexte que s'allume le dernier feu des guerres de Vendée.

Quelques années plus tôt déjà, donc, sous la Restauration, la duchesse de Berry avait accompli un voyage en Vendée. La mère de l'« enfant du miracle », pensait que le moment était venu de tenter un coup de force pour restaurer la monarchie légitimiste en la personne de son fils, le duc de Bordeaux. Venant de Tours, elle arrive à Saumur le 20 juin 1828. Après Angers le 21, elle rend visite aux Walsh de Serrant, à Saint-Georges-sur-Loire, le 22. Elle passe par Champtocé-sur-Loire et Varades pour gagner Saint-Florent-le-Vieil. Puis, après un détour en Bretagne, elle se dirige vers les Mauges, visite Le Pin-en-Mauges, patrie de Cathelineau, traverse Cholet puis Maulévrier (à une vingtaine de kilomètres de Vihiers et du Voide) et enfin rejoint la Vendée. Maulévrier avait été au cœur du soulèvement de 1793 et des premiers succès des révoltés. Le 31 janvier 1794, la commune et son château sont totalement incendiés par les « colonnes infernales » ; précisément la sixième, commandée par Jean-Alexandre Cafin.

En 1831, de nouveau, la duchesse de Berry se fait entendre : à ses yeux, la chute de Charles X ouvre les droits du duc de Bordeaux. Elle a quitté l'Angleterre, vainement tenté un coup sur Marseille, et décide de se diriger secrètement vers la Vendée. Et les anciens lieux de la chouannerie se réveillent. En Maine-et-Loire, au cœur de la « Vendée angevine », c'est à Maulévrier dès la fin de 1830 que le feu va reprendre. On ressort la cocarde blanche. On entend des cris : « À bas Philippe Ier », « Vive les Bédouins, à bas les libéraux ! »[36]

Je m'arrête un instant sur ce nom de « Bédouins » par lequel, dans nos obscurs bocages des Mauges, des chouans, Vendéens de nouveau révoltés, se désignent eux-mêmes. Que signifie cette apostrophe ? Le fraternel salut adressé à un peuple libre ? La solidarité avec un peuple soumis comme eux à la répression des pouvoirs ?

« Bédouins » est l'équivalent de « brigands », nom par lequel la Convention en 1793 désigne le peuple du Bocage, soulevé contre la Révolution. Au nombre desquels le comte de Bourmont, major-général en 1795 de l'armée catholique et royale du Maine, d'Anjou et de la Haute-Bretagne. Et qui, exilé en Italie, reprend du service en 1832 auprès de la duchesse de Berry. Entre-temps, le maréchal de Bourmont a pris Alger en juin 1830 : les brigands ont changé de camp, ce sont désormais les Berbères qui résistent à notre conquête. Et en 1843, c'est de ce nom que le maréchal de Saint-Arnaud désigne ceux qu'il a fait enfumer dans une grotte : « Personne que moi ne sait qu'il y a là-dessous, cinq cents brigands qui n'égorgeront plus les Français. » Ces « brigands » d'outre-Méditerranée, ce sont des « Bédouins ».

Le mot est frappé d'une connotation péjorative depuis l'expédition d'Égypte. Bonaparte, dans une lettre de 1798 au Directoire : « Il est difficile de voir une terre plus fertile et un peuple plus misérable, plus ignorant et plus abruti... » Alors qu'au XVIIIe siècle, dans les récits de voyage où l'on rencontrait des « Bédouins », il s'était formé « un véritable mythe du bon nomade, hospitalier et vertueux, vivant librement et simplement, comme les patriarches de l'Ancien Testament[37] », Napoléon a la rancune tenace : en 1811, venu à Ouistreham pour inaugurer les travaux du canal de Caen à la mer, il est victime de quelques indélicatesses — chapardage, vols. Et ne trouve rien de mieux que cette injure pour exprimer son mécontentement : « Espèce de Bédouins ! »

Le mot n'apparaît dans le dictionnaire de l'Académie qu'avec l'édition de 1835 — Alger a été conquis cinq ans plus tôt —, et avec la définition suivante, que l'édition de 1878 conserve encore : « Bédouin : nom donné aux Arabes du désert et particulièrement à ceux qui se livrent au brigandage. » Avec l'armée dite « d'Afrique », engagée dans l'entreprise de « pacification » de l'Algérie, « Bédouin » devient le nom générique de tout ce qui résiste à notre conquête. Le baron Pichon, dans son livre de 1833, *Alger sous la domination française*, cite cette apostrophe à la troupe : « Apportez des têtes, des têtes ! Bouchez les conduits crevés avec la tête du premier Bédouin que vous rencontrerez. »

Mater des révoltes, quelles qu'elles soient, c'est désormais mater « des Bédouins ». Significativement, lorsque en juin 1848 un aide de camp du maréchal de Bourmont reprend du service en France, c'est, dit-il, pour en finir avec « les Bédouins du bord de Seine ». De même, au moment où le peuple parisien se soulève contre le coup d'État de Louis Napoléon Bonaparte, Victor Hugo entend un chef de bataillon qui vocifère : « Tapez sur les bédouins, ferme sur les bédouins[38] ! »

« Bédouin », ce signifiant labile, peut ainsi glisser d'Égypte en Algérie, puis en France se retrouver (du mauvais côté) sur les barricades de juin 1848. Entre-temps, il aura servi de recours à un peuple rural, catholique, et insurgé, pour se désigner lui-même dans sa révolte contre le pouvoir.

La République, en 1848, hérite donc d'un faisceau complexe de représentations : les Vendéens ont déposé définitivement les armes mais, en Algérie, les révoltes se succèdent. Et la question sociale, ouvrière, inquiète la majorité conservatrice. Même chose en 1871 après l'écrasement de la Commune.

L'unité serait-elle possible entre ces « Bédouins » venus d'horizons très divers ? En aucun cas : le peuple qui s'est reconnu dans la République se méfie des uns comme des autres. Des ouvriers comme des « Arabes ». Pourtant, de cette union, que serait-il advenu ? On peut imaginer qu'une autre république en serait sortie, où les forces sous-estimées d'un peuple rural n'auraient pas été en contradiction avec celles de la masse ouvrière, et qu'elles auraient toutes deux conclu une alliance avec ces populations soumises à la domination coloniale.

D'où une rêverie d'aujourd'hui, que je voudrais digne d'un Jules Vallès et de ses sombres ruminations : mon arrière-grand-mère et les siens, et tous ceux dont je descends, ces républicains frustes mais décidés à soutenir une république tout juste naissante, imaginant un monde commun, apanage et partage de ces sans-pouvoir que l'on veut réduire, et qui résistent de toute la force de « ceux d'en bas ». Un peuple de « Bédouins », de « Barbares », honnis par Saint-Marc Girardin, exaltés par Michelet… ?

Revenons sur ce moment où les braises se rallument dans la « Vendée angevine », au début des années 1830. Ce qui va les éteindre définitivement, ce n'est pas la répression, à laquelle Louis-Philippe se refuse, c'est la « modernité ». La modernité technique et matérielle, non pas politique : « le progrès ».

Dans l'échec de la résistance chouanne, je trouve l'occasion de mener une vive critique de la République d'hier et de la Révolution. Les républicains qui m'ont formée dans la deuxième partie du XXe siècle, après la Libération, les instituteurs ruraux de ces campagnes-là, recevaient de plein fouet la résistance « chouanne » à l'école laïque — et aussi à l'idée républicaine. Mais ils manquaient peut-être des instruments et des connaissances nécessaires pour en comprendre l'histoire, et comprendre aussi comment la surmonter. Ce que leur aurait apporté l'histoire de 1832 : l'« obscurantisme » de ces modernes chouans a cédé, non pas devant l'instruction et les Lumières, mais devant le « progrès » industriel et technique.

Parce que celui-ci va faire reculer le poids de la nécessité, et les terribles contraintes de la vie quotidienne.

Grande leçon, bonne pour aujourd'hui. On développe à l'envi, dans la presse, à la télévision, des récits dramatisés où l'on voit, dans les « quartiers », des enfants d'immigrés, à la troisième génération, donner des preuves inquiétantes de leur résistance au modèle républicain. La plupart sont issus du monde arabo-musulman, l'islam est leur religion et leur culture. Mais peut-on imaginer de les rallier aux modèles politiques qui nous gouvernent en laissant prospérer les difficultés économiques et sociales dont ils sont victimes ? Et, au lieu de combattre celles-ci, faut-il d'abord s'attaquer de front à leurs croyances et traditions ? C'est mettre en place les conditions et la justification d'un repli identitaire.

La « cinquième chouannerie » va donc échouer rapidement, d'abord du fait d'une faible mobilisation de la population. Des combats éclatent en Bretagne et dans le Maine, et de l'autre côté de la Loire, au mois de mai 1832. Le 27, Jacques-Joseph de Cathelineau (la particule lui avait été conférée par Louis XVIII), huitième enfant du Saint de l'Anjou, est abattu au manoir de la Chaperonnière, entre Jallais et Beaupréau, dans les Mauges. Le Maine-et-Loire ne bougera pratiquement pas. Sauf dans quelques endroits, comme Le Voide, où Pierre Cormeau, qui n'a alors que 3 ans, s'installera plus tard, Le Voide où il verra la naissance de ses enfants, dont Laurence. « Au Voide, le maire, Jacques Bompas, dénonçait aux autorités les habitants de la commune qui ne pensaient pas comme lui ; un avant-gardiste de la pensée unique certainement. Grâce à la charité d'une femme de la commune, il va éviter de prendre un coup de fusil. "Quand le sang ne coulait pas ou quand les incarcérations n'avaient pas lieu, c'étaient les dénonciations des Libéraux qui mettaient les patrouilles sur les traces des réfractaires, et qui les exposaient aux dangers que nous venons d'énumérer. Les Chouans à la fin perdirent patience, ils résolurent de tirer vengeance de leurs délateurs. Le maire du Voide, Jacques Bompas, était du nombre de ces ennemis acharnés" [etc.][39]. »

On comprend mieux le sens et la nature de ces luttes oubliées, si l'on fait renaître avec elles certaines figures farouches, déjà presque anachroniques en leur temps, parce que attachées à un monde disparu. Ainsi, d'un certain Louis-Stanislas Sortant, qui dans les années 1830 anime un groupe d'insurgents de la néo-chouannerie. Pour le site *Vendeensetchouans*, Louis-Stanislas Sortant est « un de ces combattants intrépides de la guerre de 1832 ». Formule sûrement très exagérée : Sortant eut une place bien moindre. Mais un rôle tout de même, que met en lumière le livre de Bernard Coquet *Le Dernier des Chouans*[40]. Et aussi un blog, dont l'auteur, qui a ses origines dans mon village natal, Savennières, a pour « ancêtre à la septième génération » le père de Sortant, Philippe, lui-même frère du maître de poste à Saint-Georges-sur-Loire où passaient de nombreux voyageurs venus de Paris, de Nantes...

Sortant est né le 20 février 1777. Sa mère est une mulâtre, Magdeleine Delaitre[41]. Elle-même fruit d'une relation de sa mère, Françoise Jouve, avec un colon blanc, « chirurgien », Jacques Audouin. Françoise Jouve a été affranchie à l'occasion de sa naissance en 1730 et n'était plus une esclave proprement dit. Elle est dite « négresse libre » dans l'acte de baptême de sa fille, et dans l'acte de mariage de Magdeleine, « négresse nourricière ». Suite du blog : « Magdeleine fut confiée ainsi que son frère au Sieur Fortier de Chevigné, propriétaire du domaine de Chevigné tout proche du château de Serrant ». C'est alors qu'à l'âge de 25 ans elle épouse Philippe Sortant, sellier au relais de poste de ce village[42].

Il y a des « nègres » et des « mulâtres » en France, surtout dans ces régions liées au commerce avec les Antilles ; divers décrets s'emploient au XVIIIe siècle à en réglementer la venue. En 1763, Choiseul propose même d'interdire de délivrer des laissez-passer aux esclaves comme aux « nègres libres ». Car, sur le sol français, « cette espèce s'est étrangement multipliée, contrariant le bon ordre du royaume, où leur couleur et leur état d'esclaves ne sont pas admissibles ». Le décret demeurera sans effet.

Cette France-là est une figure de l'Ancien Régime que l'on connaît mal. On y découvre à la fois l'esprit aventureux de ses habitants, le développement d'une première forme de notre empire colonial, et une modernité faite de voyages, d'épices, de commerce, qui se perdra avec la grande rupture de la Révolution. Dans l'Ouest, c'est le fleuve qui la permet, et la proximité de l'océan et d'un grand port, Nantes, ainsi que la mise à disposition et l'arraisonnement d'une population esclavagée.

Qu'est-ce qu'on en dit au Voide ? Rien. A-t-on vu des « nègres » sur les rives de la Loire ? Pas avant la fin du siècle — un autre monde : non plus l'effet du commerce du sucre, mais des ambitions impérialistes de la République coloniale.

Sortant, maçon-vitrier en 1797, s'était fixé à La Tourlandry (La Tourlandry est à une quinzaine de kilomètres du Voide) où déjà on avait connu des affrontements mais entre catholiques et protestants. Puis c'est le passage dévastateur en 1794 des colonnes de Turreau. Devenu veuf, Sortant se remarie avec Rose-Françoise Humeau, de Coron (dix kilomètres du Voide). On se souvient sûrement encore de lui en 1863. En 1830, il rejoint un groupe d'insurgents, qui recrutent quelques personnages ivrognes et violents. Ils ont peu de ressources. Peu de grands faits d'armes ; la chouannerie est vraiment morte. Le 19 mars 1831, aux Gardes, il abat l'arbre de la Liberté. Arrache du clocher le drapeau tricolore et le brûle. Aucune réaction à Paris : on a suffisamment à faire avec Lyon et les canuts. Le général Lamarque, envoyé en mission, dit qu'il faut seulement éviter les provocations. Et comme avec les canuts de Lyon, Louis-Philippe veut éviter le sang.

L'apaisement est-il en vue ? La situation est incertaine, la solidarité paysanne, indéniable, ainsi que l'attachement paysan au trône et à l'autel. Une embuscade tourne mal, trois gendarmes sont massacrés, leurs cadavres mutilés. Attentisme des maires : « La peur l'emporte sur le patriotisme. » (Bernard Coquet) Seul le canton de Beaupréau est ouvertement organisé. Mais pour Louis-Philippe l'essentiel est ailleurs : la grande affaire, ce sont les républicains et le prolétariat. Sortant tente quelques coups, une solidarité se dessine, entre la troupe et les combattants du Bocage, face aux puissants. (Toujours mon sujet.)

La traque des insurgés s'intensifie. Déçu par les nobles, en 1831, Sortant se replie autour de Maulévrier. Après quelques épisodes assez lamentables, de trahisons, d'abandons, on va convaincre le petit groupe de se rendre sur promesse d'amnistie. Septembre 1831 : « Pitoyable fin d'un rêve. » Sortant dépose les armes. En 1832, c'est son procès à Blois. On a « dépaysé » le tribunal pour l'éloigner de la chouannerie. À l'audience, le 1er octobre 1832, Sortant, violent, meneur d'hommes, est finalement décrit comme un romantique, « un Rob Roy[43] de 1832 ». Reconnu comme chef, il est condamné à vingt ans de prison. (En novembre de la même année, la duchesse de Berry est faite prisonnière à Nantes.)

Sortant profite de l'amnistie de 1837, et il meurt le 12 octobre 1840.

La Vendée est bien la région où Louis XVI puis Louis XVIII avaient songé à se réfugier, mais ce n'est pas la même Vendée. Les paysans sont d'abord préoccupés par la question de leur subsistance et du travail. Et ils attendent de la monarchie de Juillet une amélioration de leur sort.

Le destin médiocre de Sortant, son échec en disent long sur le basculement d'un monde rural, qui vacille au bord de la modernité. Il s'est ouvert sur les Antilles, le commerce du sucre et des épices, les ardoisières se développent autour d'Angers. Mais cela vaut pour les classes supérieures, la condition inférieure est toujours d'une grande dureté.

Pierre Cormeau, le père de Laurence, était tourneur sur bois. Sauf si je me suis égarée dans le maquis généalogique. Mais qu'importe au fond si j'ai pris un Pierre Cormeau pour un autre, et que le tourneur sur bois soit un homonyme du père de Laurence. Homonymes et anonymes, je les prends tous : ce sont les miens.

Jusqu'à la fin du XIXe siècle, les villages des Mauges comptent de nombreux artisans sur bois, sabotiers, tourneurs. Le sabotier parcourt le Bocage, sillonne les routes, et s'arrête de ferme en ferme à la demande. À l'aide d'un tour, actionné par une pédale, le tourneur façonne des objets simples, bols, vases, bougeoirs, pieds de table. Pierre Cormeau est-il en même temps sabotier ? À partir du début du XIXe siècle, le creusage de la bûche se fait aussi au moyen du tour à bois. Que sait-on aujourd'hui de ces métiers, devenus métiers d'art, ou de loisir ? De l'habileté qu'ils requièrent ? Plus d'habileté qu'il n'en faut sans doute pour manipuler nos instruments numériques.

Travaillait-il à son compte ? Pour un patron ?

La mère de Laurence, Joséphine Challet, est couturière et sage-femme. Jusque dans les années cinquante du siècle dernier, les villages comptent plusieurs couturières. J'en ai connu au moins trois dans mon village natal. Comme sage-femme, quelle formation a-t-elle reçue ? Probablement aucune. Les sages-femmes, à l'époque, se formaient auprès de leur mère, également sage-femme. Cette question ne laisse pas les autorités indifférentes, la médecine s'y intéresse. On en a quelques indications à travers la personne et l'action d'un médecin, Michel Chevreul, né et mort à Angers, où il exerça, qui fit paraître en 1782 un ouvrage intitulé *Précis de l'art des accouchements en faveur des sages-femmes de campagne et des élèves de cet art*. La bibliothèque d'Angers en détient une réédition de 1882.

Le docteur Michel Chevreul est né en 1752. À l'époque où il publie ce livre, il est « Docteur en médecine, Maître en chirurgie à Angers, Démonstrateur en l'art des accouchements, et Inspecteur général des cours d'accouchement de la Généralité de Tours ». L'intendant de la généralité de Tours, circonscription administrative de l'Ancien Régime, avait pouvoir en Touraine, en Maine et en Anjou. Ouverts avant la Révolution, ces cours subsistent après elle, quand ils sont liés à la personnalité exceptionnelle du professeur : c'est le cas de Marguerite Coutanceau à Bordeaux, et de Michel Chevreul à Angers.

Angers perd sa faculté de médecine, mais des leçons publiques de médecine sont aussitôt mises en place et elles deviennent en 1820 l'école de médecine et de pharmacie d'Angers dont Michel Chevreul sera le directeur[44]. Trajet comparable à celui du père de Flaubert, Achille-Cléophas. Leur science et leur pratique, on le notera, ne feront de vrais progrès qu'avec la découverte de l'asepsie : le docteur Flaubert, qui en ignore la pratique, contamine sa fille, tout juste accouchée, en lui rendant visite dans son habit de chirurgien. L'ère pasteurienne change la donne. À la maternité d'Angers, le docteur Monprofit fait installer en 1889 une salle aseptique. La pratique se répand immédiatement chez les sages-femmes, mais surtout en milieu hospitalier : on imagine la difficulté d'y procéder dans les demeures paysannes à l'hygiène assez rudimentaire. Surtout si l'on sait que l'usage du sublimé corrosif, ancien nom du chlorure de mercure, le seul antiseptique accessible quoique très nocif, n'est autorisé aux sages-femmes qu'à partir de 1890. Dans ces années de la fin du siècle, il y a environ une sage-femme pour 2 500 ou 3 000 habitants. La loi du 30 novembre 1892 les reconnaît comme pouvant suppléer au médecin, particulièrement dans les zones rurales.

Selon les calculs du docteur Bertillon, le taux de mortalité infantile en France dans les années 1860 est de 22 %. Mais les variations régionales sont importantes. Jusqu'à 90 % en Loire dite « inférieure » : promiscuité, animaux, lait non pasteurisé, hygiène insuffisante.

Comment vivait, durant l'enfance de mon arrière-grand-mère, le couple d'une sage-femme et d'un sabotier ? Quelle était au Voide la maison de la famille Cormeau ? Je me poserai les mêmes questions lorsque, après son mariage, Laurence s'établit avec Jacques-Jean Frémondière, d'abord dans l'île de Chalonnes, puis dans le bourg, quai Notre-Dame puis rue de la Justice. Sans plus de résultats.

Leur condition, dans ces années de la fin du XIXe, est une condition difficile. Dans le bocage des Mauges, en Vendée, les paysans se répartissent en trois groupes : laboureurs, bordiers et journaliers[45]. Les laboureurs exploitent des métairies, souvent isolées dans le bocage, et dont les bâtiments s'élèvent parfois aux limites des villages ou des bourgs. Le bordier exploite une superficie plus petite, une « borderie », il est plus pauvre. La catégorie paysanne la plus répandue, économiquement et socialement inférieure, est celle des journaliers qui vivent de leurs « journées ». L'emploi de journalier est soumis aux travaux saisonniers : fenaison, moisson, vendanges, terrassements et bûcheronnage hivernal. C'est une main-d'œuvre sans qualification particulière, réduite au chômage les mauvaises années. « Pendant l'hiver ils se font parfois maçons, sabotiers ou tisserands. Ils cultivent aussi leurs héritages : quelques planches de jardin ou gaules de terre près du bourg[46]. »

L'habitat rural évolue lentement, mais il reflète avec exactitude le statut social et les revenus de ceux qu'il abrite. Ainsi de François-Marie Besnard, le curé « aux prises avec la révolution », né en 1752. Dans ses mémoires, *Les Souvenirs d'un nonagénaire*, publiés par Célestin Port, il décrit la maison de Marie Bineau, sa bisaïeule, chez qui on l'a placé enfant, près de Thouarcé, à une dizaine de kilomètres du Voide. « Une grande pièce avec une table de cinq ou six couverts, deux armoires, deux lits, et une autre pièce derrière un mur de refend, non chauffée, plus petite. Plus la salle, avec chandeliers, miroirs etc... » Dans la cour, le « couraudoire », descente en pente douce vers la cave. Un de ces « provincialismes » que les linguistes recueillent avec une gourmandise teintée d'une légère condescendance. Ferdinand Brunot note ce mot dans son *Histoire de la langue française*, comme un de ceux qu'on découvre « en feuilletant les livres écrits par des provinciaux ».

La maison des Cormeau, à cette génération ou à la précédente, était sûrement moins confortable que celle de Marie Bineau, et sans doute plus proche de celle ci-dessous, dans le pays de Retz, plus au sud, en Loire-Atlantique. Couverte d'ardoises, de tuiles, ou de chaume tout simplement ? Avec une étable, ou au moins un poulailler, si elle était au cœur du bourg. Mais peut-être aussi un « couraudoire ».

Femme âgée revenant du puits à Rouans.

La condition sociale de la majorité des paysans est rude ; elle n'est pas tragique, mais extrêmement précaire. Comme en témoigne ce minutieux inventaire de diverses successions[47]. L'habitat du journalier se compose souvent d'« une seule pièce contenant un bois de lit et un matelas de filasse, quelques ustensiles de cuisine, un mauvais coffre, une maie, des outils à bras, trois draps, une mauvaise nappe, des habits de breluche [une sorte d'étoffe] de peu de valeur, voilà tous les biens de ce monde du journalier marié. Total 38 livres. Et voici le testament de cet autre qui va mourir à soixante ans, célibataire, chez "ceux qui l'ont nourri, logé et entretenu toute [sa] vie" ; il lègue ses "hardes" et un "coffre de chesne à serrure", le tout valant 41 livres, plus une "tasse d'argent toute petite" d'une valeur de 12 livres. Deux successions, de 38 et 53 livres : la grande misère. Dans le premier cas, il y a plus de 36 livres de dettes ; dans le second, il faut compter 5 livres pour le cercueil, 3 pour le sacristain et l'ensevelisseuse et au moins 6 pour le curé. Et ce journalier ne pourra pas faire assurer le nombre habituel de messes pour le repos de son âme. Ces quelques lignes suffisent à dire la détresse du journalier vue à travers la modestie de ses biens ».

Au demeurant, « la solidarité entre ces ruraux n'a pas disparu ; le milieu paysan, fermé sur lui-même, soucieux d'autosubsistance, la renforce. Cette cohésion, alliée à une relative aisance de la masse que confirment nos documents, explique la modération des cahiers de doléances. Seuls les laboureurs et principaux bordiers eurent la parole au printemps 1789 car les journaliers étaient trop frustes et dépendants pour faire entendre leur voix ».

Un siècle plus tard, la famille de Pierre Cormeau vivait-elle mieux, ou moins mal, que ces petits bordiers et journaliers ? Quelles étaient leurs habitudes, leur nourriture ? Est-ce d'eux que me vient ce goût pour les produits venus du jardin ? Dans le village où je suis confinée, seuls quelques vieux cultivent encore leur carré de terre : un « jardin » aujourd'hui c'est une pelouse entourée de massifs, et une clientèle le week-end pour les « jardineries ».

Seule la littérature a gardé la trace de ce monde rural disparu. Chez René Bazin, par exemple, dans *Donatienne* (1903), ou *La Terre qui meurt* (1899). Ou chez Ernest Pérochon* dont le premier livre, *Les Creux de maisons*, met en scène des journaliers agricoles du Bocage bressuirais, les plus pauvres des pauvres — ceux dont parle Roger Thabault. Les « creux de maisons », ce sont des habitations particulièrement insalubres : « C'était une cabane bossue et lépreuse, à peine plus haute qu'un homme ; on descendait à l'intérieur par deux marches de granit ; il y faisait très sombre car le jour n'entrait que par une lucarne à deux petits carreaux ; l'hiver, il y avait de l'eau partout. »

J'ai lu très jeune Ernest Pérochon, l'un des écrivains favoris de l'école primaire jusque vers 1960. En revanche, j'ai longtemps dédaigné l'œuvre de René Bazin, le grand-oncle d'Hervé (et bien meilleur écrivain que lui), angevin, catholique, monarchiste, professeur à l'Université catholique d'Angers, académicien**, que mes professeurs au lycée d'Angers moquaient pour le patriotisme revanchard de son roman le plus fameux, *Les Oberlé*. Mais *La Terre qui meurt* comme *Donatienne* donnent un tableau incomparable, sans concession, de la condition paysanne. Donatienne s'est gagée comme nourrice à Paris. Resté seul avec leurs trois enfants, son mari est chassé de sa métairie quand il ne peut plus en payer le loyer. Son errance le mène de ferme en ferme ; une paysanne miséricordieuse prend chez elle le dernier-né en proie à la fièvre. Pendant ce temps, Donatienne perd son travail quand son nourrisson est sevré, échappe de justesse à la prostitution et se met en ménage avec un cafetier.

Quant au caractère des habitants du Bocage, chouan ou ven-

* Instituteur, né en 1885. En juillet 1896, il est reçu, à 11 ans, premier du canton au certificat d'études primaires. Son premier livre, *Les Creux de maisons*, est publié par *L'Humanité* en 1912, sous forme de feuilleton. Prix Goncourt pour *Nêne* en 1920. En 1940, il refuse de contribuer à *La Gerbe*, journal collaborationniste de Vichy, ainsi qu'à la radio du régime et de faire une tournée de conférences en Allemagne. Il supporte mal la pression qu'on lui fait subir et meurt d'un malaise cardiaque en 1942.

** J'occupe aujourd'hui son fauteuil, le 30e.

déen, je m'en remets à Victor Hugo qui dans *Quatrevingt-treize* fait surgir d'un trait ces paysans, « l'air farouche et l'œil naïf ». Henri Baudrillart, l'économiste déjà cité, écrit en 1885 : « Le moins rompu aux habitudes civilisées est le paysan de Cholet, sorte de demi-Vendéen, ayant beaucoup de dignité personnelle. Peu sociable, défiant outre mesure et renfermé en lui-même, il est moins avide que d'autres des distractions[48]. »

Et, au cœur de tout cela, avec des degrés : fatigue, froid, maladies dont on n'a plus idée, ou qu'on peut guérir aujourd'hui en quelques jours.

Reconstituant les premières années de Laurence, et voulant suivre la chronologie, j'ai parfois l'impression que je travaille à la manière du facteur Cheval : en rapportant de mes allées et venues dans le temps (et sur l'Internet), des fragments hétéroclites que je parviens plus ou moins à réunir en édifice. Où tous trouvent leur place, et leur sens.

Par exemple, 1866, Laurence a 3 ans : c'est l'année d'une de ces crues de la Loire qualifiées d'« historiques[49] ». Entre le 24 septembre et le 4 octobre, à la suite de très fortes pluies, la Loire et ses affluents sortent de leur lit. Les habitants se mettent à l'abri à Corné, Saint-Mathurin et Champtocé. La levée se rompt à Gohier sous l'effet des infiltrations, de même en aval de Saumur. J'imagine les conséquences sur la vie des habitants, les commentaires dans les familles et jusque dans le sermon des curés — sur le modèle d'un prêche de Mgr Dupanloup, évêque d'Orléans, qui avait établi un lien entre une crue, historique aussi, et la réédition des œuvres de Voltaire.

Et c'est peut-être un souvenir d'inondation, qui me fait placer juste à côté (facteur Cheval !) la construction, la même année (1866), en bordure de la Maine, place Molière à Angers, d'un Cirque-Théâtre. Qui fut entouré d'eau plus d'une fois lors des débordements de la rivière. Il me semble bien que ce fut le cas en 1955 ou 56. Ce sont des souvenirs qui me relient à mes ascendants par des canaux mystérieux, mais aussi à travers des expériences similaires nourries par les inquiétudes des adultes et le bruit des conversations.

Le Cirque-Théâtre d'Angers (carte postale).

Mais naturellement le Cirque-Théâtre se rappelle à notre mémoire par d'autres souvenirs, politiques, et républicains. Grâce à ses matériaux légers, il est édifié en quelques mois à la suite de l'incendie en 1865 du grand théâtre de la place du Ralliement. Ce sera le premier cinéma d'Angers. Il accueillera du théâtre, des opérettes, des revues de music-hall, des spectacles de variétés et, naturellement, du cirque. Et aussi des réunions publiques à caractère syndical ou politique, les manifestations d'une gauche républicaine rendues vigoureuses par la résistance et l'opposition locales.

J'ai la nostalgie de ce bâtiment, dont je me rappelle, juste avant sa destruction, la silhouette fragile, noircie, menacée. Et sa grande époque politique, dans les années 1900. En 1903, il accueille une conférence de la « citoyenne Bonnevial », institutrice poursuivie sous le Second Empire pour avoir refusé de dispenser l'enseignement religieux obligatoire selon la loi Falloux. Radiée de l'enseignement en 1871 quand elle rejoint la Commune de Lyon. Initiée à la franc-maçonnerie en 1894. *Le Patriote de l'Ouest*, 26 avril 1903 : « C'est à une véritable fête que nous conviaient hier les groupes socialistes, la conférence de "la citoyenne Bonnevial". La réunion se conclut par une résolution : "Les citoyens et citoyennes, réunis au nombre de deux mille, au Cirque-Théâtre d'Angers, le samedi 25 avril 1903, déclarent que l'émancipation morale et matérielle, économique et politique des travailleurs, doit être poursuivie sans distinction de sexe ni de race." »

La question des femmes fait son entrée ici — indirectement. Mais aurai-je d'autres occasions de la poser ? Quelques-unes. Lorsque je rencontrerai des femmes d'exception, comme André Léo, ou Augustine Girault-Lesourd, la grande républicaine angevine. Mais pour le reste, dans toute la période où je promène ma hantise d'informations sur mon arrière-grand-mère, je croise des destins de femmes sans doute empêchées par leur condition mais rarement révoltées. Religieuses. Femmes de métayers accablées d'enfants. Mais quand j'évoque sa figure telle que mon père me la dessinait, sa jovialité, son courage, sa bonne humeur, je me dis que Laurence F., mon arrière-grand-mère, faisait certainement partie de ces femmes que le travail, l'expérience de la vie avaient libérées des préjugés inutiles. Tout en les laissant pénétrées d'un sentiment puissant de respect envers les traditions, qui dictent à chacun son rôle et sa place.

Mon arrière-grand-mère en sait long sur la vie. Peut-être tout simplement parce que jour après jour elle a affaire aux grandes et petites affaires des humains : leur linge.

Revenons encore une fois sur le défunt et regretté Cirque-Théâtre, place Molière, à Angers, et à cette soirée du 8 octobre 1904 où « la grande salle du Cirque-Théâtre était absolument comble et beaucoup de citoyens ont dû rester au-dehors » pour la venue de Jaurès, Camélinat et Ducos de la Haille. D'emblée

Jaurès souligne les difficultés qui « vous entourent, vous, socialistes d'Anjou, comme celles qui entourent les hommes de Vendée et de Bretagne qui cherchent à faire jaillir l'étincelle républicaine et socialiste. La lutte que vous avez engagée à Angers, nous la menons dans tout le pays ».

L'assemblée conclut la soirée par le vote d'une résolution : « Les citoyens réunis à la salle du Cirque-Théâtre au nombre de 2.500, après avoir entendu les discours des citoyens Camélinat, Ducos de la Haille, Jaurès, affirment leur entière adhésion à la République socialiste qui, seule, pourra assurer l'émancipation entière des travailleurs et s'engagent à fortifier l'action politique et économique du prolétariat. »[50] Fin de partie : Jacques Doriot y fait une conférence en 1941. Mal entretenu, le Cirque-Théâtre doit être démoli en 1962 après avoir servi de morgue lors des bombardements de 1944[51].

En 1867, Grégoire Bordillon meurt subitement, en débouchant, dit-on, une bouteille de layon de sa propriété. Premier préfet républicain du Maine-et-Loire, il avait été exilé en Isère, et il était revenu en Anjou à sa retraite, faire son vin et recevoir ses amis. Sous l'Empire, l'idée républicaine ne fait que des progrès très lents en Anjou. En janvier 1860, une amnistie libère et ramène du bagne guyanais les « perreyeux » de Trélazé, ouvriers des carrières d'ardoise condamnés après l'insurrection de « La Marianne[52] ». Ce sont les années où Napoléon III a décidé d'amender le système autoritaire qu'il avait fondé (tout en en conservant l'essentiel). Diverses mesures, autour de 1867, inaugurent une période, qui sera très courte, où l'Empire s'ouvre à des initiatives qui seront qualifiées de libérales, une espèce de république monarchique. Pour certains, ce ne sera qu'une pitoyable tentative de survie du régime. Zola dans *La Curée* a pris pour thème central les travaux de modernisation de la capitale — au détriment du Paris historique et pour l'enrichissement des spéculateurs, dans le cynisme des fêtes et l'alliance crapuleuse « de l'or et de la chair ».

Et donc, lorsque meurt Grégoire Bordillon, l'Anjou rend-il hommage à son premier préfet républicain ? Pas officiellement, certes. Mais dans un ouvrage, celui d'un de ses amis politiques, Élie Sorin, intitulé : *La Vie politique en province. Étude sur*

G. Bordillon. Édité en 1868, réédité en 1889 — pour le centenaire de la Révolution —, il comporte une dédicace au président de la République, Sadi Carnot, lui rappelant que son père, Hippolyte, « il y a vingt et un ans, venait en Anjou pour conduire le convoi funèbre de Grégoire Bordillon. C'est votre père, surtout, qui m'a donné des conseils pour écrire la vie de ce bon citoyen. Lorsque ce livre parut pour la première fois, vous étiez au nombre des jeunes gens dont le cœur battait sous l'émotion de patriotiques espérances : vous étiez prêt à marcher avec eux dans les luttes attendues ; la France vous a dit, depuis, que vous aviez bien tenu votre promesse. Je vous prie d'accepter aujourd'hui cette dédicace, en souvenir de l'amitié profonde qui unissait votre père à Bordillon (Angers, 5 mai 1889)[53] ».

1867, 1868. L'enfance de Laurence se situe à la jonction de deux mondes, au bord de la coupure irréversible ouverte par la Révolution dans l'histoire, un fossé que la résistance « chouanne » ou « vendéenne » n'a pas réussi et ne réussira pas à combler. L'histoire du XIXe siècle est marquée, dans cette région, par un puissant mouvement de réaction politique et religieuse qui tente de s'accommoder du grand bond en avant de la modernité industrielle et technique, l'ouverture de nouvelles routes, le développement du chemin de fer, l'école. Ce grand mouvement que le Second Empire et, avant lui, la monarchie de Juillet, avaient initié, la IIIe République va le reprendre et l'achever. Ce qui lui vaudra l'adhésion continuée des plus humbles, qui accueillent avec avidité les signes d'un grand changement, même s'il les effraie aussi. Le « progrès » ! Quelque chose se dessine, dont j'ai encore senti l'appel, un siècle plus tard, et la poussée. Quelque chose d'infiniment plus précieux que les places, la fortune et le renom, l'espoir de vivre mieux. Vivre mieux : désassujettir les corps et les âmes. Sortir du temps de la répétition sans horizon, génération après génération. Grâce au progrès, scientifique et technique. Le progrès — un mot aujourd'hui largement discrédité, dans un premier temps parce qu'on a cru y voir l'origine des régimes totalitaires, maintenant parce qu'on le rend responsable des développements prométhéens destructeurs de la planète.

Mon arrière-grand-mère ne comprendrait pas trop bien ces affrontements actuels autour de la notion de progrès. Elle ne sortit jamais du monde frugal de son enfance ; elle fut comblée par l'arrivée de l'eau courante sur son évier, point. Son idée du progrès. En fait, elle n'en propose, si l'on y réfléchit, d'autre modèle que celui de Condorcet, dont elle ignora toute sa vie l'œuvre et même le nom : l'idée que notre condition sociale, politique, individuelle est perfectible. Encore faudrait-il que, par référence à Babeuf, et en sa mémoire, on y ajoute ceci : « il ne doit être de progrès que régi par la formule "marchons à l'égalité" ».

C'est donc au nom de Laurence Frémondière, née Cormeau, de Condorcet et de Babeuf, que je ne m'associerai jamais à la critique du mot « progrès ». Et que je refuserai obstinément sa captation actuelle par une rhétorique du mouvement qui ne vise en fait qu'à maintenir l'ordre existant.

L'école et les voies de communication, au fond, c'est la même chose ; il s'agit dans les deux cas d'opérer le « désenclavement » d'un territoire et de sa population, afin de les associer au développement industriel naissant et, pour ce qui est de l'Ouest, de prévenir le retour de la fronde et du séparatisme vendéen et chouan.

Loi du 27 juin 1833 : construction de canaux (pour 44 millions) ; études pour des chemins de fer ; achèvement de routes royales (pour 17 millions) et développement de routes stratégiques dans l'Ouest (12 millions). On a compris très tôt que la paix dans les Mauges reposait sur le percement de routes qui traverseraient l'épaisseur des bocages (articles 6 à 10 de la loi). Leur objectif avoué est de mettre fin aux guerres civiles qui ont désolé la Vendée. « Il s'agissait de faire vite et d'éviter les détours propices aux embuscades », écrit en 1905 le capitaine Levainville dans les *Annales de géographie*. « Aussi leur tracé au lieu de se modeler après les accidents de terrain pour réduire les déclivités est-il souvent rectiligne. » Henri Baudrillart en parle, lui, en économiste d'abord soucieux de développement : « Les précautions prises pour prévenir le retour et empêcher le succès de tentatives du même genre tournèrent au profit de la culture par la création de routes auxquelles on put attribuer le nom de stratégiques, mais qui, au lieu de transporter des hommes et des munitions de guerre, ne servirent qu'à favoriser l'écoulement des produits des campagnes et à les enrichir d'engrais. »

Soumises à l'autorité militaire, ces routes sont au nombre de trente-huit, classées par ordre de numéros dans le règlement du 29 novembre 1833 qui en a fixé le nombre et la direction. Au total, 1 466,417 kilomètres dont 280,762 en Maine-et-Loire. Les projets nouveaux prévoyaient une dépense de 2 911 000 francs. « Leur exécution était terminée à la fin de 1837, grâce en partie à l'emploi sur les chantiers des soldats du 36e de ligne », écrit Célestin Port dans son dictionnaire. (Le 36e de ligne s'illustrera pendant la guerre de 1870 et sur le Chemin des Dames en 14-18.)

Sous le Second Empire, tout danger de chouannerie ayant disparu, elles seront classées sous de nouveaux numéros. J'ai pour ma part le souvenir d'une route rectiligne, qui file entre les vignes, aux environs de Saint-Lambert-du-Lattay ; est-ce une ancienne route stratégique ? Je le vérifierai bientôt[54].

Seule l'Algérie, récemment conquise, connaîtra ce type de construction, et pour les mêmes finalités. Ils n'avaient donc pas tort, les chouans de Maulévrier qui criaient « Vive les Bédouins ! » pour saluer les dissidents régionaux de 1831-1832.

L'amélioration des conditions de circulation profite au commerce et aux industries naissantes, elle procure également aux habitants une amélioration de la vie quotidienne ; ainsi du premier pont suspendu de Chalonnes-sur-Loire qui date de 1840. Autorisé par le décret du 24 août 1838 et ouvert au public le 12 août 1841[55]. C'est l'œuvre de « Marc Seguin & Frères ». Marc Seguin est le promoteur de cette invention géniale : il a publié en

1824 *Des ponts en fil de fer* qui sera réédité en 1826. Dans la foulée, on vote la prolongation de la route départementale 155 vers Saint-Georges-sur-Loire. En 1830, pour se rendre à Chalonnes, Sortant, le « dernier chouan », devait prendre un bateau. Et les habitants de l'île, parmi lesquels dans les années 1880 mon arrière-grand-mère et son mari, durent longtemps emprunter le bac.

Le développement du chemin de fer sera plus tardif ; la gare de Chalonnes date de 1865. Les travaux commencent en 1863, ainsi que la construction du pont de l'Alleud.

Si les routes et les chemins de fer se développent pour les besoins du commerce et de l'industrie, on a compris sous la monarchie de Juillet que l'instruction était « le premier des besoins sociaux ».

Pendant l'Ancien Régime, les « petites écoles » sont entre les mains du clergé. À la Révolution, plusieurs projets voient le jour pour donner à tous les citoyens une instruction primaire publique et gratuite mais, faute de moyens, ces réformes ne sont pas appliquées. Sous l'Empire, Napoléon s'intéresse à l'Université mais laisse l'école primaire à la charge des communes. Quant aux filles... Avec la Restauration, l'Église reprend son ancien pouvoir sur l'école, les instituteurs sont recrutés essentiellement dans les congrégations. La loi Guizot du 28 juin 1833, qui vise à pourvoir l'industrie naissante et l'économie nationale de nouveaux talents, voudra aussi être une étape vers la libération de l'emprise religieuse sur l'éducation[56].

Car, avec la monarchie de Juillet, tout change (enfin, presque). Le 11 octobre 1832, François Guizot devient ministre de l'Instruction publique. La loi qui porte son nom est un progrès considérable. Elle répond à l'article 69 de la charte révisée et promulguée le 14 août 1830 concernant « l'instruction publique et la liberté de l'enseignement ». Non sans un anticléricalisme appuyé (on en a vu plus haut les conséquences en Vendée). Chaque département devra entretenir une école normale d'instituteurs pour la formation des maîtres et chaque commune une école primaire (non gratuite) et un instituteur. On prévoit cependant une certaine forme de gratuité : la dispense de la rétribution scolaire pour les plus pauvres. Réminiscence de Condorcet (« la gratuité de l'instruction doit être considérée surtout dans son rapport avec l'égalité sociale ») ? Pour les garçons, uniquement. Les filles sont laissées entre les mains des congrégations.

Une ébauche timide de laïcité, tout de même ? Qu'on en juge : dans ses *Mémoires* (1860), Guizot note que si l'Église avait jadis le gouvernement des esprits, « cela n'est plus », et il s'en félicite. « En devenant plus laïques, l'intelligence et la science ont prétendu à plus de liberté. »

Si l'esprit de la loi Guizot, selon Roger Thabault[57], est bien de développer « le gouvernement des esprits par la raison », ce n'est pas sans intentions politiques. Guizot : « La liberté n'est assurée et régulière que chez un peuple assez éclairé pour écouter, en toute circonstance, la voix de la raison. L'instruction primaire universelle est désormais une des garanties de l'ordre et de la stabilité sociale. Comme tout, dans les principes de notre gouvernement, est vrai et raisonnable, développer l'intelligence, propager les Lumières, c'est assurer l'empire et la durée de la monarchie constitutionnelle. » Le sort de l'instituteur a changé : il est désormais protégé par l'État, formé dans les écoles normales dont la loi prévoit la création, non sans des résistances locales. L'article 11 de la loi du 10 juin 1833 stipule que « tout département sera tenu d'entretenir une école normale primaire, soit par lui-même, soit en se réunissant à un ou plusieurs départements voisins ». La *Lettre aux instituteurs* de Guizot l'affirme : « Désormais, en devenant instituteur communal, vous appartenez à l'instruction publique ; le titre que vous portez, conféré par le ministre, est placé sous sa sauvegarde. » C'est la première fois qu'on reconnaît sa place, son rôle, sa mission. « Ses travaux intéressent la société tout entière, et sa profession participe de l'importance des fonctions publiques. » Et même s'il ne doit pas y avoir de contradiction, bien au contraire, entre les Lumières et le sentiment religieux, l'instituteur échappe cependant à l'emprise de l'Église — catholique et toute-puissante : Guizot est protestant. Cependant il a accepté, ce que la gauche critique vivement, la présence de droit d'un ministre du culte — curé ou pasteur — au sein du comité local de surveillance.

Dès son arrivée rue de Grenelle, Guizot crée un *Manuel général de l'instruction primaire,* premier grand périodique destiné à l'enseignement primaire, afin de « servir à l'amélioration des écoles et à l'instruction du peuple ». Avec, entre autres, « la publication de tout ce qui intéresse l'instruction primaire dans les principaux pays du monde civilisé ». Il succède à un *Journal* destiné à faire connaître aux maîtres d'école « les meilleures méthodes de lecture, d'écriture, de calcul, de grammaire ».

La lecture est au centre de toutes les préoccupations, le Conseil royal de l'instruction publique autorise la publication par Hachette de l'*Alphabet et premier livre de lecture, à l'usage des écoles primaires* dont l'auteur anonyme est Ambroise Rendu*. La maison Hachette, fondée en 1826, se spécialise rapidement dans les manuels scolaires, notamment pour les « salles d'asile » (nom ancien des écoles maternelles). Grâce à la loi Guizot, les manuels seront gratuits pour les indigents. Le bilan de son ministère est remarquable ; cependant, les filles sont les grandes perdantes. En 1837, 1,5 million de garçons sont scolarisés pour 500 000 filles.

Petite précision nécessaire, qui contribuera à éclairer l'histoire du pays de naissance de Laurence. La création des écoles normales est un enjeu depuis la monarchie de Juillet — pour les garçons. Pour les filles, c'est une autre affaire. La première école normale de filles est créée en 1838, et en 1863, on n'en recense encore que onze. L'opinion catholique demande régulièrement leur suppression. Demeure sans effet la loi Duruy, sous le Second

* Qui avait publié en 1819 *De l'Instruction publique, et particulièrement des écoles chrétiennes. Modèle de tous les perfectionnements actuels de l'instruction primaire.*

Empire, qui enjoint aux préfets « de pourvoir à l'amélioration du recrutement du personnel féminin, notamment par l'ouverture d'écoles normales d'institutrices ». Il n'y en a que dix-sept à la proclamation de la IIIe République. Il faudra donc attendre la loi dite Paul Bert du 9 août 1879 pour que les départements soient tenus d'ouvrir une école normale primaire de filles pour les élèves institutrices.

Le Maine-et-Loire n'y est évidemment pas favorable : l'école normale d'institutrices n'ouvrira qu'en 1886.

Revenons dans les Mauges. Pour Chemillé, où naît Pierre Cormeau, le *Dictionnaire* de Célestin Port recense des écoles religieuses et des écoles laïques (dont, chose surprenante, une pour les filles !) mais aucune n'est antérieure au Second Empire. Je ne trouve d'exemples, dans les environs, qu'à Montrevault, une vingtaine de kilomètres plus à l'ouest, où en 1838 est vendue à la commune une maison située dans les marches de Raz-Gué et appartenant aux époux Mauget-Barré. En application de la loi Guizot, ce bâtiment va abriter officiellement une école : la première communale. De garçons, car pour les filles, ce sont les congrégations, toujours. On ne manque pas de bras. Mgr Angebault, l'évêque d'Angers, disait : « Dans mon diocèse, il me suffit de frapper la terre du pied pour en faire sortir des religieuses[58]. »

Comme une certaine Rose Giet, dont je rapporte l'histoire dans les termes et la logique du site *Vendeensetchouans*.

Rose Giet est née à la ferme de la Fouquette, paroisse de La Salle-de-Vihiers, et elle est baptisée le 3 décembre 1784. Fille de René Giet et Marie Buffard, elle était la dixième enfant sur les onze de la famille. Les parents de Rose étaient de modestes métayers, présentant tous les caractères du peuple du Bocage : foi vive, piété fervente et simplicité de mœurs. Enfant, elle a vécu les affrontements de la guerre de Vendée. En 1793, elle est à l'école des Sœurs de la Sagesse. Elle survit à la guerre civile et aux massacres, voit sa vocation encouragée par l'abbé Catroux

— lequel est mort à La Salle-de-Vihiers en 1863, l'année de naissance de Laurence Cormeau.

En 1823, elle prend l'habit, le 18 décembre, sous le nom de « sœur Marie » ; suit une formation à Montilliers, afin de devenir institutrice. Montilliers a connu la violence de la guerre de Vendée et d'une des colonnes infernales, dirigée par le général Louis Bonnaire, qui entre le lendemain dans Le Voide : trente femmes et enfants y sont fusillés[59]. La même année, à La Salle-de-Vihiers, Rose Giet fonde avec Jean-Maurice Catroux (1794-1863) la congrégation des Filles de la Charité du Sacré-Cœur de Jésus, « au service des pauvres et des malades et pour l'instruction de la jeunesse ». Reconnue le 14 mai 1828 par une ordonnance de Charles X.

La congrégation profite en 1833 de la loi Guizot, et elle comptait 129 sœurs « lorsque Rose Giet rendit son âme à Dieu, le 3 janvier 1848 à La Salle-de-Vihiers » (selon le site *Vendeens-etchouans*).

Joséphine Challet, la mère de Laurence, née un siècle avant moi, en 1841, a-t-elle bénéficié vers 1850, à Vihiers ou à La Salle-de-Vihiers, de l'enseignement d'une de ces sœurs ?

Dans l'épaisseur du Bocage, dans le quotidien des bourgs, la vie est faite d'événements qu'en haut on ignore, modestes événements ponctuant une histoire sous-estimée, perdue. De même que dans l'ensemble des campagnes françaises, il n'y parvient aucune des grandes nouvelles dont pourtant les journaux se font l'écho. Ni la fin de la guerre de Sécession en 1866. Ni le retrait français du Mexique. Ni la bataille de Sadowa, grande victoire qui renforce la Prusse. Ni l'émergence de la question canaque en 1868. Ni la famine en Algérie (1866-1868). Ni même la création du certificat d'études — qui pourtant aura un si grand effet sur leur vie.

C'est que, dans les mêmes dates, aucune famille de journaliers, de métayers, de bordiers des Mauges ne lit, encore moins ne reçoit le journal, ni même du courrier postal. Il n'y a de boîte aux lettres que dans quelques rares localités. Seuls peut-être les garçons, revenus du « service », ouvrent une porte sur le vaste monde. Sur des pays inconnus, sièges de guerres dont on comprend mal les enjeux, peuplés de gens étranges dont on comprend mal les mœurs. Le sentiment qui me domine une fois encore tandis que je m'enfonce dans l'épaisseur de la vie des anonymes, des humbles, des impropriétaires, dont je suis issue, c'est que l'histoire se déroule sur des plans parallèles.

Jusqu'au jour où l'histoire d'en bas subit les effets d'une histoire d'en haut qu'elle ignore largement. Ce sera le cas avec la guerre franco-prussienne, l'été et l'automne de 1870, dont les conséquences seront immenses : la proclamation de la République et de l'Empire allemand, germes d'une future guerre mondiale.

Syntagme figé, presque sans contenu, la « guerre de 70 » est la grande oubliée. Pourtant, pendant un siècle, jusqu'à ma génération et un peu au-delà, la mémoire des familles est encombrée d'une guerre par génération. La guerre de ma petite enfance, c'est celle de 40. Pour mes parents, nés respectivement en 1909 et en 1912, c'est la Grande Guerre. Je n'avais jamais pensé que mon arrière-grand-mère, dans sa propre enfance, avait eu sa guerre, la guerre de 1870.

Or la République et la guerre sont étroitement liées, la République voit le jour au lendemain de la défaite de Sedan le 2 septembre. Capitulation. L'empereur est fait prisonnier. Une honte, et un désastre humain. Le 3 septembre, environ 80 000 hommes sont parqués sur la presqu'île d'Iges sans abris et sans vivres. On ramasse les morts par centaines, morts de blessures, de dysenterie causée par l'eau de la Meuse infestée de cadavres. Pages saisissantes de Zola dans *La Débâcle*.

Cette guerre oubliée a laissé une marque profonde dans la conscience nationale. L'école entretient la volonté de « la revanche » sur une Prusse, devenue l'Allemagne, qui a amputé notre territoire de trois départements (le Haut-Rhin, le Bas-Rhin et la Moselle). Dans toutes les écoles primaires, des milliers d'enfants, apprennent à chanter : « Vous n'aurez pas l'Alsace et la Lorraine / Et malgré vous nous resterons français / Vous avez pu germaniser la plaine / Mais notre cœur vous ne l'aurez jamais* ! » Et nous avons oublié aussi l'immense succès des *Oberlé* de René Bazin, le monarchiste et catholique angevin. On n'imagine pas combien la défaite, l'occupation, le siège de Paris ont pu frapper

* Paroles de Gaston Villemer et Hippolyte Nazet, paroliers prolifiques, morts par suicide pour le premier et de misère pour le second. La musique est de Frédéric Bentayoux, dit « Ben Tayoux ». La chanson est créée en 1871 par Mlle Chrétienno de l'Eldorado.

les contemporains, et marquer les esprits durablement. Particulièrement ceux « d'en bas », qui ont fourni les contingents de fantassins, et subi ensuite les conséquences de l'occupation du territoire. Notamment en Touraine et au sud de la Loire dans la région des Mauges.

La guerre de 70 réveille le souvenir d'une autre invasion : celle de 1815. Un demi-siècle avant la naissance de Laurence.

C'est très peu, un demi-siècle. C'est ce qui nous sépare de Mai 68. Voyons un peu le *Dictionnaire* de Célestin Port[60]. En avril 1814, Napoléon abdique par le traité de Fontainebleau. Un ancien chef de l'armée vendéenne, le général d'Autichamp, prend alors le commandement général des départements du Maine-et-Loire et de la Mayenne, avec résidence à Angers. Il reçoit le duc d'Angoulême (fils du futur Charles X) le 5 juillet à Beaupréau (« cette obscure métropole de l'idiotisme des Mauges », selon le conventionnel La Réveillère-Lépeaux). Le 9 juillet, il est à Cholet, où on entend crier « Vive l'empereur ! » et le curé Hudon protester contre la Charte en acclamant « le roi quand même ». Mais toute cette ardeur tombe aux Cent-Jours : le 22 mars 1815 le duc de Bourbon, comme on l'a vu, lance en vain de son quartier général de Beaupréau, une proclamation qui appelle aux armes tous les hommes de 18 à 50 ans ; le retour en arrière s'avère impossible. La résistance se met en place dès avril autour de « fonctionnaires et de patriotes », auxquels se joignent des députés de Nantes, de Vannes, de Rennes et de Saint-Brieuc. Un rassemblement commandé par Louis de La Rochejaquelein tente le coup : il attaque Maulévrier, « des bandes, soulevées comme autrefois au son du tocsin, coupent les routes à tous les convois ». Échec. Le général Lamarque vient prendre à Angers le commandement de l'Ouest. Une pacification est ratifiée à Cholet au lendemain de la nouvelle de Waterloo. C'est l'échec de la « petite chouannerie ».

Mais l'invasion prussienne progresse.

Le 2 août, les débris de l'armée vaincue sont encore près

d'Angers, aux Ponts-de-Cé. La région Touraine-Anjou est occupée par les Prussiens, la Loire doit servir de ligne de démarcation (déjà). Ils sont à Tours, Saint-Symphorien, vont-ils descendre la levée ? Oui. Arrive par le nord une brigade de 7 000 Prussiens qui se déploie en direction d'Angers, leur objectif. Occupée le 4 août, par 5 300 hommes commandés par le baron von Thielmann, la ville est traitée en pays conquis ; le préfet, le baron de Wismes, est enlevé et envoyé en Allemagne. La charge est très lourde, le mécontentement de la population va croissant, « bien que certains Prussiens parlent français » et soient « fort bien élevés » (on se croirait sous Vichy). On accuse les Angevins de morts suspectes de Prussiens : empoisonnés ?

L'occupation dure jusqu'au 23 septembre. Le préfet de Wismes est relâché avec l'évacuation militaire.

Mais la note est rude, et laissera d'amers souvenirs : « Le Département doit payer 1 800 000 fr. de contributions, sans compter les déboursés des villes et des campagnes[61]. »

On comprend donc l'effroi que soulève en 1870 l'invasion du territoire. Et la crainte d'un retour de l'armée prussienne en Touraine-Anjou. Comme un demi-siècle plus tôt après Waterloo.

Le désastre de Sedan a lieu le 2 septembre, mais la guerre se poursuit jusqu'en mai, où la paix est signée. Entre-temps, combats violents, pertes très lourdes et occupation.

La littérature a donné témoignage de cette guerre, mais, pour le propos de ce livre, on sera particulièrement sensible à son retentissement dans les couches populaires, paysannes. Telle cette évocation surprenante d'une aurore boréale dans le Loir-et-Cher en octobre 1870 : « Les gens du peuple disaient tristement : c'est signe de sang, y a du pauvre monde qui va mourir[62]. » Ce qui est confirmé par Verrier et Onillon, dans *Croyances et superstitions* : « Les aurores boréales, qui, presque chaque nuit, illuminaient le ciel, étaient interprétées par tout le monde comme l'annonce des combats sanglants qui se livraient chaque jour à cette époque. » La Chalude, une autre de ces femmes de village dont Jules Renard fait le portrait, se souvient de la peur folle que les Prussiens inspiraient : « On regardait, dit-elle, le soleil couchant tout rouge, et on pensait "Le sang prussien et le sang français se battent l'un contre l'autre" »[63] La Chalude « avait six ans en 70 », un an de moins que Laurence.

Au jour le jour, quelle fut cette guerre ? L'un des historiens les plus remarquables de l'Anjou, plutôt conservateur, le chanoine Uzureau, a publié en 1928 le *Journal intime que M. Baudouin, curé de Seiches-sur-Loir (Maine-et-Loire), écrivit pendant la guerre de 1870-1871*. En voici quelques extraits : « 29 juillet. — La guerre est déclarée. Dès les premiers jours, nous sommes défaits, écrasés sur les bords du Rhin. Août. — Les Prussiens victorieux envahissent la France ; chaque jour ils ont de nouveaux succès. 30 août-1er septembre. — Pendant ces trois jours, bataille terrible à côté de Sedan. Les Français sont acculés sur Sedan, et l'Empereur, avec presque cent mille hommes, ordonne malgré les généraux de capituler. Cette nouvelle consterne la France. 3 septembre. — À cette nouvelle, Paris proclame la déchéance et la République. »

Puis c'est la panique devant l'avancée des Prussiens : « 17 janvier 1871. — La nouvelle défaite de l'armée de Chanzy au Mans nous arrive. » Une autre de mes arrière-grands-mères, la seule que j'ai connue, née un an après Laurence (1864), aimait à raconter qu'on avait conduit les enfants des écoles porter des vivres et de la charpie aux soldats blessés. Francine Fellrath-Bacart cite les *Souvenirs d'un combattant de l'armée de la Loire* : « Tout manquait. Pas d'armes, pas de vêtements. La belle armée de Mac-Mahon, l'espoir de la France, avait capitulé à Sedan, Paris était investi, la province allait rester sans direction. »[64]

Il y a tant de similitudes entre cette guerre et l'effondrement de juin 40.

Les Prussiens sont à Tours le 19 janvier 1871 (à une centaine de kilomètres des Mauges). Ils quitteront la ville le 9 mars. Leur témoignage est unanime : du simple officier jusqu'au Kronprinz qui y fait un saut, jamais ville plus charmante ne s'est présentée à leurs yeux, avec son fleuve majestueux, son pont de pierre — que leurs successeurs s'empresseront de détruire en 1940 —, ses rues, ses églises et le paysage, l'un des plus beaux de France, « un panorama indescriptible ». Ils ont le sentiment d'être les témoins d'un art de vivre et même d'une civilisation incomparables. Mais Gambetta a dû quitter Tours pour Bordeaux. Le Saumurois s'inquiète, les télégrammes officiels renseignent mal, les rumeurs circulent, on arrête de prétendus espions. Une récente exposition (2016) a montré à Angers une proclamation du maire Alexis Maillé (gauche républicaine, à ne pas confondre avec le comte de Maillé de La Tour-Landry, légitimiste) pour préparer la population à l'éventualité d'une attaque (18 janvier 1871).

Soldats angevins de la guerre de 1870.

Au total, peu d'opérations ont lieu en Anjou, mais de nombreux Angevins s'y sont trouvés engagés, et un bataillon de cuirassiers saumurois est décimé par le feu prussien. Beaucoup d'autres sont tués à la bataille de Loigny.

Signalons que le 4e bataillon du Maine-et-Loire reçoit l'aide d'une ambulance médicale, créée sur l'initiative de Mgr Freppel, évêque d'Angers, avec l'aide de comités. Le même Mgr Freppel manifeste une confiance inébranlable dans la population de la région : « Ici, dans l'Ouest, on est armé jusqu'aux dents ; l'élan patriotique est admirable, et si la France peut encore être sauvée, elle le sera certainement par nos vaillantes populations de la Bretagne et de la Vendée. » Et plus loin : « Rien n'est perdu : la France peut encore se relever et faire payer cher aux Prussiens leurs sauvageries. Si vous voyiez comme moi l'ardeur qui anime nos jeunes soldats de l'Anjou et de la Vendée ! »[65]

Un bataillon de cuirassiers saumurois est décimé par le feu prussien : prenons la mesure de cet événement, et de sa trace dans l'imaginaire collectif et dans la mémoire locale, municipale.

Une fois de plus, je vais faire référence à l'excellent site *saumur-jadis.pagesperso*. Il donne le décompte des pertes du 29e mobiles. Pertes énormes : près de la moitié de son effectif. Sur un total de 3 402 combattants, on relève : officiers, tués, 3 ; blessés, 12 ; morts de maladie, 3 ; prisonniers, 11. Sous-officiers et mobiles, tués, 70 ; blessés, 266 ; morts de maladie, 898 ; prisonniers, 46 ; disparus, 242. Total général des pertes : 1 664.

On s'étonne aujourd'hui que les maladies causent de tels ravages : près de la moitié des morts. Au total elles auront tué plus que les combats eux-mêmes. C'est qu'à l'époque sévit une maladie épidémique redoutable, la variole hémorragique, ou variole noire, s'attaquant à la peau et aux muqueuses. Zola en a fait le tableau dans *La Débâcle* : « [Ceux qui étaient atteints] criaient dans un délire incessant, se dressaient sur leur lit, debout comme des spectres. » Le froid de cet hiver 70-71 est terrible dans la vallée de la Loire et dans le pays de Retz. « La Loire était glacée, on pouvait la traverser à pied sur la glace et [...] les jeunes gens restés au pays se rendaient sur les îles tuer à coups de bâtons oies et canards sauvages d'une maigreur effrayante utilisables seulement pour leurs plumes. Dans la campagne couverte de neige les merles et les grives se prenaient à la main. Enfin au printemps le calme renaît, l'épidémie s'apaise, la guerre se termine, la paix est signée et le commerce habituel reprend[66]. »

À Saumur, en souvenir des combattants du 29e et de leur sacrifice, une plaque commémorative est apposée en 1897 dans la salle du conseil de l'hôtel de ville. Y sont gravés les noms des « soldats morts en faisant leur devoir pour la défense de la

Patrie » sans distinction de grade. Bataillon que, par erreur, on dit « commandé par le comte de Maillé ». (En fait, Maillé commandait un des bataillons du 75e régiment de mobiles formé le 12 novembre 1870[67]). Le comte de Maillé, c'est l'adversaire de Clemenceau dans l'échange fameux où Clemenceau prononça la phrase devenue légendaire : « La révolution est un bloc. »

La décision de poser cette plaque revient au docteur Pissot, né à Saumur, médecin, archéologue, écrivain et historien, fondateur en 1880 de la Société des sciences, lettres et arts de Cholet, dont il est maire en 1894. Élève de l'école de médecine d'Angers, il est appelé en 1870 sous les drapeaux comme médecin-major de 2e classe, avec l'armée de la Loire, dans le 29e régiment de mobiles. Il participe à la bataille de Cercottes où le bataillon est sérieusement éprouvé.

Gallica a numérisé son ouvrage, paru en 1873, *Le 29e Régiment de mobiles (Maine-et-Loire) pendant les campagnes de la Loire et de l'Est (1870-1871)*[68].

Le livre du docteur Pissot est précieux à plus d'un titre : il fait rentrer la guerre de 70 dans notre histoire et donne toute sa place à la région où naquit Laurence C. qui avait 7 ans lors de son déclenchement. Extraits : « 2 novembre à Chambord, bivouac, le lendemain, la neige se met à tomber. Nous passons les journées du 4 et du 5 au château de Chambord. Nous profitons de ce loisir pour visiter et admirer cette merveille de la Renaissance, sa lanterne et son escalier central, unique. »

Les Prussiens se sont enfoncés très loin, la Loire est un enjeu. D'Orléans, le bataillon redescend vers Bourges. Retraite épouvantable. Les soldats meurent de froid ou de « dyssentérie » (orthographe d'époque), d'affections de poitrine. Dans les derniers jours de décembre, le temps est inégal, avec redoux. Puis c'est « le retour d'un froid plus intense que jamais. Nos pauvres soldats grelottent sous leurs vêtements en lambeaux. Leurs vareuses déchirées, leurs pantalons troués et frangés ne les couvrent plus qu'à moitié. Beaucoup marchent avec des souliers éculés et percés ; un plus grand nombre vont en sabots, soit qu'ils n'aient plus de chaussures, soit que leurs pieds meurtris et gonflés ne puissent plus en supporter. Dans de telles conditions, le nombre des malades s'accroît d'une façon alarmante. »

Mal vêtus, sans protection contre les intempéries, pris entre ordres et contrordres, ils se retrouvent à Vierzon, puis Bourges, et dans le train vers Nevers. De nouveau, un froid terrible dans le Morvan, l'approvisionnement est aléatoire, on abat des bœufs, et les malades sont de plus en plus nombreux. « Gonflement énorme des pieds avec rougeur violacée plus ou moins étendue ; chez d'autres, amaigrissement prononcé avec pâleur de la face, prostration des forces. » À Luzy, ce sont des manifestations extérieures de la « fièvre typhoïde grave ». De là on remonte vers Besançon. Puis vers Baume, Montbéliard, Sainte-Marie, démunis, sans approvisionnement. Un délégué de Beaupréau prend leurs lettres. On leur dit que « les tirailleurs algériens et la Légion étrangère se sont emparés des différents quartiers de la ville de Montbéliard ». Mais c'est un échec avec pertes considérables.

Pour les raisons qu'on imagine, je voudrais prendre le temps de développer un peu cette évocation des tirailleurs algériens, aidée en cela par le site du groupe Achac[69] : « Pendant la guerre de 1870 les tirailleurs algériens appelés "Turcos" se signalent par leur ardeur au combat, ils rencontrent un fort soutien populaire, notamment lorsqu'ils traversent la France sur le toit des trains. Durant le conflit, trois régiments de tirailleurs algériens sont envoyés en France où, après être passés par Marseille, ils combattent lors des batailles de Wissembourg, de Froeschwiller-Woerth, de Sedan et d'Orléans, tandis que d'autres bataillons, présents sur Paris au sein de la Garde impériale, rejoignent directement le front. Leur présence et leur combativité marquent en profondeur les Français. » C'est ainsi qu'en 1863, pour rendre « hommage aux tirailleurs algériens engagés dans l'expédition mexicaine (1862-1867), Napoléon III décide de les incorporer au sein de la Garde impériale aux côtés des zouaves. Ils montent alors la garde au palais des Tuileries ou au Louvre, distrayant les visiteurs de la capitale par leur uniforme éclatant ». Déjà, dans les défilés de 1859, ces combattants d'Afrique du Nord étaient intégrés dans l'armée française.

La question coloniale ne cesse, on le voit bien, de faire retour. Même au moment où on l'attend le moins, au moment de la

Commune : j'anticipe donc de quelques mois, en évoquant l'histoire de Mohammed ben Ali, le « Turco de la Commune », engagé comme la plupart de ses camarades dans des combats dont le sens leur échappe, ce qui ajoute au tragique de leur condition de colonisés. En 1870, un certain nombre de « Turcos » s'étaient trouvés dans la défense de Paris face aux Prussiens. Mohamed ben Ali est le plus connu d'entre eux. En tant qu'ordonnance de Maxime Lisbonne, un officier qui, pendant le siège de Paris, a rejoint les rangs des Fédérés — il a été nommé lieutenant-colonel le 1er mai 1871 —, Mohammed ben Ali se retrouve du mauvais côté. Et tombe quelques jours plus tard sous les balles des Versaillais, dans les combats de la Semaine sanglante.

Dans les *Contes du lundi*, parus en 1880, Alphonse Daudet dresse du « Turco de la Commune » un portrait assez déplaisant, chargé de stéréotypes raciaux. Égaré dans l'effervescence d'une situation à laquelle il ne comprend rien, « c'était un vrai turco. Pour s'en convaincre, on n'avait qu'à regarder cette frimousse éveillée de jeune singe, et toute la sauvagerie de ce petit corps s'agitant sur son grand cheval, dans les voltiges de la fantasia ». En bon musulman, il s'abstient de viande de porc ainsi que d'alcool, égrène son « kousskouss » mélancoliquement, puis de nouveau frappe sa derbouka. Sur l'une des dernières barricades de la Semaine sanglante, au moment où les Versaillais passent à l'offensive, il croit voir des Prussiens, se jette sur eux, le fusil en main, s'écriant : « Macache bono, Brissien !! » Et il se bat avec un courage décuplé. Les Versaillais le somment de se rendre. « Dans son idée de sauvage », il croit que c'est la délivrance. Fait prisonnier, il est aussitôt fusillé, et « meurt sans avoir rien compris ».

Résumé : « Tout joyeux de se trouver en si belle compagnie [...], ce déserteur sans le savoir se mêla naïvement à la grande bacchanale parisienne et fut une célébrité du moment. »

Retour aux mois de l'automne 1870 et de l'hiver 1871.

Les troupes ennemies ont continué de progresser en France jusqu'au printemps de 1871. Dans le Centre et la vallée de la

Loire, elles se livrent à des exactions, pillages, exécutions sommaires qui vont installer pour longtemps l'image du « Prussien » qui vole, viole et assassine. Image qui renaîtra en 1940, occultant parfois la vraie nature de l'Allemagne nazie. De leur côté, les soldats et officiers prussiens s'émerveillent des paysages français, de la splendeur de ces campagnes traversées par la majestueuse Loire.

Je cherche à imaginer ce qui s'est passé dans les villages de l'Anjou, des Mauges : l'éveil, le réveil ou la poursuite d'un antique pacifisme qui ne porte pas ce nom, mais celui d'un « refus de la guerre » — mort de jeunes hommes, ruine des villages, destruction des récoltes. Là sont les racines d'une résistance populaire profonde à la guerre, d'un pacifisme ancré dans l'expérience des sacrifices imposés. C'est un pacifisme mal compris, ou mal interprété, qui prend sa source dans la vision d'une commune souffrance, réunissant les corps torturés au-delà des séparations artificielles, de nations, de frontières. Toujours Zola, dans *La Débâcle* : dans les conditions affreuses d'une ambulance de campagne, Henriette soigne indifféremment des Français et des Bavarois et revient en murmurant : « Ah, les pauvres enfants, les pauvres enfants ! » Et Zola a magnifiquement saisi aussi dans *La Débâcle* la continuité et la résistance de la vie paysanne durant les guerres : tandis que le feu se déchaîne, un paysan, sur une colline, plus loin, pousse tranquillement sa charrue. C'est le tableau de Breughel, *La Chute d'Icare*, où l'on voit un laboureur au premier plan tandis que, la cire de ses ailes ayant fondu, Icare s'abîme dans les flots. Apologue, selon Brecht, de la « distanciation », que le fossé « de classe » réalise quotidiennement.

Levées royales de conscrits, appel aux armes de 1793, saignée opérée par les guerres de Napoléon : la guerre, ce sont les rois qui la décident et les peuples qui la font. Il est probable que personne parmi les miens de cette époque n'a lu ou entendu chanter ces vers d'Eugène Pottier, au cinquième couplet de *L'Internationale* :

Les rois nous saoulaient de fumées,
Paix entre nous, guerre aux tyrans !
Appliquons la grève aux armées,
Crosse en l'air et rompons les rangs !
S'ils s'obstinent, ces cannibales,
À faire de nous des héros,
Ils sauront bientôt que nos balles
Sont pour nos propres généraux.

Ce qui n'empêche pas que des francs-tireurs se lancent contre l'invasion prussienne. Mais dans les campagnes profondes, dans le Bocage, l'attachement à leur « pays » de ces ruraux villageois, artisans, métayers, journaliers, n'est pas le nationalisme guerrier, ni le patriotisme revanchard, que la république héritière d'une défaite s'efforcera de susciter. L'amour du petit pays et de la patrie est autre chose, il ne fait aucune place à un enthousiasme sanguinaire. Au contraire ; pour le petit peuple, les victimes des guerres, c'est « le pauv'monde » à qui la comète de 1811 ou les aurores boréales de 1870 semblent annoncer sa destruction et sa fin*.

Là est peut-être la source lointaine de ce pacifisme des années 1930 si fort chez les instituteurs socialistes issus du peuple — dont mon propre père — lecteurs d'Alain et de Giono : « Je ne peux pas oublier. L'horreur de ces quatre ans est toujours en moi. Je porte la marque[70]. » Plus tard, en 1954 ou 1955, un vieux paysan de mon village, qui avait été prisonnier en Allemagne en 14-18, se souvenait d'avoir traversé une campagne tellement semblable à la sienne. Il y avait entendu chanter le coucou, avec un étonnement dont il ne s'était pas remis : « Il chantait comme chez

* Tolstoï, *Guerre et Paix*, tome 2, chapitre III, XXII, dernier paragraphe : « Tout au milieu rayonnait une pure lumière, dont la brillante chevelure, entourée d'astres scintillants, se déployait majestueusement sur l'extrême limite de notre globe : c'était la fameuse comète de 1811, celle-là même qui, au dire de chacun, annonçait des calamités sans nombre et la fin du monde. »

nous ! » On écoutait ce récit cent fois repris, dans une secrète adhésion à ce défaitisme populaire.

Pour conclure, qui dit guerre, dit commémoration. Pour nous en tout cas, familiers depuis l'enfance des monuments aux morts de 14-18 et 39-45 dressés dans les plus petits villages, couverts d'une liste de noms dont l'énumération serre le cœur. Mais la chose n'est pas si simple après la guerre de 1870. « Tout en reconnaissant les mérites et l'héroïsme des soldats, certains refusent de commémorer une défaite, alors que le passé de la France est si riche de victoires et d'exploits : ce serait alors abaisser son histoire à un niveau indigne de la grande nation qu'elle est. L'épisode de la campagne franco-allemande est un deuil pour la nation tout entière et, en tant que tel, ne peut devenir un mythe fondateur du nouveau régime républicain : épisode à oublier, à enfouir, à occulter au profit de campagnes plus faciles à célébrer car victorieuses », écrit Bénédicte Grailles. Une loi cependant est votée le 4 avril 1873 : l'État va prendre en charge le recensement des tombes militaires par l'intermédiaire des maires. Mais l'insatisfaction demeure : « reconnus dans leur village comme des héros, leurs mérites collectifs n'accèdent cependant pas à l'échelon national [...] La reconnaissance de la nation n'est vraiment mise en scène qu'après la Grande Guerre. »[71]

Dans les Mauges, les municipalités ne reculent cependant pas au moment de rendre hommage à leurs morts. À Cholet, dès 1871, un socle surmonté d'une colonne brisée est dressé dans l'enceinte du cimetière de Rambourg « à la mémoire des mobilisés de la 2e légion du Maine-et-Loire tombés au combat de Monnaie ». Le monument est encore en place en 1932 (il en existe une seule illustration). Puis le cimetière est fermé. Mais quelques décennies plus tard, le 13 juillet 1902, une statue est inaugurée place de la République. C'est une des cinq répliques de la célèbre sculpture d'Antonin Mercié de 1874 : une Gloire, ailée et cuirassée, emporte un jeune guerrier mourant pour l'élever jusqu'aux cieux. Sur le cachet de fondeur, on peut lire « Fondu par Thiebaut & fils », l'inscription « *Gloria victis* » ainsi qu'une signature : « A. Mercie ».

Gloria victis. Magnifique formule déjouant le honteux embarras des pouvoirs au moment d'honorer des soldats défaits. *Gloria victis*, « Gloire aux vaincus », c'est bien plus que le retournement du fameux *Vae victis* (« Malheur aux vaincus »). Car il ne s'agit pas seulement d'apaiser la douleur et le choc de la défaite. Ce monument sans doute n'exalte pas la paix, comme le fera, en 1924, celui de Creil, que je vais saluer régulièrement, une œuvre du sculpteur Georges Armand Vérez, représentation allégorique de la Paix, avec cette inscription : « La paix se révélant à l'humanité ».

En la personne des « vaincus », le « *Gloria victis* » honore tout un peuple dont le sacrifice a été extorqué. Et qui ne mérite pas de partager la honte et l'humiliation frappant à juste titre le régime impérial et l'empereur lui-même.

Vaincus, peut-être, ces soldats morts, mais non moins glorieux.

Monument aux morts de 1870 érigé en 1899,
Vihiers, Maine-et-Loire (carte postale).

La IIIe République est fille d'une « débâcle », titre du roman de Zola, d'une guerre, d'une défaite, et d'une invasion, durement ressenties par le peuple. Mais quand le mot de république fut officiellement prononcé, quel a pu être son accueil, son retentissement dans la famille de Laurence, chez ses parents, nés tous deux à l'orée de la monarchie de Juillet ? La chute de l'Empire, c'est tout de même la chute d'un régime que les ruraux avaient massivement soutenu.

Nés en 1829 et en 1841, les parents de Laurence ont connu la brève république de 1848. Et le bref printemps républicain organisé à Angers par Grégoire Bordillon, le préfet ordonnateur de fêtes. Mais en 1849, le choléra, endémique sous la monarchie de Juillet, est revenu. Ses victimes appartiennent principalement aux quartiers populaires, insalubres, d'Angers. Comme on en ignore les causes, la classe dominante les attribue aux excès dont le peuple est coutumier, « aux ivresses, aux bals, aux turbulences et négligences ouvrières[72] ». Poids du clergé, et d'une religion doloriste, peur atavique des maladies, peur de la conscription et de la guerre. La peur est-elle le régime commun de ce peuple dont fait partie Laurence ? Ils en seront modelés, héritant au passage d'un pacifisme consubstantiel aux existences difficiles.

Et dès 1849, la réaction antirépublicaine est en marche : Grégoire Bordillon, premier préfet républicain d'Angers, est envoyé en Isère ; le prince-président multiplie ses voyages en province pour asseoir sa popularité. Il vient à Angers inaugurer la première voie ferrée, puis gagne Nantes par bateau. Le sous-préfet de Saumur commente : « Dans les communes rurales, l'esprit n'a pas cessé d'être excellent, si ce n'est dans trois ou quatre communes voisines de Saumur, où les idées socialistes ont fait du progrès par suite de circonstances exceptionnelles. » Dans les villages, les républicains ou démocrates-socialistes sont très rares et les instituteurs espionnés. Et on enregistrera une faible réaction au coup d'État du prince-président. Napoléon III rendra plusieurs visites au château de La Tourlandry, à 15 kilomètres de Vihiers. Visites matérialisées par la présence de trois séquoias offerts par l'empereur en souvenir de son passage, ainsi que d'un tableau de « Lorenzo di Credi » portant encore la mention « don de Napoléon III au Château de La Tourlandry » — en fait offert à Mme Fourchy — aujourd'hui dans l'église.

Seule « La Marianne » de Trélazé fait entendre en 1855 une opposition républicaine, rapidement étouffée tandis que les principaux meneurs sont déportés. L'empereur tentera de reconquérir la population ouvrière en 1856. À la suite d'une crue catastrophique de la Loire qui noie une partie des mines d'ardoises, Napoléon III se rend à Trélazé pour « porter réconfort aux sinistrés » et s'engage à faire construire une levée pour protéger la commune des inondations. Elle existe toujours, c'est le « chemin Napoléon ». Et c'est à Saumur, en 1865, région d'esprit protestant et libéral, que « le courant républicain connaît alors un réveil spectaculaire et bientôt victorieux[73] ».

Les Mauges sont une région politiquement et religieusement marquée. Pour longtemps. En 1889, Émile Beaussire écrit dans *La Revue des Deux Mondes* : « La Restauration avait été une victoire et la révolution de Juillet une défaite pour l'influence du clergé. Le clergé subit une nouvelle défaite en 1848, malgré certaines avances des vainqueurs, et la bonne grâce apparente avec laquelle il se prête à la bénédiction des arbres de la Liberté ne trompe que ceux qui voulaient bien se laisser tromper. Il prit ou crut prendre sa revanche après le coup d'État de 1851. » Suite du tableau : « Un seul candidat royaliste, dans cette dernière période, réussit à se faire nommer dans tout le pays vendéen : c'est en Maine-et-Loire, dans les Mauges, M. le comte de Durfort-Civrac, esprit d'ailleurs libéral et pondéré, vrai type du galant homme encore plus que du gentilhomme, à qui ses électeurs restèrent fidèles sous la République comme sous l'Empire. Après 1859, la question romaine détache de l'Empire une partie du clergé. Le moment paraît venu de ressusciter en Vendée des candidatures d'opposition royaliste ou cléricale. » D'où la candidature de M. de Falloux.

Conclusion d'Émile Beaussire : « On y est blanc ou bleu, dans le sens religieux beaucoup plus que dans le sens politique des termes. On y est pour ou contre l'influence du curé. »[74]

Ancienne église de Chemillé (carte postale).

Ces généralités ne me satisfont pas. Il faudrait entrer un peu davantage dans la vie de Pierre Cormeau pour savoir quelles influences il a reçues et imaginer celle que Laurence a reçue de lui. Sera-t-il républicain en 1870 ? À partir de quels exemples, selon quelles expériences singulières ? Je ne peux qu'en retracer de grandes étapes : baptême, communion, plus tard, mariage religieux. Quel est alors le curé de Chemillé ? Auguste Allereau ? Mathurin Brémond ? Plutôt ce dernier, au moins pour son baptême. *Le Courrier de l'Ouest*, dans son numéro du 26 juin 2021, relate une sombre histoire de clefs volées en 1833 (Pierre Cormeau avait 4 ans) par le sacristain, furieux de ne pas être payé pour l'entretien de l'église.

Chaque garçon est soumis à une obligation : le service militaire. Pierre Cormeau l'a-t-il fait ? Je me pose cette question car elle est d'importance pour la suite de l'existence ; tout est différent si l'on a été absent de chez soi pendant six ans, engagé sans bien les comprendre dans des combats ou des conquêtes lointaines. Voilà ce qui forge la mentalité d'en bas.

La loi Gouvion-Saint-Cyr (1818) a institué un service long de six ans (en 1832, il est fixé à sept ans) mais ne concernant que ceux qui ont tiré un mauvais numéro, ou les remplaçants qu'ils auront trouvés (payés). Le système est très dur, surtout pour les fermes qu'il prive de bras, et le principe du remplacement est mis en cause par Louis Napoléon Bonaparte lui-même, écrivant du fort de Ham que cette traite des Blancs « permettait au riche d'envoyer un homme du peuple se faire tuer à sa place ». La loi de 1855 supprimera le remplacement (Pierre Cormeau alors a déjà plus de 20 ans) mais on lui substitue le versement d'une exonération à l'État, qui n'est ni plus juste ni plus moral. Le contingent va participer à la guerre de Crimée, à la guerre d'Italie. Mais les effectifs seront beaucoup trop faibles. Et il n'y a pas de réserve sérieuse[75]. Cela dit, le principe du service militaire sans remplacement, pratiqué en Prusse, est absolument rejeté en France par la classe politique, et il n'est pas sûr que le peuple l'aurait approuvé.

Alors ? Pierre Cormeau a-t-il été déclaré « bon pour le service » après avoir tiré un mauvais numéro, et il aurait alors accompli ses six ans ? Jusqu'en 1855 ? Ce qui expliquerait la naissance tardive de Laurence en 1863 ? Ou bien a-t-il été réformé ? Je ne le sais pas, et je n'irai pas vérifier dans les archives. Il m'importe peu, au fond, de saisir ou de manquer le destin d'un de mes ancêtres. Ils sont marqués de traits communs dont émerge de temps en temps un choix singulier.

Comme celui de placer sur sa cheminée la gravure encadrée des obsèques de Victor Hugo.

J'imagine Pierre Cormeau revenant au village après plusieurs années de service. J'imagine, mais je n'invente pas : je ne fais que lui attribuer des traits d'autres vies, réelles ou fictives, proches de la sienne par la classe sociale. Ainsi du début des *Creux de maisons*. Un demi-siècle plus tard, dans les années 1890, Sébastien Patureau et ses camarades débarquent du train à Thouars, après leurs quatre ans de service, « impatients de se sentir chez eux », une « grosse joie à la gorge, joie intime et profonde de l'être qui reconnaît son milieu naturel ». Enfant, Sébastien a connu la misère, il imagine qu'il pourra s'en sortir. Il se trompe. Ce qui l'attend, c'est la répétition, aggravée, d'un malheur séculaire. Une seule lueur d'espoir : de nouvelles lois sociales.

Rien ne dit cependant que Pierre ait connu la misère et l'attente désespérée d'un changement. Je voudrais plutôt penser qu'en 1870, alors qu'il était âgé d'une quarantaine d'années, il avait déjà senti fugitivement que, dans sa vie, quelque chose s'ouvrait.

Car un monde nouveau s'annonce, un monde que nous qualifions de « moderne », mot qui alors, pas plus que la chose, ne dit rien à personne, et par lequel nous désignons une rupture décisive : les temps se suivent, et ne se ressemblent pas, du fait de l'explosion scientifique et technique, des changements que ses développements vont entraîner dans la vie de tous, et jusque dans la figure du monde. C'est le triomphe de l'équation « modernité égale progrès technique » sur le fond d'un régime autoritaire.

Et la population rurale va pouvoir le constater, en particulier à Chalonnes-sur-Loire grâce aux deux fils d'Emmanuel de Las Cases, le mémorialiste de Sainte-Hélène. Qui vont prendre la direction de la Compagnie des houillères de Chalonnes, une fusion de trois compagnies. Une invention technique du géologue et ingénieur Jacques Triger, le procédé de « cuvelage tubulé » pour l'exploitation des mines en zone aquifère, a permis d'exploiter une importante veine de charbon sous la Loire. Après la mort d'Emmanuel, l'aîné, son frère, Barthélemy, devenu maire de Chalonnes, veut « augmenter la prospérité de notre belle contrée ». Il fait réaménager sa mairie, construire des écoles et une « salle d'asile », élargir certaines rues, entretenir les quais et les églises, et il inaugure la gare de l'Onglée en 1866.

Le 2 septembre 1870, l'Empire s'effondre. Le 4, c'est la proclamation de la République. Démission du préfet de Maine-et-Loire, Charles-Paul-Eugène Poriquet, nommé en 1865, qui incarnait l'évolution libérale de l'Empire. En vertu de la nouvelle loi sur la presse et les réunions, il avait autorisé en 1868 la parution de deux journaux d'opposition, *L'Ouest* et *Le Réveil de l'Ouest*, ainsi que plusieurs réunions politiques avant les élections de 1869. Des élections qui marquent un progrès des forces d'opposition. Henri Allain-Targé, qui le remplacera en 1870, candidat dans le Saumurois, a obtenu 30 % des voix[76]. Né à Saumur en 1832, Allain-Targé est un franc-maçon, ami de Gambetta, c'est une des grandes figures de l'opposition républicaine du département. Il donnera sa démission un mois plus tard : partisan de la guerre à outrance, indigné par la capitulation de Paris, il fonde avec Gambetta *La République française*. Lui succède Maurice Engelhard, de famille protestante, partisan de la séparation de l'Église et de l'État. Républicain et libre-penseur, il réhabilite tous ceux que le Second Empire avait persécutés, et se rend à Trélazé faire l'éloge de « La Marianne » insurgée en 1855. Mais, s'étant heurté à une violente opposition cléricale, il ne restera préfet que quelques mois[77].

On s'en doutait, la République aura du mal à s'imposer en Maine-et-Loire.

Mais quelle république ?

Le 4 septembre 1870, la République a été *rétablie*, car proclamée pour la troisième fois. La première, c'était par la Convention, en 1792, en septembre aussi, mais le 21 : il est encore des lieux où on le commémore. Chaque année, une petite poignée de républicains irréductibles se réunit le 22 septembre à Mûrs, près d'Angers, sur une butte escarpée où le 26 juillet 1793, les Vendéens acculèrent l'armée républicaine au-dessus d'une petite rivière d'où ils se précipitèrent au cri de : « Vive la République ! » La IIe République est proclamée le 24 février 1848 par le gouvernement provisoire, ensevelie dans le souvenir des barricades de juin, et des ouvriers massacrés. La « république d'ordre » triomphe : bientôt vaincue à son tour par le coup d'État de Louis Napoléon Bonaparte.

Cette IIIe République où est né et s'est développé l'idéal républicain dans lequel j'ai été élevée, ce n'est pas celle de 1792 ou de février 1848. Et certainement pas « la sociale ». Jules Vallès, *L'Insurgé* : « 4 septembre. Neuf heures du soir. Nous sommes en république depuis six heures. » (Je trouve cette notation inexprimablement émouvante.) Vallès continue : « "Une république de paix et de concorde". J'ai voulu la qualifier de sociale, je voulais lever mon chapeau, on me l'a renfoncé sur les yeux, on m'a cloué le bec. Pas encore !... Laissez pleurer le mouton ! *La république tout court, pour commencer* [...] Songez donc que l'ennemi est là ; que les Prussiens nous regardent ! »

La république « tout court ». « La sociale » attendra.

Mais pour ces républicains d'en bas, comme mon arrière-grand-mère et les siens, le symbole, c'est le retour en France le 5 septembre de Victor Hugo après un exil de presque vingt ans. L'enthousiasme est indescriptible. Il sort de la gare du Nord, monte à l'entresol d'un café, paraît à une fenêtre : « Citoyens, j'avais dit : le jour où la liberté rentrera en France, je rentrerai. Me voici. » *Le Matin* du 10 septembre 1912 publie le récit qu'en fait quarante ans après Maxime Vuillaume, communard, qui avait eu l'audace de relancer *Le Père Duchêne* d'Hébert, auteur de *Mes cahiers rouges* : « Les terrasses des cafés étaient pleines de gens qui causaient et riaient, oubliant pour quelques heures, dans la joie du renversement de l'Empire, la tristesse du désastre qui l'avait amené [...] Huit jours après la rentrée de Victor Hugo — le 13 septembre — Paris s'enfermait, pour vaincre ou pour mourir, derrière ses murs. »

Reprenons. Le 4, à l'Assemblée nationale, la séance est agitée. Gambetta veut la déchéance de l'empereur tandis que Thiers — le massacreur, sept mois plus tard, de la Commune de Paris — voudrait créer un « comité de gouvernement et de défense nationale ». L'Assemblée est envahie, Gambetta se rue à l'Hôtel de Ville : debout en haut des marches, il harangue une foule constituée de civils et de quelques soldats, d'où émergent des drapeaux tricolores. Mais il le fait sous la contrainte, pour empêcher une insurrection populaire. « Les Parisiens sont là. Les révolutionnaires menés par les blanquistes sont là. Les républicains, à ce moment-là, pensent que le fruit n'est pas mûr, que l'immense majorité de la population française n'est pas prête à accepter la République », dit l'historien Benjamin Morel. (Vallès n'aimait pas Gambetta, ce « mélange de libertinage soulard et de faconde tribunicienne ».)

Et c'est à un général, Louis-Jules Trochu, qu'échoit la présidence du Conseil du gouvernement provisoire de la République française, le tout premier de la IIIe République. De lui ne reste que le jeu de mots sur son nom que fait Victor Hugo : « Trochu, participe passé du verbe trop choir. » Trochu, un orléaniste peu suspect d'idées de gauche mais qui avait bien organisé la défense de Paris, se laisse convaincre de se rendre à l'Hôtel de Ville, puis de prendre la direction du gouvernement provisoire. « L'ordre pourra être rétabli, l'espoir reviendra aux bons citoyens, le gouvernement sera institué, appuyé, en mesure d'agir », lui expose Jules Favre. Mais « votre gouvernement, dans l'effort qu'il va tenter, s'engage-t-il à respecter la religion, la famille, la propriété ? » lui demande en retour le général Trochu.

Il est investi président du Conseil, le tout premier de cette IIIe République naissante. Il en devient le premier chef d'État. Mais il est poussé à la démission après la désastreuse défaite de Buzenval. Thiers lui succède.

C'est une proclamation à reculons.

La foule qui s'était assemblée aux cris de « Vive la République, vive la sociale ! » n'a pas été véritablement entendue, et sa déception ouvrira la voie à la Commune. Manifestation de l'opposition entre le Paris républicain, considéré comme « rouge », et une Assemblée nationale à majorité monarchiste.

C'est dire sous quel signe la République commence : par le refus et la crainte de « la sociale », et avec un premier président ancien de l'armée d'Afrique ayant servi comme aide de camp du général Lamoricière, des maréchaux Bugeaud et de Saint-Arnaud. (Victor Hugo : « ce militaire avait les états de service d'un chacal ».) Selon Henri Guillemin, Trochu, plutôt que de défendre Paris aurait en fait négocié avec les Prussiens afin de préserver l'ordre social. Ses hauts faits en Algérie puis en Crimée lui ont valu de nombreuses citations. Auprès de Bugeaud, puis du général Lamoricière pour s'être distingué d'une manière particulière le 22 septembre 1843 à Sidi-Yusef contre Abd el-Kader (le rapport établit que le capitaine Trochu a eu dans cette journée ses habits percés de quatre balles).

Dans « La conquête de l'Algérie[78] », Camille Rousset souligne l'admiration sans réserve que Trochu porte à Bugeaud, notant la sérénité du « vieux maréchal » dans les pires moments de la « chasse à l'émir » (Abd el-Kader). Et, déjà, quelques mois plus tôt, ce « discours digne de Tacite par la grandeur des aperçus et par la sobriété du langage, où il nous annonça, le soir du 13 août, 1844, dans l'Ouerdefou, à la lueur des torches, sa ferme résolution de livrer bataille le lendemain à Isly ». Trochu est cité par le maréchal Bugeaud comme s'étant fait particulièrement remarquer le 14 août. La bataille d'Isly fut le grand jour de Bugeaud, qui y gagna le titre de duc d'Isly.

Pendant la guerre de Crimée, Louis-Jules Trochu est « cité à l'ordre du jour de la 2e Division du 1er Corps de l'armée d'Orient, pour sa belle conduite, le 8 septembre 1855, à l'assaut de Sébastopol où il fut grièvement blessé ».

À propos de « modernité » ; la guerre de Crimée est la première « guerre moderne » du fait de l'utilisation de nouveaux armements (bateaux à vapeur, fusils à canon rayé), la première couverte par des journalistes et photographiée. Elle fut aussi, et surtout, « une effroyable catastrophe sanitaire[79] ».

Une fois proclamée, la IIIe République est presque aussitôt mise en péril. Depuis septembre 1870, le gouvernement de Défense nationale s'efforce de faire la paix. Bismarck ne veut négocier qu'avec un gouvernement issu d'une assemblée élue. Et les élections qui ont lieu en février 1871 consacrent le triomphe de la droite monarchiste (légitimistes, orléanistes, bonapartistes). La gauche n'a pas pu faire campagne, l'Église et les ruraux ont exercé une influence décisive sur le scrutin. On dit « les ruraux » mais ce sont les propriétaires terriens qui ont orienté le scrutin ; les bordiers, petits métayers et journaliers, s'ils ont voté dans le même sens, peut-on dire que c'est librement ? Est-on libre quand on dépend pour sa subsistance des propriétaires et des châteaux ?

La Commune ayant éclaté en mars 1871, l'Assemblée décide de s'établir à Versailles où elle restera jusqu'en janvier 1879. Les députés débattent dans l'Opéra royal et dorment dans la galerie des Glaces. Pour se chauffer, ils brûlent les boiseries entreposées dans les réserves. La nouvelle assemblée nomme Thiers « chef de l'exécutif ». On n'ose pas encore le terme de « président » ! La République commence bien : d'abord avec Trochu, l'adversaire sans pitié d'Abd el-Kader (certes sous la monarchie de Juillet), un homme d'ordre, respectueux de l'Église et de la famille, ensuite avec Thiers, le « sinistre vieillard », futur bourreau de la Commune.

Et en effet, en mai, c'est le triomphe de la république selon Thiers : la paix est signée à Francfort, l'insurrection parisienne a été matée par les troupes restées fidèles, dites « versaillaises ». Une république qui ne fait plus peur, des élections le confirment. En juillet 1871, le comte de Chambord, Henri d'Artois, chef des légitimistes, fait capoter le retour de la monarchie pour une question de drapeau : il préfère le blanc au tricolore. Devant les querelles internes entre monarchistes, la république apparaît comme ce qui divise le moins.

Ayant succédé à Trochu le 17 février 1871 et noyé la Commune de Paris dans le sang, Thiers sera président de la République française du 31 août 1871 au 24 mai 1873. Les monarchistes n'ont pas été fâchés de lui laisser la répression de la Commune afin de « préserver les Princes d'un pareil fardeau en pareil temps ».

En 1872, Victor Hugo publie *L'Année terrible*. L'année terrible, c'est l'année 1870-1871 : la guerre, le siège de Paris, l'occupation prussienne, la Commune.

Quelques jours après qu'il est rentré à Paris avec la république, c'est le début du siège. Événement majeur de la guerre franco-prussienne, le siège de Paris dure quatre mois, il a des conséquences dramatiques sur la population, et il contribue à la convaincre que les proclamations de résistance à tout prix sont des rodomontades. Et voici ce que Victor Hugo écrit dans son Adresse aux Allemands : « Allemands, si vous persistez, soit, vous êtes avertis. Faites, allez, attaquez la muraille de Paris. Sous vos bombes et vos mitrailles, elle se défendra. Quant à moi, vieillard, j'y serai, sans armes. Il me convient d'être avec les peuples qui meurent, je vous plains d'être avec les rois qui tuent. » Singulier écho, et qui s'applique singulièrement à ce que vit l'Europe en ce début du mois de mars 2022 où un pays libre, l'Ukraine, est envahi par la deuxième armée du monde, l'armée russe.

Il manque quelque chose pourtant à ce tableau d'événements dramatiques, et cette absence (ce silence) en dit long sur la nature et l'avenir de la IIIe République : la répression sanglante d'une autre Commune, celle des Aurès, l'insurrection kabyle. Qui éclate peu avant celle de Paris.

La république conservatrice tout juste née, qui se méfie comme du feu de « la sociale », voit son sort, dès sa naissance, inextricablement lié à la question coloniale. Et, symbole ineffaçable, à l'écrasement d'une révolte indigène : elle va en effet s'employer immédiatement à réprimer le soulèvement qui secoue l'Algérie en 1871, « la plus importante des insurrections que connut l'Algérie française avant celle du 1er novembre 1954 », selon Xavier Yacono, historien de l'Algérie. Inutile de dire que ce drame n'a certainement pas pénétré au cœur des provinces françaises. Pas plus qu'en 1945 la répression qui fait 30 000 morts après le soulèvement de Sétif n'ébranlera en profondeur un pays en proie au soulagement de la Libération, malgré l'indignation de quelques-uns et notamment de Camus dans *Combat*.

Au demeurant, même si quelques journalistes ont qualifié Mokrani de « communard kabyle », Benjamin Stora souligne que le rapprochement n'a pas été fait avec la Commune de Paris : « Il y avait alors deux histoires différentes, une histoire française et une histoire algérienne. » Pourtant la répression fut cruelle dans les deux cas.

On oublie trop souvent qu'avant 1871 l'Algérie musulmane « avait vu son devenir politique se rapprocher de celui de la France, du fait surtout qu'après 1860 Napoléon III s'était montré plus soucieux de l'évolution des populations musulmanes que des revendications de la colonisation. Après 1871, au contraire, les Algériens se trouvèrent désormais, surtout dans les vingt années qui suivirent leur défaite, dans la situation d'un peuple vaincu, sacrifié aux intérêts et aux volontés des colons[80] ».

Cela dit, les causes du soulèvement sont multiples : l'Algérie a connu à partir de 1865 plusieurs catastrophes naturelles, aggravées par la désorganisation de la société traditionnelle et l'impéritie de l'armée. Autour de 1866, une série de famines fait 300 000 morts, peut-être davantage. Faisant le point le 12 juin 1869, le maréchal Mac-Mahon écrivait que « les Kabyles resteraient tranquilles aussi longtemps qu'ils ne verraient pas la possibilité de nous chasser de leur pays[81] ». La loi du 9 mars 1870 mettra fin au régime militaire, mais c'est trop tard. Et lorsque la République naissante, dès octobre 1870, accorde la citoyenneté française aux indigènes israélites d'Algérie, avec le décret Crémieux, il fait passer les Juifs pour des colonisateurs et mécontente les indigènes musulmans qui s'estiment discriminés.

Une insurrection se déclenche le 15 mars 1871, trois jours avant le début de la Commune de Paris, suite à la déclaration de guerre du bachaga Mohamed El-Mokrani. Elle durera six mois, s'étendant depuis la Grande Kabylie jusqu'au désert. Appuyant la lutte du bachaga Mokrani, le cheikh Ameziane El-Haddad proclame le djihad le 16 mars 1871 pour libérer la Kabylie de l'envahisseur. Des environs d'Alger à la frontière tunisienne, les insurgés détruisent des fermes et des villages et ils attaquent différentes villes[82].

La peur des colons et des autorités est sans limites, la répression civile et militaire sera terrible. Un procureur la justifie ainsi : « Les colons n'accepteront ce séjour ensanglanté que si le sang de l'assassin a effacé la trace de celui de la victime. L'exemple et le châtiment sont le gage de la prospérité de cette région parce qu'ils seront du même coup la terreur de ces populations. » Elle est pourtant loin de satisfaire ceux qui écrivaient dans la presse algérienne : « Il faut que la terreur plane sur ces repaires d'assassins et d'incendiaires. Il faut que la répression soit telle qu'elle devienne chez toutes les tribus une sinistre légende garantissant une sécurité sérieuse aux immigrants. » (*La Seybouse*, journal de l'est de l'Algérie, fondé en 1843. Son rédacteur en chef, Albert Fournier, partira en 1870, comme lieutenant avec les Volontaires Bônois, « pour aller au secours de la Patrie ».)

La république naissante n'a rien compris ni rien appris : le 21 juin 1871, l'Assemblée nationale vote la concession de 100 000 hectares de terres aux Alsaciens et aux Lorrains, confisquées aux populations insurgées. Auteur en 1873 d'un ouvrage intitulé *La Guerre en Algérie*, qui rend hommage au général Bugeaud, « notre grand maître à tous », le général Lapasset juge alors que « l'abîme créé entre colons et indigènes sera un jour ou l'autre comblé par des cadavres. Pour moi, le pays est complètement perdu ; il nous échappera un jour ou l'autre ». Une politique d'assimilation se met en place. « L'Arabe doit subir le sort du vaincu ; il doit s'assimiler à notre civilisation ou disparaître. »

Insurgés en même temps, communards et Kabyles se retrouveront sur le rocher de Nouvelle-Calédonie. Louise Michel, *Souvenirs et aventures de ma vie* : « Nous vîmes arriver dans leurs grands burnous blancs les Arabes déportés pour s'être, eux aussi, soulevés contre l'oppression. Ces Orientaux, emprisonnés loin de leurs tentes et de leurs troupeaux, étaient simples et d'une grande justice, aussi ne comprenaient-ils rien à la façon dont on avait agi avec eux. » Leur solidarité de combat avait parfaitement été perçue par les délégués de l'Algérie auprès de la Commune, comme Alexandre Lambert*, Lucien Rabuel, Louis Calvinhac, qui déclarent, « au nom de tous leurs commettants, adhérer de la façon la plus absolue à la Commune de Paris. L'Algérie tout entière revendique les libertés communales. Opprimée pendant quarante années par la double centralisation de l'armée et de l'administration, la colonie a compris depuis longtemps que l'affranchissement complet de la Commune est le seul moyen pour elle d'arriver à la liberté et à la prospérité » (Paris, le 28 mars 1871, *Journal officiel* de la Commune de Paris).

Mais la République s'enfonce dans le déni : tandis qu'elle « amnistie les communards dans un grand élan de réconciliation et de fraternité républicaine, elle se montre inflexible jusqu'à la fin du siècle lorsqu'il s'agit des Algériens[83] ». Et l'indépendance de l'Algérie ne se fera que près d'un siècle plus tard, après une guerre cruelle, conclue en 1962 par les accords d'Évian. Les

* Figure du mouvement algérois. Envoyé en 1871 comme délégué de l'association républicaine d'Alger à Paris. « Il y a probablement identité entre lui et le communard Alexandre Lambert, rédacteur en chef à Châteauroux (Indre) du *Travailleur de l'Indre* ; trois condamnations pour délits de presse en 1849 et 1850 ; déporté en Algérie en 1852 ; tué pendant la Semaine sanglante. » (Dictionnaire de Maitron.)

étudiants que nous étions dans le début des années 1960 se sont retrouvés dans les grandes manifestations du printemps, dont celle de Charonne, que l'on commémore au moment où je termine ce livre. La violence policière y fit neuf victimes. Ce fut pour beaucoup d'entre nous le premier moment d'une fruste conscience politique ; le moment, sans doute, où je me suis sentie le moins proche de l'idéal républicain : à nos yeux, la guerre d'Algérie faisait éclater l'hypocrisie de la belle et fière devise « Liberté, Égalité, Fraternité ». D'où aussi nos réserves durables envers une république, la cinquième, née de la crise algérienne : en somme née d'un putsch (le putsch d'Alger au printemps) et d'un coup d'État (le retour du général de Gaulle au pouvoir). La Vᵉ République est officiellement instaurée le 4 octobre 1958. Le 23 octobre, le général de Gaulle tient une nouvelle conférence de presse, à l'hôtel Matignon, cette fois. Il s'y félicite que « les Algériens et les métropolitains aient voté pour construire l'avenir ensemble » et il évoque « l'action de la France pour l'amélioration matérielle et morale en Algérie ». Vains mots, pour nous, et trahison.

Pendant la guerre d'Algérie, la République a été durement ébranlée, et la France déchirée par l'affrontement entre les partisans de l'Algérie « française » et ceux qui allaient jusqu'à soutenir, en se mettant délibérément hors la loi, les combattants algériens. Plus d'un demi-siècle a passé, et certains s'offusquent encore qu'on puisse condamner, dans la colonisation, un « crime contre l'humanité ». La question coloniale fait retour, elle a empoisonné les débuts de la IIIᵉ République, fracturé la IVᵉ, elle a été à l'origine de la Vᵉ République. Elle survit et revient chaque fois que le préjugé racial reprend de la vigueur, elle anime souterrainement le refus d'une évidence : qu'il existe un privilège blanc, et qu'on n'en a pas fini avec lui.

Et Victor Hugo ?

On a jugé plutôt sévèrement son attitude face à la conquête puis à la « pacification » de l'Algérie. Son silence est frappant, comme celui d'une autre grande figure de l'émancipation, George Sand. Pour Victor Hugo, la colonisation est un des moyens de résoudre la question sociale qui le hante depuis 1848 : « Versez votre trop-plein dans cette Afrique, et du même coup résolvez vos questions sociales, changez vos prolétaires en propriétaires. Allez, faites ! faites des routes, faites des ports, faites des villes ; croissez, cultivez, colonisez, multipliez ; et que, sur cette terre, de plus en plus dégagée des prêtres et des princes, l'Esprit divin s'affirme par la paix et l'Esprit humain par la liberté » (*Actes et paroles*). Cependant, en 1869, dans un poème intitulé *Misère*, il évoque la terrible famine de 1868-1869. Mais, avec l'exil, ce poème n'est pas publié. À d'autres occasions, on verra que Victor Hugo n'est pas loin de partager la vision d'un devoir de civilisation qui incomberait à la France, et que Jules Ferry développera en « mission » des races supérieures envers les races inférieures. Il est clair que ce thème aura un grand retentissement dans toutes les couches de la population française, y compris les plus dominées : les bienfaits de la colonisation seront une évidence pour le plus grand nombre avant qu'il soit gagné par les thèses de l'anticolonialisme.

Source d'un malentendu dont nous subissons encore les conséquences. Et qui marque la pensée de quelques républicains qui ont fait de l'école, de l'égalité par l'instruction, de la liberté par le savoir, le pivot de leur pensée. Comme Alain, dont les *Propos sur l'éducation*, publiés une première fois dans les années 1930, ont nourri et pourraient encore nourrir des générations d'enseignants. Mais Alain demeure prisonnier d'une version Renaissance de l'instruction : elle est ce qui « nous fait homme » (et femme !), selon le propos d'Érasme : « On ne naît pas homme, on le devient. » On m'a communiqué, il y a quelque temps, l'information suivante, dont je n'ai pu vérifier la justesse. Dans une première version, Alain aurait écrit : « Hottentot téléphonant, cela ne fait pas un homme. » Les éditeurs suivants auraient atténué le propos ; Hottentot a été remplacé par Polynésien[84]. Le Hottentot est alors la figure éponyme du sauvage. Au début du XIXe siècle, une femme khoïsane, Sarah Baartman, de son vrai nom Sawtche, née vers 1788-1789 dans la province de Cap-Oriental et morte le 29 décembre 1815 à Paris, est exhibée en Europe pour son large postérieur, sous le surnom de « Vénus hottentote ».

Quoi qu'il en soit, Hottentot ou Polynésien, on ne « devient homme » que dans une logique éducative où règne la leçon des livres et des maîtres. La technique ne peut contribuer à la construction et au développement d'un être humain : le propos d'Alain se teinte d'un racisme ingénu, involontaire, et d'autant plus frappant.

La conquête puis la pacification de l'Algérie, et ensuite l'extension de notre empire colonial, nous confrontent à un des points les plus délicats de l'idéal républicain : sa surestimation de la grandeur et de la civilisation françaises, auxquelles ne peuvent résister que des populations « attardées », « arriérées » : Kabyles ou Vendéens insurgés. Qu'on médite donc un instant cette remarque de Babeuf — elle s'applique au bocage de Vendée et aux montagnes des Aurès : « Brûler la chaumière de l'habitant des campagnes, c'est rompre son attache la plus forte à la société, le forcer à se retirer dans les bois et le rendre brigand par nécessité. » Pour Babeuf, qu'on ne peut soupçonner d'avoir été hostile à la Révolution, la répression des Vendéens et chouans est un « populicide » : on pourrait appliquer le mot à la pacification de l'Algérie. L'historien algérien Kamel Kateb a établi que « la surmortalité du fait de la guerre de conquête et des opérations de pacification pourrait être établie à 825 000 morts, pendant les quarante-cinq premières années de la colonisation (1830-1875) ».

Pour Babeuf, le sens et la portée du mot « populicide » ne se comprennent vraiment que si on l'inscrit dans une réflexion plus générale sur les conflits qui divisent la société moderne. Ils résultent de la domination des riches sur les pauvres, des aristocrates sur le peuple et, malgré les premiers actes libérateurs de la Révolution, de la mise en place, avec le Directoire, d'une république des riches. En Vendée, les envoyés de la Révolution sont des « rois », des « tyrans », des « élus-législateurs s'écartant absolument du vœu de leurs mandants »... Plus tard, dans les colonies, les mêmes équivoques subsisteront.

Un dernier point, pour conclure (provisoirement). Flaubert voyageant en Égypte entre 1849 et 1851 observe que sur les rives du Nil « le fellah, tout nu, laboure les champs avec un hoyau et s'arrête pour voir passer, tout comme les bons paysans de France ».

Mon arrière-grand-mère et les siens auraient-ils pensé autrement ?

Mais qui alors était capable d'associer dans une même cause les catégories populaires qui souhaitent en France la venue de « la sociale » et de l'autre côté de la Méditerranée un peuple colonisé qui veut secouer le joug ? De la même façon, est-on capable aujourd'hui de voir la communauté de destin qui unit dans les quartiers populaires deux catégories de Français en proie aux mêmes difficultés économiques, ceux qui sont nés ici, et ceux qui sont venus d'ailleurs ?

La Commune de Paris, printemps 71. J'essaie de saisir les mouvements qui agitent la république commençante : l'invasion, le siège, la famine, en mars, la rébellion kabyle, puis la Commune parisienne... Mais je n'oublie pas d'abord de tenir compte des différences d'échelle, de mesure et de perception : l'événement local des années de guerre et de Commune à Paris, c'est à Angers l'inauguration, dans le cœur historique de la ville, de nouvelles halles sur le modèle de celles de Baltard à Paris. (Elles s'écroulent quatre ans plus tard et seront reconstruites à l'identique.) Les halles : des constructions d'un genre inouï, du métal et du verre, de la légèreté, de l'air, de la lumière qui tombe sur des produits en abondance. Zola, parlant de celles de Baltard : « Elles flambaient dans le soleil. Un grand rayon entrait par le bout de la rue couverte, au fond, trouant la masse des pavillons d'un portique de lumière ; et, battant la nappe des toitures, une pluie ardente tombait. L'énorme charpente de fonte se noyait, bleuissait, n'était plus qu'un profil sombre sur les flammes d'incendie du levant » (*Le Ventre de Paris*). Désormais existe-t-il un autre monde que celui-ci, et ses cathédrales de métal, où il faudra trouver la peine et la récompense ?

Début 1871. Paris a capitulé malgré les rodomontades du gouvernement sur « la résistance à tout prix ». Le samedi 28 janvier, après quatre mois de siège et trois semaines de bombardement, l'armistice est signé entre la France et la coalition allemande par Jules Favre, ministre des Affaires étrangères du gouvernement de Défense nationale, et le chancelier allemand Otto von Bismarck. Le gouvernement provisoire a cédé la place à la république, l'Empire allemand est proclamé : toutes les conditions sont réunies pour l'affrontement de 1914. Amputée d'une partie de son territoire, la France va se jeter dans l'aventure coloniale. Qui se donne les allures d'une mission civilisatrice, mais répond d'abord à des besoins en diverses matières premières, indispensables au progrès de l'industrie et de la technique.

Mais le Paris populaire refuse qu'on s'incline devant l'ennemi. Dès le 31 octobre, des troubles avaient éclaté à Metz : « Vive la Commune ! » On a compris que la capitulation visait à prévenir la révolte rouge : « Pour les Jules* comme pour tous les "sages" — de Louis Veuillot à Ernest Renan, de M. de Falloux à Marcelin Berthelot et de Mgr de Bonnechose, archevêque de Rouen, à Mme Sand, châtelaine de Nohant — l'ennemi n'est plus à Berlin, mais à Belleville[85]. » Et pour le parti de l'ordre, qui va des monarchistes aux républicains modérés, en passant par les catholiques ultramontains, avec la guerre puis la Commune, c'est la France qui est frappée au cœur.

D'où ces commentaires qui anticipent déjà la version pétainiste de la défaite en 1940. Ceux de Mgr Freppel, l'évêque d'Angers, rapportés par le père Étienne Cornut dans sa biographie : « Après l'invasion et la Commune, Mgr Freppel avait examiné l'état de notre pays, et dans un premier mandement avait mis à nu les vraies causes de nos désastres : l'affaiblissement de la foi, la perversion du sens moral, le mépris de l'autorité, la soif des jouissances et l'absence de l'esprit de sacrifice ». Et il le cite : « Un abaissement général des caractères, le culte des intérêts se substituant au respect des principes, une perversion lente mais

* « Les Jules », ce sont les pères fondateurs de la IIIe République : Jules Grévy, Jules Simon, Jules Favre et Jules Ferry dont l'historien Henri Guillemin brocarde la prudence, le conservatisme social et la faiblesse face à l'invasion prussienne de 1870.

continue du sens moral, la fièvre du gain sans cesse surexcitée par l'exemple et par le succès de spéculations scandaleuses. [...] D'autres signes avant-coureurs d'une catastrophe peu éloignée n'excitaient pas moins les alarmes d'esprits prévoyants : l'abandon ou le mépris des professions les plus favorables au maintien des mœurs simples et austères ; l'émigration des campagnes affluant vers les grands centres pour y chercher trop souvent avec une existence déclassée des plaisirs faciles ; l'esprit de famille et la moralité publique profondément troublés par l'oubli de la grande loi du repos dominical traditionnel, et, pour résumer ces faits dans le plus frappant de tous, l'accroissement de la population subissant un temps d'arrêt, comme si les sources mêmes de la vie avaient été atteintes par le désordre des mœurs. »[86]

Né à Obernai, Charles-Émile Freppel avait été nommé le 27 décembre 1869 à l'évêché d'Angers et sacré évêque en l'église Saint-Louis-des-Français le 18 avril 1870. Venu le féliciter, le pape, ne l'ayant pas trouvé, avait patiemment attendu son retour. C'est dire de quelle considération il jouissait au Vatican. Dès 1870, Mgr Freppel avait anticipé le programme de la IIIe République : « Dès que les Prussiens seront partis, nous aurons à lutter contre le matérialisme et les athées. On voudra dénoncer le Concordat, on voudra la séparation de l'Église et de l'État, supprimer le budget des cultes, dépouiller l'école de son caractère religieux, introduire l'enseignement gratuit et obligatoire, etc. Pour moi, je me prépare à la lutte et je n'oublierai rien pour combattre les démagogues par la parole et par la plume. »

La Commune, soixante-douze jours, puis un bain de sang.

C'est par excellence l'événement qui divise. Les contemporains, les historiens, la postérité. Son déclenchement enthousiasme Élie Reclus (le frère moins connu du grand géographe Élisée Reclus) qui a cette merveilleuse phrase : « Le bonheur est venu nous surprendre. » Mais elle effraie les conservateurs : c'est la première fois, écrit Ximénès Doudan, un moraliste bien oublié, « que la Providence permet au nombre de menacer partout la civilisation ». (« Civilisation » apparaît toujours dans la bouche d'une classe qui sent ses intérêts menacés.)

Et naturellement, elle effraie les ruraux. Il y a bien quelques soutiens en province et on sent un mécontentement ouvrier[87] jusque dans la Sarthe, mais la province profonde entend l'appel des Versaillais au « peuple français » contre la Commune. En Anjou, rien, ou plutôt si : le silence, et l'effroi. Des communards, l'Anjou n'en compte pas. Sauf si on lui fait mérite d'avoir vu naître Gustave Lefrançois, dit Lefrançais, que Jules Vallès considérait comme « le grand orateur du parti socialiste », communard de la première heure, à qui Eugène Pottier dédie *L'Internationale*, composée pendant la répression de la Commune. L'Anjou abritera plus tard quelques communards, mais comme détenus à l'abbaye de Fontevraud transformée en prison. Ils y avaient été transférés après une mutinerie à la prison de Landerneau. C'est ainsi que se perpétue la mémoire de la Commune, jusque sur cette terre angevine qui ne lui avait guère été favorable. Lorsque en septembre 1906 se tient le premier congrès de l'amicale mutuelle du personnel administratif à la mairie de Fontevraud, le syndicaliste et socialiste Jean Allemane y prononce un discours. Il avait subi durant sa déportation en Calédonie des conditions très difficiles : « Moi [qui ai connu les geôles], tout ce que je vous demande c'est de ne pas oublier que ceux que vous gardez sont des hommes comme vous, […] j'en appelle à votre humanité. » Victor Hugo avait demandé sa grâce : « Je serais heureux que cette grâce fût accordée. J'appelle sur cette supplique douloureuse la plus bienveillante attention de mon éminent collègue M. le Garde des Sceaux » (Dictionnaire de Maitron). Communard, Allemane fut toute sa vie un militant ouvrier, pacifiste et internationaliste. Un enfant du « communalisme » et de ce socialisme à la française, résistant au marxisme.

Mais restons un moment avec Gustave Lefrançais, un peu abusivement appelé « le communard angevin ». Son père était chef d'atelier à Angers, à l'École royale des arts et métiers (actuelle ENSAM), et lui-même ne put exercer son métier d'instituteur car il avait refusé de prêter serment au régime de Napoléon III. Il a laissé quelques ouvrages, dont une *Étude sur le mouvement communaliste à Paris, en 1871*, publiée en Suisse où il était réfugié, précédée d'une lettre à la mère d'Auguste Vermorel, mort à 30 ans d'une blessure reçue sur la barricade où fut tué Delescluze. « Tombé courageusement dans la terrible lutte engagée pour faire triompher les droits du travail », écrit Lefrançais. « Les droits du travail » ! Que n'a-t-on lu ou fait lire à un peuple resté longtemps ignorant de ses droits ces mots qu'il n'entendit jamais !

L'introduction va tout de suite à l'essentiel : il faut transformer les conditions sociales dans lesquelles s'exerce le suffrage. L'autonomie communale seule peut y pourvoir. Lefrançais ira plus loin dans *La Commune et la Révolution* (1896) : « Les partisans du communalisme n'ont point à regretter la chute des Bourgeois fédéralistes, tout autant soucieux que les Jacobins de maintenir leur suprématie sur ceux qu'ils avaient classés, de par la Constitution de 1791, comme citoyens inactifs, c'est-à-dire ne jouissant d'aucun droit politique, comme "ne possédant rien" (des "impropriétaires") [...] Qui sera chargé de gouverner les masses ? Et qui jouira du bénéfice attaché à cette importante et lucrative mission ? Les grands propriétaires ruraux et industriels et tous les détenteurs quelconques de grands capitaux, acceptant les distinctions créées par la Législative de 1791, affirment que ceux-là seulement doivent gouverner qui ont de grands intérêts à sauvegarder, et que la plèbe, les travailleurs, la "vile multitude*", comme l'appelait M. Thiers, ne possédant rien, n'a point à s'intéresser de la chose publique, et n'a ainsi aucun droit à l'action gouvernementale. »

Toute la suite de l'ouvrage résonne d'un triple rejet : d'une autorité appuyée sur « l'idée religieuse » ; de la guerre, « négation des libertés intérieures et reconstitution fatale d'un pouvoir

* *Le Moniteur universel*, 25 mai 1850 : « Le peuple, le vrai peuple, celui que nous voulons appeler dans les comices, ce vrai peuple, il souffre des crimes de ce que j'appelle la multitude. » Et : « ce vrai peuple, répandu dans vos campagnes, qui souffre, qui travaille ».

supérieur aux droits des citoyens » ; d'une loi « qui n'est qu'une arme entre les mains du pouvoir ». (On peut se féliciter que le livre ait fait l'objet d'une numérisation Gallica.)

Caricature de Gustave Lefrançois
dit Lefrançais (1826-1901).

Si je tenais à fairc cntendre la voix de Gustave Lefrançais, et à citer quelques extraits de ses publications, c'est que certains mouvements politiques et sociaux récents, comme celui des Gilets jaunes, ont redonné toute leur force à sa définition du « communalisme ». Autrement dit : ont rouvert un dossier qu'on croyait clos, l'appel à une démocratie fondée sur la participation directe de petites unités, les communes, réunies en fédérations.

D'avoir pour ancêtres une longue lignée d'impropriétaires vous rend proche de ceux qui au cours de l'histoire ont constaté que leur voix comptait si peu pour les petites et les grandes décisions.

Pour les envoyer à la guerre (ou au service militaire) ou pour le tracé d'un chemin et la régulation d'un cours d'eau. J'ai entendu si souvent cette phrase, dans le village de mon enfance : « Ce serait mieux, en effet, *mais de toute façon on ne me demandera pas mon avis.* » L'extension du suffrage n'y a rien changé, pas même le droit de vote « octroyé » aux femmes en 1944. L'attachement aux petites communes, toujours vivace, a perdu beaucoup du sens qu'il pouvait avoir lorsque la commune était non seulement le lieu d'habitation, mais aussi du travail, parfois sur des générations.

Car dans cet attachement, il y avait le fondement obscur d'une légitimité : non pas un droit à la possession des espaces et des choses mais un droit de regard sur leur usage et leur avenir. Or ce droit n'était pas reconnu. C'est le lot des sans-pouvoir.

Un dernier salut donc à Gustave Lefrançois, dit Lefrançais, instituteur, puis comptable ; qui fit précéder ses obsèques — civiles — d'un testament où il affirmait : « Je meurs de plus en plus convaincu que les idées sociales que j'ai professées toute ma vie et pour lesquelles j'ai lutté autant que j'ai pu sont justes et vraies. »

Après la Commune, comme on pouvait s'y attendre, sa terre de naissance (et la mienne) s'illustrera à travers l'un de ses fils, le comte de Maillé, qui figure parmi « ces quinze bourreaux qu'on nomme la "Commission des grâces" », dit Louise Michel, dans ses *Mémoires*[88]. Le comte Armand-Urbain de Maillé de La Tour-Landry, seigneur de La Jumellière (Maine-et-Loire), catholique, royaliste, siégeant à droite, votera en 1875 contre l'amendement Wallon, et contre les lois constitutionnelles. Autrement dit, contre la république.

La prérogative d'annuler, de réduire ou de modifier les peines infligées aux quelque 10 000 condamnés de la Commune de Paris fut dévolue à cette commission de juillet 1871 à mars 1876, avant qu'elle redevienne un privilège exclusif du chef de l'État. Plongée dans « un état de fureur » (Victor Hugo), la commission pratiquera une justice d'exception, confondant les insurgés avec les criminels de droit commun[89].

Laissons plutôt la parole à Louise Michel : « Vive la Commune morte ! vive la Révolution vivante. »

Laquelle Louise Michel n'est pas pour rien dans les avancées décisives de la Commune en matière d'éducation. Institutrice, en 1868, elle s'installe rue Oudot. Elle dirige un établissement de deux cents élèves, dix institutrices, du personnel. Avec une crèche pour les tout-petits. « Bien avant la Commune, elle gagne une popularité dans le quartier, fondée à la fois sur la nouveauté de son enseignement et l'ambiance qui règne au pensionnat. » Ses élèves l'appellent « petite maman Louise ». Elle écrit à cette époque à Victor Hugo : « Il me semble que l'enseignement sort un peu des ténèbres. » Elle donne aussi des cours du soir gratuits d'alphabétisation pour les adultes. Et se rapproche de la Société pour la revendication des droits de la femme, première organisation féministe, fondée en 1866 et qui se réunit chez la journaliste André Léo (Léodile Champseix)[90]. En Nouvelle-Calédonie où elle a été envoyée en relégation, elle ouvre une école pour les enfants des Français en poste dans l'île, mais aussi pour les petits Canaques. Des milliers d'entre eux se pressent sur les quais de Nouméa en 1880 pour saluer son départ. C'est par là que la Commune aurait pu rencontrer l'adhésion de ceux qu'elle inquiète, le monde rural, qui s'ouvre au désir d'instruction. La Commune partage les revendications d'André Léo dans sa feuille volante : au peuple manque « la liberté, le loisir, la vie de l'esprit et du cœur ».

Au cœur des propositions de la Commune enseignante : la laïcisation de l'enseignement, jusque là massivement assuré par les congrégations. Seule une école réformée pourra faire des citoyens — et plus encore des citoyennes : la cause des femmes implique le droit à l'instruction pour les filles. Après le 30 avril 1871, le *Journal officiel* de la Commune annonce que tous les enfants âgés de 5 à 12 ans seront instruits. Parallèlement, on organise l'enseignement professionnel pour les futures ouvrières. Si la Commune ne décrète pas l'égalité de salaire entre hommes et femmes en général, son délégué à l'enseignement, Édouard Vaillant, instaure le même traitement pour les instituteurs et les institutrices et nomme des inspectrices chargées de superviser les réformes scolaires dans la capitale. Parmi elles, Marguerite (dite Victoire) Tinayre, institutrice, ouvrière lingère ; membre de l'Internationale ; autrice de romans et d'ouvrages de pédagogie (Dictionnaire de Maitron). En 1848 déjà, elle dirigeait une école pour filles, publiait des manuels scolaires ainsi que des romans sociaux sous le pseudonyme masculin de Jules Paty. Plus tard, avec Louise Michel et quelques autres, elle fonde une coopérative de consommation, Les Équitables de Paris, inspirée d'un modèle anglais.

Si la Commune ne peut qu'effrayer les paysans, il faut aussi renverser les choses : d'emblée, elle leur est hostile. Dans sa lutte contre l'Assemblée, elle concentre ses attaques verbales sur les ruraux. Les Parisiens ne cachent pas leur attitude condescendante, voire méprisante, à leur égard. C'est l'expression d'un divorce qui pendant longtemps régnera dans la conscience politique « de gauche », et qui n'a peut-être pas disparu.

Quelques rares responsables de la Commune cependant évoqueront une alliance possible avec les paysans. Et une communauté de destin entre eux et la classe ouvrière. C'est le cas d'André Léo, qui avait tenté sans succès en juin 1870 de créer, avec Élisée Reclus et quelques autres, un journal du dimanche, *L'Agriculteur* : « L'établissement du suffrage universel a rendu urgent et indispensable d'éduquer le peuple, et particulièrement celui des campagnes, le plus nombreux et le plus ignorant. » André Léo était du petit groupe de républicaines qui composait l'entourage de Grégoire Bordillon[91]. C'est elle, du reste, qui rédigera sa nécrologie[92], reprise dans le livre d'Élie Sorin que j'ai évoqué un peu plus haut.

« Socialiste et féministe ; communarde, présidente de la commission de l'enseignement professionnel des jeunes filles », dit la notice du Maitron, André Léo était née Victoire Léodile Béra en 1824 et elle avait pris pour pseudonyme les prénoms de ses deux fils. À sa mort, elle « lègue par testament une rente à la première commune de France qui voudra faire un essai de collectivisme par l'achat d'un terrain communal, travaillé en commun avec partage des fruits ».

Léodile Béra, son mari, Grégoire Champseix,
et leurs deux enfants, André et Léo.

Pendant la Semaine sanglante, elle participe à la lutte aux barricades et se bat avec Louise Michel aux Batignolles. Et en avril 1871, elle rédige l'appel suivant : « La terre aux paysans, l'outil à l'ouvrier, le travail pour tous », repris sous forme d'un appel « Au travailleur des campagnes » signé par « Les travailleurs de Paris ». Paru dans *La Commune* le 10 avril, il est repris dans *La Sociale* du 3 mai, imprimé à 100 000 exemplaires (comme feuille volante) par l'Imprimerie nationale, et envoyé par ballons, vers la province.

Magnifique début !

> Frère, on te trompe. Nos intérêts sont les mêmes. Ce que je demande, tu le veux aussi ; l'affranchissement que je réclame, c'est le tien.

Qu'importe si c'est à la ville ou à la campagne que le pain, le vêtement, l'abri, le secours, manquent à celui qui produit toute la richesse de ce monde ? Qu'importe que l'oppresseur ait nom : gros propriétaire ou industriel ? Chez toi, comme chez nous, la journée est longue et rude, et ne rapporte pas même ce qu'il faut aux besoins du corps. À toi comme à moi, la liberté, le loisir, la vie de l'esprit et du cœur manquent. Nous sommes encore et toujours, toi et moi, les vassaux de la misère.

Voilà près d'un siècle, paysan, pauvre journalier, qu'on te répète que la propriété est le fruit sacré du travail, et que tu le crois. Mais ouvre donc les yeux et regarde autour de toi ; regarde toi-même, et tu verras que c'est un mensonge. Te voilà vieux ; tu as toujours travaillé ; tous tes jours se sont passés, la bêche ou la faucille à la main, de l'aube à la nuit, et tu n'es pas riche cependant, et tu n'as même pas un morceau de pain pour ta vieillesse.

[...]

Tu vois donc bien que l'on te trompe ; car s'il était vrai que la propriété était le fruit du travail, tu serais propriétaire, toi qui as tant travaillé. Tu posséderais cette petite maison, avec un jardin et un enclos, qui a été le rêve, le but, la passion de toute ta vie, mais qu'il t'a été impossible d'acquérir — ou que tu n'as acquise peut-être, malheureux, qu'en contractant une dette qui t'épuise, te ronge et va forcer tes enfants à vendre, aussitôt que tu seras mort, peut-être avant, ce toit qui t'a déjà tant coûté. Non, frère, le travail ne donne pas la propriété. Elle se transmet par hasard ou se gagne par ruse. Les riches sont des oisifs ; les travailleurs sont des pauvres, — et restent pauvres. C'est la règle, le reste n'est que l'exception.

Et voilà pourquoi Paris, — que tu accuses sur la foi de gens intéressés à te tromper, — voilà pourquoi Paris s'agite, réclame, se soulève, et veut changer les lois qui donnent tout pouvoir aux riches sur les travailleurs. Paris veut que le fils du paysan soit aussi instruit que le fils du riche, et pour rien, attendu que la science humaine est le bien de tous les hommes, et n'est pas moins utile pour se conduire dans la vie que les yeux pour voir.

Paris demande que tout homme qui n'est pas propriétaire ne paie pas un sou d'impôt ; que celui qui ne possède qu'une maison et son jardin ne paie rien encore.

Ce que Paris veut, en fin de compte, c'est la terre au paysan, l'outil à l'ouvrier, le travail pour tous.

Oui, les fruits de la terre à ceux qui la cultivent.

D'où la conclusion, aussi vigoureuse que l'exorde :

La terre au paysan, l'outil à l'ouvrier, le travail pour tous.

Autre intuition d'André Léo, que relève Michelle Zancarini-Fournel : la situation des femmes sous l'Empire est comparable à celle des paysans[93].

Une fois encore : et Victor Hugo ?

Nous touchons au cœur de ce livre : l'adhésion des humbles à la République, troisième de ce nom, ce n'est pas l'adhésion à la « république des Jules », ce n'est pas non plus l'adhésion à la Commune. La république des humbles (l'expression est de Roger Martelli[94]), c'est la république de Victor Hugo.

Or, de Victor Hugo, on dit communément qu'il n'a « ni compris ni approuvé la Commune ». Les choses ne sont pas si simples. D'abord parce que, entre les « ruraux » et les communards, ce sont les communards que choisit Victor Hugo. En 1871, le journal *Le Rappel*, fondé par ses deux fils, republiait habilement un poème de novembre 1852 repris dans les *Châtiments*, où Victor Hugo revenait sur le plébiscite. Les ruraux y avaient fait entendre un soutien massif au Second Empire. Dans le contexte de 1871, le poème pouvait paraître s'appliquer au vote du 8 février :

Ils ont voté !
Troupeau que la peur mène paître
Entre le sacristain et le garde-champêtre,
[...]
Noircisseurs de papier timbré, planteurs de choux,
Est-ce que vous croyez que la France, c'est vous,
Que vous êtes jamais le peuple, et que jamais vous eûtes
Le droit de nous donner un maître, ô tas de brutes ?

Franck Laurent, dans une communication au Groupe Hugo du 13 mars 2004, le souligne bien. « Alors que le rapport de forces parlementaire est si manifestement défavorable aux républicains, Hugo fait partie de ceux qui défendent une politique de rupture avec cette Assemblée monarchiste et capitularde : Hugo refuse la capitulation et la cession de l'Alsace-Lorraine. Le 7 mars [1871] et surtout le 10, l'Assemblée va adopter un train de mesures qui mettront aux abois le peuple parisien. Élu en février à l'Assemblée nationale, Hugo prononce le 6 mars, un discours dénonçant l'ensemble de ces mesures projetées, et bientôt votées. Le 8, il démissionne. »

Le 15 mars, son fils Charles meurt d'une attaque d'apoplexie, le 18, c'est le début de l'insurrection des communards : les barricades s'ouvrent avec respect pour laisser passer le convoi funèbre, que suit le poète. Franck Laurent : « Hugo ne remet pas en cause le programme et les autres mesures prises par l'assemblée communale : programme, on l'a vu, conforme au républicanisme radical (communalisme et fédéralisme, séparation de l'Église et de l'État), et réactivation des mesures sociales prises par Gambetta pendant le siège et supprimées par l'Assemblée de Bordeaux. » Il conteste « non pas le droit, mais l'opportunité de l'insurrection » (on n'entre pas en guerre civile sous les yeux de l'ennemi victorieux). *Le Rappel* du 6 mars 1871 : « Paris commune est la résultante de la France république. »

Mais : « La Commune est une bonne chose mal faite. »

Toujours selon Franck Laurent, ce que Hugo refuse, c'est la violence, la guerre civile, l'insurrection qui tourne à l'émeute. Justement, dans *Les Misérables*, c'est un mouvement inverse : le passage de l'émeute à l'insurrection, par où la populace se révèle « le commencement douloureux du peuple ». Mais Hugo dénie aux communards toute compétence politique : « Depuis le 18 mars, Paris est mené par des inconnus, ce qui n'est pas bon, mais par des ignorants, ce qui est pire. »

Le même Victor Hugo qui rejette la violence révolutionnaire prendra le parti des insurgés après la Semaine sanglante, et quand il s'agira d'amnistier les communards condamnés au bagne ou à la déportation, il sera là. « Le Sénat ayant été, presque à son début, saisi d'une proposition d'amnistie présentée par MM. Victor Hugo, Peyrat, etc., une commission a été nommée d'urgence et a déjà publié son rapport, concluant au rejet pur et simple. » Louise Michel, dans sa correspondance[95], salue en lui « le maître bien-aimé ».

Ce qui n'empêchera pas que la gauche lui tienne encore aujourd'hui rigueur de sa mollesse de « vieux poète bourgeois de gauche » à soutenir la Commune.

Pourtant Victor Hugo n'a-t-il pas reconnu dans *L'Année terrible* ce « quelque chose d'âpre et de grand qui commence » avec la Commune ?

C'est le siècle nouveau qui de la brume sort [...]
Le monde attend la suite et veut d'autres essais,
Nous entendrons encore des ruptures de chaînes
Et nous verrons encor frissonner les grands chênes.

Exilé pour apologie de la Commune de Paris et, à son retour, vulgarisateur du marxisme en France, Jules Guesde veut instruire le procès de la répression. En 1872, dans *Le Livre rouge de la justice rurale*[96], il considère que laisser la parole aux Versaillais suffit pour faire comprendre l'horreur de la répression. Car c'est faire entendre, dit-il, « la majorité rurale peinte, racontée par elle-même ». Le ton est donné, d'un côté la Commune ouvrière, de l'autre les fusilleurs versaillais, les massacreurs ruraux.

Mais, en se mettant au service d'une répression voulue par la république « modérée » et par la bourgeoisie à la reconquête de ses pouvoirs, les ruraux fournissent-ils à cette entreprise un appui argumenté, un soutien de principe ? Dans *La Débâcle,* l'opinion de la classe au pouvoir sur les ruraux est ainsi résumée : « C'est la partie saine de la France, la raisonnable, la pondérée, la paysanne, qui supprime la partie folle, détraquée de rêverie et de jouissance. »

Est-ce bien sûr ? Une fois de plus, la troupe est sommée d'obéir aux ordres d'en haut, les Versaillais ont regroupé des soldats de régiments réguliers reconstitués, ou encore des « mobiles » bretons. Les ruraux sauvent la république conservatrice en reprenant militairement Paris, mais la République sait que ce soutien est fragile : ils avaient fait l'élection du prince-président, voté oui au référendum de 1851 et ils ont mis la République en péril en votant en février 1871 pour une majorité monarchiste, alliance des orléanistes et des légitimistes. Le projet avait même vu le jour d'une restauration de la monarchie avec le comte de Chambord sur le trône.

Mais si la République se méfie des ruraux, tentés par un retour à l'ordre ancien, elle approuve en même temps leur défiance de la Révolution. Tandis que la gauche, elle, va plus loin : elle fait sien un véritable mépris du « rural[97] », selon la ligne de partage creusée entre les campagnes réactionnaires et les villes révolutionnaires. Le mot « rural », avec toutes ses connotations péjoratives, n'est pas apparu avec la République, il était déjà là sous l'Empire. C'est un thème que les historiens ont largement développé[98]. Eugène Tenot, plus tard salué par Jules Ferry, avait ainsi publié en 1865 une brochure, *Le Suffrage universel et les paysans*. Tout le mal vient de l'ignorance des paysans. Mais ce mal est réparable. Il suffit que l'on reprenne à leur égard l'effort de propagande démocratique amorcé en 1849. Mais le pessimisme subsiste et un thème s'impose : celui des « deux France ».

Que réveille, dans *Le Rappel* du 3 mars 1871, François-Victor Hugo :

> Il y a deux France. Il y a une France dont la capitale est Paris, dont les chefs-lieux s'appellent Lyon, Bordeaux, Marseille, Toulouse, Strasbourg, Dijon et Lille ; une France industrielle, commerciale, savante, lettrée, ouvrière ; une France éminemment démocratique, éprise de liberté et d'égalité, attestant à la fois la fraternité des hommes et la solidarité des peuples, hostile à toutes les iniquités, rebelle à tous les despotismes, une France lumineuse et magnanime qui — nous omettons les contemporains — s'inspire de Voltaire, de Diderot, de Condorcet, de Mirabeau, de Danton, et qui s'affirme dans l'histoire par cinq révolutions successives, 1789, 1792, 1830, 1848, 1870.
>
> Il y a une autre France qui a pour métropole la Rome des papes, qui a pour provinces, des diocèses, et pour cités, des clochers ; une France qui va à confesse et non à l'école,

une France seigneuriale et villageoise, cléricale et jésuite, une France qui ne sait ni lire, ni écrire, une France ennemie du progrès et de la science, acharnée aux réactions et aux Coups d'État, qui a applaudi au 9 thermidor, provoqué le 18 brumaire, acclamé le 31 mars [entrée des Alliés à Paris en 1814], réclamé les ordonnances de juillet, approuvé Transnonain*, fêté le 2 décembre, la France de Fouché et de Morny, de Talleyrand et de Bonaparte, de Polignac et de Cassagnac, de Trestaillon et de Saint-Arnaud, la France qui en 1793 organisait la chouannerie, qui en 1816 encourageait les massacres du Midi, qui en 1851 traquait comme des bêtes fauves les défenseurs de la loi et qui en 1870 brûlait vif un homme coupable de ne pas vouloir crier : Vive l'Empereur !

De ces deux France, la première s'est fait représenter par la Constituante de 1789, par la Convention, par les 221, par la Constituante de 1848.

La seconde a ratifié tous les plébiscites napoléoniens, trouvé en 1822 la Chambre introuvable, nommé les satisfaits en 1845 et les Burgraves en 1849, agréé les candidats officiels de 1852 à 1870. En ce moment, elle siège toute puissante à l'Assemblée de Bordeaux.

D'où l'importance du tract d'André Léo. D'où la nécessité aussi d'examiner les prolongements de cet antagonisme entre la Commune (et la gauche) et les ruraux qui va laisser de lourdes traces. Dans le marxisme, mais aussi chez ceux qui exercent leur mission d'instruction au sein des campagnes : les instituteurs ruraux. Chose surprenante ? Pas tant que cela, on va le voir. Dans la suite des temps, la gauche accueillera en effet généralement avec faveur la vulgate marxiste qui oppose « l'ouvrier citadin mobile et ouvert au sens de l'histoire » au « lourd paysan dont l'attachement à la terre manifeste l'essence conservatrice »,

* Le 14 avril 1834, lors d'une manifestation républicaine, douze habitants d'une maison de la rue Transnonain sont massacrés par la troupe près d'une barricade.

souligne Dominique Jobard dans son intervention « Marx, la terre et les paysans » à Bordeaux en 2008. C'est dans son opuscule *Le Dix-Huit Brumaire de Louis Bonaparte* que Marx ironise « sur les illusions réactionnaires d'un monde paysan portant au pouvoir un supposé sauveur[99] ». Qu'est-ce en effet pour Marx que le « monde paysan » ? Il commence par nuancer et dialectiser ce qui se conclut dans une vision négative et extrêmement condescendante des ruraux. « Dans la mesure où des millions de familles paysannes vivent dans des conditions économiques qui les séparent les unes des autres et opposent leur genre de vie, leurs intérêts et leur culture à ceux des autres classes de la société, elles constituent une classe. Mais elles ne constituent pas une classe dans la mesure où il n'existe entre les paysans parcellaires qu'un lien local et où la similitude de leurs intérêts ne crée entre eux aucune communauté, aucune liaison nationale ni aucune organisation politique », écrit Marx. « Une simple addition de grandeurs de même nom, à peu près de la même façon qu'un sac rempli de pommes de terre forme un sac de pommes de terre ».

Les paysans, un sac de pommes de terre ? Aucune communauté ? Un simple lien local ? De quoi s'agit-il pourtant, lorsque la révolte se lève dans l'Ouest, au-delà du refus de la conscription, avant que la contre-révolution ne s'en mêle ? De défendre un monde, un mode de vie, de pensée, une structure à la fois matérielle et spirituelle, où la foi religieuse est le ciment d'une « communauté ». Qu'en même temps, la révolte de Vendée contre la conscription et la levée en masse ait été « un coup de poignard dans le dos de la Révolution », selon l'expression de Michelet, qu'elle ait pu rencontrer les intérêts qui n'étaient pas exactement les siens, ceux d'une aristocratie et d'un clergé vivement dressés contre le nouveau régime, cela n'est pas douteux. La Vendée est un drame, toutes les conditions en sont posées.

Reste que, pour longtemps, particulièrement dans les régions historiques de la révolte vendéenne, le « chouan » est un fanatique, un obscurantiste, un reste dépassé par la grande marche vers le progrès.

Si l'on accepte généralement sans discuter la vision marxiste des paysans, c'est qu'au pays des Lumières, leur réputation n'est plus à faire : le paysan est d'une autre espèce, on ne le comprend, ni ne cherche à le comprendre. Quand on s'intéresse à lui, ce sera pour le « civiliser ». Pourtant, à un moment décisif, le paysan avait émergé dans le brûlant portrait que dresse de lui La Bruyère, vibrant appel à la justice. L'ironie est cinglante, La Bruyère parle des paysans comme on le fait sous les ors et les lambris : « L'on voit certains animaux farouches, des mâles et des femelles répandus par la campagne, noirs, livides et tout brûlés du soleil. » Mais, sous cette apparence bestiale, ils ont « une voix articulée, et quand ils se lèvent sur leurs pieds, ils montrent une face humaine, et en effet ils sont des hommes ». Des hommes qui « épargnent aux autres hommes la peine de semer, de labourer et recueillir pour vivre, et méritent ainsi de ne pas manquer de ce pain qu'ils ont semé ».

Mais cela n'avait pas suffi à clore l'ère du préjugé. C'est le mépris du paysan qui l'emporte, générateur de tableaux la plupart du temps négatifs. De Balzac dans *Les Paysans*, à Zola dans *La Terre*. Dans *Les Paysans*, roman posthume publié en 1855, Balzac décline toute une série d'oppositions entre leur monde et « le nôtre », dessinant un véritable choc des civilisations[100]. Exemple : « Les paysans n'ont, en fait de mœurs domestiques, aucune délicatesse. » Leur langage est dégradé : « Une loute, mon cher monsieur. Si alle nous entend, alle e capabe e'd' filer sous l'eau !... Et, gnia pas à dire, elle a sauté là, tenez ?... Voyez-vous, où l'eau bouille... » Leur corps même est singulier, il « révèle la cruauté dans l'ordre moral quand il n'annonce pas la folie ». Sensualité, violence, sexualité débridée. Ni psychologie, ni religion. « Quelles peuvent être les idées, les mœurs d'un pareil être, à quoi pense-t-il ?, se disait Blondet pris de curiosité. Est-ce là mon semblable ? Nous n'avons de commun que la forme, et encore !... » Finalement : « Voilà les Peaux-Rouges de Cooper, se dit-il, il n'y a pas besoin d'aller en Amérique pour observer des sauvages. »

Le grand mot est lâché : le sauvage, et son antonyme aussitôt suggéré, le « civilisé ».

C'est au point que George Sand ne sera pas comprise, lorsque dans ses « romans champêtres » elle met en scène les paysans avec une curiosité d'ethnologue et une connaissance profonde de sa région natale, le Berry[101]. Dans ses mœurs, ses rites, son langage, mais aussi dans les violents antagonismes qui opposent « le peuple » et « le château », les rapports de classe, le tutoiement de mépris que le comte réserve au jeune meunier d'Angibault. Zola condamnera ces « bergeries sandiennes », de « gracieuses rêveries ». Et il reprendra la veine balzacienne dans *La Terre*, en 1887, déplaçant sous le Second Empire les conséquences sur l'agriculture de la Grande Dépression de 1873. Il y donne libre cours à une vision brutale, scatologique, de la ruralité, saisie dans une quotidienneté bestiale : « Les femmes se troussaient et les hommes posaient culotte, au pied de chaque haie ; et les amoureux, barbouillés, se baisaient à pleine bouche, dans les vignes. Ça finissait par des hommes soûls et des filles grosses. » Jusqu'au moment où la Commune lui fait inverser la donne.

Avec la Commune, le monde rural se réhabilite aux yeux de Zola par son refus de la violence révolutionnaire. Dans *La Débâcle*, écrit en 1891-92, consacré précisément à la guerre de 1870 et à la Commune, il fait entendre d'abord une violente opposition à la guerre et à ses horreurs. Mais *La Débâcle*, c'est aussi l'éloge de la ruralité ; c'est Jean le paysan, au départ étranger à la politique, qui va incarner les forces saines du pays contre Chouteau, « le mauvais ouvrier de Montmartre », et Maurice, l'intellectuel qui périra dans la lutte. C'est sur lui, et l'espoir qu'il incarne, que se conclut le roman : « Le champ ravagé était en friche, la maison brûlée était par terre ; et Jean, le plus humble et le plus douloureux, s'en alla marchant à l'avenir, à la grande et rude besogne de toute une France à refaire. »[102]

Ce qu'on retrouvera chez André Theuriet, aujourd'hui bien oublié, qui dans *Le Livre de la payse* exalte le paysan, avenir de la France :

L'avenir est à vous !... Nos écoles sont pleines
De fils de vignerons et de fils de fermiers ;
Trempés dans l'air des bois et les eaux des fontaines,
Ils sont partout en nombre et partout les premiers.

Salut ! Vous arrivez, nous partons. Vos fenêtres
S'ouvrent sur le plein jour, les nôtres sur la nuit...
Ne nous imitez pas, quand vous serez nos maîtres,
Demeurez dans vos champs où le grand soleil luit...

Ne reniez jamais vos humbles origines, [...]

« La République sera la République des paysans ou ne sera pas », répétait Jules Ferry. La République va en effet se donner comme première tâche de s'attacher solidement la population rurale, qui forme une majorité écrasante dans la France d'alors. Longtemps méprisés dans les discours républicains, les « ruraux » doivent « devenir la base solide et stable de la République ». « Il faut que la civilisation paysanne soit intégrée dans le monde moderne à l'échelle nationale », et que soit entamée « l'œuvre d'enracinement de l'idée républicaine dans les campagnes ».[103]

Ce sera le rôle de l'école.

Mais la méfiance envers eux sera durable, jusque dans le mépris inconscient du paysan manifesté par l'instituteur rural. Dans *La Débâcle*, l'instituteur est un homme violent qui hait ses élèves et déteste les paysans, car, issu de ce milieu, il a « sucé la haine de sa classe avec l'instruction ». Pour ma part, je reconnais là une constante qui m'a toujours frappée : jusque dans l'effort d'instruction exercé par l'école, on sentait une méconnaissance du monde paysan, de sa structure, des liens qui unissent entre eux ses membres, ignorés la plupart du temps ou saccagés sans regrets. À l'instituteur, en effet, la tâche grandiose qui est confiée est une tâche civilisatrice, presque « missionnaire » (selon l'expression de Francine Muel-Dreyfus). Mission ambiguë : la situation de l'instituteur est, le moins qu'on puisse dire, très inconfortable. Pour les instituteurs, dit Muel-Dreyfus, « tout se passe comme si l'action de domination qui leur est impartie pouvait être exercée d'autant mieux qu'ils sont à la fois très proches et très éloignés de la population, très coupés des paysans et très marqués par leur ascendance paysanne. Instaurer et maintenir un rapport de proximité distante à la paysannerie c'est, en quelque sorte, jouer avec le feu. [...] Chargés d'importer individuellement, à la manière des élites indigènes, de nouvelles valeurs professionnelles, éthiques et culturelles dans les villages, les instituteurs sont déjà prédisposés et préparés à porter sur le monde rural un regard d'observateurs, d'esthètes ou d'ethnologues, signe d'une solidarité conservée mais discutée à leur milieu d'origine ».

Toute l'ambiguïté est là, d'où résulte un double mépris, qui brouille tout[104]. Mépris de la société pour l'instituteur « primaire ». (*Nouveau Petit Larousse illustré*, 1952 : « Esprit primaire, esprit qui, avec des connaissances bornées, prétend décider des questions qui le dépassent ; substantiv. : un primaire ».) Et mépris de l'instituteur pour ceux qu'il a la charge d'instruire. Devenu le substitut du prêtre, il est « le médiateur délégué par la classe dominante à l'encadrement des classes populaires ». À la fois très proche et très éloigné de la population, il vit dans un certain isolement, est bien conscient que son entourage campagnard possède des qualités évidentes, mais il est là pour l'« élever », le sortir de l'obscurité, et de l'obscurantisme (religieux, notamment) pour le faire accéder à une forme de vie plus éclairée et plus haute. Sur tous les plans : hygiène, moralité, orthographe. D'où un « isolement moral » dont les instituteurs se plaignent. Et qu'ils compensent par une surestimation de la culture supérieure, rabaissant encore ce monde rural étranger à sa grandeur et ses beautés. L'instituteur a de lui-même une vision assez satisfaite, et peut-être un peu fausse, quand il se décrit comme : « aimant les livres avec passion, et les prés et les champs ». Il comprend « que sa culture intellectuelle est généralement trop au-dessus de la leur pour permettre [avec les ruraux] d'intéressants échanges d'idées ». Un conseil donc, dont il devrait profiter : ne pas ignorer que « nos campagnards possèdent, pour la plupart, un rude bon sens dont souvent il pourra tirer profit »[105]. Et Francisque Sarcey, rendant compte du roman de Léon Frapié *L'Institutrice de province*[106], met l'instituteur en garde : « Ne surtout pas qualifier le pays d'affreux ou d'horrible, le village de vilain trou, les habitants d'ours mal léchés, les maisons de tanières malpropres. »

Restons encore un moment avec l'instituteur rural, en relisant l'essai bien oublié de Georges Clemenceau, *Le Grand Pan*, paru en 1896. Oui, la situation de l'instituteur est affreuse : « En stériles efforts auprès du peuple des campagnes, il se consume absurdement. Les parents lui sont fermés, les hobereaux lui sont ennemis. Avec le curé, c'est l'hostilité sourde. Avec l'école catholique, c'est la guerre déclarée. » Ne parlons pas du calvaire de l'institutrice, sous le feu de tous les regards. Et cependant, dit Clemenceau : « Courage, toi qui ouvres péniblement le dur sillon. Tu sèmes le premier grain d'une maigre recette, mais de là viendra la semence des grandes moissons futures. »

Que sait-elle de tout cela, Laurence, née dans les Mauges en 1863 ? Rien sans doute, et pourtant elle y participe, elle le fait sien tout en l'ignorant, elle l'intériorise sûrement dans le respect de l'instituteur, du « maître », et de son savoir. Dans sa primitive adhésion à une république encore commençante, dans sa façon d'y adhérer, elle léguera à sa descendance (dont je suis) toute la charge ambiguë d'un amour de l'« instruction », que toutes et tous doivent honorer, au prix même d'une possible trahison des idéaux d'égalité qui le sous-tend. D'où cette question, comme un *motto* lancinant : comment ne pas ouvrir dès à présent la question de l'« élitisme républicain » et des désillusions attachées à la méritocratie, tout en pensant qu'elle vaut mieux que l'« héritocratie », heureux néologisme forgé par Paul Pasquali[107] ? La sélection par le mérite vaut mieux que la sélection par la naissance ; mais à partir du moment où c'est par mon « mérite » et par lui seul que je dois faire la différence, je porte tout le poids de mon échec.

Si justes soient-elles, les critiques adressées à l'élitisme républicain ne doivent cependant jamais faire oublier la soif populaire d'instruction, la volonté populaire de s'ouvrir à l'instruction, telle que la restitue admirablement Émile Guillaumin, dans *Le Travailleur rural* et *La Vie d'un simple*[108]. Qui a survécu pendant longtemps et à bien des bouleversements. Autour de Mai 68, nous étions un petit groupe de jeunes professeurs qui tournait des films éducatifs. Dans un quartier pauvre d'une ville industrielle de Normandie, une femme répondait à nos questions. Puis elle nous a coupé brutalement la parole. « Ce qu'on veut, nous ? On veut d'l'école. »

Parfois je voudrais m'en tenir — ou en revenir ? — à cela. À ce moment où on pouvait formuler les choses comme le fait Roger Thabault : « L'instruction permet de monter en dignité, l'ignorance est une marque d'infériorité. »

1863-1870. Premières années d'une petite fille. J'imagine mal ce que pouvait être une petite fille au Voide ou à La Salle-de-Vihiers à la fin du Second Empire ou la première année de la IIIe République, en pleine guerre franco-prussienne. Je n'ai pas d'images d'elle, évidemment. J'ai ceci, qui me convient bien, trouvé sur un site[109].

Classe de filles de l'école privée de Sainte-Pazanne (pays de Retz) entre 1880 et 1889.

Ce n'est pas très loin, le pays de Retz, c'est en Loire-Atlantique, à quelques dizaines de kilomètres au sud de la Loire, un paysage de bocage, encore, mais bordé par l'océan, troué de marais et de lacs. Ce fut aussi un haut lieu des guerres de Vendée. Après la proclamation le 1er août 1793 du décret de Barère portant « l'extermination de la Vendée », Kléber y sévit dès septembre. Ce sera en 1832 la base arrière de la duchesse de Berry.

Prenons le temps de regarder ces petits visages. Ces mains d'enfants étroitement serrées, ou sagement posées sur leurs genoux ; la plupart ont un bonnet attaché sous le menton, l'une d'entre elles a un petit chapeau élégant. Comme elles ont, elles aussi, « l'air farouche et l'œil naïf » !

À l'âge de 6 ou 7 ans, vers 1870, Laurence est entrée à l'école. Pour combien de temps ? Cinq ans ? Elle en sortira donc au plus tard en 1875. En janvier 1875, la république est définitivement établie mais l'Assemblée ne quittera Versailles qu'en 1879 pour regagner Paris. Après une première tentative le 28, un catholique modéré, Henri Wallon, présente le 29 un amendement portant élection du président de la République pour sept ans, par la Chambre des députés et le Sénat réunis en Assemblée nationale, et le rendant rééligible. Le 30, l'amendement est adopté par 353 voix contre 352. La IIIe République est donc proclamée à une voix près... Trois autres amendements viendront le compléter pour former la Constitution de 1875.

« Ma proposition ne proclame pas la République, elle la fait. » La République « ne se présentait que de profil ; elle était comme sous-entendue ». « Mais, dira-t-on, vous n'en faites pas moins la République ! À cela je réponds tout simplement : si la République ne convient pas à la France, la plus sûre manière d'en finir avec elle, c'est de la faire. *(Exclamations et rires ironique à droite.)* »[110]

L'amendement d'Henri Wallon sera abrogé par Vichy, le 11 juillet 1940.

Henri Wallon, sortant des nuées,
présente le bébé Constitution coiffé du bonnet phrygien
(*L'Éclipse* du 6 mars 1875, dessin de Gill).

Où Laurence est-elle allée à l'école ? Au Voide ? À La Salle-de-Vihiers ? C'est là que, une dizaine d'années plus tard, un an après son mariage, son premier enfant naît, quelques kilomètres plus à l'ouest. Ses parents y ont peut-être déménagé ? Ce serait alors dans une des écoles fondées par Rose Giet.

Les écoles de filles sont entre les mains des congrégations, comme on l'a vu ; ce sont les écoles de la monarchie de Juillet, mais profondément transformées sous le Second Empire par l'action de Victor Duruy. Entre-temps, il y a bien eu la IIe République, « un éphémère printemps de l'école du peuple », selon l'expression de Jean-François Condette. Mais le ministre Carnot est renversé, « le parti de l'Ordre rappelle les maîtres à leur devoir de soumission, n'hésitant pas à lancer une forte épuration qu'incarnent la loi de Parieu (dite petite loi Falloux) du 11 janvier 1850 puis la loi Falloux du 15 mars 1850 ». En deux temps, « l'une pour surveiller les maîtres, l'autre pour museler l'école du peuple »[111].

Fin du Second Empire : Victor Duruy, un changement indéniable, des apports décisifs, notamment en ce qui concerne la qualité de l'enseignement, la formation des maîtres, mais aussi les nouveaux programmes. D'où la question : forme-t-on enfin de petits paysans et paysannes émancipés ? C'est beaucoup dire. À partir du « tournant libéral » des années 1860, les observateurs jugent sévèrement l'état de l'école, des locaux scolaires en particulier. L'école et la maison du maître d'école se confondent. Dans des conditions sûrement meilleures, j'ai connu cela un siècle plus tard. La salle de classe unique dans l'école des filles où nous habitions occupait la moitié du rez-de-chaussée. J'entendais de ma chambre la craie rayant les tableaux que ma mère préparait, et le remuement autour du poêle que chaque matin elle mettait en route avant l'arrivée des élèves. Pendant la guerre, il y mijotait une soupe de légumes pour le repas de midi. Chaque élève était tenu d'y contribuer, dans la mesure de ses moyens. La Ragotte de Jules Renard apporte, elle, une bûche. Cela s'est fait longtemps.

Dès l'Empire, et bien avant les affrontements de la IIIe République, une grande rivalité règne entre écoles laïques et écoles congréganistes. Les témoignages ne manquent pas sur « la guerre scolaire » qu'elles se livrent. La loi Falloux, promulguée en mars 1850, a mis en place ce qu'elle nomme la « liberté de l'enseignement* » en laissant la plus large place à l'enseignement confessionnel.

Cependant, dès 1852 déjà et plus encore avec la loi de juin 1854, qui réorganise le système des académies et installe un conseil départemental de l'instruction publique, le Second Empire rompt progressivement avec la loi Falloux en affaiblissant le pouvoir de l'Église sur l'école. Mais c'est pour mieux se

* Une « pensée d'asservissement qui prend les allures de la liberté » (Victor Hugo, dans son célèbre discours à l'Assemblée nationale). Cf. *L'Églantine et le muguet*, *op. cit.*, p. 150.

recentrer sur l'autorité de l'État. Cependant, « le développement de la scolarisation, des constructions scolaires, [...] l'intérêt porté au corps des instituteurs, [assurent] ainsi, surtout dans la décennie 1860-1870, une incontestable continuité de l'œuvre de la monarchie de Juillet et une préparation du terrain, qui facilitera la mise en œuvre des lois républicaines, vingt ans plus tard[112] ».

La grande rupture, c'est la loi du 10 avril 1867.

Ministre de l'Instruction publique de 1863 à 1869, Victor Duruy est un artisan déterminé de l'enseignement obligatoire et gratuit. Et l'instruction des filles connaît avec lui sa première avancée décisive. Son projet de loi sur l'enseignement primaire obtient l'assentiment de l'empereur ; mais il doit renoncer à le présenter devant la violence de l'opposition. La loi est cependant votée à l'unanimité : « toute commune de cinq cents habitants et plus est tenue d'entretenir une école spéciale de filles ; toute commune peut rendre ses écoles entièrement gratuites » par un système ingénieux de « centimes additionnels ». À la fin de l'Empire on comptait ainsi 14 721 écoles publiques de filles avec 1 053 000 élèves. D'autre part, et c'est là un changement inouï, la loi faisait entrer la géographie et l'histoire dans les matières obligatoires de l'enseignement primaire.

Jusque-là en effet, il n'y a pas d'enseignement de la géographie et l'enseignement de l'histoire n'est pas obligatoire.

Chantal Prévot, dans le Blog Gallica du 7 avril 2017, souligne le 7 avril 2017 l'importance et la nouveauté de cette loi, qui fait de Duruy à ses yeux le précurseur de Jules Ferry. Sa situation n'est pas facile : il est attaqué par les républicains, qui le trouvent trop modéré, et par les cléricaux qui combattent toute perte d'influence de l'Église. « Monseigneur Dupanloup*, évêque d'Orléans, fer de lance du courant conservateur, s'indigne que

* Évêque d'Orléans en 1849, membre de l'Académie française depuis 1854, il s'opposera violemment en 1863 à la candidature d'Émile Littré, du fait de son athéisme proclamé. Littré échoue une première fois, mais il est élu à la deuxième tentative (1871), et Dupanloup menace de démissionner.

l'éducation des filles, de la femme chrétienne et française ne soit plus assurée au sein des congrégations féminines, mais par des hommes. » Le coût des réformes inquiète le gouvernement, ce à quoi Duruy répond : « La France dépense vingt-cinq millions pour une préfecture, cinquante ou soixante pour un opéra et elle ne peut en dépenser sept ou huit pour l'instruction du peuple ! » L'instruction non obligatoire est libre, et gratuite pour les indigents.

Mais l'enseignement primaire doit rester profondément religieux. La religion : une foi et une loi, dans l'union étroite du prêtre et de l'instituteur, sous peine que « l'instruction ne devienne un danger ».

J'ignore si durant son court passage à l'école, des ouvrages et manuels scolaires ont forgé chez la petite fille des Mauges cette forme de rapport au monde que nous devons à l'école autant qu'à l'éducation donnée par la famille, et parfois en contradiction avec elle. J'en doute. L'école, au moment où l'Empire s'effondre, c'est, pour une fille surtout, quelques heures par jour à suivre du doigt un abécédaire, calculer sur un boulier, faire de petits travaux de couture, écouter des récits tirés de l'histoire sainte. Le parcours scolaire de Laurence ressemble peut-être à celui de la Ragotte de Jules Renard « Ragotte est allée à l'école huit mois, chez ce vieil ours de Varneau. On payait trente sous par mois et, en hiver, chaque élève apportait le matin sa bûche. Il y avait deux partis en classe, les écriveux et ceux qui n'écrivaient pas. Ses sœurs ont eu le temps d'apprendre. Comme elle était l'aînée, elle a dû tout de suite se mettre au ménage avec sa mère et elle n'a rien appris. »

Laurence, si elle est restée à l'école jusqu'à 11 ou 12 ans, n'a certainement pas passé « le certificat » (on me l'aurait dit !) bien qu'il existe depuis 1866. Auparavant, il n'y avait qu'un certificat de fin d'études, créé en 1834. Victor Duruy, dans la circulaire du 20 août 1866, recommandait « aux recteurs d'inviter les inspecteurs d'académie à organiser le certificat dans les écoles de leur département »... Et il tentera sans grand succès d'imposer un enseignement comparable pour les filles. « En 1867, l'examen comporte à l'écrit de l'orthographe, de la rédaction et du calcul et à l'oral de la lecture, de l'histoire sainte, de la grammaire, du calcul au tableau et le savoir du système métrique. L'écriture est évaluée sur le texte de la dictée. L'examen est obtenu si le candidat obtient la moyenne à l'ensemble des épreuves et s'il n'a pas fait plus de dix fautes à la dictée. (En 1897, on y ajoutera un enseignement de la couture pour les filles.) Un exemple : le certificat d'études primaires de la Seine du 15 février 1870. Il comprend : 1° Une dictée d'orthographe [qui] sert d'épreuve d'écriture. 2° Deux questions d'arithmétique. 3° Une rédaction ayant pour objet un récit emprunté soit à l'histoire sainte, soit à l'histoire de France, ou une lettre d'un genre simple[113]. »

Notons cette nouveauté, tout de même : avec Victor Duruy un nouveau chapitre s'ouvre, l'enseignement de l'histoire de France. Auparavant, il n'était pas obligatoire, et on enseignait surtout l'histoire sainte. Et pour cela, on utilisait le manuel de Mme Eugénie Chevreau-Lemercier (*Premières leçons sur l'histoire sainte, ou Explication des 50 images représentant les principaux faits de l'Ancien Testament, à l'usage des salles d'asile**, L. Hachette, quatre éditions, 1853-1867). Mais là encore, même si Laurence a pu bénéficier des programmes voulus par Victor Duruy, je ne peux m'aventurer au-delà de quelques hypothèses générales. Je ne saurai jamais quelle idée l'école avait donnée à mon arrière-grand mère de son pays, la France, et de son histoire.

L'enseignement de l'histoire est ce qui constitue une mémoire et même une identité nationales. De là un soupçon récurrent : en règle générale, l'État ne cherche-t-il pas, monarchique, impérial ou républicain, à forger un récit qui lui soit favorable ? Peut-on

* « Les salles d'asile, ou écoles du premier âge, sont des établissements charitables où les enfants des deux sexes peuvent être admis jusqu'à l'âge de 6 ans accomplis, pour recevoir les soins de surveillance maternelle et de première éducation que leur âge réclame. » (Ordonnance du 22 décembre 1837.)

Eugénie Chevreau-Lemercier occupe le poste de « déléguée générale pour les salles d'asile ».

éviter que l'école offre aux enfants une narration romancée mettant en relief les valeurs qu'un régime privilégie ? Sous le Second Empire, le Conseil impérial propose l'interdiction de plus de la moitié des livres d'histoire de France et d'histoire sainte en usage dans les écoles publiques et libres (39 sur 71). Ces ouvrages, examinés par les inspecteurs généraux de l'enseignement primaire, ont été signalés comme périlleux sous le rapport politique et « hostiles à la dynastie impériale » (Rapport au ministre du 29 décembre 1857). Et, après 1870 et la défaite, les manuels d'histoire vont proliférer et se retrouver au cœur de la bataille pour la consolidation de la république. Dans la fin du siècle, les enfants de Laurence recevront un enseignement de l'histoire qu'on va décrire, plus tard, dans la deuxième moitié du XXe siècle, comme un « roman national », une fable que se raconte à lui-même un pays livré à l'esprit de revanche et au patriotisme belliciste : c'est en partie vrai.

Aujourd'hui, ce débat est revenu. Autour de 1900, la constitution d'un roman national visait à préparer les esprits à la revanche et à la confrontation avec un peuple qui nous avait vaincus ; aujourd'hui, afin d'établir une nette séparation entre les « vrais Français » et ceux qui « viennent d'ailleurs », une droite identitaire souhaiterait que l'enseignement de l'histoire impose une image de la France permanant dans son être à travers les siècles. C'est dans ce contexte qu'une équipe d'historiens, autour de Patrick Boucheron, a proposé une *Histoire mondiale de la France*, pour faire apparaître la dette de la nation française envers des apports étrangers. Réponse à ceux qui voudraient opposer à de nouveaux arrivants une essence éternelle de la France à laquelle ils devraient se conformer. Le livre reçoit un accueil plutôt positif, mais il se lève alors des contradicteurs qui lui reprochent sévèrement de « dissoudre la France », et de se faire « le fossoyeur du grand héritage français ».

En fait, il est clair que l'enjeu est politique, et non historique. L'histoire est ici le prétexte et le lieu d'un affrontement d'un autre ordre, autour d'une autre question : comment comprendre et accepter la présence sur notre sol d'une population venue d'ailleurs ? Dans une société démocratique, donc nécessairement divisée, et conflictuelle, le récit historique ne peut pas être mis au service d'une vision essentialisée, unique, univoque d'un pays, d'une nation, de son histoire. Il ne peut reposer que sur la confrontation des points de vue. Une confrontation visant à interdire des versions unilatérales et tendancieuses. Dans une société démocratique, pluraliste, il ne peut y avoir d'autres vérités que des vérités provisoires, reposant sur la critique et le débat.

Je ne sais pas jusqu'à quel point les religieuses qui enseignaient dans les écoles de filles des Mauges étaient prêtes à tenir compte des recommandations nouvelles de l'État. Mais au moins, à partir des années 1860, apprend-on mieux à lire dans les écoles primaires de Victor Duruy que dans les « petites écoles » d'autrefois, établies par charité (et pour encadrer religieusement les populations) ?

Comment apprend-on à lire ? Et dans quels manuels ? Dans les premières années de la IIIe République, ce sont toujours les manuels du Second Empire, comme celui de Théodore Lebrun, où les leçons d'histoire nationale, d'histoire sainte et de géographie, alternent avec des conseils d'agriculture, même d'agronomie, dans une organisation soumise à la succession des mois[114]. Ainsi par exemple du mois d'avril : « Ire lecture : Le mois d'Avril. Éclipse de Soleil. Travaux agricoles du mois d'avril. IIe lecture : Charlemagne en Italie. La main gauche et la main droite. IIIe lecture : Mort d'Arthur. Guerre aux Hannetons. IVe lecture : Saint-Louis en Égypte. V^e^ lecture : Mort de Richard Cœur de Lion. La laine. »

Mort d'Arthur, guerre aux hannetons ! Ce rapprochement qui fait sourire, m'est familier depuis mes toutes premières années et il m'a toujours semblé constitutif d'une école où l'on enseignait à vivre dans l'articulation de deux mondes ne se confondant pas mais également vivants, échangeant leurs valeurs. En passant de l'un à l'autre sans les confondre, on les enrichit tous les deux, avec un égal bonheur. L'école ouvre le monde quotidien à un arrière-plan de perspectives nouvelles ; l'expérience quotidienne donne une assise concrète aux constructions du langage, de la pensée et de l'imagination, les livres.

Cependant la question subsiste : à leur sortie de l'école, les petites filles qui y étaient entrées vers 1870, lisaient-elles bien, convenablement, vite ? C'est un apprentissage qui risque de s'étioler rapidement faute de pratique. Que vont-elles lire, du reste, dans leur vie de tous les jours ? Leur missel ? Des vies de saints ? Un almanach ? D'où l'attention portée à la lecture, dès le milieu du Second Empire, par des ministres intelligents, pénétrés de leur mission.

Tel Gustave Rouland[115] qui demande aux recteurs, le 20 août 1857, de lui adresser des réponses puisées dans l'étude des faits. En lecture, s'efforce-t-on, quelles que soient d'ailleurs les méthodes adoptées, de faire de cet exercice, presque toujours si fastidieux pour les élèves, un instrument de développement intellectuel ? Il s'agit d'obtenir d'abord que la lecture soit faite avec aisance et naturel, et, en général, sur le ton de la conversation ; ensuite, que les enfants prennent l'habitude de se rendre compte de tous les mots et de toutes les pensées. Quand un morceau a été lu, le maître le relit-il lui-même avec la prononciation, le ton, les inflexions de voix convenables ? Adresse-t-il des questions sur le sens de telle phrase, l'orthographe de tel mot, la portée de telle expression ? Rouland aura à cœur de développer les bibliothèques, avec des collections qui « devront contenir d'abord des livres de classe, mais aussi des livres de lecture qui pourront être prêtés aux familles, et devront être choisis de telle sorte qu'ils affermissent le sentiment national et les leçons de morale et d'histoire reçues à l'école » (*Dictionnaire pédagogique* de Ferdinand Buisson).

Le même dictionnaire rend hommage à Gustave Rouland pour sa « vigilance » qui « durant six années devait trouver de si fréquentes occasions de s'exercer, en arrêtant au passage les usurpations des congrégations ».

Mais la circulaire de Rouland n'ayant été suivie d'aucune mesure ni même d'aucune proposition, Duruy interroge les recteurs pour parvenir à réformer un vice de méthode si général et si persistant. « Nous avons amené les instituteurs à pratiquer la lecture expliquée, indique l'inspecteur d'académie du Jura, les instituteurs congréganistes seuls ont résisté. Pour eux, la lecture matérielle est tout. La lecture intellectuelle leur semble chose presque absurde. » Était-ce le cas dans les écoles de village, au Voide, à Vihiers, et la pratique quotidienne chez Rose Giet et les Filles de la Charité du Sacré-Cœur de Jésus ?

J'en ai peur.

Juste après la Première Guerre, Laurence court les ventes pour acheter de « beaux livres » à son petit-fils, mon père. Mais chez elle, dans sa vie de tous les jours, si les journaux sont progressivement entrés, sous l'influence essentiellement de ses enfants, de sa fille institutrice, notamment, l'Almanach est toujours là, avec son calendrier, ses considérations météorologiques, son tableau des travaux agricoles, ses recettes pour se soigner et soigner les animaux. Les almanachs républicains qui ont fleuri dans les années de la IIe République à Paris, ont-ils jamais pénétré dans les Mauges ? J'en doute. La fonction d'encyclopédie populaire des almanachs est prudemment apolitique, plus tournée vers une sécularisation de la vie courante. Tel, par exemple, l'Almanach Hachette de 1896.

Mais nous n'en sommes pas encore là.

À sa sortie de l'école, Laurence aurait-elle été, vers 12 ans, « placée » ?

En 1874, le prix de Vertu, l'un des trois prix fondés et dotés par Jean-Baptiste de Montyon, est remis comme chaque année par l'Académie française en séance solennelle.

Grâce à la « prodigue générosité de M. de Montyon* », huit médailles de 500 francs sont accordées à « ce que j'appellerai des bienfaits domestiques », déclare dans son discours Alfred-Auguste Cuvillier-Fleury (fauteuil 35), historien, ancien précepteur du duc d'Aumale. (Selon la valeur du franc sous le Second Empire, 500 francs c'est 1 600 euros, l'équivalent d'un an de gages pour une domestique.) Cuvillier-Fleury nomme toutes les récipiendaires, car ce sont huit femmes, dans les élans pompeux d'une rhétorique apitoyée : « Laissez-nous donc vous nommer ici, en dépit de votre modeste obscurité, car nous ne voulons oublier personne ; laissez-nous vous nommer, Marie Puissant, de Corenc (Isère) ; Eugénie Varandal, de Martigny (Vosges) ; Angélique Papuchon, de Poitiers ; Marie Maltaise, de Chemillé (Maine-et-Loire) ; Marie Grosbois, de Paimbeuf ; Marie Durand, de Paris ;

* Jean-Baptiste de Montyon, économiste et philanthrope, lègue à sa mort en 1820 une fortune colossale (près de 7 millions de francs) à diverses académies et aux hôpitaux de Paris. Il avait largement profité du « milliard des émigrés », loi promulguée par Charles X le 27 avril 1825 pour indemniser les émigrés qui avaient perdu leurs biens sous la Révolution.

et vous aussi, Joséphine Garnier, de Forcalquier (Hautes-Alpes), qui deux fois, quoique jeune encore, refusez un mariage avantageux, pour rester fidèle à vos maîtres malheureux ; et vous enfin, Charlotte Demange, de Nancy. »

J'ai cherché Marie Maltaise, de Chemillé, j'ai trouvé quelques références qui ne coïncident pas. Je vais donc devoir ranger Marie Maltaise au nombre de ces fidèles domestiques que Flaubert fait surgir inoubliablement dans *Madame Bovary* : « devant ces bourgeois épanouis se tenait un demi-siècle de servitude » (scène du comice agricole).

Quel âge a-t-elle alors ? 50, 60 ans ? Et « en place » depuis combien de temps ? Dès l'enfance ? N'y a-t-il pas eu dans la famille et parmi les proches de Laurence, de ces petites filles « placées » dès l'âge de 8 ou 10 ans, dans une ferme ou une boutique ? « En maître », comme la Ragotte de Jules Renard ? « À douze ans, elle était déjà en maître, c'est-à-dire au service des autres, chez une vieille dame ayant les moyens, mais si avare qu'elle ne pouvait pas garder une servante. » Laurence aurait très bien pu être « petite bonne » quelque temps avant son mariage, et trouver une place de laveuse au bateau-lavoir quand elle aurait charge de famille. Peut-être même a-t-elle connu Marie Maltaise. De nom ou de réputation. Pensez ! Le prix Montyon, décerné à « des personnes méritantes » ! Le dossier avait été présenté par le curé, Auguste Allereau.

Ou bien alors, vers 1875, Laurence reste-t-elle à la maison, pour aider sa mère, couturière et sage-femme ? Pour se former auprès d'elle ? A-t-elle fait son apprentissage dans la couture, mais renoncé, au moment de son mariage, à en faire son métier ? A-t-elle des frères et des sœurs dont il faut s'occuper ? Est-ce que, à l'époque, dans le milieu où elle naît, les conditions de vie, les chances des garçons sont meilleures, plus favorables ? Pas sûr. Les choix, pour les deux sexes, sont extrêmement limités. Obligation du service militaire puis du mariage, pour les garçons ; pour les filles, celles du mariage puis de la maternité. Conquérir sa liberté, son indépendance, ce sont des mots qui n'ont pas grand sens et surtout pas de contenu. Et cependant, j'ai une certitude : sur le fond d'une « infériorité » juridiquement installée, et socialement assumée, la soumission des femmes de ce milieu à l'ordre masculin est sans doute bien moins marquée que dans les classes dites supérieures. Relire Restif de La Bretonne, si on veut voir des exemples d'égalité des sexes dans la maison d'un laboureur (qui demeure chef incontesté de la famille, mais la femme a son mot à dire, et le dit !), dans la boutique d'un marchand, dans un atelier d'artisan. Méditer, à l'inverse, l'exemple de cet avocat s'insurgeant, en 1910, contre le désir des femmes de faire du droit : pourquoi pas, dit-il, mais seront-elles capables de faire une bonne blanquette de veau ? Les débats, en 1883, autour de la loi Camille Sée sur l'enseignement féminin abondent en perles de ce genre.

En attendant, j'en reste à ceci : pour Laurence et les siens, ce qu'il faut d'abord, c'est assurer son existence, et celle de sa famille. Or, à ce moment-là, de grandes et inquiétantes mutations économiques frappent un Anjou qui maintient sa résistance politique à une République en voie de consolidation. La vocation industrielle de la région s'est confirmée autour des mines de charbon de Chalonnes, et le développement se poursuit à Angers. La distillerie Cointreau, créée en 1849, grande année d'explosion industrielle, est en train de se donner les conditions d'un succès durable. Mais, dans les Mauges, c'est la crise dans le tissage qu'on pratique depuis des années dans les sous-sols semi-enterrés des maisons. D'où la naissance à Saint-Macaire-en-Mauges de la première fabrique de chaussures, qui va donner du travail et rendre de l'espoir aux enfants, garçons et filles, des petits métayers et bordiers.

Alors, que conclure ? Pour la classe des impropriétaires, l'époque a-t-elle enregistré de ces timides progrès qui entre l'année de naissance de Laurence, 1863, et le début du XXe siècle, auraient entraîné une amélioration modeste de la vie quotidienne ?

Une espèce d'aisance primitive ? Une nourriture plus variée, un logement moins inconfortable, une circulation nouvelle des marchandises, de la communication.

Je ne sais pas. Ce que je sais, toutefois, c'est qu'elle ne les fait pas sortir d'un état d'infériorité sociale qui les poursuivra toute leur vie. D'où la malveillance ou la malhonnêteté dont leur maladresse, leur âge, leur apparence inspiraient parfois l'idée. Une des rares anecdotes que j'ai retenues à ce sujet : pour le mariage de son petit-fils, mon père, elle commanda un service à café en porcelaine blanche ornée d'un filet d'argent, de style Art déco. Elle précisa bien en le commandant : du Limoges ! Le vendeur (une boutique de Chalonnes-sur-Loire ?) le lui assura. Mais à la réception, quand on retourna les tasses et les soucoupes, nulle mention de la prestigieuse origine. Elle fut cruellement déçue, ne protesta pas, offrit le service à mes parents. Je m'en sers toujours, non sans un serrement de cœur quand me revient fugitivement le souvenir de cette indélicatesse commise envers une femme modeste, parce qu'elle l'était.

De ces injustices envers les faibles, les exemples sont innombrables. Faiblesse économique, faiblesse de l'âge, faiblesse du défaut d'instruction. Voyons si nous n'en avons jamais été complices. Telle est la république vue d'en bas, la république inégalitaire pourtant choisie par ceux d'en bas.

1875. République, religion, conservatisme social, progrès : autour de ces notions se tisse une époque. Dans cette grande symphonie chacun joue sa partie. Vers 1860, Armand-Urbain de Maillé de La Tour-Landry, maire de La Jumellière, souhaite que la nouvelle église soit construite près de son château, le curé la voudrait près du presbytère. C'est le comte de Maillé qui l'emporte, le curé vaincu quitte la paroisse. En 1875, force politique considérable, député, conseiller général de Maine-et-Loire, le comte de Maillé vote contre l'amendement Wallon. La même année, et dans le même combat antirépublicain, c'est la création à Angers de l'Université catholique. Toujours selon le balancement typique de l'époque, c'est aussi l'inauguration de son premier grand magasin, le Palais des Marchands, le 29 octobre 1875, cinquante ans après l'inauguration à Paris de La Belle Jardinière. Vite devenu une réalité dont les plus modestes rêvent de profiter.

Un premier édifice avait été construit sous ce nom vers 1841 pour un certain Louis Allain dans la cour d'honneur de l'ancien tribunal de commerce. Conservant l'appellation de Palais des Marchands, Rémy Chanlouineau y installe un magasin en 1857. Rémy Chanlouineau est dit « marchand de nouveautés » dans *L'Écho saumurois*, lorsqu'il épouse en 1855 Aimée-Marie Brémont. (La plate-forme en ligne du patrimoine signale que le magasin ne figure pas avant 1864 dans les annuaires départementaux.)

Le Palais des Marchands,
à l'angle des rues Baudrière et Saint-Laud, vers 1930.

Le magasin restauré en 1875 ouvrira des succursales, subira des transformations successives, et connaîtra un développement considérable jusqu'à l'incendie qui le ravage en 1936. C'est une révolution dans le commerce dont va profiter toute une petite « classe moyenne », si ce mot a un sens dans le dernier quart du XIXe siècle. Peut-être pas tout de suite les journaliers, bordiers, tourneurs sur bois et sages-femmes du Bocage. Six nouvelles galeries sont inaugurées le 20 octobre 1879. « D'importants stocks sont achetés, quelquefois de deuxième choix, et vendus à très bas prix. Le Palais des Marchands se diversifie et ouvre un magasin annexe consacré aux meubles [...] en mars 1880. C'est en effet le premier magasin éclairé à l'électricité. Une salle à manger en vieux chêne est alors vendue à 395 francs, sachant qu'un cantonnier de la mairie gagne alors entre 850 et 1 000 francs par mois[116]. » Inauguration le 16 octobre 1882. « Les nouveaux magasins s'étalent sur 6 000 m^2, ce qui est colossal pour l'époque. 9 500 clients se précipitent aux neuf caisses.

En souvenir, on leur distribue une chromolithographie figurant un paysage suisse. »

Après la disparition du Palais des Marchands, on en retrouvera une grille dans la clôture du château de Chanzeaux. Situé à une dizaine de kilomètres au sud-est de Chalonnes, le château de Chanzeaux est un de ces édifices typiques de la contre-révolution. Transformé entre 1846 et 1848 dans le style néogothique selon les plans de l'architecte Hodé, il répond aux vœux d'une aristocratie légitimiste, hostile à la monarchie de Juillet, retirée dans ses terres et prétendant à des racines d'Ancien Régime. À la mort de son père Louis Gourreau, chevalier de Saint-Louis et brigadier des Gardes du corps de Louis XVI, la comtesse de Quatrebarbes fait reconstruire l'ancien bâtiment. Les Gourreau sont une lignée de juristes jouissant d'une fortune considérable, une ferme modèle avait été conçue par les fils Gourreau lors de leur retour d'émigration au Kentucky...

Théodore de Quatrebarbes meurt en 1871. À ses obsèques, Mgr Freppel exalte la bonne fortune qu'avait eue l'Anjou « de voir un homme affirmer hautement ses opinions politiques pendant près d'un demi-siècle sans ménagement ni réticence[117] ». Devenue veuve, Rose Gourreau, comtesse de Quatrebarbes, fonde une chaire de l'Université catholique, et finance l'achèvement de la « belle église Saint-Laud ». Belle, si l'on veut, par ses proportions et la finesse de ses voûtes mais désespérément convenue dans son apparence extérieure. Commencée en 1869, c'est en fait l'une de ces constructions un peu trop vastes dans un style archaïsant du XIXe siècle, le « roman poitevin ». Solennelle, ennuyeuse, comme toutes ses sœurs des mêmes années ; elle ne dit qu'une chose : voilà où est le pouvoir, soumettez-vous. Débarquant de la gare du même nom, à quelques pas de là, mon arrière-grand-mère et sa famille en étaient sûrement convaincus, mais n'y faisaient pas attention. Pas plus que mon père, âgé de 11 ans, entrant à l'internat voisin pour préparer l'école normale.

Un dernier ajout en dira long sur l'atmosphère régnant dans ces contrées : en 1845, Louis Gourreau avait fait détourner à ses frais la route Chalonnes-Vihiers qui passait au ras de la cour d'honneur. De même, dans mon village natal, la gare (aujourd'hui détruite) et la ligne de chemin de fer avaient-elles été établies à distance pour que le tracé n'empiète pas sur le vaste parc de quelques châteaux et que le bruit et la fumée ne viennent pas troubler la paix de leurs heureux propriétaires.

Dernier épisode majeur de l'année 1875, l'inauguration de l'Université catholique d'Angers.

Dans les débuts de la République, la bourgeoisie locale a progressivement supplanté la noblesse mais, s'inspirant des Las Cases qui ont repris l'exploitation des mines de charbon à Chalonnes, elle s'investit dans un développement industriel et technique qui va assurer le relais d'une propriété foncière insuffisante en revenus. Elle n'entend cependant pas renoncer à l'appui de l'Église pour renforcer sa domination. Elle ne cesse donc de dénoncer l'indifférence religieuse et le « péril matérialiste » qui naissent des nouveaux idéaux de progrès. Pour que la région confirme son enracinement catholique, diverses offensives sont menées en matière éducative : elles seront sévèrement contrées un peu plus tard par les lois sur l'enseignement des années 1880, puis par la loi sur la séparation des Églises et de l'État. C'est dans ce contexte que Mgr Freppel, évêque d'Angers depuis 1870, décide la création de l'Université catholique de l'Ouest. « Un jour devait venir, écrit-il, où les grandes écoles d'Angers rallieraient leurs débris pour refaire de votre ville ce qu'elle avait été pendant six siècles, l'Athènes de l'Ouest » (discours prononcé lors de l'inauguration). Édifiée grâce à une bourse de 1 200 000 francs offerte par Sosthènes II de La Rochefoucauld, elle est ouverte le 1er octobre et inaugurée le 15 novembre.

Le rôle de l'Université catholique d'Angers dans l'histoire de la résistance religieuse à la République ne fait aucun doute. Elle fait partie, avec les instituts catholiques de Lille et de Paris, des premières facultés privées de France, fondées dans le sillage de la loi du 12 juillet 1875 (dite Laboulaye) instituant l'« enseignement supérieur libre ». Aux deux bouts de la chaîne, le primaire, le supérieur, l'enseignement est un enjeu pour les catholiques, très majoritairement hostiles à la république. En 1850, le comte de Falloux, né au Bourg-d'Iré, Maine-et-Loire, avait obtenu le vote de la loi qui livrait l'école primaire aux congrégations. En 1871, l'Église et le parti catholiques souhaiteraient remettre en cause le monopole universitaire.

Ancien membre du Conseil impérial de l'instruction publique, Mgr Dupanloup va soutenir le comte Jaubert, représentant du Cher, qui dépose le 31 juillet 1871 une première proposition de loi visant à établir la liberté de l'enseignement supérieur. L'idée est défendue aussi par les libéraux, qui y voient un prolongement paradoxal de 1789. Ainsi le 15 juillet 1873 le rapport propose un texte en quatre titres et vingt-trois articles, visant à « assurer la liberté de l'enseignement, sans abaisser le niveau des études et sans compromettre l'ordre public ». Mais il ne satisfait pas les catholiques qui manifestent leur désapprobation lors du débat : ils trouvent le projet insuffisant, souhaitant en profiter pour l'installation d'universités. De leur côté, les républicains craignent « une nouvelle conquête du parti clérical-légitimiste alors que l'on se trouve au plus fort de la réaction cléricale », et l'affirmation d'un catholicisme « de combat, mystique, militant, tapageur et ultramontain ». La loi Laboulaye est adoptée par 316 voix contre 266, notamment grâce à l'abstention d'une quarantaine d'élus du Centre. Partout des comités catholiques se mobilisent pour collecter des fonds et trouver des locaux pour les futures universités[118].

René Bazin obtiendra un doctorat en droit à celle d'Angers en 1877 et, de 1882 à 1919, il y tiendra la chaire de droit criminel, définissant en ces termes sa mission de professeur : « La vraie lutte aujourd'hui, et dans tous les temps d'ailleurs, est engagée dans les sphères de l'enseignement supérieur… La victoire entre l'idée chrétienne et le matérialisme se décide autour d'une chaire d'Université. »

À l'autre bout de la chaîne, et dans son obscur village des Mauges, quelle fut l'éducation religieuse donnée à mon arrière-grand-mère ? Devint-elle une simple croyante ou une fidèle assidue aux offices ? Je n'ai aucun témoignage là-dessus. La vie quotidienne est, pour longtemps encore, scandée par les sonneries de cloches, marquant les heures, les offices ordinaires, le retour des cérémonies avec celui des saisons. On sonne messes, vêpres et matines, et le glas à chaque décès. Trois quarts de siècle plus tard, on fait encore entendre, dans mon village des bords de Loire, la triste « cloche des morts ». Le sourd battement sur une note unique faisait dresser l'oreille : Tiens, qui ça peut bien être ? Oh, ce sera sûrement pour le père Untel !

Dans la fin des années 1870 où elle n'est pas encore mariée, Laurence se mêle sans doute à la vie régulière d'une petite communauté villageoise, assistant le dimanche aux prêches de l'abbé Deniau, qu'il rédige tout en préparant son *Histoire de la Vendée*. J'imagine qu'il doit y faire allusion de temps en temps, peut-être parle-t-il de l'éclosion un peu partout de ces églises nouvelles, pense-t-il à un pèlerinage à Lourdes ? « Depuis les apparitions de 1858, et leur reconnaissance officielle en 1862, des Vendéens ont pu s'aventurer près de la grotte de Massabielle. Véritable exploit pour une population rurale peu habituée à quitter sa paroisse ou, au mieux, son canton[119]. » Mais la dévotion mariale s'amplifie, en signe d'expiation après « l'année terrible ». À l'automne 1872, des trains amènent plus de 200 000 personnes à Lourdes. Un journaliste écrit dans *Le Figaro* du 9 octobre 1872 : « Les idées religieuses ne s'en vont pas de France. Elles survivent à nos malheurs[120]. » La Vendée va profiter de l'ouverture du tronçon La Roche-sur-Yon-Bordeaux. Un premier pèlerinage est organisé par le diocèse de Nantes du 23 au 26 septembre 1872. Et après un voyage de vingt-quatre heures, environ 1 200 pèlerins venus de Poitiers, Nantes, Tours, Luçon et Angers, sont pris en charge par le Comité des malades. C'est à Cholet que l'abbé Grolleau publie son *Récit d'un pèlerin. La Vendée à Lourdes*. L'abbé Deniau y participa-t-il ?

En tout cas, je n'ai jamais entendu rapporter que Laurence, ou qui que ce soit dans notre famille, se soit rendue à Lourdes, ni à aucun pèlerinage local. Les « grottes de Lourdes » vont pourtant se multiplier dans la région. Croyante probablement, faisant ses Pâques, allant peut-être à la messe le dimanche, mais certainement pas bigote : telle était Laurence, comme la plupart des femmes de ce temps-là. (Les hommes, c'est autre chose.)

Très éloigné de la modernité, le petit peuple des « impropriétaires » suit cependant, avec une surprise défiante, puis d'un regard intéressé, les grands changements qui affectent les villes et les campagnes : lignes de chemin de fer, gares, hôpitaux, tramway. Le 25 mai 1873, une convention confirmée le 28 octobre est passée entre le conseil général du Maine-et-Loire et « Messieurs le marquis de Contades et Armand Donon ». (Donon est un banquier monarchiste, rallié à la République.) La convention prévoit l'établissement d'une liaison entre la ligne Loudun-Angers et la ligne La Possonnière-Niort. Les deux gares ainsi reliées sont celles de Perray-Jouannet et des Fourneaux à Chalonnes-sur-Loire. La ligne fut longtemps connue sous le nom de « ligne de la vallée du Layon ». Plus tard, les mêmes s'associeront pour fonder la « Société des chemins de fer de l'Anjou » et obtenir une déclaration d'utilité publique le 15 juin 1892. Commencent au début de 1895 les travaux de ce qui sera « le Petit Anjou ».

La république émancipe les citoyens et désenclave les territoires. Le plus modeste habitant des Mauges (ou du Limousin) en a conscience. D'où, après les premières frayeurs, l'engouement pour le chemin de fer. Comme je voudrais savoir quel est le jour où Laurence et sa famille ont pris pour la première fois le train, dans le souffle de la vapeur et la fumée qui noircit tout ! La joie, l'émotion, le panier qui se coince dans la portière du wagon avec le parapluie. La vitesse, qui étourdit. Songez donc : jamais depuis le début de l'histoire on n'avait dépassé celle d'un cheval au galop. Puis on franchit un pont métallique qui vibre, bien au-dessus de la Loire lente, paresseuse, mais chargée d'un mouvement qui ne demande qu'à grossir. Et une image me vient, de l'autre bout du monde, celle d'Agafia née après la Deuxième Guerre mondiale dans une famille de vieux-croyants exilés par Staline au cœur de l'Altaï sibérien[121]. La première fois qu'elle voit un train : « Oh ! des isbas qui roulent ! » Et quand elle accepte de prendre un avion pour retrouver sa famille, c'est à condition d'emmener sa chèvre avec elle. Je suis contente d'avoir fait surgir ici la figure d'Agafia, dont la « mère Thodore », notre voisine au village pendant la guerre, et Laurence, mon arrière-grand-mère, auraient écouté l'histoire en hochant gravement de la tête : « Ce froid ! Comme ça, à la pêche, dans l'eau jusqu'à mi-corps ? C'était tout de même moins dur, au bateau-lavoir, quoique, l'hiver... »

Agafia, surgie du fond lointain de la Sibérie, fait partie de leur monde, un monde d'avant, sans doute. Mais à quelques dizaines d'années d'écart, elles se reconnaîtraient dans son visage rond et son sourire édenté : « Et qu'est-ce qu'elle est devenue, cette Agafia ? »

Je ne sais pas. Il y a une dizaine d'années, mon train a traversé l'Altaï en direction du Grand Est sibérien. Longeant l'Abakan, sa rivière, dans la sombre lumière des épais arbres noirs, je scrutais les clairières désolées où ne s'élevait aucune cabane, et je me demandais si Agafia vivait toujours.

C'est la monarchie de Juillet qui inaugure en France le temps du chemin de fer. L'Empire le prolonge, et la République lui ajoute une dimension particulière : le chemin de fer va faire partie du projet républicain. Maurice Agulhon rappelle que grâce à lui put se tenir en 1900 le plus grand banquet du monde, celui des maires de France. « Le 22 septembre 1900, date anniversaire de la proclamation de la première République 108 ans plus tôt, le président Émile Loubet invite 25 000 maires à participer à un banquet en bord de Seine, alors que l'Exposition universelle de 1900 bat son plein. 22 965 personnes répondront présentes. Sous deux gigantesques tentes installées dans le jardin des Tuileries, 7 000 mètres de tables furent dressés pour accueillir les maires de France, d'Algérie et des Colonies, placés par département[122]. » Au menu : saumon en gelée, rôti de bœuf, poularde de Bresse. Saint-julien, champagne. L'abandon progressif des voies secondaires et locales au profit du TGV dans les années 1980 et aujourd'hui l'arrivée de la concurrence à la SNCF est un signe très négatif : quelque chose de la république est en train de se perdre — est perdu.

Revenons à ce moment où le fer, le chemin de fer, les ponts métalliques procurent à la ruralité un émerveillement mêlé d'inquiétude. Ces ponts qui vibrent et branlent au passage du train, ces paysages barrés de lourdes constructions, de poutrelles entrecroisées aux boulons épais et à l'odeur de vieille huile ! Tel le pont-cage destiné en 1878 à la ligne Angers-Segré, franchissant l'aimable Maine, la courte rivière qui va un peu plus au sud se jeter dans la Loire. La rive est parsemée de maisons de loisir, de jardins, d'arbres. Trois rivières forment la Maine, les ingénieurs vont détourner le cours de l'une d'entre elles, la Mayenne, afin qu'elle rejoigne la Sarthe en amont du futur pont, pour éviter deux franchissements de la rivière. Ce pont est une prouesse technique, avec son unique pile en pierre, et sa hauteur, destinée à surmonter les plus hautes crues, comme celle de 1856. Prouesse technique, aussi, la cage grillagée de 120 mètres de long. Et tout cela pour un trajet de 38 kilomètres. En une heure et demie. Au service de qui ? De tous, commerçants, paysans, particuliers, qui devaient auparavant utiliser le relais de poste et passer une nuit à l'auberge. Et des marchandises, du minerai de charbon et de l'ardoise, alors exploités dans la région de Segré. Le service est supprimé en 1942, la gare d'Angers qu'il desservait a été démolie.

Le fameux pont de Segré avec son treillis en forme de cage est toujours là, il a été rouvert, mais pour les piétons et les cyclistes ; de même à Trélazé, la carrière des Fresnais, désaffectée depuis près d'un siècle, a été aménagée pour les plongeurs en site de loisirs. Ce spectacle ne parvient pas à me réjouir, je vois trop de quels renoncements il est payé. Je n'ai pas la nostalgie de ces temps difficiles mais de l'espoir confus qui se formait dans les consciences les plus modestes : l'espoir d'un avenir plus juste, plus ouvert à la reconnaissance des droits élémentaires, et moins accablé par la nécessité.

Laquelle se traduit par l'implacable mouvement des saisons, et leurs conséquences. Comme cet hiver glacial de décembre 1879 qui s'abat sur toute la France. Pendant trente heures, les 4 et 5 décembre, il neige sans discontinuer, au point que Paris est recouvert de 25 centimètres de neige. La station météo de Paris-Montsouris, ouverte en 1873, enregistre – 23,9 °C le 10 décembre. Exalté par cette lumière inhabituelle, Monet s'est installé sur la Seine gelée, demandant qu'on lui apporte de temps en temps une bouillotte pour se dégeler les doigts. Tous les fleuves sont pris par la glace ; sur la Loire, elle est si épaisse que des piétons s'y hasardent d'une rive à l'autre. C'est une véritable banquise qui s'installe dans le Maine-et-Loire pendant l'hiver 1879-1880. Un chroniqueur écrit que les oiseaux « gèlent debout ». Cette période de grand froid durera jusqu'en janvier 1880. Et en février, la ville de Saumur prend de nouvelles mesures pour « conjurer les dangers de l'embâcle ». Un embâcle de la Loire est impressionnant, la débâcle plus encore, lorsque le courant devenu puissant entraîne des blocs qui vont se fracasser contre les piles des ponts et parfois les emportent. Tout le village alors descend dans la vallée pour ne pas manquer le spectacle. Les Mauges sont loin de la Loire, mais comment lutte-t-on contre le grand froid dans les bourgs, dans le Bocage ? Toutes sortes de maux frappent les ruraux, dont nous avons perdu le souvenir, les cruelles engelures, les bronchites qui ne guérissent jamais tout à fait.

Prend-on alors la mesure, dans les Mauges, dans la « Vendée angevine », de ce qui est en train de se passer : la consolidation progressive de la république ? Est-ce un sujet de premier plan ? Ne se heurte-t-il pas à ce fatalisme archaïque et rural, dont j'ai vu encore tant de témoignages ? Éteignant très vite ce sentiment nouveau d'avoir enfin été associé à un changement qui vous concerne ?

1879. Laurence Cormeau a rencontré Jacques-Jean Frémondière, né en 1855, qu'elle épousera en 1881. Revenu du service militaire, heureux d'en avoir fini avec ce long exil ? Comme son propre père, quelques décennies plus tôt ?

La « fée électricité » fait ses premiers pas en Anjou. Le progrès est d'abord venu aux ardoisières de Trélazé, où l'électricité est introduite en 1879 à la carrière des Fresnais. Un an avant que « le 17 mars 1880, le Palais des Marchands inaugure ce mode d'éclairage pour son magasin de meubles. Une lampe à l'extérieur, trois à l'intérieur, les débuts sont modestes, mais le public, habitué au pétrole ou au gaz, sinon aux bougies, est naturellement émerveillé : "On se serait cru en plein soleil" », raconte Sylvain Bertoldi.

La République s'en attribue le mérite. Rivales, donc, et pour longtemps, dans cette région qui est le cadre de mon récit, l'Église et une République qui cherche à établir le lien entre un régime politique, le progrès technique et l'amélioration de la vie. C'est l'autre nom d'une justice longtemps attendue, et c'est la forme timide d'une libération à laquelle on ne croyait peut-être pas. Mais le progrès est-il venu dans le Bocage, dans les borderies et les villages des Mauges ? La religion y tient les rênes. Émile Beaussire, déjà cité, écrit : « Dans la vie ordinaire, le curé garde l'autorité qu'il avait en 1789. On lui paie encore, dans quelques paroisses, une dîme en nature sous le nom de boisselage. Il est le conseiller de ses paroissiens dans les affaires privées ; il l'est aussi dans les affaires publiques. Il fait toutes les élections. Un vicaire du marais occidental m'écrivait en 1871 : "Partout où le clergé sera neutre, vous aurez le triomphe, la noblesse ayant perdu en beaucoup d'endroits toute influence dans les élections. Seule, l'influence du clergé est incontestable." »

Ce sont pourtant de grandes années pour l'établissement de la République. Le 14 février 1879, *La Marseillaise*, décrétée chant national le 14 juillet 1795 par la Convention, et qui avait été abandonnée sous le Premier Empire, devient hymne national. Reparue en 1830 et 1848, elle avait été remplacée sous Napoléon III par une romance, *Partant pour la Syrie*, qu'on attribue à Hortense de Beauharnais, la mère de l'empereur. *La Marseillaise* était alors interdite dans les lieux publics comme « chant séditieux ». Quand en 1869 le journal d'opposition *La Lanterne* d'Henri Rochefort reparaît, c'est sous ce titre : *La Marseillaise*. On ne s'étonnera pas que, revenue avec la proclamation de la République, elle ait retenti sous la Commune.

Aux armes, citoyens ! Aux fourches, paysans !
Jette là ton psautier pour les agonisants,
Général, et faisons en hâte une trouée
La Marseillaise n'est pas encore enrouée.

Victor Hugo, *L'Année terrible*

Interdite par les Allemands en zone occupée, *La Marseillaise* sera maintenue par le régime de Vichy au prix d'une modification de certaines de ses strophes : et l'hymne officieux de l'État français devient *Maréchal, nous voilà* !

Puis c'est le 6 juillet 1880, où une loi est promulguée faisant du 14 juillet une journée de fête nationale annuelle. En 1790, pour la première commémoration de la prise de la Bastille, l'Assemblée avait organisé la fête de la Fédération « des troupes de ligne et des gardes nationales ». Victor Hugo à l'Assemblée, la veille du vote de la loi : « La chute de la Bastille, c'est la chute de toutes les Bastilles, la fin de tous les esclavages, la fête de toutes les nations. » Une esquisse du peintre Alfred-Philippe Roll montre la foule à qui, le 14 juillet 1880, est présenté un projet du monument à la République qui sera inauguré en 1883. Aux pieds de Marianne, une statue tient à la main une équerre à niveau, symbole de l'égalité.

À Angers, c'est au maire républicain Jules Guitton que va échoir la tâche d'organiser le 14 Juillet. Célébrer la Fête nationale ne va pas de soi, écrit l'historien Jean-Pierre Bois, « dans le département très catholique du Maine-et-Loire, dans la ville d'Angers qui est passée en 1874 aux mains d'une municipalité encore prudemment orléaniste, enfin républicaine à partir de 1879, mais où l'évêque, Monseigneur Freppel, élu député d'Ille-et-Vilaine au printemps 1880, a su instantanément profiter des dispositions de la loi de 1875 établissant la liberté de l'Enseignement Supérieur pour fonder une Université Catholique[123] ».

L'amnistie des communards a fait peur. La réaction à l'expulsion des Jésuites* est violente : « Il est démontré qu'aux yeux des républicains, la liberté laïque n'a qu'un camp : elle est intolérante. » Chassés de leur maison de la place du Pélican le 30 juin, les Jésuites deviennent des martyrs, c'est le retour de la guillotine et de l'« engrenage révolutionnaire ». Curieusement, si le souvenir de la guerre de Vendée est partout, elle n'est évoquée nulle part.

Cette première Fête nationale se voudra pourtant à la mesure de l'événement, et à Angers on adopte le rituel qui est le même partout : concerts dans les jardins, décoration de certaines places,

* Ces expulsions font suite à la signature, le 29 mars 1880, de deux décrets par le gouvernement de Charles de Freycinet, et plus précisément par Charles Lepère, ministre de l'Intérieur, et Jules Cazot, ministre de la Justice. L'expulsion des membres de cette congrégation, accusée d'être une « milice romaine » préparant la contre-révolution, donne lieu à des scènes parfois violentes. L'apaisement survient, mais en 1904 les congrégations enseignantes sont supprimées.

illuminations, feux d'artifice et distribution de secours aux indigents. Jules Guitton a fait voter un crédit exceptionnel dont aucun des 14 Juillet suivants n'égalera le montant jusqu'en 1914. Le site *Histoire en images* détaille l'événement : une affiche en couleur reprend l'image de la République, sculptée en 1876 par Angelo Francia, dont la ville d'Angers a acquis un buste en plâtre en 1878.

Première Fête nationale du 14 Juillet à Angers, le 14 juillet 1880.

Une inscription précise : « La République est le gouvernement légal du pays », et elle y associe la mémoire de Thiers, mort en 1877. Le progrès est symbolisé par le chemin de fer et le bateau à vapeur. Mais la revue militaire sera supprimée, l'armée étant encore incomplètement ralliée à la république et ne souhaitant pas être associée à la fête. Il y aura bien quelques manifestations sporadiques d'une opposition de gauche, déplorant l'absence de festivités populaires tandis que des groupes scandent « À bas Freppel et sa clique ». La retraite aux flambeaux évitera finalement le quartier populaire de la Doutre, mais le journal fondé par Grégoire Bordillon, *Le Patriote de l'Ouest*, fait de la journée un récit enthousiaste, qui culmine par celui de la « fête vénitienne » : « Que c'est beau, que c'est grandiose, que c'est réussi ! Vive Angers, vive la France, vive la République, vive la municipalité et aussi vivent les pontonniers »[124]...

Dans les Mauges, les premiers 14 Juillet attendront encore quelques années. Les combats autour de la statuaire républicaine sont l'illustration parfaite de la lente et tumultueuse acceptation de la République dans ce département conservateur et clérical. Illustré cependant par de grandes figures républicaines, de femmes autant que d'hommes[125].

Pas de bonnet phrygien sur la Marianne d'Angers, mais une étoile et des lauriers.

Alors, république sans révolution ? Jules Méline, ancien président du Conseil, 1899 : « Ni réaction, ni révolution ! »

Pourtant elles sont inséparables. Victor Hugo : « la Révolution, c'est la fournaise, la République, c'est la forge » (*Quatrevingt-treize*). Et auparavant : « La Révolution et la République sont indivisibles. L'une est la mère, l'autre est la fille. L'une est le mouvement humain qui se manifeste, l'autre est le mouvement humain qui se fixe. La République, c'est la Révolution fondée [...] On ne sépare pas l'aube du soleil » (Assemblée législative, discours du 17 juillet 1851). *Le Bonhomme angevin*, périodique créé le 20 août 1881, lui fait écho : « La République, c'est un gouvernement [...] fils de la Révolution. » Cet acte de foi donne le ton. Mais ces humbles qui la reconnaissent comme leur, voient-ils dans la République son lien consubstantiel avec la Révolution ? Mon arrière-grand-mère n'aurait probablement pas souhaité une référence à 93, associée trop souvent dans les prêches des curés de ses Mauges natales aux colonnes infernales dont on raconte encore les exactions, plus tard reproduites sur les vitraux des églises construites ou restaurées. Les humbles lui préfèrent sûrement une version réduite, la prise de la Bastille et non la Terreur. La justice, et non la violence.

Du reste, dans les débuts de la république, troisième de ce nom, tout est fait pour repousser le retour d'une image et d'une référence trop claires et trop appuyées à la Révolution. En résumé : la république, quand même. Mais la Révolution, le moins possible. Une révolution qui s'arrête « à mi-côte », la formule est de Victor Hugo (il parle en fait de la révolution de 1830, mais la formule s'appliquerait parfaitement à celle de 1789) : « Qui arrête les révolutions à mi-côte ? La bourgeoisie. Pourquoi ? Parce que la bourgeoisie est l'intérêt arrivé à satisfaction. » La preuve : Marianne, dont le bonnet phrygien ne sera que très progressivement associé à la République, avec des origines discutées, où le soulèvement des perreyeux de Trélazé en 1855 joue un grand rôle. Alain Corbin l'affirme, c'est de là que date l'association de Marianne et de la République.

Avant de donner à la République ce nom de Marianne et que son buste avec un bonnet phrygien trône dans les mairies, la Révolution avait déjà choisi le 22 septembre 1792 une allégorie de femme coiffée d'un bonnet phrygien pour la représenter. Mais elle va disparaître avec le Consulat et l'Empire, et ne reviendra sous Louis-Philippe que sans bonnet phrygien. En 1870, la plupart des maires sont conservateurs et refusent l'effigie révolutionnaire au bonnet rouge : même devenus majoritaires, les républicains s'inclineront, remplaceront le bonnet phrygien par des épis de blé. Et le président Jules Grévy refusera en 1883 d'inaugurer à Paris le monument à la République, à cause du bonnet phrygien et des seins nus de l'allégorie !

Marianne finira par s'imposer : jusque sur nos timbres-poste. Elle subsiste encore aujourd'hui, à travers des avatars plus ou moins douteux. Une Marianne de la jeunesse en 2013, une

« Marianne l'engagée » en 2018, qui « porte le féminisme » (?) selon le vœu du président rappelant avoir fait de « l'égalité femmes-hommes la grande cause du quinquennat ».

Pourtant, avec ou sans bonnet phrygien, la République est sacrée. Ou l'était : car un siècle plus tard, la France a laissé disparaître la mention « République française » de ses timbres-poste. Le 17 février 2002, Gérard Roujas, sénateur de la Haute-Garonne, s'en étonne, et pose la question écrite suivante : « La mention “République française” ne figure plus sur ce timbre comme c'était le cas depuis qu'en 1981 le président François Mitterrand avait rétabli cette mention supprimée en 1974 par le président Valéry Giscard d'Estaing. »

La mention « République française » figurait en effet sur les timbres depuis 1848, mais elle avait disparu sous le Second Empire. Revenue, elle s'effacera une deuxième fois sous le gouvernement de Vichy. Et une troisième sous la présidence de Valéry Giscard d'Estaing. Jean-Claude Milner, dans ses *Considérations sur la France,* en donne une interprétation vraisemblante. L'Europe a changé de modèle depuis l'entrée du Royaume-Uni en 1973, « la relation à la Révolution française s'est évanouie. Et Giscard souhaite se rattacher directement à Louis XV ».

Le ministère délégué à l'Industrie répond en mars 2002 au sénateur Roujas : ce changement résulte de plusieurs facteurs. L'article 306 du règlement d'exécution de la convention de l'UPU (Union postale universelle) stipule que les timbres-poste doivent porter l'indication du pays d'origine en caractères latins. Mais, à la suite de la mise en place de l'euro et de la disparition des monnaies nationales, « l'identification de la provenance des timbres a été rendue plus difficile ». La Poste a donc suggéré d'utiliser désormais le libellé « France » et la commission a émis un avis favorable, « la mention “France” étant incontestablement plus explicite que le signe “RF”, contribuant ainsi au rayonnement de notre pays ».

Comme y contribue, je n'en doute pas, le récent choix de

la Poste qui a commercialisé en juin 2020 un carnet de douze « Lapins crétins », qui « feront sourire les petits et les grands ». Oh alors ! J'aurais tort de protester puisque : « Le château de Versailles, en partenariat avec Ubisoft, vous propose une nouvelle application mobile en réalité augmentée, disponible gratuitement et en cinq langues, pour jouer en famille avec les Lapins crétins en visitant les jardins de Versailles. » Précisons tout de même, puisqu'en France désormais la communication commerciale se fait en anglais, qu'Ubisoft est une *entreprise française* de développement, d'édition et de distribution de jeux vidéo. Un Lapin crétin avait été invité à l'Élysée en 2013 pour le Noël des enfants. Serais-je la seule à penser qu'il n'était pas à sa place ?

Il y a cent cinquante ans, ce que les « humbles » attendaient de la République, c'est d'être associés à des formes de solennité et de grandeur dont leurs existences avaient toujours été privées.

À La Salle-de-Vihiers, le 21 février 1881, mariage de Laurence Cormeau et Jacques-Jean Frémondière. 1881, ce sont aussi les lois scolaires de Jules Ferry. Ce mariage et ces lois : mes origines.

Laurence n'aura pas profité des lois sur l'éducation, dont la première est contemporaine de son mariage, et les autres de la naissance de sa fille Laurence, ma grand-mère. Et leur promulgation ne changera pas radicalement le destin des générations suivantes dans le petit peuple. Mais ce sont des changements dont la force et la nature sont de telle conséquence que le parti antirépublicain ne s'y trompe pas ; c'est un bouleversement radical, une mutation irréversible. Les premières années de la République, dès sa consolidation en 1875, ont été entièrement occupées par des lois scolaires. Quoi qu'on pense de la IIIe République, on devrait ne jamais oublier cela : un régime vaut par la place qu'il accorde à l'école. L'école *pour tous*.

Je ne m'attarderai pas sur la loi du 9 août 1879, qui concerne les écoles normales primaires, ni sur la loi du 27 février 1880 relative au Conseil supérieur de l'instruction publique et aux conseils académiques. J'en viens immédiatement à celles de 1881, au nombre de deux, qui touchent à l'essentiel de ce que la république est censée apporter à tous. Victor Hugo : « Attendez un peu de temps, laissez se réaliser cette imminence du salut social, l'enseignement gratuit et obligatoire, que faut-il ? un quart de siècle, et représentez-vous l'incalculable somme de développement intellectuel que contient ce seul mot : tout le monde sait lire[126]. » La loi du 16 juin 1881 établit la gratuité de l'enseignement, et la seconde, du même jour, est relative aux brevets de capacité : « Nul ne peut exercer les fonctions d'instituteur ou d'institutrice titulaire, d'instituteur adjoint chargé d'une classe ou d'institutrice adjointe chargée d'une classe, dans une école publique ou libre, sans être pourvu du brevet de capacité pour l'enseignement primaire. »

En d'autres termes, cette loi fait disparaître « les ordres d'exception au principe de l'obligation du brevet, créés par la loi du 15 mars 1850, dite loi Falloux ». Ces exceptions sont les lettres d'obédience délivrées par les supérieures aux institutrices congréganistes. En 1879, 28 % des institutrices congréganistes seulement sont brevetées contre 93 % pour les institutrices laïques. L'enjeu est donc clair, et il est double : Jules Ferry veut s'assurer de la qualité de l'enseignement primaire et il veut le laïciser, obéissant à l'admonestation de Victor Hugo à la Chambre en 1850, lors des débats sur la « loi Falloux » : « L'Église chez elle, l'État chez lui ! » Victor Hugo avait raison : « Dans une société sécularisée, chacun doit être à sa place, l'instituteur à l'école, le curé à l'église. Ce n'est pas seulement par principe : c'est aussi parce que l'Église semble avoir partie liée avec les forces réactionnaires qui refusent la société issue de 1789. Enraciner la République suppose donc de laïciser l'école[127]. »

Jules Ferry : la Ire République (1792) avait donné « la terre », la IIe « le suffrage » (dit universel), la IIIe, ce sera « le savoir ». Impressionnant « raccourci historique », selon Maurice Agulhon. Ces résolutions officielles, cette volonté d'instruction, ne vont pas sans arrière-pensées électoralistes. Ainsi Jules Ferry célébrait-il, dans ses discours à la Chambre, le suffrage universel des campagnes qui attachait les paysans à la République par esprit de conservation et fondait une démocratie de petits propriétaires.

Et en 1884, à Périgueux : « C'est là une force immense et sur laquelle repose la sécurité de notre société que cette population de petits propriétaires, si nombreux qu'ils constituent à eux seuls la majorité du nombre dans la nation. C'est par là que notre édifice social est le plus solide de toute l'Europe, le mieux abrité contre les révolutions sociales. (Applaudissements répétés.) Les populations des campagnes sont le fond même de la société française [...] De là sortent nos soldats, nos instituteurs, nos commerçants, nos industriels : c'est, pour notre société, une base solide, et, pour la République, une assise en granit que ce suffrage universel des campagnes[128]. » Il a tort d'oublier les impropriétaires, auxquels la République doit tant.

Encore un discours de Jules Ferry à la Chambre des députés, le 6 juin 1889 : « Ce système d'éducation nationale qui relie, dans un cadre à la fois puissant et souple, l'école élémentaire aux plus hautes parties du savoir humain ; ce système d'éducation nationale au frontispice duquel on n'a pas craint d'écrire que, de la part de la société, l'enseignement est un devoir de justice envers les citoyens, que la société doit à tous le nécessaire du savoir pratique, et l'avènement aux degrés successifs de la culture intellectuelle de tous ceux qui sont aptes à les franchir... Cette mise en valeur du capital intellectuel de la nation, de toutes les capacités latentes de tous les génies qui peuvent être méconnus ou étouffés, dans une grande et féconde démocratie, Messieurs, c'était le rêve de nos pères ; et nous avons le droit de déclarer qu'autant qu'il est possible de dire qu'une chose est accomplie, grâce à vous, grâce au pays, votre principal collaborateur dans cette grande œuvre, grâce au pays qui en a été l'âme, ce rêve est devenu une réalité ! Voilà pourquoi nous ne pouvons remettre qu'à un pouvoir civil, laïque, la surintendance de l'école populaire, et pourquoi nous tenons, comme à un article de notre foi démocratique, au principe de la neutralité confessionnelle. »

Dans ce long discours qui l'aurait sans doute étourdie, une phrase aurait suffi à mon arrière-grand-mère : « l'enseignement est un devoir de justice envers les citoyens ». Je l'imagine, s'il s'était trouvé qu'elle ait pu l'écouter, silencieuse et grave, hochant de temps en temps la tête pour marquer toute son attention de femme simple, la main ouverte fermement pressée sur la bouche, signe populaire de concentration.

La troisième loi, le 28 mars 1882, impose l'obligation scolaire et ouvre la possibilité d'inscrire les enfants dans des établissements privés ou de leur faire donner une instruction à domicile. Mais elle ne renonce pas pour autant à un autre objectif : la laïcisation. Elle supprime en effet des programmes l'enseignement de la morale religieuse et le remplace par une « instruction morale et civique ». L'État affirme sa neutralité, la sphère publique et la sphère privée sont séparées, et la religion peut trouver sa place puisqu'un jour par semaine est réservé à l'enseignement éventuel du catéchisme.

Un riche dossier du Sénat, en ligne, nous éclaire sur les débats houleux que soulève cette dernière loi : « l'opposition dénonce avec vivacité ce qu'elle considère comme une loi impie, tyrannique, instaurant une "école sans Dieu", et devant nécessairement aboutir à une faillite morale de la société, puisque à ses yeux une morale laïque ne saurait exister. Quant à l'obligation, si elle ne la refuse pas en elle-même, malgré quelques doutes sur sa pertinence en toutes circonstances, elle s'arc-boute contre une alliance funeste entre obligation et laïcité, contraire selon elle à la liberté de conscience. Elle défend notamment la position de ceux qui, faute de moyens, devront, sous peine d'aller en prison, confier "l'âme de leur enfant" à cette "école sans conscience"[129]. »

Naturellement, la question de la laïcisation est brûlante en Anjou. Mgr Angebault, évêque d'Angers de 1842 à 1869, s'intéressait peu à l'enseignement primaire, jugeant seulement que son développement menacerait « l'heureuse ignorance qui préserve nos campagnes et leur conserve la paix des esprits avec le calme des cœurs ». Mais dans les années 1880, tout a changé : l'évêque, c'est Mgr Freppel, en même temps député du Finistère. Pour lui, la loi qui se prépare est une « loi de malheur ». « Vous allez rabaisser l'enseignement scolaire, dit-il aux républicains, à un degré de vulgarité, de banalité et d'insignifiance dont je rougirais pour mon pays. » En décembre 1880, il prophétisait : « Ce que la Révolution française se verra conduite à vouloir établir, par la logique de son principe, c'est l'État sans Dieu, la famille sans Dieu, le mariage sans Dieu, l'école sans Dieu, le prétoire sans Dieu, l'armée sans Dieu, c'est-à-dire l'idée même de Dieu bannie de toutes les lois et de toutes les institutions. » L'expulsion des congrégations, dans mon Anjou natal, provoque de vives protestations. « Combien sont odieux ces sectaires qui poursuivent de leur haine des pauvres sœurs et veulent mettre la main sur l'éducation de nos enfants ! » écrit *Ouest Éclair*. En 1904, on va jusqu'à crier : « Vive les chouans, à bas la République[130] ! »

Mais une chose est acquise : à partir de 1880, écoles de garçons comme de filles se voient soustraites au pouvoir de l'Église. Cependant, le débat n'est pas éteint... Et j'en reviens à la venue de Jaurès et à son discours au Cirque-Théâtre d'Angers le 8 octobre 1904 : « Une allusion à la politique anticléricale de M. Combes vaut au président du Conseil une longue ovation. » Il ne s'agit pas de la loi de séparation des Églises et de l'État (1905) mais de celle qui, un an plus tôt, porte interdiction d'enseigner aux congrégations.

Je doute cependant qu'en 1881, au moment de leur mariage, Laurence et Jacques-Jean Frémondière aient été particulièrement sollicités par l'ardeur de ces débats. Peut-être davantage au moment de quelques expulsions un peu vives de bonnes sœurs. Ou de la loi de 1905. Car elle les touchera directement : leur fille Laurence, ma grand-mère, vient de prendre son premier poste justement cette année-là. Mais n'anticipons pas.

Je ne peux dissimuler l'admiration que je porte à ce moment décisif où l'instruction publique redevient un enjeu politique et social. Mais cela ne m'interdit nullement d'interroger la figure de

Jules Ferry, notamment ses positions colonialistes ; ni d'émettre des réserves sur les réformes qu'il propose, notamment sur le traitement séparé qui est réservé aux filles. Il faut évidemment se garder de plaquer sur ces questions de dangereux anachronismes. Et risquer de négliger, du même coup, l'importance de cette égalité formelle d'instruction que les lois Jules Ferry posent entre les deux sexes, ce qui n'était le cas ni avec Guizot, ni même avec Victor Duruy. Mais sans doute, au nom des différences qu'impose la « nature », les filles reçoivent une formation marquée de traits spécifiques — dans l'enseignement primaire et dans l'enseignement secondaire. Lequel s'ouvre aux filles, lorsque Camille Sée obtient, le 21 décembre 1880, le vote de la loi qu'il a déposée deux ans plus tôt, le 28 octobre 1878. Là encore, le programme est différent de celui des établissements pour garçons : « Il faut choisir ce qui peut leur être le plus utile, insister sur ce qui convient le mieux à la nature de leur esprit et à leur future condition de mère de famille, et les dispenser de certaines études pour faire place aux travaux et aux occupations de leur sexe. Les langues mortes sont exclues ; le cours de philosophie est réduit au cours de morale ; et l'enseignement scientifique est rendu plus élémentaire. »

Je ne pense pas que cette question ait particulièrement préoccupé mon arrière-grand-mère, ni même véritablement sa fille, qui n'entrera pas à l'école normale (ouverte à Angers très tard, en 1886) mais suivra au cours supérieur de l'école primaire (à Chalonnes, probablement) une formation de deux ans avant son brevet d'aptitude. Et y avait appris, c'est vrai, la broderie et autres « ouvrages de dame » qu'elle tenta vainement de me transmettre.

Ce ne sont pas les seules réserves, loin de là, que suscitent Jules Ferry et l'école qu'il entend (re)fonder.

Ce qu'on leur reproche vivement, c'est d'avoir eu un enjeu caché : la volonté de « républicaniser les esprits ». D'où les critiques presque unanimement partagées du « mythe de l'école de la IIIe République » : discipline sévère, bourrage de crâne, nationalisme belliciste, hantise des fautes d'orthographe. Sur ce dernier point, on doit reconnaître à Jules Ferry que lui-même souhaitait tempérer les ardeurs des maîtres d'école : « Épargnons ce temps si précieux qu'on dépense trop souvent dans les vétilles de l'orthographe, dans les règles de la dictée qui font de cet exercice une manière de tour de force et une espèce de casse-tête chinois » (« Lettre aux instituteurs », 1883). On peut dire qu'il a été très bien entendu ; on pourrait difficilement parler d'acharnement dans la manière dont sont enseignés aujourd'hui l'orthographe et la grammaire.

Une série de reproches plus graves encore, et parfois plus justifiés, se profile toutefois : à aucun moment, la république naissante ne songe à ouvrir au peuple l'enseignement secondaire. Et d'autre part, si elle concentre tous ses efforts sur l'école primaire, ce serait moins par souci d'émancipation que par volonté d'adaptation. Il faut former des travailleurs pour les nouvelles tâches que propose le développement technique. Des travailleurs soumis, non des esprits critiques. Sans doute, la IIIe République n'est pas, et ne veut surtout pas être « la sociale ». Mais rend-on justice à ce que le peuple y trouvera malgré les obstacles mis sur sa route ? Le procès qu'on fait à l'école de la IIIe République me semble négliger entièrement ce que « le peuple » lui a reconnu : d'avoir été le premier degré de son émancipation. Mystification ? Je ne le crois pas : « À un siècle d'écart, écrit Frédéric Mole, Condorcet et Jaurès par exemple, considèrent, chacun à sa manière, que l'enseignement doit former des hommes capables d'agir en vue d'une république meilleure et d'une société plus juste[131]. » Jaurès disait en effet : « Au bout des lois d'éducation populaire, le socialisme apparaît. »

Reste cependant la question des inégalités sociales, que vers 1880, dans sa complaisance envers un ordre social bourgeois, l'école de Jules Ferry ne remet pas en question. Pendant longtemps, on a défendu dans l'enseignement primaire cette idée que l'école ne pouvait certes pas les supprimer, mais que l'instruction en atténuait les conséquences. Aujourd'hui, on ne le pense plus, on souligne à juste titre leur poids écrasant sur les apprentissages, et on considère même que l'école les aggrave plutôt. Comme si elle se voyait ainsi excusée de ses échecs en lecture, écriture, calcul, qu'un tiers environ des collégiens aujourd'hui ne maîtrise pas. L'urgence d'y remédier est telle qu'il faudrait sortir de cet affrontement sans issue. Oui, c'est vrai, l'école ne peut en finir avec les inégalités sociales, mais elle ne peut pas non plus se soustraire à sa mission : fournir à tous un enseignement rigoureux de la langue, de sa grammaire, dont « le peuple » a urgemment besoin et qu'il ne peut trouver ailleurs qu'à l'école si sa famille ne le lui transmet pas... Mais l'école primaire existe-t-elle toujours ? La prolongation de la scolarité et l'établissement du collège unique l'ont dissoute dans le système éducatif, lui faisant perdre ce qui était sa définition, et sa qualité : assurer à tous une formation de base, « nécessaire à chaque individu pour se conduire lui-même et jouir de la plénitude de ses droits » (Condorcet). Qui pourrait dire que « le peuple » n'y a rien perdu ? Qui pourrait ne pas se désoler d'avoir vu rompre le pacte qui unissait la République aux gens d'en bas ?

S'ouvre alors un champ que je ne suis pas près de refermer : celui de l'instruction et de ses ambiguïtés.

Le processus même de l'instruction est tel qu'il entraîne nécessairement une hiérarchie entre celui qui sait et celui qui ne sait pas, toujours légitimée par la valeur supérieure qu'on prête aux choses de la connaissance et du savoir. Une surestimation, un suprémacisme « républicain », dont il faudrait définir à la fois les contenus et les contours. Car, de cercle en cercle, toujours en s'élargissant, c'est la supériorité de l'urbain sur le paysan, de l'instituteur sur ses élèves ruraux, du colon sur le colonisé, mission conférée par la IIIe République à l'« homme blanc ». Dans une ou deux décennies, Laurence comme d'autres ira peut-être s'extasier sur la grandeur de la France et l'arriération des « sauvages » quand une exposition coloniale s'ouvrira au cœur de l'Anjou en 1906. Et cela pèse lourd aujourd'hui sur la vision qu'on a d'une époque où la république s'établissait et se justifiait dans son école et ses colonies. La nôtre est à juste titre préoccupée par la question de la domination. Et parfois jusqu'à l'intolérance dans la dénonciation et la condamnation, mais cela représente bien peu au regard de ce puissant mouvement de déconstruction radicale des supériorités. Trente ou cinquante ans après la fin des empires coloniaux, il reste un ensemble de préjugés à surmonter, une histoire à écrire et à réécrire.

Modifions un peu la perspective en l'élargissant.

Sortons de la ruralité pour gagner l'immense champ de ce que l'école fait et dit de ceux qui sont peu instruits, et de l'image qu'elle en donne. Comment parler justement, équitablement, de ce qui a manqué quand l'instruction a manqué ? Comment maintenir une vision juste, exacte, équitable, de ceux qui n'ont pas d'instruction ? J'ai longtemps éprouvé une véritable douleur en pensant à ces trésors de la langue, de la littérature, de l'art qui ne leur avaient jamais été transmis. Mais jusqu'où fallait-il aller ? Ou plutôt ne pas aller ? Ce manque les empêchait-il d'accomplir pleinement leur humanité ? Pendant longtemps j'ai cru légitime de penser que sans l'art, la littérature, sans les livres, quelque chose ne s'accomplissait jamais pleinement. Je l'ai formulé trop radicalement peut-être dans un de mes livres, *Le Don des morts*, il y a tout juste trente ans. On l'a parfois compris comme une marque de distance, voire de mépris, envers ceux qui ne lisent pas : c'était tout au contraire le désir de combler le fossé qui sépare, qu'on le veuille ou non, ceux qui ont l'usage des livres et ceux qui ne l'ont pas.

Les conditions de ma naissance, ma première enfance, mes années d'adolescence partagées entre l'internat d'un grand lycée de province et ma famille d'instituteurs ruraux, m'ont fourni pour longtemps des représentations simples, des oppositions tranchées. Il y avait deux mondes : la vie sans les livres et la vie avec les livres. À 11 ans, j'étais animée d'une ferveur de prosélyte. Je me souviens des samedis après-midi où, revenue du lycée, je me retrouvais seule dans notre grande maison avec une femme du village qui entretenait le linge et qui m'aimait beaucoup. Elle et son mari, peintre en bâtiment, venaient « du nord », elle me parlait du château de Pierrefonds au cœur de la forêt de Compiègne, de ses huit tours, de la vue féerique de ses murailles crénelées. Puis elle retournait vers le petit appentis construit à l'orée du jardin, et tournait avec un bâton la « buée » qui bouillonnait dans l'odeur âcre de la potasse. Je la suivais, un livre ou un cahier à la main. J'étais tout enfiévrée de ce que j'avais appris dans la semaine, surtout de ce que j'avais lu, ou qu'on m'avait fait lire, et je ne pouvais le garder pour moi. Je me souviens ainsi de lui avoir lu (ou récité ?) de retour dans la cuisine, des poèmes de Charles d'Orléans, et quelques strophes de *L'Aiglon*. Elle m'écoutait en silence, souriait, retournait à son ouvrage au beau milieu d'une tirade. Au village, il n'y avait pas beaucoup de différence entre nos façons de vivre, nous dans la vaste école sans confort, eux dans une maison un peu trop grande, à la belle architecture, dont le rez-de-chaussée était encombré par des fournitures de peintre. L'été, j'allais tirer au puits de leur jardin un seau d'une eau particulièrement froide, où on mettait les boissons à rafraîchir. Nous avions les mêmes habitudes de frugalité, la même façon de se nourrir, de se vêtir. Leur vie et la nôtre étaient des vies ordinaires, que ne distrayaient ni le cinéma ni les voyages. À une différence près : l'absence ou la présence des livres. Je mesure combien il est difficile de faire entendre ceci, dans sa nudité, où l'on verra peut-être le signe d'une incurable naïveté. Leur vie valait bien la nôtre, à ceci près qu'elle était « incomplète », à mes yeux, puisqu'il n'y avait chez eux que *Le Courrier de l'Ouest*, l'*Almanach Vermot* et le *Petit Écho de la mode*.

Je ne savais rien de la misère urbaine, de l'exploitation de la classe ouvrière, je devinais le poids d'une sujétion séculaire sur tous ceux à qui « les châteaux » donnaient du travail, mais je voyais surtout ceci : il manque quelque chose à la vie sans les livres. Quoi donc ? Je n'aurais su le formuler. Entre l'univers des livres, chatoyant, peuplé, installé invisiblement au-dessus du nôtre, et le monde quotidien, il s'était établi une espèce d'aller-retour qui ne changeait rien aux conditions matérielles de la vie, mais la transformait entièrement, comme si elle était entrée dans une autre lumière.

Sans les livres, la vie était incomplète, mutilée, inaccomplie.

Que penser alors de ceux qui n'y avaient pas accès ? Les blâmer ? Non, j'avais très vite senti qu'il n'y allait pas de leur faute, ou de leur mauvaise volonté, mais que les conditions n'avaient pas été réunies pour que s'ouvre à eux ce monde qui s'était ouvert pour moi entre les pages de *La Légende des siècles* que je lisais vers 8 ans, dans la classe de ma mère, après le départ des enfants. Alors ? Les plaindre ? Oui. De ne pas connaître cet accomplissement. Mais que pense-t-on vraiment de quelqu'un qu'on plaint ? Quelle image a-t-on de lui ? Quelle figure lui reste-t-il ? Ne risque-t-on pas de forcer le trait, de noircir la condition de ceux qui sont privés des livres, du moment qu'on l'envisage uniquement sous l'angle de cette privation ? En énumérant la longue liste de ce qui manquait à la vie ordinaire, je voulais renforcer en moi et autour de moi la volonté d'y obvier.

Mais j'en faisais un aride désert en ignorant, ou en méconnaissant, tout ce dont elle est peuplée, tout ce qui s'est forgé dans l'expérience d'un travail, d'une vie, d'héritages dont nous ne savons rien. J'ai été longtemps prise au piège de cette question mal posée, sans pouvoir la poser autrement, sans trouver ce qui me conduisait visiblement dans une impasse. Pour ne pas s'y laisser enfermer, il suffirait de dire qu'on peut être vrai et être juste sans le secours des livres, l'histoire en regorge d'exemples.

Mais cela ne veut pas dire *qu'il ne manque rien quand manquent les livres.*

Il y a plus. En posant ce divorce entre la vie avec les livres et la vie sans les livres sur ce mode idéaliste, je révélais à mon insu que je n'étais absolument pas exempte de ce suprémacisme hiérarchisant, qui est l'envers et la conséquence négative d'une volonté d'instruction. Que je n'étais et ne suis peut-être toujours qu'une enfant de la IIIe République. Pour ne pas m'enfermer dans cette posture abstraite, je m'en suis petit à petit remise à la réflexion que mène Adorno au lendemain de la Deuxième Guerre mondiale : la vie mutilée, c'est la vie entièrement soumise aux lois de la société marchande. Laquelle a surtout besoin de producteurs soumis et de consommateurs captifs, et qui propose, à la soif d'être soi, les dérivatifs que sont, au temps d'Adorno, la « culture de masse », aujourd'hui la pression continûment exercée sur chacun pour qu'il dédie son temps libre aux réseaux sociaux et à la pornographie.

Que les livres puissent être la base d'une résistance contre ce mouvement captateur et destructeur, voilà ce qu'il aurait fallu, voilà ce qu'il faudrait, ce qu'il faut montrer.

D'où la question : la vie de Laurence, laveuse à Chalonnes, est-elle une vie accomplie ? Il faut parfois oser dire deux choses à la fois, en apparence contradictoires, mais qui ne le sont pas, car elles appartiennent à deux ordres. D'un côté, oui, elle a vécu une vie solide et remplie, et tout ce que j'ai rassemblé autour d'elle pour dégager sa figure me le prouve. De l'autre, je vois bien tout ce que sa condition lui a fait manquer, le vaste monde des livres, et le vaste monde tout court. Peut-être même aurait-elle trouvé dans les livres de quoi pousser un peu plus ses vigoureuses observations sur le petit monde social qui l'entourait et développer les conclusions qu'elle en tirait.

Au bout du compte, ce qu'il faut est un peu autre chose ; c'est rendre justice à ces formes de la vie ordinaire que vécurent ceux dont je parle et dont je descends. À leur vigueur, à leur lucidité, et aussi à la philosophie qu'ils se sont constituée ; pas tous, assurément. Certains, et certaines surtout, ont su mettre à profit leur expérience et en tirer leçon. La preuve, mon arrière-grand-mère, qui achetait des livres dans les ventes pour son petit-fils, et qui avait la passion de l'instruction, parce qu'elle n'en avait pas reçu, et qui aurait cependant très bien pu dire, comme Emerence à ses patrons, le couple d'écrivains hongrois : « Avec tous vos livres, vous ne savez pas vivre ! » Et elle avait raison. Il faut concevoir autre chose qu'un antagonisme entre la vie sans les livres et la vie avec les livres. Ceux auxquels s'adresse l'ironie d'Emerence et de mon arrière-grand-mère (et probablement de Ragotte), à aucun moment ne sont capables de saisir la nature de cette mutation de l'expérience concrète en pensée sur la vie. Elles avaient donc raison de tenir bon sur ce point : les livres n'enseignent pas tout.

Sans pour autant s'interdire de regretter qu'il ne leur ait pas été accordé des loisirs, la vue du vaste monde et un enseignement plus riche et plus varié que celui des congrégations féminines des années d'avant la république. Ce serait faire bon marché de l'incomparable leçon des livres si on l'estimait facultative.

Peut-être est-ce le moment de faire entendre, une fois encore, la voix de Michelet. Il est du peuple, et rêve d'instruire le peuple, mais d'une instruction qui serait conçue de manière que l'homme « du peuple » n'ait pas à perdre ce qui le faisait tel, et puisse apporter aux « hommes d'études » ce que l'homme d'études ne possède pas toujours. « Enseignez le peuple en astronomie, dit-il, en chimie, à la bonne heure ; mais quand il s'agit de l'homme, c'est-à-dire de lui-même, quand il s'agit de son passé, de morale, de cœur et d'honneur, ne craignez pas, hommes d'études, de vous laisser enseigner par lui. »

Et il ajoute : « Faites passer l'enseignement du peuple de l'oral à l'écrit, de la légende à la science historique, transformez la sagesse inexprimée du peuple en savoir enseignable en chaire, des écoles de village au Collège de France. Les petits et les pauvres pourront découvrir, par l'histoire professée, à quelle chaîne humaine, à quelle unité ils appartiennent, ce qu'indirectement ils sentaient déjà. »

Le 21 février 1881, le curé qui célèbre le mariage à La Salle-de-Vihiers de Laurence Cormeau et Jacques-Jean Frémondière est l'abbé Mesnil, à qui l'on doit la nouvelle église.

Ces églises détruites puis reconstruites et de nouveau détruites puis rebâties résument bien l'histoire de la région : ruinée vers 1568 par les Huguenots, reconstruite, brûlée en partie par les colonnes infernales en 1794, l'église Saint-Martin est restaurée en 1804 et réédifiée en 1830. Mais on l'abat en 1866 et on en commence une nouvelle en juin de la même année avec une charpente en fer posée en mai 1867. Sur des plans de notre vieille connaissance l'architecte Tessier, pionnier de l'art religieux néogothique en Anjou. Elle est bénite le 1er mars 1868, et les nouvelles cloches sont baptisées le 16 mai 1876 par l'abbé Mesnil. (Elles ont donc sonné pour le mariage de Laurence.) La même année, Alfred Tessier construit le couvent des Filles de la Charité du Sacré-Cœur de Jésus, congrégation fondée par Rose Giet.

Aujourd'hui, l'église est riche de toute une série de vitraux racontant la guerre de Vendée, œuvre de Desjardins, peintre-verrier à Angers de 1926 à 1934, posés entre 1931 et 1939. L'histoire de Rose Giet y figure en plusieurs panneaux, comme sur une bande dessinée. L'un d'entre eux, reproduit ci-dessous, montre deux soldats républicains s'éloignant le 4 avril 1794, après avoir blessé dans le champ de Beauchêne la petite Jeanne Péneau et tué sa mère*.

Vitrail de R. Desjardins, 1931-1934,
église de La Salle-de-Vihiers.

Très actif, l'abbé Mesnil : il avait béni le 8 décembre 1874 la chapelle Sainte-Anne, de style gothique, « construite au fond de leur jardin par M. Charles Forest marié à Mlle Marie Dubois le 21 juillet 1865 qui habitait la maison de la famille Dubois à l'angle de la route de Coron et de La Tourlandry ».

Le nouvel époux de Laurence, Jacques-Jean Frémondière, roulier et violoneux, est né le 24 juin 1855 à La Salle-de-Vihiers (il meurt le 21 mars 1925). Sur la photo ci-dessous, il tient un

* « Jeanne Péneau, âgée de 4 ans, le bras brisé et le côté percé par un coup de baïonnette, survécut au massacre de sa mère tuée par les bleus dans un champ de Beauchêne ; fut élevée par la mère de Rose Giet et en 1812 épousa Jacques Leroy. » (« La mémoire du soulèvement vendéen », *Savoir*, n° 120, juin 2017.)

fouet, et un licol qu'il s'apprête à jeter sur l'encolure du cheval. Avec son pantalon de velours, son gilet barré d'une chaîne de montre, les reins entourés d'une haute ceinture qui tient chaud, il a fière allure. C'est la seule que j'ai de lui. Par qui a-t-elle été prise ?

Jacques-Jean Frémondière (1855-1925).

Un roulier a la connaissance et souvent l'amour des chevaux ; il leur parle, leur donne des ordres selon un vocabulaire d'onomatopées dont j'ai gardé le souvenir pour l'avoir entendu dans les rues de mon village natal. Dont cet étrange *drrr* roulé, suivi d'un *huo !* qui intime aux chevaux l'ordre de s'arrêter. Est-ce qu'il se loue à la journée ? Le roulier qui transporte des marchandises a-t-il une charrette, des chevaux ? Ou bien travaille-t-il pour un patron ?

Roulier, et violoneux. Mon père se servit longtemps en classe de son violon. Un monde sépare le violoneux du violoniste.

Pierre Loti l'appelle « le violonaire ». Mais George Sand, à dessein peut-être, appelle violoneux quiconque joue du violon. La version de 1922 du Larousse lève toute ambiguïté : le violoneur ou violoneux n'est qu'un « mauvais joueur de violon ». Mauvais ? Parce qu'il joue à l'oreille des airs qui se transmettent oralement. En Anjou, le violon a succédé à la vielle à roue et à la cornemuse. Le dernier violoneux de Rochefort-sur-Loire est mort en 1947.

Dans les campagnes et les bourgs ruraux, le violoneux accompagnait la noce toute la journée et le soir animait la danse. La plus commune à l'époque est la mazurka, entrée en France sous le Second Empire et qui très vite a gagné les campagnes, faisant rapidement figure de danse traditionnelle en Limousin et Poitou, attestée en Mayenne dès 1852, puis dans le Haut-Anjou*. Mais il est sûr que Jacques-Jean Frémondière n'a exercé son art (modeste) que dans des bals de mariage, et probablement jamais dans les bals du samedi soir : l'hostilité à la danse est très vive dans le clergé de campagne au XIXe. Un demi-siècle plus tôt, en Touraine, le pamphlétaire Paul-Louis Courier rédige une « Pétition à la Chambre des députés / Pour des villageois que l'on empêche de danser », « ces Guillots et ces Perrettes » que réjouit le son du violon. Le peuple est sage, ajoute-t-il, « il travaille trop pour penser à mal ».

Laurence a 18 ans quand elle se marie. Est-ce très jeune, à l'époque ? Non. L'âge minimum du mariage pour les femmes est beaucoup plus bas, autour de 17 ans, que celui des hommes. Lui a 26 ans, âge classique pour les hommes, un peu tardif, peut-être à cause du service militaire. Je ne connais pas les circonstances de leur rencontre, je pense qu'on peut leur appliquer ce qu'on sait des mœurs rurales jusqu'au début du XXe siècle. L'accord nécessaire des parents pour que les jeunes gens puissent se fréquenter, la rencontre souvent préparée par eux ; ce qui ne m'éclaire

* Lui succède la java dans les années 1930 quand l'accordéon remplace le violon.

pas précisément sur la jeunesse de Laurence, sur ses espoirs, ses attentes, ses révoltes. Puis-je avoir un soupçon de ce qu'elle était vraiment, ne serait-ce qu'une fugace indication, en regardant la peinture de l'époque ? J'ai choisi un tableau d'un peintre français, Alfred Roll, et un autre, d'un Italien, Arturo Faldi, tous deux nés au milieu du XIXe siècle. Tous deux, mais Roll avec de plus grandes qualités picturales, pratiquent un style que la peinture moderne reléguera au second plan, et c'est dommage. Alfred Roll est remarquable pour l'attention qu'il porte à des femmes saisies dans le cours de leurs activités quotidiennes. Il inclut, chose rare, le nom des modèles dans les titres de ses tableaux. Manda Lamétrie a existé, elle exploitait seule une ferme en Normandie. Ce ne sont pas seulement des scènes de la vie ordinaire mais des peintures d'histoire.

Alfred Philippe Roll (1846-1919), *Manda Lamétrie, fermière*, 1887, musée d'Orsay, Paris.

Chez Arturo Faldi, une atmosphère idyllique enveloppe la campagne où le couple, « promis » ou jeunes mariés, marche paisiblement. La même paix que dans *Les Glaneuses*, *Le Vanneur* de

Jean-François Millet qui pourtant avait à cœur de restituer dans leur vérité les aspects du travail paysan.

Arturo Faldi (1856-1911), *Lune de miel*, 1892.

Laurence et son jeune mari se seraient-ils reconnus dans ces représentations ?

Comment se sont déroulées leurs fiançailles ? Leur mariage ? Leur vie amoureuse ? Sexuelle ? Jules Renard pose la question à Ragotte : « Tout s'est bien passé, la première fois ? — Oh oui ! Philippe avait une chemise bien propre ! »

Laurence avait-elle pour le grand jour une coiffe neuve ? Une robe cousue par sa mère ? Blanche, ou plutôt noire et craquante, dans ce gros satin des grands jours ?

Je ne sais rien de leur état de fortune, ni s'il y a eu contrat. Je ne le pense pas. Je l'ai dit plus haut : pas d'héritage, chez les impropriétaires ; à l'époque une grande partie des adultes décédés ne laissent rien à leur mort. On se marie non pour consolider un nom, une fortune, mais pour fonder une famille. Et, à en croire Henry Cormeau dans ses *Miettes d'une vie provinciale*, le mariage remplit et règle la destinée en « vouant l'homme à la femme et la femme à l'homme pour l'existence, pour l'éternité ». « L'union de l'homme et de la femme éveille dans le cœur mauge [*sic*] un sens de ferveur qui divinise la vie », écrit Jean Chevalier[132]. Je n'en sais pas davantage de leurs rêves, si même ils en ont, ou si, comme Jean méditant d'épouser Henriette dans *La Débâcle*, ils se préparent à « l'existence d'un ménage de braves gens sans ambition ». Mais je m'arrête aussitôt sur ces mots : qu'y mettons-nous vraiment ? N'est-ce pas à nous-mêmes que nous procurons cette satisfaction douteuse de savoir qu'il existe « de braves gens sans ambition » ?

Leur mariage est suivi, le 28 juin 1882, de la naissance d'un fils, Jean-Félix, à La Salle-de-Vihiers. Ils n'habitent donc pas encore dans l'île de Chalonnes. Ou alors elle est allée accoucher chez ses parents ? Sur ces accouchements, à la maison toujours, on ne dit pas grand-chose. Yvonne Verdier, dans un passionnant article de la revue *L'Homme*, cite une de ces accoucheuses de village, appelée dans la Côte-d'Or la « femme-qui-aide ». « On accouchait dans le grand lit, allongée, la tête soutenue par les gros oreillers, les genoux relevés. » Première tâche de la femme-qui-aide, le lit : « C'était toute une préparation, on mettait l'alèze de molleton en dessous, et au-dessus une bonne couche de papier journal, et puis un drap bien propre. » Et il fallait crier ! « Les vieilles disaient : "Fallait crier assez fort pour que tout le village entende"... »[133] La femme-qui-aide n'est pas une sage-femme. La mère de Laurence, Joséphine Challet, n'était peut-être qu'une « femme qui aide ».

De Jean-Félix, leur seul fils, de sa vie de jeune homme, des circonstances de son mariage, je ne sais rien. On laissait entendre « qu'il avait mal tourné ». Que faut-il comprendre ? Qu'il buvait, qu'il se battait ? Il se marie assez tard, à Angers en 1922, avec Marie-Louise Gasté, née à Chalonnes le 18 mai 1896. Une fille, Jeanne, dite Jeannette, naît la même année. Est-elle la raison de ce mariage tardif ?

Si mes sources sont exactes, « Jeannette » serait morte quasi centenaire il y a quelques années*. Elle faisait l'objet, dans mon enfance, de critiques qu'on formulait devant moi en termes voilés. Non sur sa moralité, mais sur son imprévoyance. Elle avait épousé un garçon sans fortune ni situation, et ils eurent très vite trois, puis quatre enfants. On était dans ma famille d'ardents adeptes d'un malthusianisme républicain, tournant autour de l'enfant unique, auquel on entendait donner toutes ses chances.

Le 25 juin 1887, deuxième enfant, Laurence, Louise, Joséphine, la mère de mon père. Leur troisième enfant, Adrienne, naît le 17 août 1889. Elle se suicide en 1950 à Nantes où elle s'était établie auprès de sa fille. Elle était alors veuve d'Émile Leroy, tailleur à Chalonnes-sur-Loire, qui vendit son commerce en 1942 à Jules Bertin, le père de mon ami le chanteur et compositeur Jacques Bertin (je l'ai appris en février 2021).

* Acte de décès : « Marie Frémondière (Marie Joseph Louise Jeanne Frémondière) décédée le 31 juillet 2018 à l'âge de 95 ans et née à Saint-Laurent-de-la-Plaine le 24 septembre 1922. »

Jeannette, deux petits voisins et moi.

La famille répond donc au modèle souhaité, selon Jean Chevalier : pour le premier enfant, un garçon. Certaines femmes n'hésitent pas à faire appel à des prières, neuvaines ou dévotions à la Vierge. « Mais si c'était une fille bien portante, on était bien content. » D'après Henry Cormeau, les présages vont bon train : « Quand une femme enceinte a la figure belle pendant sa grossesse, c'est d'une fille qu'elle accouchera. Au contraire, lorsqu'elle a les traits défaits, elle aura un garçon. » Des calculs les plus complexes jusqu'aux prédictions astrales, certains se convainquent de prédire l'avenir : « Lorsqu'une femme accouche dans les neuf jours d'avant que la lune se renouvelle, c'est le gage qu'au prochain enfant, le sexe changera. Dans le cas contraire, les prochaines couches donneront le sexe pareil. » Mais, dans tous les cas, il est clair que le sexe masculin l'emporte sur le sexe féminin dans l'ordre des préférences : « La venue au monde d'un garçon est considérée dans un ménage comme la consécration par excellence du mariage » (Chevalier). On ne parle que par détours de ces choses-là, on ne dit pas : « elle est enceinte », mais « elle achète un poupon », ou, plus prosaïquement, « elle est prise ». On va avoir un héritier, pour le suivant, on en « rachète » un autre. Beaucoup d'enfants naissent mort-nés du fait des difficultés de l'accouchement. Les filles mères sont mal vues, le plaisir sexuel aussi. Quand une grossesse malvenue se produit, « on procède à un baptême semi-clandestin », dit Henry Cormeau, « à la brune » sans même que le sacristain sonne les cloches, et « sans ripaille pour clore la cérémonie ». Et si possible on se marie pour réparer. On tait l'existence des faiseuses d'anges.

Où sont nés tous leurs enfants, dont le premier quand Laurence n'a pas 19 ans ? À la maison, comme c'est la règle. Le médecin est rarement appelé, la femme-qui-aide, plutôt, ou la sage-femme. La mère de Laurence, justement, l'était.

Laurence et Jacques-Jean n'en auront que trois, ce qui semble la norme dans ces années où règne une faible natalité. Ce n'est pas forcément le signe qu'on pratique la contraception, mais plutôt l'effet des mariages tardifs. Cela dit, ce n'est pas le cas de Laurence, mariée à 18 ans, on peut donc penser que le couple pratique des méthodes (primitives) de limitation des naissances, que réprouve et condamne l'Église, mais qui correspondent tout à fait aux idées que je prête à mon arrière-grand-mère. Cette époque est un monde nouveau, des possibilités s'ouvrent d'une vie meilleure grâce au développement, au progrès technique et à l'installation d'un régime politique qui permet et même encourage une progressive émancipation du peuple.

Quand mes arrière-grands-parents Frémondière s'établissent-ils dans l'île de Chalonnes ? Si leur premier enfant naît à La Salle-de-Vihiers, en 1887 ma grand-mère Laurence naît à Chalonnes. Peut-être ce départ est-il lié à la profession de mon arrière-grand-père, qui conduisait des chevaux sur les chemins de halage.

Il faut voir ce que c'est qu'une grande île de la Loire. Celle de Chalonnes est la plus grande île fluviale d'Europe. Réunion de deux îles qui en 1580 portaient les noms d'« Isle de la Rorsé » et d'« Isle de la Merger », c'est une bande de terre d'une dizaine de kilomètres, large d'un kilomètre, qui comprend de nombreux hameaux : la Vaquerie, le Frémoir, la Baronnerie, la Buissonnerie, les Aireaux*.

Plate de bout en bout, et dépassant à peine les dix mètres d'altitude, l'île est régulièrement inondée lors des crues de la Loire. D'où ces beaux meubles décolorés dans la partie inférieure que j'ai vus enfant chez ma grand-mère, puis chez mes parents. Et que j'ai vendus. Une première levée est construite en 1693. Mais elle ne suffira pas. Le 3 ventôse de l'an XIII (22 février 1805), le conventionnel Jean-Baptiste Leclerc[134] faisait parvenir à la préfecture, au nom du conseil municipal de Chalonnes, un

* Pendant les guerres de Vendée, la mairie avait été déplacée dans l'île (aux Aireaux). Elle sera établie ensuite place du Layon ; le bâtiment actuel est construit en 1861 sur le site d'un ancien cimetière.

Mémoire pour la construction des digues ou levées de l'île de Chalonnes, un *Mémoire pour la navigation de Chalonnes* et enfin un *Essai sur les îles de la Loire*. Une somme sur la question de la navigabilité du fleuve telle qu'elle se présentait de son temps.

On y a cultivé longtemps du chanvre et du tabac, et dans les heures brûlantes de l'été, l'odeur du chanvre mis à tremper pour en amollir les fibres se mêlait à celle de la vase et du poisson, emportée vers l'intérieur des terres par le vent d'ouest.

Dans les vingt dernières années, l'attraction de l'île, en dehors des vues surprenantes qu'elle propose sur la Loire, ce fut le Lenin Café, dont la créatrice vient de disparaître. Fille d'un syndicaliste de la CGT, Martine Thouet, fonctionnaire au ministère des Finances, n'avait jamais renoncé à sa passion pour la Russie, et pour Vladimir Ilitch Oulianov, dit Lénine[135].

À un moment que je ne peux déterminer, la famille quitte l'île pour s'installer à Chalonnes où mon arrière-grand-mère a obtenu une place de laveuse sur un bateau-lavoir, élevant ses trois enfants dans une maison quai Notre-Dame. L'eau courante est amenée dans le bourg, à des pompes publiques, pas encore chez des particuliers. Plus tard, ils habiteront rue de la Justice.

En tout cas, nulle trace, dans la mémoire familiale, des maisons qu'ils ont occupées. Leur « logement », comme on dit alors, est-il différent de celui de leurs parents ? Plus confortable ? J'en doute. Locataire, en tout cas, ce couple modeste. « Les ouvriers peu aisés louent de petites maisons qui coûtent dans la campagne un prix annuel de 50 à 60 francs, prix un peu plus élevé au chef-lieu de canton et dans les gros bourgs. On trouve, pour les plus pauvres habitants, des logements qui ne coûtent que vingt francs pour l'année[136]. » Mais quels meubles ont-ils ? Un lit, une armoire, une maie, une table et quatre chaises ? Et quels soins leur apportent-ils ? On balaie la pièce (on dit en Anjou « la place ») en jetant d'abord un peu d'eau pour rabattre la poussière ; de là monte une odeur qui pique légèrement les narines.

Mais quelle odeur avait la cuisine, la chambre ? Eux-mêmes, quand ils revenaient du travail le soir ? Voilà bien des questions sans réponse dès qu'on pense à des temps un peu anciens, et à ceux qui les peuplaient. Je me souviens des salles de ferme, de l'odeur qui y régnait, odeur d'hommes et d'animaux, forte sans doute, mais jamais répugnante ou nauséabonde. Cependant, les murs autour de la porte d'entrée étaient souvent noirs, luisants, comme cirés par le frottement quotidien des passages.

Jusque tard dans le xxe siècle, l'hygiène générale est restée plutôt faible en France. En 1880, Angers est réputé « la ville la plus sale de l'Ouest ». 1856 marque les débuts du réseau d'eau de Loire et l'ouverture de bornes-fontaines dans les rues. Mais pendant longtemps les matières du Grand Hôtel de la place du Ralliement ruissellent dans les caniveaux. Et on pratique l'abattage du bétail dans les rues. Et dans les petites villes, les bourgs, les villages ? Les fermes ? (Les paysans français prisonniers en Allemagne pendant la Deuxième Guerre mondiale n'en reviendront pas d'avoir vu des douches dans les fermes où ils avaient travaillé.) Je ne sais où j'ai lu cette confidence de Curnonsky, le gastronome angevin, rapportant que vers 1880 sa bonne grand-mère passait pour une originale parce qu'elle prenait deux bains par semaine.

Dans ces mêmes années, l'économiste Henri Baudrillart note « le manque de propreté des cours de ferme et le peu de soin à utiliser les matières fertilisantes. Il y aurait une assez triste description à en faire, dit-il, on montrerait des meules de fumier sans fosse à purin, s'égouttant de tous les côtés ». Les gros bourgs ont des foires, des marchés aux bestiaux, d'où l'état préoccupant des rues, de la voirie. À Chalonnes, la vaste place du Champ-de-Foire, ainsi nommée jusqu'en 1905[137], accueillait tous les mois une foire aux bestiaux, installée après délibérations du conseil municipal de 1860 : « La foire des bestiaux et des animaux de toute espèce, se tiendra sur la place du Champ-de-Foire, à savoir : les chevaux sur l'espace compris entre les maisons et dépendances qui bordent cette place vers l'est ; les bœufs gras, sur l'espace compris entre le mail et la route de traverse, et le stationnement des charrettes se fera entre le portail de la Boule d'Or et la rue des Bords-de-Vihiers. »

Après 1918 et surtout à partir des années trente, le manque d'hygiène des campagnes devient un problème de santé publique de premier rang : la tuberculose fait des ravages. Mais on doit souvent se contenter d'aller chercher l'eau au puits, plus tard à la borne-fontaine dans les gros bourgs et petites villes ; le service d'eau ne se généralise qu'à la fin de la guerre de 39-45. Les instituteurs se feront les militants de la cause hygiéniste : la propreté devient avec l'orthographe le pilier de la vie morale. Ma mère déplorait que, les jours d'hiver où le poêle fortement tisonné virait au rouge, ses petits élèves sentent le chien mouillé.

Les choses vont s'améliorant, malgré un équipement ménager qui reste rudimentaire. J'ai moi-même vécu, avant 1960, avec mes parents, dans une grande maison de village qui n'avait ni salle de bains ni toilettes intérieures, et pourtant à notre manière nous étions soignés, soigneux, ce qui exigeait un déploiement d'objets dont nous n'avons plus idée, ni image. De grandes bassines de zinc, l'eau mise à chauffer sur la cuisinière à charbon, l'atmosphère de fête et de buée dans la bonne odeur du savon, de l'eau de Cologne, du linge propre et des grands draps séchés au soleil.

Et cela nous convenait. Nous étions habitués à un autre régime des corps, des odeurs, des soins quotidiens.

Dans la fin des années 1880, le premier enfant de Laurence et Jacques-Jean, Jean-Félix, est entré à l'école. Quelle école, à Chalonnes ? Construites en 1860-61, une école laïque de garçons, trois écoles religieuses de filles, dirigées par les sœurs de Saint-Charles, et par les sœurs de Ruillé-sur-Loire (*Dictionnaire* de Célestin Port). Et, en 1862-63, une « salle d'asile », fondée par Mme de Las Cases. Il y avait déjà un maître d'école laïc en 1737 et en 1752.

La scolarisation d'un enfant est naturellement un moment important dans sa propre éducation mais aussi pour sa famille. Elle introduit un nouveau découpage du temps, elle fait entrer dans une famille peu instruite des objectifs et des sujets plus larges que ceux de la vie quotidienne. Dans un temps du moins où on avait pour le savoir, l'école et les livres une considération aujourd'hui fragilisée. Les livres de classe sont parfois les seuls qui pénètrent dans une famille, et ils lui donnent de la fierté (« Mon gars en saura plus que moi »). Je ne suis pas certaine que Jean-Félix ait donné sur ce point grande satisfaction. Ou bien au contraire, était-ce avant de « mal tourner » un enfant fragile et brillant, comme sera sa jeune sœur, Laurence, ma grand-mère ? Ces livres de classe ne vont-ils pas, directement ou indirectement, contribuer dans cette période où la République s'installe, à forger la mentalité des familles au-delà de la formation des enfants ? Dans un premier temps, ils y feront entrer une meilleure maîtrise de la langue, plus large, plus rigoureuse, au risque éventuel de déconsidérer les langues orales, régionales et populaires. Mais aussi une autre manière d'envisager le corps social, ses lois, son organisation. L'instruction civique expose des rudiments de droit administratif, explique le système des élections.

Mgr Freppel, on l'a vu, tonne contre la loi du 28 mars 1882 et « l'instruction laïque et étatique » qu'il juge « inutile, inefficace, et tendant au socialisme d'État ». Il est suivi par cinquante-six députés de la droite intransigeante qui signent le 31 mars le texte qu'il a rédigé. La loi est pour eux « un malheur pour la France » et ils se réservent le droit de l'abroger ultérieurement, tout en s'engageant à apporter une aide aux parents dont les enfants pourraient « recevoir un enseignement blessant leur foi ». L'instruction morale et civique est un enjeu de première importance, parce que les républicains sont décidés à enseigner une morale laïque, qu'on accusera bien à tort d'être une version à peine laïcisée des principes chrétiens. Argument tendancieux, qui vise à retirer toute légitimité à la morale laïque. La morale de l'école, la morale républicaine, se veut une morale de la raison, qui détermine une « science des devoirs », envers soi même et envers les autres, envers la famille, la patrie. Cette morale de la raison, aux relents kantiens, est aussi un lointain écho de Condorcet : « Tant qu'il y aura des hommes qui n'obéiront pas à leur raison seule, qui recevront leurs opinions d'une opinion étrangère, en vain toutes les chaînes auraient été brisées, en vain ces opinions de commande seraient d'utiles vérités ; le genre humain n'en resterait pas moins partagé en deux classes : celle des hommes qui raisonnent et celle des hommes qui croient, celle des maîtres et celle des esclaves. »

C'est à son corps défendant, sous la pression du Conseil supérieur de l'instruction publique, que Jules Ferry introduit dans ce corpus des « devoirs envers Dieu » — qui reviendront en force sous Vichy. Et l'instruction civique utilisera l'histoire de la France pour mieux installer l'amour de la République.

On ne sait peut-être plus aujourd'hui qu'Ernest Lavisse, avant d'être l'auteur des fameux manuels d'histoire qui régneront pendant trois quarts de siècle, a publié en 1880, sous le pseudonyme de Pierre Laloi (!), *La Première Année d'instruction civique. Textes et récits*[138] (cours moyen de 9 à 11 ans). Ces récits dessinent autour de quelques personnages un parcours politique et social destiné à s'imprimer dans des consciences en formation. Tout de suite, la question des inégalités : mais que ce soit clair, contre elles, on ne peut rien. On donnera des arguments pour contrer ceux d'Adrien, ouvrier « monté à Paris », adepte du « communisme » et du « collectivisme ». Pierre Laloi lui oppose un tableau qui règle les rapports des ouvriers et des patrons : le droit de grève, soit, mais le patron aussi a des droits. Le modèle paternaliste est exalté, avec ses écoles, sa fête des prix. Parmi les droits civils, le premier est le droit de propriété. (Ils sont prévenus, les fils d'impropriétaires.) Depuis ses débuts, la IIIe République s'efforce de parer à tout glissement vers « la sociale ». L'école a charge d'y veiller.

Comme on s'en doute, elle fait l'objet d'une description et d'un éloge éclatants : « L'enseignement primaire, c'est la source pure, profonde et intarissable où boivent tous les peuples civilisés. » Et le petit garçon (car les filles sont aux mains des congrégations, quoique pour peu de temps encore) pourra s'exclamer : « Je suis fier des vivants, plus fier encore des morts. La meilleure école est celle qui donne les meilleurs citoyens et les meilleurs soldats à la patrie. »

Ce qui nous renvoie à un autre récit, le « Journal d'un soldat », qui, décrivant les grandes manœuvres, observe que « nous avons la vie trop douce en France » et qu'on y a fait « trop de progrès matériel ». Un conscrit confie, dans une lettre à sa mère : « Vous m'écrivez : "Je suis sûre qu'on vous mène comme des nègres !" C'est très exagéré, chère maman. J'obéis à mes chefs, parce que c'est la France et la République qui me parlent par leur bouche. »

Le manuel d'Ernest Lavisse-Pierre Laloi sera complété en 1888 par un ouvrage de son frère Émile, officier supérieur. Les récits de la conquête de l'Algérie « par nos braves soldats » y tiennent une grande place ; on dit « les ennemis » quand on parle des Arabes. Un ancien soldat cependant ne veut pas qu'on les prenne pour des sauvages, car « ils ont le sens de l'hospitalité ».

Revenons à Pierre Laloi. Sur la question de la représentation, là encore, le parti est clair : « Une fois le député nommé, ce n'est pas moi qui vais le tourmenter, oh non ! Un député est un représentant élu pour faire les affaires du pays, et non pour faire nos petites affaires. » Et le lien est fait entre la vie civile et la vie militaire : « Va payer tes contributions. Paie-les volontiers, puis pense à l'autre contribution plus sérieuse que celle-là, à la contribution du sang. Apprends à tes garçons qu'il faut vivre et mourir pour la patrie. » Conclusion : « Une République forte nous rendra nos frères d'Alsace et de Lorraine. »

Notons que Pierre Laloi, quand il parle d'elle, évite la particule et écrit « Jeanne Darc » en un seul mot. Comme Augustine Fouillée dans *Le Tour de la France par deux enfants* (première édition, 1877). Les trois enfants de Laurence ont certainement suivi dans leur périple Julien et André, les deux petits Lorrains patriotes. Je n'en ai pas d'autre témoignage, j'ai celui de ma grand-mère institutrice, qui en conserva précieusement dans sa retraite un exemplaire dont elle me lisait des extraits dans les années cinquante du siècle dernier.

La critique contemporaine de ces manuels et ouvrages scolaires est trop connue pour que j'en reprenne tous les motifs. Il y a la forme, d'abord : on leur reproche d'être un « catéchisme inversé », un « emprunt à la didactique catéchistique », « induisant pour eux le respect dû à une entité supérieure ». Et sur le fond : l'enseignement de l'histoire est vite appelé aujourd'hui « inculcation autoritaire » d'un « roman national », préparant les esprits et les corps à la « revanche », à la reconquête des départements perdus[139]. (Est-on sûr, au demeurant, que les leçons de l'école étaient reçues comme vérités d'Évangile ? N'est-ce pas à l'école que l'enfant, nourri de la vieille ironie populaire, devine « qu'il faut en prendre et en laisser » ?)

Au fond, c'est toujours la question plus générale : l'instruction contribue-t-elle à l'émancipation du peuple, ou à en faire un serviteur docile ? L'amélioration de son instruction n'a-t-elle en fait que le but de le préparer aux tâches complexes que réclame le monde moderne ?

Ces manuels cependant méritent mieux, en particulier les livres de lecture, et d'apprentissage de la grammaire, d'abord par la qualité de leur contenu, ensuite par les résultats qu'ils obtenaient, et qui font réfléchir aujourd'hui où un collégien sur cinq maîtrise mal la lecture et l'orthographe courante. Je suggère qu'on ouvre un exemplaire de *La Première Année de grammaire* de Larive et Fleury (1872), ou de leur *Année préparatoire de grammaire* (1895). Ouvrages tirés à douze millions d'exemplaires et réédités au moins jusqu'en 1951. Ou celui de Mironneau, un peu plus tardif (1909), *Choix de lectures pour le cours moyen* (âge aujourd'hui de l'entrée en sixième). On sera étonné d'y découvrir des auteurs aujourd'hui oubliés, comme le félibrige Batisto Bonnet. Fils de paysan, placé comme garçon de ferme à 12 ans, pris par la conscription, il apprend à lire au régiment. Son livre le plus célèbre à l'époque, *Vie d'enfant*, est traduit de la langue d'oc par Alphonse Daudet en 1894. On y trouve le portrait d'un vieux berger qui regrette « de ne savoir ni a ni b » : « Ah si j'avais su ! Toi, tu sais écrire, faire parler le papier ! Je pourrais lire, écrire, penser ! » J'ai souvent entendu des propos de ce type dans la bouche d'adultes sortis tardivement de l'illettrisme. Et je ne vois pas en quoi cet éloge de la lecture dans un manuel de la IIIe République serait la preuve de son insatiable besoin d'endoctrinement.

Cependant, les livres de lecture se cantonnent rarement à l'apprentissage de la langue ; ils l'associent à la morale et à l'instruction civique. Sous-titre du *Livre de lecture courante Francinet* (1877) : « Principes élémentaires de morale et d'instruction civique, d'économie politique, de droit usuel, d'agriculture, d'hygiène et de sciences usuelles ». Il avait été précédé en 1869 d'un *Francinet. Principes généraux de la morale, de l'industrie, du commerce et de l'agriculture.* Auteur : « G. Bruno », pseudonyme, on le sait, d'Augustine Fouillée, née Tuilerie, l'autrice du *Tour de la France par deux enfants.* « Francinet », le « petit Français », sera donc formé (à la liberté républicaine) sous le patronage crypté d'un martyr de l'Inquisition, brûlé vif à Rome en 1600 pour athéisme et hérésie. Toutefois Francinet ne manque pas de faire appel de temps en temps à l'Évangile, non pour sa dimension transcendante, mais pour son appel à la justice et à l'humanité.

Et les premières pages donnent amplement raison au plus acharné des détracteurs de ces manuels. « Un vendredi, de bon matin, le jeune Francinet, en compagnie de son parrain, le père Jacques, fit son entrée comme apprenti dans la grande manufacture de tissus dirigée par M. Clertan ». Quelques lignes en gros caractères donnent le ton du chapitre : « L'enfant qui, par son travail, se rend utile à sa famille et à ses semblables, est déjà un homme. L'homme qui, par sa paresse, se rend inutile à tout le monde, n'est encore qu'un enfant. » La manufacture n'est pas gaie, mais la maison de Francinet, orphelin de père, l'est encore moins, et Francinet est heureux que son travail aide « à gagner le pain de la famille ». Il s'y met docilement (il n'a que 9 ans), jusqu'à ce que la vue d'une jolie petite fille jouant avec son chien autour d'une pelouse éveille en lui le désir de sortir, et une vive jalousie envers « les riches ».

Traversée des métiers dans la succession des époques, éloge de la science et du progrès technique ponctué d'un retour régulier sur les bases de la vie morale, l'ouvrage se conclut par *La Chanson du pauvre*, de « G. Bruno », éloge vibrant du travail :

C'est le travail qui rend féconde
La vieille terre aux riches flancs ;

C'est le travail qui prend à l'onde
Corail, perles et diamants.
Au travail appartient le monde,
Aux travailleurs, à leurs enfants

Victor Hugo n'est pas Marx, mais, dans *Les Misérables*, il posait avec une rigueur tranchante, nouvelle dans le monde de l'époque, que « *le travail ne peut être une loi sans être d'abord un droit* ».

Un droit *opposable*, on dirait maintenant.

Je reviens aux manuels de Larive et Fleury cités plus haut, et je m'en tiendrai à leur *Première Année de grammaire* (1872).

C'est un ensemble de leçons et d'exercices d'orthographe, d'« invention » et de rédaction, ponctué de morale républicaine. Il importe que chaque enfant sache « bien parler et bien écrire le français », condition pour devenir « un bon citoyen ». Message non dépourvu d'ambiguïté. Un « bon citoyen », dans les premières années de la République (et accessoirement une bonne citoyenne... sans droit de vote), obéit à la loi et la respecte ; un bon citoyen, c'est quelqu'un sur qui la République pourra compter pour s'installer et persévérer dans son être et, le cas échéant, le bon citoyen prend les armes pour défendre la République et la nation, sa patrie, et accepte le sacrifice de sa vie. D'où la querelle récurrente faite à l'école de la IIIe République. Veut-elle doter la France de citoyens conscients et d'esprits critiques, ou veut-elle procéder à la mise en conformité de ceux (et celles) dont elle a besoin, pour le fonctionnement des institutions et le respect de la loi, mais aussi pour le système économique et social qu'elle entend bien conserver face à la menace de « la sociale » ?

Une observation s'impose cependant : même si elle sert souvent de prétexte à une leçon de morale, la leçon de langue et de grammaire, dans ces manuels, n'est pas négligée. Je ne me prononce pas sur la méthode utilisée pour enseigner la grammaire, mais je relève le haut niveau d'exigence de langue que manifestent les exercices choisis. Remarquable, quand on pense qu'ils s'adressent à un enfant de 8 ans : « Un sage de l'Antiquité parcourait les villes et les campagnes, s'efforçant de soulager les maux de ses semblables. » Toute la suite est de la même tenue, un vocabulaire riche, une syntaxe complexe.

Sans doute la leçon dite « de grammaire » est-elle aussitôt suivie d'un « Aidons-nous mutuellement », qui à nos yeux d'aujourd'hui est réputé intolérable. Mais avons-nous renoncé à moraliser parce que nous avons changé d'intentions morales ? Ne peut-on pas en douter lorsqu'on voit que les écoles élémentaires utilisent une série intitulée « romans "vivre ensemble" pour les enfants de 7 à 11 ans » ? L'auteur dit de son écriture qu'elle est « parentale », au sens d'« un accompagnement des enfants », parce qu'il veut « avant tout les amener à pouvoir se penser eux-mêmes et à penser le monde de demain ». Ah bon ? Avec par exemple « Mademoiselle Zazie a des gros nénés », ou « Mademoiselle Zazie a-t-elle un zizi ? »

Je n'appartiens pas à la même génération que ces jeunes professeurs échangeant sur un site des informations et des conseils de lecture pour leurs CM2. J'y lis qu'on peut trouver une version du voyage d'Ulysse « vraiment palpitante parce que racontée avec des mots d'aujourd'hui[140] ». C'est un choix ; on peut le contester en rappelant ce que dit Hannah Arendt de la transmission éducative qui consiste, selon elle, à faire entrer le « nouveau venu », le « naissant », dans un monde qui existait avant lui. S'instruire, pour un enfant, c'est se voir ouvrir les portes d'un monde ancien et ignoré. C'est un droit qu'il a sur nous, et c'est notre devoir de le remplir. La question la plus redoutable est celle de la transmission de la langue. Tous les niveaux de langue ont une égale dignité, l'argot comme la langue savante. Mais à condition de savoir les distinguer et les manier au vu des différentes occasions de la vie. Nul besoin de l'école pour apprendre à dire « Mademoiselle Zazie est en pétard contre son copain ».

Notre époque, qui veut donner des leçons aux époques précédentes, n'est certainement pas en mesure de le faire en matière d'apprentissage de la langue, de son lexique, de son orthographe, de sa syntaxe. Je n'aurai pas la cruauté de détailler le constat d'un échec. Les causes en sont multiples, mais peut-être pourrait-on prendre un peu plus en considération ces manuels décriés, où chaque « lecture » était suivie d'un lexique, de questions, d'un travail de composition française et d'exercices de grammaire. Et de citations de « grands auteurs » : « Toutes les fois que la chose a été possible, nous avons cherché à introduire des phrases tirées des bons auteurs », écrivent les préfaciers de la *Deuxième année de grammaire* de Larive & Fleury. Mon arrière-grand-mère et ses enfants ont appris à lire dans des manuels où Victor Hugo voisinait avec Michelet dès le cours élémentaire. Car « les progrès dans l'art d'écrire résultent surtout de l'imitation des bons auteurs », écrivait également Eugène Rotgès dans l'avant-propos d'un manuel de 1897. Je ne vois pas de raison de lui donner tort. Ni de préférer qu'on donne à lire aux enfants *Les Vacances de Calamity Mamie* dont voici un extrait : « Le water-polo avait beaucoup fatigué Mamie et elle s'est endormie dans une chaise longue au soleil. Le soir, quand Mamie est arrivée à table, elle faisait des tas de grimaces. »

Les progrès du « vivre-ensemble » ne devraient pas obligatoirement s'accompagner d'un pareil renoncement à la transmission d'une langue et d'une histoire dans lesquelles tous et toutes devront inscrire leur vie individuelle, sociale et politique... Et je ne sache pas qu'on ait utilement combattu l'exaltation républicaine d'un patriotisme revanchard en rangeant parmi les « valeurs de la République » le « tri citoyen des déchets » et l'« éducation à la sécurité routière » : « Le feu rouge clignote, tu stoppes » (site du réseau Canopé). Il y a plus : en inscrivant le vivre-ensemble au rang des fondamentaux, juste après « lire, écrire et compter », la République mélange tout. Il ne s'agit pas en effet de seulement se « tolérer », ou d'« accepter les différences » ; il s'agit de faire de ces différences la matière même d'une construction politique et sociale. L'espace démocratique doit être le lieu et le résultat du conflit raisonnable des opinions. Et pour cela, il importe que chacun ait le meilleur accès à la possibilité de dire et de penser, c'est-à-dire à la langue, et à l'histoire.

Le peuple a droit à la rencontre de ces vivants dont le temps a fait des morts. Des vies anciennes, des destins disparus, sans rapport avec les gens, les enfants d'aujourd'hui ? Faux : rien n'est plus aisé que de construire des rapprochements, des passerelles. Il le faut pour arracher les enfants, les jeunes, à cette triste prison du présent. Mais qui veut les y maintenir ? Le commerce, la croissance, le profit. Pourquoi perdre tant d'occasions d'en déconstruire les misérables prestiges ? Cela nous aiderait pourtant — et là vous allez être contents, sectateurs d'un vivre-ensemble dévitalisé — à comprendre et accepter ceux qui viennent d'ailleurs et d'un monde moins « développé » que le nôtre. Il faut lire et faire lire des « livres d'avant » — pour rencontrer des gens d'avant. Des livres écrits, décrits, imaginés, pensés, par des gens d'avant. Dans la langue d'avant, qui donne sa profondeur et sa vitalité à la langue d'aujourd'hui. Et ne pas réécrire des textes anciens en retirant les verbes au passé simple, « qui ne s'emploie plus ». Bien sûr que si il s'emploie encore : dans les livres.

C'est ce que dit la droite ? Eh bien, maintenant c'est aussi ce que dit la gauche.

Et un remords me vient. Il me semble que je n'ai pas tiré toutes les conclusions de ce projet de « faire des républicains » qu'on assigne à l'école dans les débuts de la IIIe République. Pour bien le saisir, il faut relire les pages où Ferdinand Buisson, l'auteur du *Dictionnaire de pédagogie*, développe ce qu'il nomme « le premier devoir d'une république, qui est de faire des républicains ; et l'on ne fait pas un républicain comme on fait un catholique. Pour faire un catholique, il suffit de lui imposer la vérité toute faite. Le maître a parlé, le fidèle répète. Il a été dit un catholique ; mais on pourrait tout aussi bien dire un protestant ou un croyant quelconque [...]. Toute éducation cléricale aboutit à ce comportement : croire et obéir, foi aveugle et obéissance passive ».

Et il continue : « Pour faire un républicain, il faut prendre l'être humain si petit et si humble qu'il soit (un enfant, un adolescent, l'homme le plus inculte, le travailleur le plus accablé par l'excès de travail) et lui donner l'idée qu'il peut penser par lui-même, qu'il ne doit ni foi ni obéissance à personne, que c'est à lui de chercher la vérité et non pas à la recevoir toute faite d'un maître, d'un directeur, d'un chef quel qu'il soit, temporel ou spirituel. Est-ce qu'on apprend à penser comme on apprend à croire ? Croire, c'est ce qu'il y a de plus facile ; et penser, ce qu'il y a de plus difficile au monde. Pour arriver à juger soi-même d'après la raison, il faut un long et minutieux apprentissage ; cela demande des années, cela suppose un exercice méthodique et prolongé. C'est qu'il s'agit de rien moins que de faire un esprit libre. »

Directeur de l'enseignement primaire de 1879 à 1896, député radical-socialiste, fondateur de la Ligue des droits de l'homme au congrès de 1903 du parti radical, et co-prix Nobel de la paix en 1927 (avec Ludwig Quidde), Ferdinand Buisson est bien l'homme d'une époque où la question de la croyance religieuse est envisagée frontalement quand il s'agit de poser les conditions de la liberté, de penser et d'agir. On retrouvera cela dans ce *Propos* d'Alain : « Penser n'est pas croire. » Ce sont les développements d'un principe posé par Kant : « Ose penser », « *Sapere aude* ».

C'est à cette école que j'ai été formée, mais depuis longtemps avec cette nuance : il est nécessaire de s'arracher aux croyances, notamment religieuses, pour assurer la liberté de la pensée, mais on pèche par idéalisme en oubliant que parfois la croyance fait retour là où on ne l'attendait pas. Sous la forme d'une confiance superstitieuse dans la technique. Sous le poids des sujétions économiques et sociales. Comme le dit ce mot attribué à Clemenceau, athée radical, « on est toujours plus croyant qu'on croit ».

Mais surtout : enseigner que penser n'est pas croire, c'est d'abord enseigner une distinction entre deux ordres où s'engagent des choix de représentation, d'action, de création, de vie ; c'est enseigner qu'il existe une lutte entre les deux, et faire (tel est le but de l'instruction) que chacun (et chacune) puisse se demander : voici le carrefour et l'heure du choix. Que vais-je choisir ? Où serai-je plus utile et plus heureux ?

Je n'ai pas de témoignages sur la vie professionnelle de mon arrière-grand-mère, sur ses débuts, sur les bateaux-lavoirs eux-mêmes. Je sais au moins de source sûre qu'à Chalonnes, en 1922, il y en avait deux quai Saint-Maurille et deux quai Notre-Dame. Celui de M. Chenoir, le long du quai Saint-Maurille, en face de l'ancien siège de la société « Le Rivage », offrait onze places aux laveuses.

Mais auparavant ?

Bateau-lavoir du quai Saint-Maurille,
Chalonnes-sur-Loire.

L'un des lavoirs de Chalonnes.

En 1922, Laurence a près de 60 ans, depuis combien de temps fait-elle ce métier de laveuse, situé à un degré peu enviable et peu considéré dans l'échelle des métiers féminins ? C'est un travail dur, exposé aux saisons. Une corvée pénible retombant sur les femmes comme la plupart des tâches domestiques. Une nouvelle fois, saluons André Léo, qui en 1869, dans *La Femme et les mœurs*, donne comme exemple du courage féminin celui de la laveuse remontant chaque jour le lourd linge mouillé du lavoir.

Laveuse, lavandière, blanchisseuse* ? Un journaliste qui me posait des questions à son sujet après avoir lu mon *Dictionnaire amoureux de la Loire* pense me faire plaisir en disant « lavandière », puis « blanchisseuse ». Mais non, je le rassure, elle était et se disait « laveuse ». Laveuse (certaines notices préfèrent « lingère ») comme l'était la mère d'Arletty, Marie Dautreix, épouse de Michel Bathiat, « chef de dépôt de tramways ». L'euphémisation du nom des métiers de seconde zone règne aujourd'hui plus que jamais ; le changement de mot contribue sans doute à rendre la profession plus attractive, et il est

* *Blanchisseuses* est un film de Georges Méliès, sorti en 1896. Actuellement considéré comme perdu.

bon que disparaissent certaines formulations malvenues. Des femmes travaillant dans les sous-sols sanitaires d'une gare parisienne ont récemment fait grève pour leur salaire, mais réclamé également contre l'appellation de « dame pipi », jugée « trop irrespectueuse ». Mais, euphémisée ou non, la profession de laveuse, pour digne qu'elle soit, reste toujours liée à des zones sombres, voire cachées, de la condition humaine. La laveuse est en contact quotidien avec les humeurs, la maladie, la sexualité, la mort. Son travail évoque la basse matérialité des fonctions corporelles.

Laveuse, pourtant, telle était bien mon arrière-grand-mère : comme l'était la mère Denis qui lui ressemble beaucoup. Corpulentes toutes deux, comme Ragotte que « son tablier divise en deux boules d'égale grosseur », visage rond sous les cheveux tirés, jovialité, grands rires. La « mère Denis » (Jeanne-Marie Le Calvé) était née dans le Morbihan en 1893 et elle est morte à Pont-l'Évêque en 1989. Son mari, Yves-Marie Denis, était cheminot, ils seront gardes-barrière à Barneville. Divorcée en 1939, la mère Denis est laveuse de 1944 à 1963 au lavoir de la Gerfleur. Durant les années 1970, elle va tourner huit spots publicitaires pour la marque de machines à laver Vedette.

Quand elle meurt, à 95 ans, *Libération* ose le 18 janvier 1989 ce mauvais jeu de mots : « Mort d'une vedette ».

Je voudrais ainsi décliner tout de son long la liste de ces anciens « petits métiers féminins », comme on dit. Métiers anciens, pour la plupart, et dont beaucoup ont disparu, sur lesquels repose la vie en société. Blanchisseuse, couturière, cuisinière, lessiveuse, marchande de quatre-saisons, ménagère, ouvrière, porteuse d'eau, porteuse de pain, repasseuse, tailleuse de verre. Un travail harassant, des salaires médiocres, dont avant la loi du 13 juillet 1907 la femme mariée ne pouvait même pas disposer librement.

Contrairement à beaucoup d'autres, à cette époque, Laurence ne se dirige pas vers le textile, ou la chaussure qui va constituer une solution de survie face à la crise du tissage. « L'industrie de la chaussure dans le Choletais a débuté vers 1880 à Saint-Macaire-en-Mauges, les manufactures de chaussures se multiplient à la fin du XIXe siècle[141]. » La présence ouvrière fait apparaître des luttes d'un genre nouveau dans cette région paysanne, qui perdureront jusque dans les années d'après la Libération. Voir le récit d'Étienne Davodeau déjà évoqué, sur la vie de ses parents. Dans les années soixante du siècle dernier, et les Trente Glorieuses, jeunes syndicalistes chrétiens, ils se heurtent à la résistance d'un patron catholique. Le choc est rude : la religion est au cœur de leur vie et, pour des gens élevés dans la foi, c'est un déchirement.

Mais Laurence, au moment où le XIXe siècle va finir, ne connaîtra ni les duretés ni la joie des affrontements syndicaux. Et pourtant les blanchisseuses ont une histoire, elles sont une présence et une force dans le Paris du XIXe. Leur profession obéit à de savantes hiérarchies. Dans son livre de 1842, *Les Industriels. Métiers et professions en France*, Émile de La Bédollière* note que « pour les blanchisseuses de fin, les laveuses des bateaux-lavoirs sont "le rebut du genre humain" ». Et il s'étonne de l'« inexplicable prédilection » des blanchisseuses pour l'eau-de-vie. Michelle Zancarini-Fournel en suggère une explication : leur boisson favorite est le café au lait, qui réchauffe quand on a les bras plongés toute la journée dans l'eau froide. Mais le prix du sucre bondit, les blanchisseuses vont remplacer leur café au lait par un verre d'eau-de-vie.

Les blanchisseuses avaient fait parler d'elles pendant la Révolution. Le 24 février 1793, « c'est la comparution des *Citoyennes Blanchisseuses* de Paris à la barre de la Convention nationale. Elles viennent présenter une pétition dont l'un des secrétaires donne lecture. "Législateurs, les Blanchisseuses

* Goguettier (poète et chansonnier), traducteur de *La Case du père Tom ou Vie des nègres en Amérique*, Barba, 1852.

de Paris viennent dans le sanctuaire sacré des lois et de la justice déposer leurs sollicitudes [c'est le vieux sens du mot, *une grave préoccupation*]. Non seulement les denrées nécessaires à la vie sont d'un prix excessif, mais encore les matières premières qui servent au blanchissage sont montées à un tel degré, que bientôt la classe du peuple la moins fortunée sera hors d'état de se procurer du linge blanc, dont elle ne peut absolument se passer. Ce n'est pas la denrée qui manque, elle est abondante ; c'est l'accaparement et l'agiotage qui la font renchérir. Que le glaive des lois s'appesantisse sur la tête des sangsues publiques ! Nous demandons la peine de mort contre les accapareurs et les agioteurs"[142]. »

« Il est fâcheux pour les Blanchisseuses, commente Émile de La Bédollière, ces excellentes et philanthropiques créatures, qu'elles n'aient élevé la voix en public que pour demander des têtes. Le président, Dubois-Crancé, leur répondit vertement : "La Convention s'occupera de l'objet de vos sollicitudes ; mais un des moyens de faire hausser le prix des denrées est d'effrayer le commerce, en criant sans cesse à l'accaparement... L'assemblée vous invite à assister à la séance". Ce sont les seuls honneurs que les Blanchisseuses aient jamais reçus d'une autorité constituée. »

Des honneurs, elles en reçoivent cependant à Paris au XIXe siècle, où elles sont alors 93 000 dont 30 000 buandières de lavoirs, mais aussi en province, où elles tiennent un rôle d'exception dans les fêtes et carnavals. En particulier à la Mi-Carême, fête aussi des débitants de charbon et des porteurs d'eau. Cela ne les empêche pas de poursuivre parallèlement une âpre lutte pour faire reconnaître leurs droits : en février 1889, une assemblée de 500 blanchisseuses parisiennes décide la fondation d'une chambre syndicale. En juin 1890, un conflit social entre les maîtres de lavoirs et les blanchisseuses se solde par le recul précipité des patrons. Les blanchisseuses en mouvement, voulant obtenir plus encore, créent un « comité de résistance » composé de vingt-huit dames « pour résister à l'augmentation du prix des places et poursuivre une campagne en vue d'obtenir du conseil municipal, l'établissement de lavoirs municipaux[143] ».

Le Petit Journal

TOUS LES JOURS
Le Petit Journal
5 Centimes

SUPPLÉMENT ILLUSTRÉ
Huit pages : CINQ centimes

TOUS LES VENDREDIS
Le Supplément illustré
5 Centimes

Quatrième Année — SAMEDI 25 FÉVRIER 1893 — Numéro 118

LA REINE DES BLANCHISSEUSES
Pour la Mi-Carême

« La Reine des blanchisseuses pour la Mi-Carême »,
Le Petit Journal, supplément illustré n° 118, février 1893.

Lavoirs et bateaux-lavoirs. Dans les plus gros villages ou dans les bourgs, la lessive familiale se fait au lavoir, souvent une fontaine précédée d'un bac de pierre, comme au Bourg-d'Iré, dans le nord de l'Anjou, où le comte de Falloux fait aménager une installation plus moderne et plus confortable. S'il y passe une rivière, un fleuve, qui assure une eau courante fraîche et abondante, on installe un bateau, équipé, et amarré à demeure. La plupart ont totalement disparu dans les années cinquante du siècle dernier. Récemment, sur la table basse d'une salle d'attente, feuilletant une luxueuse revue de ventes immobilières, je découvre qu'un « espace bien-être » a été aménagé dans les lavoirs d'un ancien monastère transformé en hôtel de prestige. Il y a là une forme d'oubli mêlé d'inconsidération qui suscite en moi une humeur rageuse. Et un constant désir de réhabiliter ces tâches modestes, indispensables, méprisées, et finalement oubliées.

Qu'est-ce que le travail à bord d'un bateau-lavoir ? En puisant sur divers sites, auxquels je rends un hommage global, j'ai rassemblé les indications qui m'ont permis de résumer avec le plus d'exactitude possible ce qu'avait été la vie de mon arrière-grand-mère pendant une quarantaine d'années, peut-être plus.

Les premiers bateaux-lavoirs sont apparus à Angers en 1806 ; pour Chalonnes, on a une indication dans les registres du conseil municipal de 1853 : « Un bateau-lavoir s'installe à Chalonnes. »

Le 3 janvier 1853, un certain François Vallée avait fait une demande à la préfecture pour établir un bateau-lavoir le long des quais à Chalonnes. Réponse de la préfecture, en date du 22 avril 1853 : « Le sieur Vallée François, constructeur de bateaux à Angers, est autorisé à avoir un bateau-lavoir à Chalonnes, sur la rive gauche de la Loire, le long et près de l'église Saint-Maurille, en amont du port de l'Asnerie. » Et le dernier bateau-lavoir de Chalonnes fut celui de Madeleine Mallet, construit en 1922 et qui cessa son activité en 1954. « Il était amarré à côté de la cale-abreuvoir. Marguerite Mallet, belle-fille de Madeleine Mallet, continua l'activité dans la blanchisserie industrielle située rue Saint-Maurille. »

Les bateaux-lavoirs sont des gabarres à fond plat sur lesquelles on dresse une sorte de hangar compartimenté. Douze à quinze laveuses travaillent de part et d'autre des chaudières qui reposent sur des briques. Tous s'accordent à reconnaître que c'est un travail difficile. D'abord mis à bouillir dans les chaudières, le linge est battu puis rincé à l'eau courante dans le fleuve et mis à sécher ensuite à des fils tendus sur le quai. On est vraiment gêné lorsqu'on pense à la rengaine des années 1950 :

Et tape et tape
Avec ton battoir
Et tape et tape
Tu dormiras mieux ce soir...

Pour la « buée » (la lessive), on utilise de la cendre — « les ménagères veillaient scrupuleusement à la pureté de la cendre, telle Sido, la mère de Colette » —, et chacune possédait ses propres recettes : ici on écrasait dans les cendres des coquilles d'œufs, là on utilisait les orties qui, mêlées aux cendres, donnaient « ce bel œil bleu qu'on cherche par l'azurage »[144]. Et aussi de la saponaire*, une plante riche en amidon, pour la dentelle

* C'est de la saponaire que tire son nom mon village natal, Savennières.

des coiffes ou les lainages fins, des cristaux de soude depuis 1865, du bleu pour blanchir le linge et très tôt de l'eau de Javel. C'est en 1785 que Berthollet met au point un agent de blanchiment à base de chlore, « l'eau de Javelle » (ancienne orthographe d'un village près de Paris — dans *L'Assommoir*, Zola l'écrit toujours ainsi : « des souffles plus forts d'eau de javelle dominaient »). Et toute une gamme successive de lessives, le Salsonade, le Sodex, la Buanderine, la plus connue étant la lessive Phénix. Sur une affiche de 1890, on voit l'oiseau qui renaît de ses cendres. Produits onéreux, et dangereux, qui rongent les mains.

Le linge lui-même est source de contamination, en particulier, de tuberculose.

Cale de la Savatte, les lavandières du bateau-lavoir *L'Étoile* réunies sur la passerelle, vers 1930.

Mais qui s'intéresse vraiment aux laveuses ? On évoque souvent le babil de cette « caquetante flottille », ce qui n'est pas si innocent : les laveuses parlent entre elles, elles ne « bavardent » pas ; elles parlent de la pluie et du beau temps, ou de leurs difficultés familiales, sans doute, mais elles commentent aussi la vie du village, du bourg, de la petite ville, vue à travers le prisme du linge, de son état. Les blanchisseuses sont renseignées par ce rude témoignage que donnent les draps, les culottes, les serviettes. Laquelle, par exemple, de leurs pratiques, fait des manières, mais son linge est déchiré, telle autre n'a pas « vu le sang » ce mois-là, et les conséquences qu'on peut en tirer. La laveuse fait peur, parce qu'elle sait des choses qu'on aimerait cacher. Elle les devine — ou les invente, la malveillance rôde souvent au-dessus des bouillons à l'odeur fade.

« Rite féminin », la lessive et ses pratiques appartiennent à un monde redouté, la part et le domaine des femmes. Un vieux fond de superstitions et de croyances exploite les liens secrets que le féminin entretiendrait avec les puissances nocturnes, l'eau et la mort. D'où ces variations mythologiques profondément inscrites dans les légendes régionales. Ainsi des « lavandières blanches » dont le Berry de George Sand garde la mémoire, et des « lavandières de nuit », ces mères maudites pour avoir tué leurs enfants : « Elles battent et tordent incessamment quelque objet qui ressemble à du linge mouillé, mais qui, vu de près, n'est qu'un cadavre d'enfant. Il faut se garder de les observer ou de les déranger ; car, eussiez-vous six pieds de haut et des muscles en proportion, elles vous saisiraient, vous battraient dans l'eau et vous tordraient ni plus ni moins qu'une paire de bas[145]. »

Telle est la mission de la femme-qui-aide, étudiée par Yvonne Verdier : elle fait venir les bébés au monde, elle en fait sortir les morts, lavant le corps des défunts comme celui des nourrissons, les habillant, parfois organisant la veillée. La lessive ne serait-elle pas ce qui assure « le double passage, pour le nouveau-né vers le monde humain, pour le mort vers le monde des morts » ? Dans les familles, la grande lessive, deux fois par an, est une opération complexe et solennelle, lourde et délicate, car le linge sale s'est accumulé. « La lessive avait son cortège d'interdits et de croyances, et la grande “bui” était peut-être, tout autant qu'un grand décrassage matériel, un grand blanchissage général et symbolique des esprits, des âmes, des saisons, dont la place dans le calendrier n'est pas arbitraire. »[146]

Je suis frappée de voir que Laurence et sa mère ont accompli en deux générations le cycle de la femme-qui-aide décrit par Yvonne Verdier, sage-femme, laveuse et couturière : épongeant le sang de la mère, enveloppant le nouveau-né de ses premiers langes, cousant les morts dans le linceul, accompagnant de linge tous les moments de la vie.

Car, ni vivant ni mort, l'homme ne doit aller nu.

Mythe et littérature. Ce n'est peut-être pas un hasard si, dans *L'Assommoir*, en 1876, Zola va choisir le lavoir et ses rudes travaux pour en faire le lieu symbolique des espoirs et de la dégradation d'une ouvrière, Gervaise. On le voit dans ses notes préparatoires publiées par Henri Massis[147]. *L'Assommoir* devra « illustrer le milieu peuple, et expliquer par ce milieu les mœurs peuple ; comme quoi à Paris, la soûlerie, la débandade de la famille, les coups, l'acceptation de toutes les hontes et de toutes les misères vient des conditions mêmes de l'existence ouvrière, des travaux durs, des promiscuités, du laisser-aller... ». Le lavoir où travaille Gervaise est un espace clos, suffocant, bruyant, un vaste hangar dans lequel « un plein jour blafard passait librement dans la buée chaude suspendue comme un brouillard laiteux ». (Au moins Laurence travaille-t-elle au grand air.) Pour sortir d'une condition inférieure et « s'élever », Gervaise quitte le lavoir et s'établit à son compte. Des laveuses travaillent pour elle, qui s'est réservé le travail fin, le repassage délicat. Elle est habile, empèse un peu trop, mais n'abîme pas le linge. La rudesse du métier ne la dérange pas : « Oh ! là là, ça gazouille ! dit Clémence, en se bouchant le nez. [Gazouiller, sentir mauvais ? Oui, à cause de l'odeur du gaz, dont l'argot parisien s'est emparé.] — Pardi ! si c'était propre, on ne nous le donnerait pas, expliqua tranquillement Gervaise. Ça sent son fruit, quoi ! » Sa dégradation se lit progressivement dans son travail : « Ah ! vous perdez joliment la main. On ne peut plus vous faire des compliments tous les jours... Oui, vous salopez, vous cochonnez l'ouvrage, à cette heure... »

Gervaise, Ragotte.

Gervaise, c'est l'histoire d'une déchéance, *L'Assommoir*, le récit d'une dégradation implacable, liée aux conditions mêmes de l'existence ouvrière, mais qui s'annonce déjà dans une certaine veulerie marquant le caractère du personnage. « Douce comme un mouton, bonne comme du bon pain », elle est sans défense devant les entreprises des hommes, tentée de « s'oublier parfois sur le bord d'une chaise, le temps d'attendre son fer, avec un sourire vague, la face noyée d'une joie gourmande ». L'eau-de-vie fait le reste : « Gervaise, maintenant, traînait ses savates, en se fichant du monde. »

Ragotte, c'est au contraire le tableau d'une existence humble mais accomplie. Laveuse dans un village de Bourgogne, Ragotte est « au service » de Jules Renard et de sa compagne, elle fait pour eux de petits travaux de ménage, mais leurs rapports sont exempts de toute marque de classe. « Ragotte est si naturelle que, d'abord, elle a l'air un peu simple. Il faut longtemps la voir... » La voir ? Mieux, Jules Renard la *regarde* : « Ragotte ne sait pas laver dans un baquet. Elle fait un voyage pour laver un torchon à la rivière, dans l'eau qui court » (*Journal*, 23 août 1905).

René Boylesve, l'auteur injustement oublié de *L'Enfant à la balustrade*, du *Parfum des îles Borromées*, note dans *Le Gaulois* (16 décembre 1908) à la sortie de *Nos frères farouches. Ragotte*, que Jules Renard écrit « en poète du village et de son peuple rugueux [...]. Si j'entendais dire que la probité littéraire a disparu du reste du monde, je sourirais avec confiance en pensant à Jules Renard ». Le mot est d'une justesse absolue ; être probe, du latin *probus*, qui pousse droit, c'est résister à tout ce qui pourrait infléchir le propos, tantôt vers une inconsciente arrogance, tantôt vers une compassion déplacée. « Pour qu'elle ait son air le plus naturel, il faut qu'elle soit en laveuse. Sa brouette devant ou sa hotte sur le dos, sa boîte sous un bras, le tapoir ou la planche à laver sous l'autre. Et Ragotte est tellement lasse, des fois, quand elle revient de la rivière, qu'elle a l'air d'être ramenée par la brouette[148]. » Jules Renard ne l'idéalise pas, il ne l'héroïse pas, il lui rend justice, observant « qu'une laveuse qui n'est pas nourrie a droit à une chopine par jour mais [que] Ragotte avait oublié de réclamer son dû ». Et il se fait le témoin silencieux et fraternel de l'usure de son corps : « avec le temps elle a de moins en moins d'agrément à aller à la rivière et à porter sur son bras les lourds draps mouillés ».

Avec une attention scrupuleuse, Jules Renard restitue ses propos dans leur fraîcheur native. *Ragotte* est un récit en courts tableaux dont la plupart font entendre la voix singulière et l'humour malicieux d'une femme du peuple. Son Philippe, c'est son « principal », elle ne saurait se passer de lui : « À cause de son nez, je le reconnaîtrais entre cent cochons », dit-elle. (Philippe a le nez un peu déformé.)

Sans doute, comme Ragotte, mon arrière-grand-mère parlait-elle une langue comme il n'en existe plus, une langue que j'ai entendue dans mon enfance, pétrie de réminiscences et de tournures proverbiales, de ces formules qui forment le tissu des échanges journaliers. Ragotte : « Quand mon père se fâchait, il me disait : si tu n'es pas contente, passe par où les maçons n'ont pas maçonné ! — Qu'est-ce qu'il voulait dire ? — Par la porte ! » Ou encore, de sa sœur qui est avare : « Elle ne donnerait pas l'eau où a cuit l'œuf. »

Henry Cormeau cite cette réponse d'une mère, que j'ai souvent moi-même entendue : « À cause ? demande l'enfant. À cause de pass'q, répond la mère. » (*L'Accent de chez nous*) Ces femmes qui sont peu allées à l'école font entendre la grande rumeur toujours présente des voix disparues. Leurs formules qui sonnent comme des sentences, signent leur rattachement à une communauté vivante qui se perd dans le temps.

« L'histoire de France commence avec la langue française », dit Michelet. Mais laquelle ? L'Anjou a sa langue, l'une des évolutions du latin au Moyen Âge, et chaque micro-région a la sienne : à Chalonnes seulement, le *Glossaire angevin* de Ménière énumère trois parlers différents, « 1° tête de l'île, 2° trois kilomètres plus loin, 3° la campagne ». Laurence, peu instruite de la « grande langue française », parle angevin dans tous les moments de la vie courante, avec des traits bien connus des linguistes. Au « dis donc, grand-mère » dont mon père, son petit-fils, la harcelait chaque jour, elle opposait cette réponse : « Si tu veux un “didon”, va chez Dutrieux ! » Dutrieux était le marchand de bicyclettes, Laurence confondait « dis donc » et le « guidon » d'un vélo. Mais si cette anecdote nous fait sourire, c'est que nous avons bien peu de confiance dans les manières de parler d'une personne ordinaire : cette erreur ne lui est pas propre, elle est inscrite dans la langue parlée de cette région, le bas Anjou, qui englobe les Mauges et le Saumurois (au reste, très différents politiquement à partir de la Réforme). On y confond en effet le *d* et le *g*. Ce qui est confirmé par Henry Cormeau dans son *Accent de chez nous* : « Il semble bien, écrit-il, que la prononciation de *di* soit restée palatale dans le peuple, tout au moins des campagnes, et que ce soit de cette façon que Molière ait voulu se gausser quand il fait dire à sa Martine des *Femmes savantes* : “Mon Dieu, je n'avons pas étugué comme vous.” »

Henry Cormeau cite aussi d'autres traits, à peu près disparus aujourd'hui, mais très vivants jusque dans le milieu du siècle dernier. Comme le *t* final après un *i* : « une sourit' ». Ou encore : « La bassine ? Oui, je l'ai rempli-te ! » Ainsi que l'élision du *r* dans lèvre ou lièvre — attestée au XVIIIe siècle chez les meilleurs auteurs : j'ai lu quelque part qu'on trouve « pont de Sève » sur le manuscrit autographe des *Mémoires* de Saint-Simon. De tels exemples nous obligent à renoncer à une des plus fâcheuses habitudes héritées de l'école primaire de la IIIe République : disqualifier les formes employées par le peuple, les considérer comme des balourdises, voire des « fautes », alors qu'elles sont d'anciens usages.

Ainsi de « la cocombre », au féminin toujours, mais plus proche de l'origine latine (accusatif *cucumerem*). Ainsi du « poreau » pour poireau, forme que Littré désigne comme régionale et populaire, mais qu'Henri IV employait. « Porrée » paraît encore plus archaïque, voire franchement erroné : du tout ! La « porrée » est le poireau cuit, le plat de poireaux qu'on va servir au repas. Rien ne paraît pire que « pésan », comme on disait encore couramment dans mon village, et dont Balzac fait une citation vilainement ironique : « Ah dame ! Nous sommes si bêtes, nous aut'pésans que nous finissons par entendre les bêtes. » Littré remet les choses à leur place : « Cette prononciation, qui n'est plus qu'un provincialisme, *était, au* XVII*e siècle, reçue à côté de l'autre* en deux syllabes. » La preuve, cet alexandrin de *L'École des femmes* qui, sinon, aurait un pied de trop : « Et la bonne paysanne, apprenant mon désir » (Acte I, scène 1).

Une voisine de ma mère, pendant la guerre, essayait de la consoler quand elle n'avait pas de nouvelles de mon père, prisonnier en Allemagne. « Ne vous tabutez donc point ! » lui disait-elle. On l'appelait « la mère Thodore ». Thodore ? Pour Théodore, le nom de son mari ? Bien sûr ! Que voulez-vous, elle ne parlait pas trop bien, à son âge, étant si peu allée à l'école ! Un petit détour sur l'Internet, et je vois qu'à Sainte-Brigitte-de-Laval, le 2 juillet 2020, on a affiché l'avis de fermeture d'un ancien magasin de matériaux. En ces termes : « Bientôt, la grange à Thodore ne sera plus qu'un souvenir. » Sainte-Brigitte-de-Laval n'est pas en Mayenne, mais au Québec, dans la municipalité régionale du comté de La Jacques-Cartier. Thodore, c'est la version anciennement utilisée de Théodore, non une lubie ou une erreur de la « mère Thodore ».

J'ai raconté dans mon *Dictionnaire amoureux de la Loire*, à l'article « Langues », combien j'avais été émue en trouvant chez Tallemant des Réaux ce verbe qu'utilisait la mère Thodore, « se tabuter ». Le « tabut », c'est le tourment au figuré et, au propre, le bruit. (On le retrouve dans « tarabuster ».) Montaigne se plaint, autour de lui, du « tabut de ses valets ». De même le vieux verbe « rouir » qu'autour de moi, aujourd'hui, plus personne ne comprend. On l'employait dans la culture du chanvre pour désigner la technique de trempage destinée à ramollir les fibres. Était-il plus largement utilisé autrefois ? Ou bien est-ce une malicieuse ironie de la part, aussi, de Saint-Simon quand il écrit : « L'abbé de Mailly rouit longtemps dans ce petit état » ? Car le rouissage ne sent pas bon…

Naturellement, le « peuple » commet aussi des erreurs et des confusions. Comme le « glandillon », la petite glande, pour ganglion, ce qui n'est pas seulement angevin. Ou encore cette plaisante déformation, citée par Henry Cormeau : « la femme du peuple à qui on a recommandé des pilules opiacées et qui va chercher des pilules à pioncer ». Laurence disait peut-être de « l'huile d'hérisson » pour de l'huile de ricin, très largement utilisée. Mais elle employait certainement comme les femmes âgées de mon village cette vieille et belle tournure : « oh oui, elle est d'arrangement ! » pour désigner une belle-sœur aimable, prête à rendre service…

Laurence ou « la mère Thodore » n'auraient sans doute pas refusé de donner à leur langage un tour différent, de le débarrasser de ses maladresses, si elles en commettaient ; mais je n'aime pas penser qu'elles en avaient honte, ni que c'étaient des « fautes », ces « vieux mots » qu'elles employaient couramment. Comme « crouiller » pour fermer la porte au loquet, « roucher » pour ronger (un « rouchet », c'est en Anjou un os). Elles se seraient peut-être excusées de dire « des achées » pour les appâts destinés à la pêche (*Glossaire des patois et des parlers de l'Anjou* de Verrier-Onillon). À tort. On consent parfois à y reconnaître le « nom populaire » du ver de terre : c'est en fait, au singulier, le latin *esca*, qui veut dire nourriture. Mais, n'est-ce pas, les mots utilisés par le peuple ont forcément une « origine populaire »… Et l'archaïsme est mal vu, c'est *un résidu déplorable de l'ancien temps.*

Que le peuple ait besoin d'instruction, et qu'il souffre parfois d'en manquer, cela n'est pas discutable. Et ce sera le trait par lequel la République voudra marquer le progrès politique et social qu'elle entend instaurer. Mais depuis longtemps déjà, le thème de « l'éducation du peuple » court à travers les vies de ces républicains et, souvent, républicaines qui éclairent la deuxième partie du XIXe siècle d'une vive lumière, particulièrement dans ma région natale, l'Anjou, où « l'heureuse ignorance » continue encore de préserver l'innocence de nos campagnes pour reprendre la formule de Mgr Angebault.

Telle est l'action menée par un couple singulier (ils ont associé leurs deux noms), les Girault-Lesourd. Qui aujourd'hui se souvient de ces grandes figures républicaines de ma région natale ? Je voudrais en faire une escorte autour des modestes consciences populaires qui se reconnurent dans la République, et se trouvent ainsi associées, à leur insu, à de grands combats.

Républicains et fouriéristes, les Girault-Lesourd se passionnent pour l'éducation populaire et pour le développement de la lecture : Pierre Girault fait partie de la Société Franklin, fondée en 1862 « pour favoriser la diffusion de la lecture en encourageant la création de bibliothèques populaires ». En 1865, ils offrent 50 francs à l'administration scolaire, « pour organiser un concours entre les élèves des écoles communales du canton de

Gennes et récompenser les meilleurs ». Il est repris dans tout le département.

Sur les bibliothèques scolaires à ce moment du siècle, à Angers, je ne peux donner que des indications brèves, qui sont autant d'encouragements à prolonger cette recherche. Une étude réalisée en 2019 à Angers par Chloé Leteurtre sur la lecture féminine vers 1870 confirme ce qu'on peut deviner. Dans la 2e circonscription d'Angers, « 100 % des écoles de garçons et 88 % des écoles mixtes sont dotées d'une bibliothèque scolaire. À l'inverse, seules 18 % des écoles de filles bénéficient d'une bibliothèque scolaire. Le rôle des écoles congréganistes dans le ralentissement du développement des bibliothèques scolaires à l'égard des filles n'est plus à démontrer. Même l'école mixte, lorsqu'elle est congréganiste, ne bénéficie pas de ce service défendu par l'école laïque. La plupart des écoles pour filles, étant encore exclusivement religieuses, s'opposent donc aux bibliothèques scolaires de l'État ».

Que les filles soient moins bien traitées que les garçons, il y a plusieurs raisons à cela : la première c'est qu'elles ne sont pas des citoyens à part entière, puisqu'elles ne jouissent pas du droit de vote ; la deuxième, c'est le préjugé sur la « nature féminine ». « Dans sa thèse "Mais surtout lisez !", Isabelle Matamoros rappelle les présupposés régnant sur les facultés intellectuelles des femmes au cours du XIXe siècle. Ils dressent l'image d'un être d'imagination au sens négatif du terme. Comme les enfants — toujours selon ces présupposés — une femme serait démesurément influencée par sa sensibilité, et jugée peu capable d'user de la raison. » Conséquence : les livres qui leur sont destinés sont moins gros[149].

Faut-il même qu'elles lisent ? Sylvain Maréchal, partisan farouche de la Révolution, athée, ami de Gracchus Babeuf, rédige en 1801 un « Projet de loi portant défense d'apprendre à lire aux femmes », dont nous devons la réédition à Michelle Perrot :

Si l'on vous interdit l'arbre de la science,
Conservez sans regret votre douce ignorance,
Gardienne des vertus, et mère des plaisirs ;
À des jeux innocens consacrez vos loisirs,

« Compagnes tendres et soumises », leur empire « a pour limites le seuil de la maison paternelle ou maritale. C'est là qu'elles règnent véritablement. C'est là que, par leurs soins journaliers, elles dédommagent les hommes des travaux et des peines qu'ils endurent hors de leurs foyers ». Etc.

Et si jamais on les laisse lire, ce sera majoritairement des romans. Lesquels ? J'y reviendrai à propos des lectures (supposées) de Laurence.

Augustine Girault-Lesourd, elle, crée une bibliothèque communale avec ses propres livres.

Élève du grand Redouté, peintre renommée, Augustine Girault-Lesourd est une républicaine laïque, engagée dans tous les combats du temps pour l'émancipation, militant pour le droit des femmes aux études de médecine, signant une pétition en faveur de John Brown[150] ! John Brown, ce nom ne dit plus rien aujourd'hui. John Brown fut pendu en 1859 en Virginie, pour avoir fomenté des insurrections armées contre l'esclavage : « Si j'avais fait ce que j'ai fait pour les Blancs, ou pour les riches, personne ne me l'aurait reproché. » Victor Hugo écrira un texte vibrant de colère après son exécution. Colère aussi d'Augustine, « du fond de sa province d'Anjou », dit André Léo, saluant son courage. Car lorsque, en 1848, le 27 avril, Victor Schœlcher, alors sous-secrétaire d'État aux colonies du gouvernement provisoire, fait adopter le décret qui abolit l'esclavage, l'événement était passé à peu près inaperçu à Angers.

Le temps n'est plus celui de la Révolution, où des sociétés populaires, à Angers comme à Bordeaux, ou Châlons, protestent contre le décret Barnave « relatif aux gens de couleur », et favorable aux colons blancs. Les journaux locaux de l'époque n'en parlent pas. Pourtant l'Anjou compte deux fervents abolitionnistes : le sculpteur David d'Angers, ami de Victor Hugo, et le commissaire de la République, Grégoire Bordillon... Ainsi que, à Nantes, le « médecin des pauvres », Ange Guépin, fouriériste et laïque. Bordillon est un ami d'Augustine et de son mari. Le couple s'était installé après son mariage à Saint-Georges-des-Sept-Voies, près de Saumur, Bordillon a une propriété tout près.

En 1882, devenue veuve, Augustine met sa fortune à disposition pour la création d'un orphelinat laïque.

André Léo, Augustine Girault-Lesourd : les figures que j'évoque dans ce livre n'y font qu'un bref passage et j'ai parfois l'impression qu'il est une immense *nekuia*, un grand rituel antique d'évocation des morts. Au chant XI de l'*Odyssée*, Ulysse, arrivé au pays des Cimmériens, que le soleil n'éclaire jamais, accomplit des sacrifices et alors « les âmes de ceux qui ne sont plus sortaient en foule de l'Érèbe » (traduction de Leconte de Lisle, 1867). Puis c'est l'ombre de sa mère ; il tente de la serrer dans ses bras, mais elle se dissipe.

À la fin des années 1880, Laurence et Jacques-Jean Frémondière ont deux autres enfants, Laurence, ma grand-mère, née en 1887, et en 1889 une petite dernière, Adrienne, qui finira tragiquement. Une dizaine d'années, quai Notre-Dame, au cœur de laquelle figure l'année pivot, 1885, celle des obsèques nationales de Victor Hugo dont une image escortera désormais leur modeste vie familiale. Des années que je me représente de façon fort générale, tant pour le vêtement que la nourriture ou la santé. Cela fait l'objet chez moi d'une préoccupation anxieuse, car j'aurais besoin de trouver dans la peinture de leur quotidien la confirmation de leurs choix sociaux, politiques. Mais je dois m'y résoudre : de leurs manières, de leurs habitudes, je ne sais rien. Je m'en fais une idée en m'inspirant de ce que j'ai vu dans mon enfance des années cinquante du siècle dernier, non sans raison, je crois, car certaines avaient peu changé. Dans les comportements en société, par exemple, il régnait une sorte de politesse compassée, qui semblerait aujourd'hui maladroite, tant elle était rigidement codée. Et aussi dans ces façons de faire ou de se tenir régulièrement décriées par comparaison avec les « bonnes manières », celles des villes et des gens éduqués.

Là encore, le préjugé règne : de mœurs qui n'ont pas « évolué », on dit aussi qu'elles traduisent un état d'« arriération ». Peu de mots sont plus ambigus, davantage chargés d'associations ambivalentes. Il a régné sous la Révolution, quand elle s'est trouvée affrontée à la révolte vendéenne, puis chouanne. Comme celui d'« idiotisme », dans la célèbre formule du conventionnel La Réveillère-Lépeaux : « Beaupréau, la métropole de l'idiotisme des Mauges ». Beaupréau, centre idéologique de la révolte, fameuse par un séminaire qui dès le XVIIe résiste à l'esprit des Lumières, qu'incarne à Angers le collège de l'Oratoire. Idiotisme est un mot venu du vocabulaire de la psychiatrie, où il désigne un état de retard mental. Arriération ou idiotisme, dans l'ordre politique, c'est, en 1793, le refus du nouvel ordre des choses. Par un glissement sémantique, l'attachement du paysan des Mauges à son mode de vie et à ses croyances religieuses, se confond avec son attachement à des superstitions séculaires (dont l'Église s'est plus ou moins accommodée parce qu'elle n'a pas pu les vaincre). Et l'ensemble se résume dans un refus « obscurantiste » des Lumières. Et du progrès.

Cette idée s'est maintenue longtemps, et je mesure aujourd'hui que longtemps moi-même je me suis faite la propagandiste de cette version des Lumières. Il m'a fallu du temps pour ne pas confondre, par exemple, de dangereuses superstitions avec un légitime attachement à ses croyances et à ses modes de vie.

J'en reviens à ce qu'on fuit toujours, à ce qu'on accepte d'ignorer, et qui donne pourtant des vies le tableau le plus fidèle : les vêtements, la nourriture, le corps, les maladies. J'avance dans un mouvement de spirale, qui creuse lentement, et je crois parfois revenir sur mes pas, repasser sur mes traces. Je ne sais rien de ce que portaient Laurence, Jacques-Jean, leurs enfants. De leur linge. Les hommes gardaient souvent leur chemise la nuit, et les femmes un caraco. De leurs vêtements de dessous. Ragotte, dit Jules Renard, « n'a pas adopté le pantalon des femmes, on ne marche à l'aise que si les cuisses se touchent ». Ce « pantalon » est une culotte fendue, qui s'est imposée à partir de la fin du XIXe siècle : avant, les femmes ne portent rien sous leurs jupes, la culotte est réservée aux malades, aux femmes âgées et aux servantes.

Quant aux habits, j'imagine qu'ils observaient la distinction très nette, et scrupuleusement respectée, entre ceux de la semaine, et « ceux du dimanche ». Qu'auraient pensé Laurence, et la mère Thodore, de l'habitude bourgeoise que j'ai découverte en venant faire mes études à Paris, celle de porter ostensiblement le dimanche des vêtements simples et sans apprêt pour bien montrer sa différence de classe, tandis que la concierge portugaise promenait sa petite fille raide de fierté dans une robe d'organdi ? Quel mépris, et finalement quelle ignorance des conditions concrètes de l'existence, dans le terrible mot d'« endimanché » ! Henri Baudrillart, souvent mis à contribution dans cet ouvrage, se garde bien de cette condescendance quand il nous fait ce tableau : « C'est un usage traditionnel que la ménagère conserve les habits de marié de son époux, qui ne servent plus qu'au jour de Pâques ou les jours de noces. Durant la semaine, à son travail, le paysan revêt une blouse bleue et une culotte de droguet, avec de grandes guêtres de toile pour labourer ou aller aux champs. Pour se rendre au marché, il couvre la veste en drap d'une blouse bleue. Le paysan angevin est très soigneux de ses vêtements. Pour son travail il chausse des sabots de bois plein et couvre la semelle d'une natte de paille, c'est seulement par les grands froids et le dimanche qu'il se chausse de bas de laine tricotés ; les enfants sont accoutumés de très bonne heure à marcher les pieds nus dans leurs sabots. La femme qui travaille aux champs et qui vit de salaires porte aussi des vêtements plus propres et moins rapiécés qu'autrefois. Elle mêle l'usage du coton à celui de la laine. Le dimanche, elle se montre coquette. »

De Laurence, je n'ai de photos que tardives, toutes prises par mon père, passionné de technique, appareils photographiques et postes de TSF. Elle y porte souvent une blouse, serrée à la taille. Et, une fois, une sorte de caraco très ajusté sur sa forte poitrine. Quant à la fameuse coiffe angevine, « plate sur le dessus avec des ailes tuyautées et relevées » (Baudrillart), j'imagine que sa mère ou sa grand-mère durent la porter tous les jours, du moins dans sa version simplifiée, moins ornée qu'aux grands jours. Elle ? Je ne l'imagine pas.

Je ne suis pas mieux renseignée sur leur nourriture quotidienne. On sait que dans cette fin de siècle, elle n'est excellente que chez les plus aisés. Que les plus modestes boivent peu de vin, plutôt de la piquette, un vin léger à la limite de l'aigre, ou du « cormé », au nord du département, obtenu par la fermentation d'un fruit aujourd'hui oublié (combien de fois ai-je dû user de cette formule !) ressemblant à une petite pomme ou à une petite poire. Et dans la vallée viticole, de la « boisson », qui s'obtient aussi en passant de l'eau sur du marc de raisin ou sur des fruits. Mais, quoiqu'ils en consomment peu, les habitants de la vallée sont fiers des excellents vins blancs du Layon, récoltés autour de Chalonnes, qui ont été célébrés par Rabelais :

> — Lacryma Christi ! C'est la Devinière, c'est vin pineau !
> — Ô le gentil vin blanc !
> — Et, par mon âme, ce n'est que vin de taffetas.
>
> *Gargantua*, chapitre V

Se montrer fier des vins et des mets locaux, que peut-être on a rarement consommés, fait aussi partie de l'attachement à la « petite patrie ». Même chez les plus jacobins, comme étaient mes parents, j'ai pu en voir la manifestation dans l'énumération gourmande des plats, des nourritures, des saveurs, dans l'éloge du poisson de rivière, des anguilles et des rillauds, du poulet à l'angevine, du pâté aux prunes et du crémet, ce délicieux dessert à base de crème et de blancs d'œufs fouettés.

Mais tout cela suppose une amélioration des conditions de vie, qui ne se produira que lentement, dans la décennie qui précède la Première Guerre mondiale. L'*Anjou insolite*, ouvrage publié en 1977 par deux sœurs[151], professeures au lycée « de jeunes filles » d'Angers, où j'ai fait mes études secondaires, témoigne de la pauvreté matérielle de ces régions jusque très avant dans le XIXe siècle. On y montre une sorte de tasse plate en étain, que les habitants pauvres des Mauges porteront très longtemps à leur boutonnière pour boire aux banquets de noce.

En conclusion : mes aïeux étaient de mœurs frugales, héritage d'un temps où on gagnait peu et qui était devenu une sorte de morale, que mes parents partagèrent. Et ils avaient l'habitude d'une quotidienneté simplifiée, même quand un peu d'aisance leur fut venue et, pour ma part, je n'ai jamais pensé qu'on dût avoir honte de ceux qui mettent une toile cirée sur la table où on prend ses repas.

Je ne sais rien non plus de leurs petits ni de leurs grands maux. Des refroidissements, des toux hivernales, des petites blessures mal soignées qui s'infectent. Flora Tristan dit que les laveuses travaillant à longueur de journée dans l'eau jusqu'à mi-corps souffrent de graves troubles des organes internes. Laurence, au moins, brosse et rince le linge sur les rebords de bois du bateau-lavoir. Mais elle a les bras dans l'eau glacée, le dos chauffé par la lessiveuse, le corps tout entier exposé au vent de Loire, les mains brûlées par la soude du « lessi » à base de cendres. Varices, engelures, gros rhumes. En attendant la pneumonie finale.

Comment se soigne-t-elle ? Comment se soignait-on ? Rien ne pouvait en 1939 la sauver d'une pneumonie : les antibiotiques ne se répandent qu'après la Deuxième Guerre mondiale. En 1929, le docteur Jean des Cilleuls rappelait que pour la soigner on avait coutume de dissoudre « une crotte blanche de chien dans une tasse de lait ». Les religieuses du Sacré-Cœur de Saint-Sornin, à La Salle-de-Vihiers, en usaient encore jusque dans les années 1950. C'était une recette connue depuis l'aube des temps, et largement pratiquée au XVIIIe siècle contre l'esquinancie (le mal de gorge) : « Contre l'esquinancie, broyez bien de la fiente de chien, de la plus blanche, sur un marbre, avec du saindoux ; mettez-la dans un pot, puis faites-en un grand emplâtre qu'il faudra appliquer sur le mal, qui guérira très promptement[152]. »

J'ai moi-même entendu citer ce remède dans mon enfance, avec une différence : on parlait d'une « crotte de chien blanc ». Peu de changements, en somme, depuis le temps où l'un des médecins de Richelieu, Charles de l'Orme, recommandait pour ses abcès dentaires un emplâtre de « fiente d'oie et de graisse de cochon mâle ».

Jules Renard dans ses *Histoires naturelles* rapporte qu'en Bourgogne, vers 1895, on soigne la méningite par le sang d'un pigeon fraîchement éventré : « Le petit Jacques a la fièvre. Le docteur craint une méningite et dit aux femmes de la maison : C'est grave, faites bien ce que je veux. Mais une étrangère, nouvelle venue au village, qu'on ne connaît pas, et qui s'en va de la poitrine, donne un conseil pour guérir le malade. Attraper des pigeons, leur ouvrir le ventre en prenant garde de les tuer, et faire couler le chaud sur la tête du petit, jusqu'à ce que l'effet se produise. Les femmes ont ouvert cinq pigeons aujourd'hui. Quand le pigeon crevait tout de suite, elles disaient : le pigeon n'a pas agi, c'est un pigeon de perdu, à un autre ! » Dans les Mauges, on recommandait contre la neurasthénie de faire « un bouillon de vingt-neuf cloportes, ou moins, mais toujours en nombre impair ». Il était conseillé aussi comme diurétique.

On utilisait beaucoup les plantes. Parfois à cause d'un lien de couleur ou de forme entre une maladie et son remède. Ainsi d'*echium vulgare*, la vipérine commune, réputée guérir les morsures de serpent, à cause de la ressemblance de la fleur avec une tête de vipère. Le remède soigne aussi par contiguïté : comme le marron, dont on ne fait pas une préparation, mais qu'on met dans la poche contre les hémorroïdes. Comme on glisse une clef dans le dos pour arrêter les saignements de nez parce que le sang contient du fer.

Plus efficace, le « Contre-Coup » : une liqueur dont on se frictionne avant de boire le reste, disait-on autour de moi. Elle existe toujours, c'est l'élixir de l'abbé Perdrigeon, ancien aumônier aux batailles de Magenta et de Solférino (1859). Recommandée pour améliorer le système circulatoire, soulager les chocs émotionnels et les inconvénients liés à la ménopause : « pas de danger d'ébriété : le peu d'alcool qu'il contient équivaut à un demi-verre de vin ». (publicité)

Ce sont des comportements hérités d'un temps et d'une société où on était habitué à se passer des médecins. L'hôpital d'Angers est inauguré en 1849 par Napoléon prince-président en même temps que le chemin de fer.

À partir de 1880, les médecins joueront un grand rôle dans la vie politique angevine, avec des mandats locaux et nationaux. Mais quelle est la réalité de la médecine, pour la grande majorité des gens ? Le nombre des praticiens demeure insuffisant. Il y en a un pour 3 700 habitants en 1889 dans la région de Cholet (aujourd'hui, avec de grandes disparités, on est passé à un pour 1 000). On a recours à des formes illégales de la médecine, à des guérisseurs, des rebouteux. Et en règle générale, on n'est pas tendre dans les sphères de pouvoir avec ces croyances et superstitions. Lorsqu'il trace le portrait extrêmement sombre des superstitions dans les campagnes angevines, Henri Baudrillart recourt à un adjectif prévisible : ce sont les signes « d'un état *arriéré* » (souligné par nous), « et cela, malgré les progrès accomplis dans l'instruction, trop récents cependant pour avoir porté tous leurs fruits ». Il va encore plus loin dans sa détestation de l'obscurantisme : « La croyance aux sortilèges produit quelquefois l'effet d'une véritable maladie mentale. C'est une sorte de folie sombre. Notamment dans la classe rurale inférieure où on signale un certain accroissement de l'abus des boissons fermentées. On avait mieux auguré de l'établissement des chemins de fer. »

Les chemins de fer contre les superstitions : une définition possible de la IIIe République.

Au tournant du siècle, on va donc entreprendre de combattre les guérisseurs : on note alors un nombre relativement élevé de signalements. L'étude en a été faite par Sylvain Sionneau[153] précisément pour le Maine-et-Loire. Il relève avec justesse le rôle de l'école obligatoire, à partir des années 1880, et de l'instituteur, dans la lutte contre les « superstitions » médicales. « C'est avec l'école obligatoire et gratuite à la fin du XIXe siècle, écrit-il, qu'un contrôle social s'instaure. L'instituteur qui enseigne la morale et le civisme, qui veille à la vaccination et vérifie l'état de propreté des enfants, impose petit à petit une uniformisation des modes de fonctionnement populaires. Sa mission est parfois apparentée à la lutte contre l'obscurantisme, à la transmission d'un savoir universel au détriment des cultures locales. Cela s'accompagne forcément d'une remise en question de l'éducation familiale vécue comme un mépris de la part des classes sociales populaires. Motivées par une sorte d'instinct de survie, ces classes sociales dépossédées semblent avoir résisté. Elles ont su faire cohabiter deux modes d'éducation : l'un ouvert, autorisé et digne, l'éducation scolaire, l'autre souterrain, secret et peu avouable, l'éducation familiale. »

La médecine illégale est traduite devant les tribunaux : il en est ainsi à Vihiers où s'exerce la vigueur combative du docteur Hayaud. Et ce n'est pas un hasard si dans le Saumurois, protestant et ouvert aux idées de la Révolution, les médecins rencontrent moins de défiance que dans les Mauges. Y compris envers une politique de santé affichée par l'État. Sylvain Sionneau s'appuie sur André Siegfried pour affirmer que « l'attachement aux croyances religieuses, au rôle des congrégations, à l'école privée, et au souvenir vendéen avait été un frein à la République mais aussi à la politique étatique en général ». *L'Almanach de la santé et de l'hygiène à l'usage des familles et des communautés religieuses* préconise en 1881 de se passer du médecin et de préparer soi-même son médicament pour lutter contre l'anémie.

Le lien entre la pratique religieuse et les « superstitions médicales » reste à établir. Jusqu'où l'Église les accepte-t-elle, quand juge-t-elle nécessaire de mettre le holà ? J'aurais pu citer avec Sylvain Sionneau l'exemple de ces religieuses qui avaient administré une omelette aux coquilles d'huîtres à un patient atteint de la rage. J'aurais pu aussi faire appel à Carlo Ginzburg qui, dans son magnifique ouvrage *Le Fromage et les vers*[154], note la dichotomie qui s'instaure dans la pensée populaire entre le corps, qui concentre toutes les superstitions, et l'observation des choses concrètes, qui pousse vers le rationalisme et même un certain matérialisme primaire.

Et toujours redire cela : au fond, dans l'usage et la représentation du corps et de ses fonctions, c'est le même pandémonium, où s'agite, se joue et se rejoue chaque jour une versatilité, une ductilité, celle des soins, des modes, des traitements esthétiques. Voir ce fait divers récent, dans un magazine people : « Zea, 21 ans, mère célibataire sans emploi, défigurée à vie par une injection dans les lèvres d'huile d'olive au lieu d'acide hyaluronique (Botox). »

1885 : c'est l'année de la mort de Victor Hugo, de ses obsèques nationales et de son entrée au Panthéon. C'est aussi celle où Pasteur pratique la première vaccination contre la rage.

Pasteur et Victor Hugo sont deux icônes, également vénérées par le peuple. Et honorées par la République. Dans la cour d'honneur de la Sorbonne, leurs statues encadrent l'entrée de la chapelle. Nénot, élève de Garnier, avait voulu édifier avec la nouvelle Sorbonne un véritable palais en l'honneur des sciences et des lettres. En 1889, il commandera les deux statues qui seront inaugurées en 1900, pour celle de Louis Pasteur, et 1901 pour celle de Victor Hugo. Nul ne profitera de ce nouveau temple du savoir dans la famille et l'entourage de mon arrière-grand-mère. Avant que la logique d'un déterminisme proprement républicain m'y conduise trois quarts de siècle plus tard. Et je crois être fidèle à l'esprit de mes proches aïeux, et à leurs opiniâtres espoirs, en déplorant qu'on ait changé son nom en celui de « Sorbonne Université ».

Pasteur, d'abord. *Le Figaro*, 27 octobre 1885 : « L'Académie des sciences a tenu hier une séance qui fera époque dans l'histoire de la science. M. Pasteur a fourni la preuve qu'il guérissait l'homme atteint de la rage. Cette maladie redoutable, qui vouait à d'horribles souffrances, et nécessairement à la mort, les personnes qu'elle tenait en son pouvoir, est définitivement vaincue par le traitement de l'illustre savant [...]. Aux yeux de tous les médecins, tout patient mordu par un chien enragé et ayant reçu le virus, était condamné à succomber. Cette terrible maladie est guérie par M. Pasteur qui, dans cette voie, n'a eu aucun initiateur, aucun précurseur. [...] Par ce qui précède, on voit que le 26 octobre sera une date mémorable dans l'histoire de la science et de l'humanité. »

En 1885, un petit garçon nommé Joseph Meister reçoit le premier vaccin contre la rage, que Louis Pasteur a mis au point après huit ans de recherche ; l'enfant guérit. J'ai cent fois entendu cette histoire touchante, à l'école, dans ma famille (c'est un peu la même chose), mais j'ignorais jusqu'à aujourd'hui que, devenu gardien de l'Institut Pasteur, Joseph Meister s'était suicidé à l'entrée des Allemands en Alsace en 1940... L'effet de cette célèbre vaccination n'est pas reconnu par tous les spécialistes et il n'est même pas certain que le chien ait eu la rage. Mais Pasteur n'en est pas moins rapidement devenu un héros, symbole de la République : il aura en 1895 des funérailles nationales. Bustes, statues, médailles et portraits se succèdent pour lui rendre hommage. Pourtant, contrairement à Raspail ou Arago, Pasteur ne frappe pas par son militantisme républicain, ni en 1848, ni en 1870, ni dans l'affaire Dreyfus. Cela ne fait rien, la République voit en lui ce qu'elle veut elle-même incarner : le progrès des sciences au bénéfice de l'humanité entière... Le 31 mai 1886, la réunion de la Société des sauveteurs de la Seine, sous la présidence de Ferdinand de Lesseps, remet un diplôme d'honneur à Pasteur : « L'alliance du gouvernement républicain et de la science [...] la marche en avant des nations s'accomplira désormais non plus par l'écrasement des faibles et l'omnipotence des forts, mais par la puissance irrésistible du progrès », écrit le journal *Le XIXe siècle*[155].

Et s'il n'est pas au Panthéon, c'est que sa famille ne l'a pas voulu.

Le vaccin de Pasteur arrive au bon moment, alors que plusieurs crises graves ébranlent la République. Dont la chute de Jules Ferry en mars 1885, vivement mis en cause pour une opération au Tonkin qui a tourné au désastre du corps expéditionnaire... En somme, la vaccination va tenter de faire oublier un échec dans la « mission coloniale » de la France. À laquelle la République tient tant. En effet, malgré l'opposition de Clemenceau, de Pelletan ou de Zola, pourtant fervents républicains, qui réprouvent la colonisation, l'entreprise est au cœur de la politique « opportuniste ». Il s'agit de venger l'affront de 1870, de trouver de nouveaux débouchés, tout en apportant la « civilisation » à des races « inférieures ». Dans *La Terre,* Zola fait un portrait sans concession de deux personnages, Jésus-Christ et le garde champêtre Bécu, qui conservent un excellent souvenir de leur expérience africaine : « des oreilles de Bédouins coupées et enfilées en chapelets, des Bédouines à la peau frottée d'huile, pincées derrière les haies et tamponnées dans tous les trous ».

De surcroît, la France est plongée depuis 1882 dans une crise économique et sociale profonde. Et, même chez les moins revanchards, la perte de l'Alsace est une plaie ouverte au cœur des Français. On publie ces années-là plusieurs ouvrages sur les causes de la défaite française en 1870, et sur ce que doit être « la guerre moderne ». Or les parents du petit Joseph sont venus d'Alsace juste avant le conflit de 1870, ils y sont retournés un an après la naissance de leur fils : la victoire de Pasteur sur la rage prend un sens hautement symbolique.

Pasteur, son action, son image ne peuvent que satisfaire le cœur et l'esprit des républicains ruraux de la terre angevine. Ceux de ma famille, certainement. Dans mon enfance, on racontait qu'on étouffait autrefois entre deux matelas les malades atteints de la rage. Et on en citait des exemples, quoique déjà éloignés dans le temps. La pratique semble en avoir été répandue — mais quand elle en fait état, *La Chronique médicale* de décembre 1898 en parle comme d'une légende, qui aurait sévi dans les départements du centre (Nièvre, Cher, Indre, Loiret). Ajoutant que « le peuple aujourd'hui commence à connaître les bienfaits du traitement de Pasteur ».

Pasteur a triomphé d'un fléau, une maladie que peuvent transmettre tant d'animaux familiers des campagnes, le loup, ce vieil ennemi, le chien, ce docile auxiliaire, et la foule innombrable des rongeurs qu'on rencontre à chaque moment de la vie rurale. La rage fait particulièrement peur, parce que ses symptômes ressemblent à ceux de la folie, pire, à ceux de la possession. Ce triomphe, c'est un triomphe moderne sur des forces obscures.

Pasteur et Victor Hugo : le lien entre eux, c'est l'idée de progrès. Souvent écrit avec une majuscule, le mot désigne à partir du milieu du XVIIIe siècle les avancées de la pensée, des sciences et des techniques, « une marche de l'humanité vers la vérité et le bonheur », comme l'écrit Condorcet en 1791, juste avant d'être arrêté, dans son *Esquisse d'un tableau historique des progrès de l'esprit humain*. Deux siècles plus tard, on va s'acharner sur elle, y voyant une idéologie mystificatrice, complice des totalitarismes et de leurs crimes.

Mes aïeux des bords de Loire n'avaient les moyens ni de soutenir ni d'attaquer cette redoutable notion de morale et de politique. Ils la prirent au pied de la lettre, et l'interprétèrent selon leurs besoins, qui n'étaient pas tous matériels. Les préoccupations des pauvres sont souvent de courte vue ? Du moins aux yeux de qui a le loisir d'élargir son horizon. Eux, dont le destin s'était longtemps inscrit entre les cruelles lois de la nécessité et les invérifiables promesses d'une rétribution dans l'au-delà, y virent le synonyme d'un changement bienvenu, qu'ils déchiffrèrent dans ses signes pratiques, concrets : l'électricité ; la pompe municipale, au lieu des seaux qu'on remonte du puits ou de la rivière, plus tard le service d'eau à domicile ; le chemin de fer ; quelques modestes lois sociales ; la sécurité que confère un poste de fonctionnaire à un fils, à une fille…

Petite note : si, grâce à Pasteur, le vaccin et la république, c'est la même chose, je ne doute pas de la réaction de mon arrière-grand-mère Laurence, et de tous les siens, devant la résistance actuelle à la vaccination contre le COVID, et de leur indignation.

Chez Pasteur, chez Victor Hugo, le « peuple » — les pauvres, les humbles —, a le sentiment d'avoir rencontré l'attention fraternelle qui lui a fait si souvent défaut. Quoi de plus émouvant qu'un savant qui met sa science au service d'un petit berger de 9 ans, un enfant du peuple, dont le père était boulanger, et la mère passementière ? Si l'Institut Pasteur a pu être fondé, c'est par « le don des riches et l'obole des pauvres » et aussi, dit Pasteur dans son remerciement lors de l'inauguration, le 14 novembre 1888, grâce à « l'épargne prélevée par l'ouvrier sur le salaire de sa rude journée ». Lors de ses obsèques, le 5 octobre 1895, Raymond Poincaré, ministre de l'Instruction publique, salue à son tour dans ces modestes contributions « la reconnaissance du peuple, des pauvres, des humbles, qui montait déjà vers Pasteur vivant, telle qu'elle s'incline aujourd'hui, émue et attendrie, devant sa dépouille mortelle ».

De même, quand mon arrière-grand-mère choisit de garder toute sa vie sur sa cheminée une gravure des obsèques nationales de Victor Hugo, c'est qu'elle a retenu les termes de son testament, reproduit dans toute la presse : « Je donne cinquante mille francs aux pauvres. Je désire être porté au cimetière dans leur corbillard. Je refuse l'oraison de toutes les Églises, je demande une prière à toutes les âmes. Je crois en Dieu. » Elle et les siens seraient donc certainement restés de marbre devant cette vive attaque de

Victor Hugo que Paul Lafargue, le gendre de Marx, publie en mars 1891, mais qu'il a écrite en juin 1885. « Les hugolâtres se scandaliseront de ce qu'une critique impie, ose porter la main sur leur idole, mais tant pis », commence Lafargue, qui insiste lourdement sur le ralliement tardif à la république d'un conservateur monarchiste et catholique, sur son attention sourcilleuse à gérer sa fortune et « toucher ses coupons », sur son goût de l'ordre, son rejet de la violence et des barricades en juin 1848, sur l'enflure et la phraséologie de ses dernières années, et son amour des grands mots. « Ainsi que l'on se nourrit de pain et de viande, Hugo se repaît d'Humanité et de Fraternité. » En somme, Hugo serait non le héraut du peuple, mais un « héros de la phrase ». L'amour que lui portent les humbles ? Une duperie et une mystification, destinées à retarder l'explosion révolutionnaire qui seule changera leur destin.

Peut-être. J'écoute, je réfléchis, je lis, et soudain je vois les choses qui changent d'axe et de perspective. L'adhésion des humbles à la république est faite justement de ce qu'ils *prennent au pied de la lettre* les formules de Victor Hugo, sur les « pauvres », les « misérables ». Pourquoi ? Parce qu'ils sont sans défense, peu éduqués, peu habitués aux ruses des puissants, et donc facilement trompés ? Comme, une fois de plus, on les juge mal ! Ils n'ont pas cette peur bourgeoise d'être dupes. Ils n'en ont pas le temps ; ils se saisissent de ces mots dont ils font des armes : « C'est de l'enfer des pauvres qu'est fait le paradis des riches », ou encore « Vous voulez les pauvres secourus, je veux la misère supprimée. » (*Quatrevingt-treize*, 1874.)

C'est la première fois qu'ils sentent qu'ils leur sont destinés, et qu'ils ne voient pas pointer, derrière, le calcul des Églises et leur attention intéressée. Vous prendre au mot : c'est le tort, et parfois le malheur des gens d'en bas. C'est leur force aussi.

À la fin de sa vie, Hugo est devenu la figure de référence pour un peuple qui souffre. Certes, en 1848, l'homme d'une droite modérée qu'il était, avait voté la suppression des Ateliers nationaux, qui fit dresser des barricades dans Paris. Mais il va changer, il change, il le dira lui-même, dans son exil. « Ah ! pair de France, le proscrit te dit ton fait[156] ! » Lorsqu'il fonde avec ses fils le journal *L'Événement*, on lui donne pour devise une phrase : « Haine vigoureuse de l'anarchie ; tendre et profond amour du peuple ». En mai 1849, élu à l'Assemblée législative, il prononce un discours retentissant sur la misère : « Je ne suis pas de ceux qui croient qu'on peut supprimer la souffrance en ce monde, la souffrance est une loi divine, mais je suis de ceux qui pensent et affirment qu'on peut détruire la misère. Remarquez-le bien, messieurs, je ne dis pas diminuer, amoindrir, limiter, circonscrire, je dis détruire. La misère est une maladie du corps social comme la lèpre est une maladie du corps humain, la misère peut disparaître comme la lèpre a disparu. Les législateurs et les gouvernants doivent y songer sans cesse, car, en pareille matière, tant que le possible n'est pas fait, le devoir n'est pas rempli. » Applaudi par la gauche, lui qui siège à droite, il termine par ces mots : « Je déclare qu'[...] il y aura toujours des malheureux, mais qu'il est possible qu'il n'y ait plus de misérables. »

Exilé après le coup d'État de Louis Napoléon Bonaparte, il publie en 1853 *Les Châtiments*, dont ce poème, *Joyeuse vie*, qui décrit sa descente dans un enfer moderne, les sous-sols de Lille où s'entasse la population ouvrière. Qui se conclut ainsi :

Quelqu'un te vengera, pauvre France abattue,
Ma mère ! et l'on verra la parole qui tue
Sortir des cieux profonds !

Ces gueux, pires brigands que ceux des vieilles races,
Rongeant le pauvre peuple avec leurs dents voraces,
Sans pitié, sans merci,
Vils, n'ayant pas de cœur, mais ayant deux visages,
Disent : — Bah ! le poète ! il est dans les nuages !
— Soit. Le tonnerre aussi.

Mon arrière-grand-mère aurait peut-être aimé joindre à la gravure des obsèques nationales cette photo prise à Guernesey, où l'on voit Victor Hugo entouré des enfants pauvres à qui chaque semaine il fait servir à manger.

Victor Hugo et les enfants pauvres de Guernesey
dans le jardin d'Hauteville House, 1868 (Maison de Victor Hugo, Paris).

J'apporte peut-être de l'eau au moulin de Marx et de son gendre. Peut-être y a-t-il là du calcul et de l'ostentation. Peut-être y a-t-il là aussi un souvenir de Bossuet et de l'« éminente dignité des pauvres ». Je crois que mon arrière-grand-mère aurait été particulièrement touchée, comme dans le cas du petit Joseph Meister, de voir l'intérêt et même l'amour que le grand homme portait aux enfants. Encore un trait populaire que les élites regarderont avec une certaine condescendance ; il n'a rien pourtant de la complaisance mièvre d'un cliché. Ce n'est pas une sensiblerie factice. L'enfant est pour ces consciences populaires l'incarnation de la dépendance absolue, qui réclame absolument notre appui, notre secours. Et Victor Hugo partage et entretient cette vision des choses. Comment n'aurait-il dès lors pas été compris et reconnu, lorsque l'indignation l'étouffe au spectacle d'enfants prisonniers dès l'âge de 9 ans au « bagne » de l'usine ? Reconnu, et aimé lorsque dans *Les Pauvres Gens* le rideau s'ouvre sur les deux orphelins qu'une femme aussi pauvre qu'eux a ramenés de la masure où ils dormaient près du cadavre de leur mère ? « Tiens, dit-elle en ouvrant les rideaux. / Les voilà ». Ma grand-mère avait les larmes aux yeux quand elle me récitait ces vers. Kitsch ? Pathétique à bon compte ? Il faudrait ignorer qu'il décrit là des situations vécues, dont aujourd'hui on ne trouve d'exemple que sur des terres lointaines — et parfois dans les quartiers déshérités de nos villes, ce qui nous permet de les ignorer.

Cette attention à l'enfance pousse Victor Hugo à une indignation particulièrement vive lorsqu'il évoque dans *Les Châtiments* le « Souvenir de la nuit du 4 ». Un enfant a reçu deux balles dans la tête, et sa grand-mère procède à la toilette mortuaire. « Elle pencha la tête et lui tira ses bas, / Et dans ses vieilles mains prit les pieds du cadavre. » Soudain on pense à Dostoïevski, au père découvrant au retour du cimetière les chaussures de son petit garçon. « Vassili, Vassili, où sont tes petits pieds maintenant ! » On sait l'amour et l'admiration de Dostoïevski pour *Les Misérables*.

Dans ce meurtre inutile, l'abjection du coup d'État et du Second Empire tient tout entière. « Monsieur Napoléon » a commis ce crime pour s'assurer d'avoir « des chevaux, des valets, de l'argent » :

Il veut avoir Saint-Cloud, plein de roses l'été,
Où viendront l'adorer les préfets et les maires ;
C'est pour cela qu'il faut que les vieilles grand-mères,
De leurs pauvres doigts gris que fait trembler le temps,
Cousent dans le linceul des enfants de sept ans.

Pauvres doigts gris, usés peut-être par les lessives, comme ceux d'Honorine. Ou de Ragotte. Ou d'Emerence. Ou de Laurence, mon arrière-grand-mère. Il y a entre les vieilles mains et un corps d'enfant, une étrange liaison où le cœur se prend.

Victor Hugo meurt le 22 mai 1885. *La Justice*, le journal de Clemenceau, publie dans le numéro du 23 mai un article de Camille Pelletan*. Le républicain qu'il est salue, dans cette « grande mort », « le sentiment national dû entre tous à l'homme qui a si passionnément aimé la France, et qui a été, dans ce siècle, la plus haute personnification de sa gloire ». Pourquoi ? Parce que nul plus que Victor Hugo « ne fut plus humain. Partout où il y eut une grande cause à servir, son deuil sera porté. Toutes les nations qui ont lutté pour leurs droits, toutes les souffrances qui ont été meurtries par l'iniquité de la fortune, ont senti palpiter en lui leurs espérances ou leurs angoisses ».

La suite de l'article dut irriter encore davantage Lafargue, mais Camille Pelletan, tout anticlérical qu'il est, a sans doute ses raisons pour exalter le spiritualisme dont Hugo a toujours fait profession : « L'existence d'un monde invisible, mêlé parfois au monde visible, était une des préoccupations du poète. » Car, ce faisant, il donne de nouvelles occasions au peuple républicain de saluer Victor Hugo. Il rejoint les socialistes qui, tel Jaurès, veulent « rendre à tous les hommes le sens de l'infini », au moment où « le christianisme traditionnel se meurt, philosophiquement, scientifiquement et politiquement ». Victor Hugo aurait

* Socialiste, non collectiviste, attaché à la propriété privée, anticlérical déterminé.

au fond pu écrire, avec d'autres mots, que « la religion actuelle est une organisation théocratique au service de l'iniquité sociale » (Jaurès[157]). Son spiritualisme allié à son « profond amour du peuple » ne peut que désarmer le parti clérical.

La mort de Victor Hugo est à cause de cela un enjeu dans le combat que les républicains mènent contre les forces cléricales[158]. Qui s'affolent : « Si Hugo persiste à refuser l'extrême-onction, quel dangereux signal envoyé aux foules et au reste du monde. » Mgr Guibert, archevêque de Paris, écrit à Mme Lockroy (veuve de Charles Hugo, elle a par la suite épousé Eugène Lockroy) : « Je prends la plus vive part aux souffrances de M. Victor Hugo et aux alarmes de sa famille. J'ai bien prié au saint sacrifice de la messe pour l'illustre malade. S'il avait le désir de voir un ministre de notre sainte religion, quoique je sois moi-même encore faible et en convalescence d'une maladie qui ressemble beaucoup à la sienne, je me ferais un devoir bien doux d'aller lui porter les secours et les consolations dont on a si grand besoin dans ces cruelles épreuves. » Lockroy, immédiatement, s'enferme dans son bureau et lui répond. « Madame Lockroy, qui ne peut quitter le chevet de son beau-père, me prie de vous remercier des sentiments que vous voulez bien lui exprimer d'une manière si éloquente et si bienveillante à la fois. Quant à Victor Hugo, il a déclaré ces jours-ci encore qu'il ne voulait être assisté pendant sa maladie par aucun prêtre d'aucun culte. Nous manquerions à tous nos devoirs si nous ne respections pas sa volonté. » N'être assisté par aucun prêtre et, dans le même temps, s'affirmer croyant : faiblesse, compromis, voire compromission ? C'est au contraire une force que se donne Victor Hugo et un argument incomparable pour emporter l'adhésion de ces républicains d'en bas qui sont attachés à la foi de leur enfance. En séparant Dieu de son Église, il montre à ces croyants simples qu'on peut croire en Dieu mais refuser l'alliance avec les pouvoirs que l'Église a toujours pratiquée, et rompre le pacte social qu'elle noue chaque jour avec l'injustice. C'est cela qui déplaît tant à l'Église : Dieu et les prêtres, ce n'est pas la même chose.

Le 24 mai 1885, la Chambre des députés vote à une écrasante majorité de 415 voix sur 418 les obsèques nationales. C'est un nouveau sacre de la République, la IIIe, qui en avait bien besoin. La république — et non « la sociale » : par prudence, les obsèques ont été fixées un jour où les ouvriers seront au travail. Le corps sera exposé une nuit sous l'Arc de Triomphe dans un catafalque dessiné par Charles Garnier.

La proposition d'inhumer le poète au Panthéon, rendu au culte par le Second Empire, donne lieu à une intense polémique. Le gouvernement se rallie à cette proposition le 27 mai. Le 31 mai le corps est transféré à l'Arc de Triomphe, le 1er juin au Panthéon, qui à partir de cette date cesse définitivement d'être une église.

Car les obsèques de Victor Hugo sont un enterrement civil, exception absolue à la loi. « Une infernale manifestation qui ne peut que glorifier le Mal[159]. » Il faudra encore attendre plus de deux ans pour que, le 15 novembre 1887, soit votée la loi sur les enterrements civils. C'est le résultat d'un long processus[160].

À partir de 1820, le parti libéral a inventé « l'enterrement d'opposition », aussitôt baptisé « obsèques populacières ». Un « couronnement civique », mélange hybride de réminiscences révolutionnaires et de références antiques. Parfois dans le respect des convenances religieuses, parfois en les attaquant de front, par le choix de l'enterrement civil. Mais (Lalouette le montre bien), les enterrements civils, avant la Révolution française, étaient une sanction infligée par l'Église, les libres-penseurs veulent donc en renverser le sens. C'est « une manière de revendiquer leur indépendance intellectuelle et spirituelle. Et de manifester leur attachement à la République ». Ces funérailles civiles se multiplient à partir des années 1870. Des sociétés de libres-penseurs sont créées afin de défendre les intérêts de leurs adhérents en conférant au déroulement de leurs obsèques une certaine solennité. Les exemples les plus célèbres d'enterrements civils sont, bien sûr, ceux de personnalités illustres — Edgar Quinet, Jules Michelet,

Victor Hugo, etc. — mais la plupart des défunts enterrés civilement appartenaient aux classes populaires. Pendant longtemps, des municipalités leur ont imposé des règlements particuliers, l'obligation par exemple de se dérouler à l'aube et de passer par des rues secondaires. Un même affrontement se jouera, plus tard, pour l'instauration de la crémation.

Funérailles de Victor Hugo :
l'Arc de Triomphe et le catafalque
(Maison de Victor Hugo, Paris).

À partir de quel moment la famille de mon arrière-grand-mère a-t-elle eu chaque jour sous les yeux, posée sur le manteau de la cheminée, une image encadrée des obsèques nationales de Victor Hugo ? Dans les jours, dans les semaines qui ont suivi ? Est-ce une décision du couple, de mon arrière-grand-mère toute seule ? Est-ce une photographie ? Mais les journaux n'en publient pas, le premier reportage photographique de presse est l'interview de Chevreul par Nadar dans *Le Journal illustré* du 5 septembre 1886. Plutôt donc une gravure découpée dans un journal. Mais lequel ? Sûrement pas *La Croix*, qui écrivait au lendemain de la mort du poète : « Il était fou depuis trente ans ! »… Ni *Le Petit Courrier* qui, le 28 mai, se livrait à un éloge mitigé de sa grandeur.

Ses funérailles, « au lieu d'avoir un caractère vraiment national et d'être célébrées sous les voûtes de Notre Dame, seront exploitées par une manifestation de parti malgré la touchante démarche de Mgr Guibert[161] ». À cette « touchante démarche » de Mgr Guibert, Mgr Freppel, l'évêque d'Angers, s'était évidemment associé[162].

J'hésite entre la vue du catafalque et celle du cortège s'avançant vers le Panthéon.

Je choisis celle du cortège, plutôt, car « aux obsèques de Victor Hugo, c'est le peuple lui-même qui se regardait passer » (Péguy).

Funérailles de Victor Hugo :
l'arrivée du cortège au Panthéon
(*L'Illustration* du 6 juin 1885, musée Carnavalet, Paris).

Ce modeste élan de conscience républicaine et son amour de Victor Hugo ne contrarient en rien le goût de Laurence, je le sais par mon père, pour les romans-feuilletons. Au contraire. Du reste, *Les Misérables*, avec ses personnages populaires et son suspense, n'est pas très éloigné du roman-feuilleton, même si Victor Hugo, alors exilé à Guernesey, refuse sa parution dans la presse, soumise à la censure impériale, et demande que le livre soit édité à bon marché pour toucher le plus grand nombre. Ce n'est qu'en 1888, trois ans après sa mort, que *Le Rappel*, le journal de ses fils, publie *Les Misérables*.

La passion des romans-feuilletons était commune dans le milieu de mon arrière-grand-mère. Mon père citait une famille où le garçon avait reçu le prénom du principal personnage d'un feuilleton, « Gédéon Milano ». (Faux souvenir ? Je n'ai rien trouvé sous ce titre.) Tous les journaux de l'époque en publient. Enjeu économique considérable, et, dans ces premiers temps de la IIIe République, enjeu politique et religieux (pour l'Église, ce sont les mêmes). Mais là encore, est-ce qu'on comprend bien les ressorts de cet engouement populaire ? Est-ce qu'on n'est pas tenté, comme à chaque fois, de l'interpréter « par le bas » ? D'y voir seulement le goût d'un peuple peu éduqué pour des intrigues à grosses ficelles et sentiments exagérés ? Ce que du reste Flaubert reproche aux *Misérables* : « une façon de flatter le populaire ».

(Pire encore : « Ce livre est fait pour la crapule catholico-socialiste, pour toute la vermine philosophico-évangélique. »)

Sans doute le « peuple » y assouvit-il une soif d'aventures faciles, et aussi une soif de « rémunération », au sens ancien, moral, d'origine religieuse mais sécularisé : le désir de voir reconnaître sur terre des mérites auxquels l'Église promet une récompense dans l'au-delà. Fruste désir de justice enfoui au plus profond des consciences. La construction elle-même de ces romans à succès n'est pas sans retrouver les principes et les finalités que dans sa *Poétique* Aristote assigne au récit : organisation méthodique des événements, surprises, coups de théâtre, retournements ; d'où naît une réflexion sur les passions, qui en allégera le trouble et les souffrances.

Rien ne répond mieux sans doute à cette définition qu'un des romans-feuilletons qui connurent le plus grand succès dans ces années-là, *La Porteuse de pain*, œuvre de Xavier de Montépin, authentique aristocrate, journaliste et auteur prolifique.

Figures familières de la rue parisienne au XIXe siècle, les porteuses de pain ont disparu du paysage urbain. Dans *Nana*, à l'heure où les bonnes femmes envoient leurs gamins dans les rues, « la porteuse de pain du cinquième en lâche sept ». C'était un des innombrables petits métiers féminins au service d'autrui, comme lingère, repasseuse, porteuse d'eau. Laveuse. « Dès l'ouverture de la boulangerie, longtemps avant 6 heures du matin, cette courageuse mercenaire arrive, ponctuelle, prend dans sa voiturette une provision formidable de pains qu'elle va livrer de porte en porte avant le lever de ses clients. » Elle livre à tous les étages, et en gravit ainsi plusieurs centaines dans la matinée. « Vers midi et demi, la distribution terminée, la brave femme, d'ordinaire d'humeur joyeuse, fait ses comptes et rentre alors dans son petit logis, sous les toits. C'est bien pratique, surtout par ces journées pluvieuses et si humides que cela vous transperce les os. Des journées à ne pas mettre le nez dehors. »[163]

Récit disert, volubile et enjoué, d'un pittoresque facile, qui fait l'impasse sur les duretés d'un labeur harassant. La porteuse de pain est une « brave femme » toujours joyeuse, comme la laveuse. J'ai cité ailleurs la phrase innocente où René Boylesve, moins compatissant envers les laveuses que Jules Renard envers Ragotte, se souvient dans *L'Enfant à la balustrade*, du « spectacle amusant des laveuses qui battent le linge en bavardant, le long d'une berge savonneuse, de l'abreuvoir jusqu'à l'antique mur de boulevard soutenant le jardin du curé ». Le travail de la porteuse de pain n'est pas un esclavage, certes, mais il est dur, et soumis à une distinction de classe au nom de laquelle sa réalité s'efface. Il n'y a plus aujourd'hui de porteuses de pain[164], mais il y a des livreurs à bicyclette qui nous épargnent de sortir dans les journées « à ne pas mettre le nez dehors ».

Xavier de Montépin, *La Porteuse de pain*,
couverture illustrée anonyme, H. Geoffroy, Paris, 1903-1905.

Sous ce titre, donc, Xavier de Montépin publie un roman, d'abord en feuilleton, qui connaîtra un succès immense. Résumons. Une jeune femme, Jeanne, a trouvé par charité une place de gardienne à l'usine où son mari est mort dans un accident du travail. Elle refuse les avances d'un ingénieur, Jacques Garaud, qui se venge en l'accusant de l'incendie qu'il a provoqué... Elle ne retrouvera son honneur et ses enfants qu'au terme d'une série d'épisodes mouvementés. Les commentaires de l'époque ou d'aujourd'hui sont, on peut s'y attendre, la plupart du temps négatifs : « invraisemblances à chaque page, des personnages stéréotypés, des situations grotesques, des sentiments exacerbés ». Tout cela est vrai, sans doute, mais ce qu'on ne veut ou ne peut pas voir, c'est le thème central du livre : si Jeanne émeut, retient, sollicite une attention haletante, c'est parce qu'elle a été injustement accusée, et ne parvient pas à faire reconnaître son innocence. « Jeanne attendit. Les réflexions les plus douloureuses, les plus effrayantes l'obsédaient. Son désespoir fit explosion tout à coup. — Et cependant je ne suis pas coupable ! dit-elle presque à haute voix sans en avoir conscience. Cet homme, ce misérable, a commis tous ces crimes, et c'est moi qui me cache... c'est moi qui suis accusée ! Moi l'innocente ! ». La lectrice populaire ne demande pas autre chose à un roman : que justice soit rendue. Et c'est ce que fait Xavier de Montépin. Est-ce par conviction politique ? On peut en douter. Jusqu'en 1848, Montépin se fit plutôt connaître comme pamphlétaire dans des journaux contre-révolutionnaires. Comme un autre feuilletoniste à succès, Adolphe Dennery, dans *Les Deux Orphelines*, il exploite un genre, qu'il a contribué à développer : le roman de la victime. Sûr de rencontrer un public dans les masses populaires qui ont le sentiment d'être plutôt du côté des victimes, et des vaincus, que du côté des vainqueurs. La lecture des feuilletons, soulagement trompeur, mystification ? Sans doute. Soupir de la créature opprimée, âme d'un monde sans cœur ? Oui. Ce sont les termes par lesquels Marx désigne l'illusion religieuse, cet « opium du peuple ».

La Porteuse de pain parut en feuilleton dans *Le Petit Journal* du 15 juin 1884 au 17 janvier 1885. Créé en 1863, ce quotidien républicain et conservateur atteint le million d'exemplaires vers

1890, soit près de cinq millions de lecteurs, selon la publicité de l'époque. Les trois quarts de son tirage sont vendus en province. Est-ce qu'on le lit dans la mienne ? Mon arrière-grand-mère dut-elle attendre la parution en volume ? Je n'ai aucun moyen de le savoir.

Face au succès de ces romans, l'Église se trouve embarrassée. Elle se cantonne d'abord dans un refus que bientôt elle va nuancer, voyant que ce mouvement est irréversible et qu'elle peut le faire tourner à son profit. La Maison de la Bonne Presse est créée en juillet 1873 sous l'impulsion du père Emmanuel d'Alzon, fondateur, en 1845, de la congrégation des Augustins de l'Assomption, spécialisée dans l'organisation de pèlerinages. (Anatole France dénoncera le rôle de cette congrégation au moment de l'affaire Dreyfus.) Le but de cette fondation est de « grouper dans une œuvre commune un ensemble de journaux, de publications, de livres, d'écrits de toute nature, capables de servir à l'apostolat catholique » afin de faire face à la montée de l'anticléricalisme républicain. La Maison de la Bonne Presse édite aussi *Le Pèlerin* puis, à partir de 1880, la revue mensuelle *La Croix*.

Il faut d'abord résoudre une difficulté : l'Index condamne le roman. Les feuilletons paraîtront donc, dans les périodiques catholiques, en bas de page. À partir de 1877, *Les Veillées des chaumières*, hebdomadaire, s'adresse à un public féminin plutôt âgé, rural, habitant des bourgs et petites villes. Fort tirage à prix modique, titre « peut-être inspiré de l'œuvre de Mme de Genlis, *Les Veillées du château* (1784)[165] », *Les Veillées des chaumières* veulent « apporter au peuple des idées vraies, des pensées justes, des sentiments honnêtes... Les plus mauvaises lectures sont présentées chaque jour au peuple par des milliers de feuilles. Des romans corrupteurs, pleins de théories fausses, de passions coupables, d'images dangereuses, vont troubler les esprits, émouvoir les sens, souiller les imaginations... » *Les Veillées* sont-elles entrées quai Notre-Dame et plus tard rue de la Justice ? Et avec elles, des auteurs d'une qualité littéraire nettement supérieure : René Bazin, Maurice Barrès ? (Deux des quatre B de l'Académie, tous également conservateurs, Bazin, Barrès, Bourget, Bordeaux.)

Je ne saurais l'affirmer.

« Troubler les esprits, émouvoir les sens, souiller les imaginations » ? *Le Petit Écho de la mode* s'en garde bien. Fondé par Charles Huon de Penanster, son premier numéro paraît le 8 août 1880.

Le Petit Écho de la mode, n° 19, 8 mai 1892.

S'instituant « journal de la famille », « il a pour ambition de guider les maîtresses de maison dans leurs tâches, de promouvoir la charité et d'assurer des missions d'éducation ». Son tirage passe en 1887 de 5 000 à 100 000 avec un roman-feuilleton. Des années plus tard, *Le Petit Écho* (toujours cité en abrégé) régnait toujours, et pas seulement dans les familles aisées où « la maîtresse de maison » doit accomplir ses tâches sans renoncer à ses « devoirs », dont la charité. En 1952 ou 1953, ma grand-mère, retraitée de l'enseignement, et qui lisait pourtant les frères Goncourt, découpait selon un pointillé du bas de page les feuillets du roman que publiait *Le Petit Écho*, avant de les coudre en volume.

Tout en concourant à enfermer les lectrices dans un univers où leur dépendance ne serait pas remise en question, le feuilleton de ces journaux et publications, conservateurs et moralisants, va pourtant donner une place aux femmes : des femmes écrivains, qu'il contribue à faire connaître, et même parfois à légitimer. Ce sont sans doute les seules femmes écrivains dont les lectrices de milieu populaire auront entendu parler. Contribution indirecte à l'émancipation féminine ? On peut en douter. Ces femmes ont sans doute pris en main leur propre destin, chose rare. Mais le moins qu'on puisse dire, c'est qu'elles ne sont pas des révolutionnaires, ni même des révoltées.

Ainsi, par exemple, de Florence O'Noll, qui commence sa carrière au début du XXe siècle dans *Les Veillées des chaumières* et la poursuit dans les éditions du *Petit Écho de la mode*, de la Bonne Presse devenues les éditions catholiques Bayard. Malgré son nom à consonance anglaise, Florence O'Noll (1877-1932) est une romancière bien française. Sa grand-mère lui lisait dans son enfance de belles histoires, sous l'influence d'une amie, institutrice et écrivaine (Céline Fallet, « auteure de romans, de pièces de théâtre, d'ouvrages moraux et didactiques, destinés à la jeunesse », dit la notice de la BNF). Florence ne rêve bientôt plus que « d'être grande, d'écrire des livres comme Céline Fallet », de vivre de sa plume. Pendant la guerre de 14-18, elle est active auprès de la Croix-Rouge américaine, reçoit la médaille de la Reconnaissance française, assiste également aux cours de la Sorbonne et du Collège de France. Mais les pires stéréotypes pullulent dans son œuvre.

Un exemple : son roman *Le Bas-Landrous*[166], paru en 1914 dans la collection des « romans populaires » édités par la Maison de la Bonne Presse à Paris. Laquelle promet « un roman complet chaque mois, donnant comme texte la valeur d'un volume à 3fr 50. Belle couverture en couleur ».

Florence O'Noll, *Le Bas-Landrous*,
« Collection des romans populaires », 1914.

Invite-le donc à dîner, « les gens civilisés sont trop rares dans ce trou perdu ! » s'exclame dans les premières pages la mère de famille à qui son fils fait part de la rencontre inattendue d'un ami. Le cadre : une propriété dans les Landes. Les personnages : une famille désargentée qui va se retrouver victime d'un Juif, « un vrai reptile ». La fille aînée, Manon, est une libre-penseuse, on l'appelle la camarade, elle a des portraits de Gorki et de Tolstoï sur sa cheminée. Elle fait l'école aux enfants. Avec une Russe qui loge des expulsés et son amie Vera, Manon voudrait fonder une coopérative au Bas-Landrous, où le « Juif Lévis » a installé une usine. Présence furtive d'un « bel inconnu ». Les trois filles fomentent une grève. Mais Lévis met le feu au château ; Manon promet alors de se convertir, la Vierge de Lourdes arrête l'incendie. Après une tentative d'assassinat, Manon convertie épouse le bel inconnu et ils partent pour Lourdes.

Tout bien considéré, je crois que je préfère *La Porteuse de pain*, ou *Les Deux Orphelines*, et leur plongée dans les intrigues du Paris de Louis XV.

Le cinéma, quelques décennies plus tard, sera à son tour, et dans des proportions bien plus grandes, le véhicule des fascinations populaires, et à ce titre longtemps méprisé de la classe dominante. À partir de quel moment Laurence et les siens en ont-ils profité ? Des tournées de passage font leur apparition à Angers à la fin du XIXe siècle et le premier cinéma permanent ouvre le 15 décembre 1907 dans les locaux du Cirque-Théâtre. Des entrepreneurs habiles vont le faire circuler dans les campagnes. Près de chez Laurence, à Saint-Georges-sur-Loire, un certain Joseph Pageot, au retour de l'Exposition universelle de 1900, promène son installation dans quatre roulottes sur roues ferrées, tirées par deux tracteurs. Pour six à quinze sous, on prend place sous une longue tente sur des gradins de bois. Un lot de films acheté une fois l'an à Paris permet de projeter un spectacle quotidien, renouvelé chaque jour durant une semaine.

S'est-il arrêté à Chalonnes ? Sûrement.

Cinéma itinérant Pageot (Saint-Georges-sur-Loire).

Mais tandis que, dans un très modeste foyer républicain, on ranime chaque matin le feu dans la cheminée sous une vue solennelle du Panthéon, dans l'ensemble de la province, la République marque le pas. Les élections législatives des 4 et 18 octobre 1885 donnent une majorité à la liste d'Union conservatrice (bonapartistes et légitimistes) qui est élue entière avec environ 60 % des voix. C'est l'un des meilleurs résultats de France.

Sont élus : Léonce de Terves (noblesse du Segréen), Marie-Ferdinand Raoul de La Bourdonnaye, Jules Merlet (allié à la famille des Las Cases), François-Eugène Berger (bonapartiste, soutien fervent du Second Empire), Alexandre Fairé (fils d'un vitrier, il est élevé aux frais d'une famille noble où sa mère avait servi, ce qui suggère une naissance illégitime), Théobald de Soland (magistrat, féru d'agronomie), Armand-Urbain de Maillé de La Tour-Landry (qui avait voté contre l'amendement Wallon en 1875), enfin, Ernest Chevalier (l'ami d'enfance de Flaubert, conseiller général et maire de Chalonnes-sur-Loire). Ernest Chevalier meurt deux ans plus tard dans sa demeure de la Deniserie. Propriété du conventionnel Jean-Baptiste Leclerc, grand-père de sa femme*, elle avait été incendiée pendant la guerre de Vendée,

* Louise Adèle Leclerc (1830-1880), née et morte à Chalonnes-sur-Loire, était la petite-fille de Jean-Baptiste Leclerc (1756-1826), député aux États généraux, à la Convention, au Conseil des Cinq-Cents, puis au Corps législatif.

puis reconstruite et agrandie par le couple. « Outre les deux dévoués domestiques qu'il avait près de lui, M. Chevalier était soigné, la nuit, par deux religieuses, notamment par la sœur Sainte-Marcelline, supérieure de l'hospice de Chalonnes, femme d'une intelligence très déliée et d'un dévouement unique. » C'est elle qui alla chercher « M. l'abbé Augustin Aubert, curé de la paroisse Saint-Maurille, de Chalonnes ». Ainsi disparaît le vieil ami à qui Flaubert écrivait des lettres gaillardes vers 1841. Lui succède d'abord, et pour quelques mois, Léon Cousin, puis vient Lucien Frémy, qui sera maire de cette commune jusqu'en 1921. La distillerie Frémy, créée en 1816, commercialise de nombreuses liqueurs de fruits. Lucien Frémy est le type même du grand industriel local. Maire, conseiller général, il publiera une brochure sur la navigabilité de la Loire[167].

Conclusion : en 1885, la droite antirépublicaine n'a pas dit son dernier mot en Anjou. Il y a certes, depuis la monarchie de Juillet, une forte présence des républicains (et républicaines !) dans la province, et nous avons régulièrement dessiné leurs figures, et fait entendre leurs voix : celles d'Augustine et René Girault-Lesourd, celle de Grégoire Bordillon. Les républicains avaient progressé entre 1871 et 1881. Une offensive est alors menée en direction des hésitants par l'Église, qui organise leurs loisirs, prend des initiatives économiques et sociales pour exercer « un véritable patronage sur les populations ». Telle est dans tous les cantons l'œuvre de « comités catholiques » organisés sous l'autorité de l'évêque, rappelle Jean-Luc Marais. À quoi s'ajoute « le poids économique des chefs conservateurs », dans le textile, ou aux ardoisières de Trélazé. Certains sont tentés par le ralliement. Mais l'intransigeance de Mgr Freppel retarde « l'évolution vers un simple conservatisme ». Un « monarchisme d'arrière-garde repousse de quelques années en Maine-et-Loire la mutation du parti monarchiste en parti catholique », note encore Jean-Luc Marais. Qui conclut : « C'est essentiellement la question du cléricalisme qui détermine refus, progrès, recul. »[168] D'où la belle anticipation de Victor Hugo en 1850, lors des débats sur la « liberté de l'enseignement » : « L'Église chez elle, l'État chez lui » ! Le soin de parer au péril clérical, c'est à de nouvelles lois sur l'enseignement que la République va le confier en 1886, notamment la loi Goblet. Il ne s'agit pas encore de la séparation des Églises et de l'État, mais de confier à un personnel exclusivement laïque l'enseignement dans les écoles publiques. L'intervention de l'État s'accentue aussi dans l'organisation de l'enseignement élémentaire et les instituteurs sont fonctionnarisés.

Quelques années plus tard, en 1888, l'ordre traditionnel qui règne dans le monde rural, dans les bourgs, les petites villes, a encore de beaux jours devant lui. À un an du premier centenaire de la Révolution française. J'imagine dans quels sentiments on s'y prépare au cœur de cette province d'Anjou si lente à se républicaniser.

Je me doute aussi qu'on n'a pas fait un grand écho à la création par Louise Michel en 1888 de *L'Union internationale des femmes*. En ouverture du premier numéro : « Nous prenons part au combat pour la vie entre les privilégiés et les déshérités ; nous sommes pour les déshérités. Guerre à tous les mensonges : religion ou pouvoir. » Et même lorsque l'année suivante est créé le syndicat des blanchisseuses, ce qui pourtant les concerne au premier chef, il n'est pas sûr que Laurence et ses consœurs des lavoirs en aient eu connaissance. Pourtant, les laveuses travaillent alors six jours sur sept, sans congés payés, ni congés maladie, ni retraite. Un billet du blog de Mediapart *Nos ancêtres les Gauloises*, en date du 27 octobre 2019, en retrace la création. Je le cite : « Cinq ans après la loi créant les syndicats, une assemblée de cinq cents blanchisseuses parisiennes crée "la chambre syndicale des blanchisseuses". En juin 1890, un conflit social dur et bref oppose les travailleuses aux maîtres des lavoirs, qui reculent immédiatement. À cette occasion, un "comité de résistance" d'une trentaine de femmes se forme, qui demande la création de lavoirs municipaux, seuls à même selon elles de contrer les augmentations du prix des places de lavoir. Les maîtres de lavoir vont réagir, en tentant de reprendre en main leurs blanchisseuses. Cette réaction va passer, entre autres, par la prise de contrôle de la fête des femmes, par sa captation et son détournement. En 1891, un “comité” est créé par les maîtres de lavoir pour organiser la fête, avec la complicité des commerçants et diverses autorités locales. Le défilé des chars sera coordonné, son parcours sera prévu, et une “reine des reines” sera élue. La fête change de forme et d’esprit, et se transforme d’autant plus que les marchés de Paris (qui élisent eux aussi des reines) y participent. En 1893, les étudiants s’insèrent dans la Mi-Carême et ne la quitteront plus. Cette année-là, le syndicat des blanchisseuses tente de résister à la prise de contrôle de la fête par les hommes en organisant un autre défilé, parallèle au premier. Mais rien n’y fait… En 1895, la reine des reines des blanchisseuses défile sur un char publicitaire, financé par “l’Eau de Javel”… » (Un grand merci donc à l’auteur ou autrice du blog, qui signe Sylkfeaar.)

Quel écho à Chalonnes-sur-Loire, sur le quai Notre-Dame, sur le quai Saint-Maurille ? Mon récit est troué de lacunes. Le destin de Laurence F., laveuse : une vie promise à l’obscurité et après sa mort à l’oubli.

1889, premier centenaire de la Révolution. Paris veut le célébrer par l'installation d'un monument place de la République, le projet de Jules Dalou arrive second. Il sera choisi pour la place de la Nation, mais Dalou mettra trente ans à l'achever, et il ne peut obtenir en 1889 la grande fête populaire et démocratique qu'il souhaitait pour l'inauguration.

Le Triomphe de la République,
place de la Nation, Paris (photo D. S.).

C'est une œuvre magnifique, pleine d'énergie. Il y aurait plus d'une raison de développer ici un portrait de Jules Dalou : ses origines, son opiniâtreté, son talent. Protestant, laïque, républicain, sous la Commune il est nommé par Gustave Courbet administrateur provisoire adjoint au musée du Louvre. Exilé à Londres après l'écrasement de la Commune, condamné à mort par contumace en 1874, il est amnistié et rentre à Paris. Il édifie une œuvre considérable, dans des conditions difficiles, et meurt en 1902, sans avoir eu le temps de mener à bien le grand projet de sa vie, un *Monument aux travailleurs*.

En Maine-et-Loire, en tout cas, pas de statues de la République, Jean-Clément Martin est catégorique : « De tous les départements français de l'Ouest, celui du Maine-et-Loire est sans conteste celui dans lequel les affrontements liés au premier centenaire de la Révolution française sont les plus nombreux, les plus violents et les plus liés à la personnalité de l'évêque, en l'occurrence Mgr Freppel[169]. » L'évêque d'Angers publie à Paris « chez Roger et Chernovitz, libraires 7 rue des Grands Augustins », *La Révolution française. À propos du centenaire de 1789*. Cet anniversaire est en effet l'occasion pour lui de mener une réflexion de fond : qu'est-ce que la Révolution française ? Qu'a-t-elle apporté au monde ? La réponse est sans appel : « C'est l'un des événements les plus funestes qui aient marqué dans l'histoire du genre humain. » À la France ? « La Révolution, c'est la société déchristianisée. La Révolution, c'est la nation chrétienne débaptisée. » Déjà, en 1880, le *Journal de Maine-et-Loire* du 13 juillet s'élevait contre les « souvenirs exécrables » de la Commune confondus avec la fête du 14 Juillet. Mais « l'action de Mgr Freppel n'est pas parfaitement réussie, même dans son diocèse. Il n'y a guère que dans le Segréen qu'une alliance parfaite existe entre maires et curés qui s'arrangent pour ne donner aucune solennité à la fête nationale ». Le Segréen : dominé par la figure du comte de Falloux, mort en 1886.

Angers, toutefois, élève un monument à Beaurepaire, lieutenant-colonel du second bataillon de Maine-et-Loire, commandant de la place de Verdun lorsque celle-ci fut assiégée par l'armée austro-prussienne à la fin août 1792, et qui se tua plutôt que de rendre la place. C'est une œuvre de Louis-Maximilien Bourgeois, décidée depuis 1836, mais « l'histoire de ce monument est un vrai feuilleton, qui en dit long à la fois sur l'opiniâtreté des mémoires républicaines, et sur la résistance qu'elles rencontrent » (Jean-Clément Martin). Le 3 décembre 1836, le conseil municipal avait accepté la proposition de David d'Angers d'ériger gratuitement des statues à six hommes célèbres de l'Anjou. Le projet échoue. En 1848, sous l'impulsion de Grégoire Bordillon, la première pierre du piédestal est posée le 19 mars en grande pompe. Mais il reste vide. Ce fut « une fête grandiose », dit Élie Sorin, biographe de Grégoire Bordillon, dont le père, artisan poêlier, avait été un des volontaires du bataillon de Beaurepaire et qui lui-même était né en 1803 dans une maison, démolie seulement en 1837, qui se trouvait sur le Grand Pont.

Nouvel épisode en 1881 : le 6 janvier, Guignard, conseiller municipal, émet le vœu d'ériger un monument à Beaurepaire. Les années passent. En 1887, la proposition est acceptée et la cérémonie d'inauguration inscrite au programme des festivités du centenaire de la Révolution. Mais patience, il faut encore attendre un an, le 11 mai 1888, pour que soit pris le décret autorisant l'érection du monument. Et cependant, aucun concours n'est ouvert ! La ville devra faire procéder à la reproduction d'une statue déjà dressée à Coulommiers, pour laquelle un crédit de 10 000 francs est voté.

Enfin, le 14 juillet 1889, c'est l'inauguration.

Sous le régime de Vichy, en 1942, la statue est fondue. Une copie en résine est replacée en 1987.

Le seul monument à la République, en Anjou, est la colonne de Mûrs, déjà évoquée, à la mémoire des républicains tombés au début de la guerre de Vendée[170]. Le 20 juillet 1793, les soldats républicains du 8e bataillon de volontaires établissent leur camp sur une butte élevée d'un affluent de la Loire, le Louet. Le 25, une partie de l'armée vendéenne de Bonchamps occupe les hauteurs de Denée, de Mozé, de Soulaines ; le 26, elle attaque les républicains, plusieurs centaines périssent, dont beaucoup en se jetant du haut de la falaise. Ce chiffre est controversé jusqu'à aujourd'hui, les Vendéens le jugeant très exagéré. On y célèbre chaque année le 22 septembre la proclamation de la Ire République. C'est une fête extrêmement émouvante, parce qu'elle est suivie par un très petit groupe de républicains d'une autre époque.

Mais en 1889, en pays chouan, c'est une croix qu'on érige à l'angle dit « du carrefour des Chats », sur le vieux chemin menant du bourg de La Salle-de-Vihiers aux Braudières, en passant par la ferme de la Touche. La famille Leroy a voulu rendre hommage « à la mémoire de ses parents fusillés et enterrés dans ce champ avec 50 autres victimes le 24 janvier 1794. Leurs enfants seront écrasés sous leurs yeux (Isaïe 13.16) », comme l'indique l'inscription sur la plaque scellée dans la pierre. « Plusieurs membres de la famille Péneau furent massacrés dans un champ voisin, près de Beauchêne. Il s'agissait d'Étiennette Davy (ou David), 42 ans, épouse de Louis Péneau, tisserand à La Salle-de-Vihiers, et ses trois enfants : Louise, 13 ans ; Étiennette, 9 ans, et Louis, 6 ans[171]. » Tout près de ce monument eut lieu l'affaire de la petite Jeanne et de sa mère surprises par les colonnes infernales. Nous avons rencontré la petite Jeanne en évoquant les vitraux de l'église Saint-Martin à La Salle-de-Vihiers.

Dans cette région marquée par un écart maximal entre deux visions de la Révolution, donc de la république, je vois combien il est difficile de définir la position que pouvaient occuper ces républicains du petit peuple, dont faisait partie Laurence. Une position à la fois très complexe et très simple. Très complexe, au vu des antagonismes qui s'exacerbent au moment d'anniversaires marquants, le 14 Juillet, le centenaire de la Révolution. Très simple aussi : puisqu'il s'agit d'une chose simple, la certitude timide (si l'alliance de ces mots a un sens) que leur temps est venu. Et je m'arrête sur un thème du discours de Jules Ferry pour le centenaire de la Révolution française[172] : « Il n'est pas d'événements qui ait fait germer plus d'espérances. » Tout est dit, et donc aussi un avenir menaçant. Car ont-ils vraiment levé, ces germes ? Ces espérances, n'ont-elles pas été trahies ?

Et je dois encore une fois me rapprocher de ces zones qui leur sont familières, à ces « gens d'en bas », découvrir les réalités ignorées, voire méprisées, qui sont la trame de leur vie, selon la logique d'un monde coupé en deux. Ce qui va bouleverser la vie de ces gens modestes, républicains ou non, des vignobles de la Loire, c'est un coup du destin : les ravages causés par le phylloxéra, un parasite arrivé cette année-là dans une commune voisine de Chalonnes. En 1889, toutes les vignes du Layon sont atteintes. Les ceps sont massivement arrachés, le prix de la terre s'effondre. Et, la même année, c'est la crise du chanvre, notamment dans la vallée de l'Authion, et le repli de sa culture sur la région de Chalonnes[173]. Cependant la construction d'un pont aux Lombardières va considérablement soulager les trajets des riverains. Comme un peu plus tard, le Petit Anjou, ce chemin de fer local à voie métrique, qui à partir de 1893 va de Nantes à Cholet, avec embranchement de Beaupréau à Chalonnes-sur-Loire. Il en a été ouvert du même type dans différentes régions de France. Jules Renard, *L'Écornifleur* : « Il n'est pas méchant ! dit l'employé. Il s'arrête partout, sur un signe ! »

Ces petits événements paraissent grands parce qu'on les voit de près, pense-t-on, « le peuple » n'accède pas aux grandes visions politiques, à la « grande histoire », « le peuple » ne voit pas plus loin que ses intérêts matériels immédiats. Il y a là bien de la condescendance : pour voir « plus loin » que des intérêts immédiats, il faudrait d'abord que ceux-ci soient satisfaits. Or si l'on veut changer de point de vue, il faut le faire complètement. Ce sont *de grands événements*, puisqu'ils bousculent des vies, et qu'il n'y a pas de « vies minuscules », mais des vies tout court, des vies qui se valent toutes. Qu'elles soient empêchées de s'accomplir pleinement, c'est une autre chose. Une question sociale et politique.

Au niveau national, cependant, les catholiques se rallient à la République en 1890, après le « toast d'Alger ».

Rappelons ce qui s'est passé : le 18 novembre 1890, le cardinal Charles Lavigerie, archevêque d'Alger, sur ordre du pape Léon XIII, prend le prétexte d'une visite de l'escadre française de la Méditerranée dans sa ville pour lever son verre devant les officiers. Léon XIII : « Quand la volonté d'un peuple s'est légalement affirmée, quand la forme d'un gouvernement n'a rien de contraire aux principes qui seuls peuvent faire vivre les nations chrétiennes et civilisées ; quand, pour tenter d'arracher son pays aux abîmes qui le menacent, il faut l'adhésion à cette forme de gouvernement [...]. »

À Angers, on freine. « On », c'est Mgr Freppel. Au « toast » d'Alger, il répond par deux articles dans son journal, *L'Anjou*. « L'illusion de Mgr Lavigerie, écrit-il, est de croire que la République en France est une simple forme de gouvernement, et non pas une doctrine foncièrement et radicalement contraire à la doctrine chrétienne dont l'idée mère est la laïcisation ou la sécularisation de toutes les institutions sous la forme de l'athéisme social. Elle ne changera pas de nature, parce que, si elle devenait autre chose, elle cesserait d'être la République française, c'est-à-dire la forme la plus radicale et la plus antichrétienne de la Révolution. »

Mgr Freppel, encore : « Entre une République athée qui n'entend renoncer à aucune de ses erreurs et une Monarchie chrétienne qui représenterait toutes garanties à la Religion et à la Patrie, notre choix est fait depuis longtemps. Aucune invitation, d'où qu'elle vienne, ne nous fera changer d'avis. » Le cardinal Lavigerie dénonce Mgr Freppel comme un factieux et comme l'ennemi de la papauté. Mais Freppel ne renonce pas. L'évêque d'Angers devient le représentant de la France catholique : il se rend à Rome, chargé par quarante-quatre députés catholiques de présenter leur refus de tout ralliement. Léon XIII tient bon. On dit qu'il aurait fini par éconduire Mgr Freppel avec ces mots : « Eh bien, j'attendrai ! », sachant l'évêque gravement malade.

Pour André Siegfried, cette résistance de l'Anjou s'explique par « le mystère des personnalités ethniques ».

On doit prendre le temps de faire une parenthèse ; car on n'est pas aujourd'hui à l'abri d'une résurgence de ces thèses. La pensée d'André Siegfried est en effet « l'héritière de la pensée raciale fin de siècle », comme l'écrit Carole Reynaud-Paligot dans un numéro de *Sociétés & Représentations*[174]. Et elle poursuit : « Cette pensée raciale, qui a largement imprégné la culture française des dernières décennies du XIXe siècle, a construit une représentation de la différence en termes raciaux et produit une vision inégalitaire du genre humain. » Mieux, et plus éclairant encore : « La psychologie des peuples selon Siegfried [...] nous révèle une certaine vision du monde, qui assigne à chaque peuple certaines aptitudes, ainsi qu'une profonde angoisse à l'égard du déclin de la race blanche menacée par le réveil des races de couleur. » Du reste, dans son cours au Collège de France en 1943-1944, puis dans un livre à la fin de sa vie, André Siegfried expose justement sa méthode face au « foyer de saleté, de corruption, de contamination, de contagion » que représente l'Asie et notamment « l'empire indien, rempli de déchets humains, comme dans une cour des miracles ». « L'Occident doit assurer sa défense avec obstination, comme l'ont fait les Romains avec le *limes* face à la poussée barbare. » Thème qui connaît aujourd'hui un réveil inquiétant.

Mais revenons à 1889. Pour Jean-Luc Marais, la vraie raison de l'opposition à la république, c'est en Anjou l'action de l'Église en faveur des châteaux[175]. De ceux qui, pour reprendre l'expression cinglante de Bernanos dans *Scandale de la vérité* (1939), « pensent que le Christ est mort uniquement pour la sécurité des propriétaires ». Être républicain n'est pas particulièrement bien vu de l'Église et des châteaux. Il vaut mieux se montrer le dimanche à Notre-Dame et faire ses Pâques si on veut garder ses « pratiques ». D'où la question que je me suis déjà posée : Laurence allait-elle à la messe ? Probablement. Ce n'était par exemple pas le cas d'une autre de mes arrière-grands-mères, qui vivait pourtant dans le Segréen, région au moins aussi cléricale que les Mauges. Quant à leurs convictions religieuses, je n'en ai pas d'idée. Peut-être une foi à la Victor Hugo : je crois en Dieu, mais je n'aime pas les prêtres (les curés). Et une foi dans le progrès.

Les choses sont différentes, plus au nord, dans la banlieue d'Angers, où les mineurs des ardoisières de Trélazé ont gardé le souvenir de « La Marianne » de 1855. On y relève une nette progression de l'indifférence religieuse. Ce qui va compliquer les rapports avec une immigration rendue nécessaire par le développement de l'exploitation des mines. Depuis 1850, des Bretons sont arrivés en masse, attirés par les promesses de salaires, l'Anjou est pour eux un eldorado. Ils seront vite déçus. Traités comme une main-d'œuvre de deuxième zone, n'accédant jamais aux emplois qualifiés, logés dans des conditions déplorables, ils viennent accompagnés de leurs prêtres, qui leur servent d'interprètes et veillent à les garder dans le giron de l'Église. Les ouvriers angevins n'aiment pas les Bretons ; ils les nomment « pigrolliers », ce qui veut dire « voleurs de travail », et ils les considèrent comme des calotins, toujours flanqués d'un curé, qui organise aussi leurs modestes loisirs et les patronages des enfants.

Même si parfois ces modestes curés ont de vigoureuses convictions sociales : tel l'abbé Jollec, à Trélazé[176]... On observera, du reste, une assez rapide désaffection de ces immigrés bretons à l'égard des pratiques religieuses traditionnelles[177]. Les vignerons de la vallée, les métayers des régions bocagères ne s'intéressent guère aux perreyeux de Trélazé ; Angevins de souche ou Bretons bretonnants, c'est d'abord une population étroitement circonscrite dans le cadre du bassin d'ardoise, et livrée à un travail spécifique.

Trélazé fait donc entendre une autre voix que celle des républicains ruraux : le souvenir de « La Marianne », et l'espoir de voir arriver « la sociale ». Elle s'incarne dans le parcours singulier d'un ouvrier, Ludovic Ménard. Né à Saumur l'année de « La Marianne », sorti de l'école à 11 ans pour être placé aux ardoisières, en proie à une soif d'instruction inassouvie, il va devoir choisir sa voie : politique ou syndicale ? Elle sera politique dans un premier temps : en 1884, il a rencontré à Angers Jean Allemane (que nous avons croisé à Fontevraud après sa déportation pour participation à la Commune). Avec André Bahonneau, ouvrier fendeur comme lui, Ludovic Ménard fonde la section angevine de la Fédération des travailleurs socialistes, mais aux élections législatives d'octobre 1885, il ne recueille que 1 127 voix. Les conservateurs, tous élus, en obtiennent 70 000 environ chacun. En 1887, seul candidat « républicain » pour un siège au conseil général dans le canton d'Angers, il est de nouveau battu. La venue en 1889 de l'anarchiste Tortelier à Trélazé va changer sa vie ; Ménard devient anarchiste. Abstentionniste et antimilitariste, il quitte le socialisme politique pour l'action syndicale. 1891 est la date de la première grande grève de Trélazé[178]. En 1903, Louise Michel viendra donner une conférence à Trélazé à l'invitation du groupe anarchiste d'Angers-Trélazé[179], dont la devise était : « Prenons donc notre place sans la mendier. » Mais il faudra encore près de vingt ans pour que Ludovic Ménard obtienne ce qui sera le couronnement de sa vie : la loi du 30 avril 1920 assimilant les ardoisiers aux mineurs.

Il faut rendre justice au mouvement anarchiste et l'arracher à l'image très négative qu'il traîne avec lui. C'est une vraie alternative à une « république d'ordre » peu soucieuse de laisser s'exprimer les revendications de justice sociale. Dans la fin du XIXe siècle, et autour de 1900, les libertaires sont très actifs à Angers, notamment dans la création de l'Université populaire, où un certain Henri Mercier joue un rôle déterminant. Le site « Révolutionnaires angevins » nous donne sur lui quelques précieux renseignements. Né en 1860 à Chaudefonds-sur-Layon, près de Chalonnes, il arrive vers 1888 à Angers, où il est aussitôt mis sous surveillance. Et les rapports de 1892 sont très négatifs : « anarchiste influent », travail irrégulier, « propagandiste exalté », fréquentant assidûment les cafés, déménageant tout le temps. C'est une succession d'arrestations, de procès, d'acquittements. Il aurait eu avec Ménard l'idée de créer une Maison du peuple comprenant une université populaire et un théâtre populaire[180]. L'aventure sera reprise entre 1926 et 1930 sous la formule : « Instruire pour éclairer les consciences. / Éclairer les consciences pour qu'elles soient libres. »

Naturellement, les « anarchistes » font peur. Une peur attisée par les pouvoirs locaux, qui culminera une dizaine d'années plus tard, à Angers, avec le phénomène des « Apaches ». La presse angevine reviendra régulièrement entre 1903 et 1905 sur les méfaits de jeunes voyous qui commettent des violences gratuites, entretenant ainsi un climat d'insécurité. Dans son livre publié en 1910, *Faut-il fouetter les Apaches ? La criminalité dans les grandes villes*, le docteur Lejeune considère que « l'Apache est forcément un dégénéré, un produit régressif de l'activité humaine, un homme directement opposé à l'instinct de sociabilité perfectible qui constitue la base de [la] civilisation moderne[181] ».

Il est donc clair, au bout du compte, que les « ruraux » en quête de justice auraient accueilli avec méfiance, s'ils en avaient eu connaissance, l'action de Ludovic Ménard ou de Louise

Michel. Ils se seraient sentis sans doute plus proches de l'écrivain paysan Émile Guillaumin, l'auteur de *La Vie d'un simple*, hostile aux thèses syndicalistes révolutionnaires, qui fonda le premier syndicat paysan pour défendre les métayers contre les grands propriétaires. « La seule action ayant chance d'aboutir [...] est une action éducatrice, consistant à faire des achats en commun, à développer l'esprit de solidarité dans toutes ses formes au point de vue économique, à dénoncer inlassablement les injustices, à amener les esprits à l'idée de réformes urgentes » (*Le Travailleur rural*, novembre 1908). Le maréchal Pétain se montrera sensible aux thèses de son grand livre, mais en vain ; maire d'Ygrande, Émile Guillaumin démissionne en 1941 pour ne pas collaborer au régime de Vichy.

Mais, au tournant des années 1890, les temps changent et il n'est pas sûr que la république « modérée » pourra toujours tenir « la sociale » à distance. Le 8 mai 1891, Clemenceau prononce un discours à la tribune de la Chambre, où il rend hommage aux victimes de la catastrophe de Fourmies. Le 1er mai, la troupe a tiré sur une manifestation pacifique qui revendiquait la journée de huit heures. Bilan : neuf morts, dont deux enfants, et trente-cinq blessés. Clemenceau : « C'est le quatrième État qui se lève et qui arrive à la conquête du pouvoir. » Et surtout, « le fait capital de la politique actuelle, c'est l'inévitable révolution qui se prépare. C'est l'organisation de ce quatrième État, dont je parlais tout à l'heure. Il faut en prendre votre parti ; ce quatrième État, vous devez ou bien le recevoir par la violence, ou bien l'accueillir à bras ouverts ». Malgré les antagonismes qui se joueront entre eux, il n'aurait pas été désavoué ici par Jaurès, qui disait : « La république est incomplète, elle est inachevée, tant que la démocratie sociale ne vient pas compléter — mieux : accomplir — la démocratie politique. » Et Clemenceau le rejoignait quand il opposait à Jules Ferry avant la chute de celui-ci que « l'État doit intervenir directement pour résoudre le problème de la misère, sous peine de voir la guerre sociale éclater au premier jour ».

A-t-on eu connaissance de ce discours, dans les maisons des bords de Loire ? En a-t-on débattu dans les familles ? Sur les bateaux-lavoirs ? J'en doute. Mais chez les bourgeois d'Angers, médecins, magistrats, certainement. Clemenceau est un voisin, né en Vendée, mais du mauvais côté : dans une famille de « bleus ». Depuis 1870, il incarne un républicanisme farouche mais, au moment de la Commune, il tente une conciliation des deux camps. En 1876, député radical, il défendra avec Victor Hugo le principe d'une amnistie des communards. Vers 1880, il se fait largement connaître pour son anticléricalisme, son appel à la séparation des Églises et de l'État et son opposition à la colonisation. En 1885, il prononce un discours célèbre lors d'un débat à la Chambre sur les crédits nécessaires aux expéditions lointaines au Tonkin et à Madagascar, qui fait tomber le gouvernement de Jules Ferry. Plutôt que de civiliser les races prétendument inférieures, dit-il, on ferait mieux d'assurer les droits sociaux. Voilà qui doit plaire aux dirigeants des ardoisières de Trélazé.

Et sa position dans l'affaire Dreyfus n'arrangera rien.

L'affaire Dreyfus signe, en 1894, un basculement des temps, l'entrée dans une France frappée de secousses qui culmineront avec la Première Guerre mondiale. À la suite de la découverte d'un « bordereau » adressé à un attaché militaire allemand, le capitaine Alfred Dreyfus est accusé de l'avoir rédigé et, le 22 décembre, il est condamné à l'unanimité des juges à la dégradation et à la déportation à perpétuité en Guyane pour haute trahison. Dans *La France de l'affaire Dreyfus*, Pierre Paraf dresse un tableau de l'état du pays en 1894. Elle s'est rétablie depuis la « débâcle », la République est solide, l'école triomphe. « Vingt-trois ans la séparaient de la défaite. Son peuple s'était mis, comme l'écrivait Émile Zola aux dernières lignes de *La Débâcle*, à la grande et rude besogne d'une France à reconstruire. Le drame de la Commune semblait déjà loin ; la République était solidement installée. L'école gratuite, laïque et obligatoire avait réalisé une belle partie des promesses des républicains [...] L'antimilitarisme lui est presque toujours étranger[182]. » Mais l'antisémitisme renaît. Il avait reculé ; la bourgeoisie juive, républicaine, se situe très à gauche de la bourgeoisie catholique. L'antisémitisme prend pour prétexte la déconfiture d'une grande banque, l'Union générale, puis le scandale de Panama, auquel deux ou trois hommes d'affaires juifs sont mêlés. *La Libre Parole*, fondé en 1892 par le journaliste Édouard Drumont, auteur de *La France juive*, s'en fait l'écho. C'est sur ce fond que l'affaire Dreyfus est rendue possible.

Et Octave Mirbeau, ardent défenseur de Dreyfus, s'indigne de l'indifférence et de l'apathie de la province. « On ne se doute pas, écrit-il, combien peu la Vérité a pénétré en province... La province — réserve inépuisable de forces nationales — vit, ou plutôt sommeille sous la domination spirituelle des Croix et du *Petit Journal*. Ce qu'elle sait de l'affaire Dreyfus, et, en général, de toutes choses, elle ne le sait que par les odieux et quotidiens manuels du mensonge clérical et de l'imposture militariste. » Qui plus est, la province, « ce trésor des antiques vertus françaises », même « convaincue de l'abjection de Dreyfus et de son crime, la province ne se passionne pas. Impossible de la faire sortir de son calme pesant et de sa torpeur... »[183]. La presse ne prendra pas parti pour Dreyfus avant que *L'Aurore*, le journal de Clemenceau, publie en 1898, sous le titre que celui-ci avait choisi, le « J'accuse ! » d'Émile Zola.

Ne parlons pas de l'Anjou. L'excellent site *saumur-jadis.pagesperso* résume ainsi les choses : « Sur le plan national, l'affaire Dreyfus favorise le succès du Bloc des gauches. À Saumur, au contraire, elle permet l'association des diverses droites, qui tiennent alors le haut du pavé, bien que minoritaires dans la ville, et en dépit de leurs erreurs. » Et Saumur est la pointe avancée du républicanisme dans le département. C'est pourquoi je saisis l'occasion de faire renaître et de saluer la figure oubliée d'un dreyfusard angevin, le pasteur Audra. Né dans une famille huguenote de la Drôme, il est appelé en 1874 à Angers par le conseil presbytéral de l'Église réformée d'Angers. Il se consacre à des œuvres sociales et d'éducation. Au moment de l'Affaire, il se tient en retrait malgré ses convictions pour ne pas exposer la communauté protestante, et c'est sa femme, Marie Audra, qui en mars 1898, avec seize autres Angevines, rejoint l'appel des femmes de France lancé en faveur de Lucie Dreyfus (*Journal de Maine-et-Loire*, 12 mars 1898). Plus tard, le pasteur Audra créera la section angevine de la Ligue des droits de l'homme[184].

Mais, vu « d'en bas », qu'est-ce qui est le plus important ? Peut-être ceci : que la poire « Doyenné du comice » est reconnue meilleure poire au monde en 1894 par le *Journal horticole de Londres*. L'horticulture est une des fiertés de l'Anjou. Elle avait été obtenue dans le jardin fruitier du Comice horticole d'Angers — jardin de l'abbaye Saint-Aubin devenu jardin fruitier —, par Hilaire Dhommé et Pierre-Aimé Millet de La Turtaudière. Un pépiniériste angevin, André Leroy, la commercialisera rapidement aux États-Unis puis en Angleterre et en Allemagne. (Une plaque le commémore à l'entrée du jardin, sur le boulevard du Roi-René.)

L'entrée dans le monde moderne se fait plus lentement dans les provinces profondes, notamment dans les Mauges, et pourtant dans le dernier quart du XIXe siècle elles « inclinent à se dépayser », comme l'écrit Henry Cormeau.

Après la dépression de 1873, c'est un lent retour au développement. Henry Cormeau : « Le pays des Mauges donnait l'idée d'une colonie du Moyen Âge égarée dans le dix-neuvième siècle. Mais, dès l'aube du vingtième, lorsque le déraillard* eut allumé sur Beaupréau son étoile à trois branches, l'éblouissement de la nouveauté obnubila la routinière manière de voir, les néologismes du renîment humilièrent la terre natale ; les Mauges, lentement, inclinèrent à se dépayser ». Routes, chemin de fer, école (instruction). C'est une alliance dont nous avons oublié les bénéfices, parce que le développement technique a montré ses limites et ses dangers, parce que la foi en l'instruction s'est affaiblie avec la panne de « l'ascenseur social ».

Ces grandes transformations du monde rural contribuent sans doute à une amélioration sensible des conditions matérielles, mais elles entraînent aussi un exode rural, qui sera en 1898 le thème d'un livre magnifique de René Bazin, *La Terre qui meurt*, une « Énéide vendéenne » selon Maurice Genevoix. Le métayer

* Surnom du Petit Anjou, train d'intérêt local.

Toussaint constate avec détresse qu'aucun de ses enfants ne voudra lui succéder ; pas même la jeune Roussille, puisqu'elle a « donné son amitié » à un valet qui n'est pas d'ici. Et le fils devra partir chercher fortune par-delà les océans. C'est un diagnostic que partage la IIIe République dans ces mêmes années. « Pour cela, elle utilise l'école en donnant pour consignes aux instituteurs de défendre le travail de la terre et même de donner des notions d'agriculture moderne. Les inspecteurs du primaire sont chargés de vérifier l'application des directives. » D'où ces dictées à la gloire de la ruralité données dans des écoles primaires, comme celle-ci aux Ponts-de-Cé, au sud d'Angers, le 28 octobre 1899, « qui illustre parfaitement la pensée qui accompagne l'exode rural soulignant d'un côté l'effet repoussoir des campagnes en crise avec un travail de la terre pénible et peu rémunérateur et, de l'autre, l'attrait des villes fournissant des emplois d'ouvriers dans les usines et l'idée d'une vie plus confortable. Pour décourager cet exode, le texte dénonce le leurre, le "mirage" de la ville et son air malsain » (Jacques-Guy Petit[185]).

Il faut cependant bien voir, ajoute l'historien, que de nouvelles figures apparaissent dans l'agriculture de ces années-là : « l'essor des cultures maraîchères, horticoles et fruitières », commencé vers 1848, « profitant du climat, d'un sol riche en alluvions et de nouveaux besoins de consommation, avec des exportations facilitées par l'arrivée du chemin de fer ». Ce qui fait apparaître aussi de nouvelles figures d'entrepreneurs, très au fait des possibilités qu'offre la modernité. Comme le pépiniériste André Leroy. Et la poire Doyenné du comice ! Les conservateurs ne sont pas en reste ; depuis le comte de Falloux, dans les années 1850, les propriétaires terriens se passionnent pour une agriculture moderne. D'où aussi la création en 1898 de l'École supérieure d'agriculture et de viticulture d'Angers par « le père Ernest Vétillart sj* », pour répondre au « besoin de formation agronomique de bon niveau

* Appelés à Angers par Mgr Montault-Désiles sous les clameurs de la presse contre leur invasion, les Jésuites, expulsés par le préfet Assiot en 1880, malgré l'opposition de Mgr Freppel, reviennent à partir de la détente de 1885.

des fils de propriétaires ». L'idée était qu'une école catholique d'agronomie soit rattachée à l'Université catholique avec l'appui des syndicats professionnels. Elle ouvre, en 1899, avec six élèves.

Changement d'échelle, donc, avec l'arrivée de techniques d'avant-garde dans les procédés de culture ou de fabrication. Et de commerce, avec l'invention de la « réclame », la publicité. L'un des premiers à en deviner les pouvoirs et l'avenir, c'est Édouard Cointreau, dont la distillerie a bien changé depuis le temps où son fondateur Adolphe Cointreau proposait une liqueur nouvelle, le « guignolet », à base de cerises anciennes, les « guignes », sur une recette des religieuses de l'abbaye des Bénédictines de la Fidélité de Notre-Dame-du-Bon-Conseil.

À son retour de la guerre de 1870, Édouard Cointreau a l'idée d'utiliser l'orange, un fruit rare et recherché à l'époque. Il met au point une liqueur moins sucrée et plus transparente. Ce sont les cocktails qui firent la renommée, et les ventes, du Cointreau : je doute que mon arrière-grand-mère en ait jamais bu aucun, mais je suis sûre que dans les années de l'après-guerre (celle de 14-18), la petite bouteille carrée fit son apparition sur la table aux déjeuners du dimanche. En 1889, Édouard Cointreau remarque une photographie de Nadar : celle du mime Raoul de Najac en Pierrot. Il demande au dessinateur Tamagno une silhouette de Pierrot pour sa marque et, ayant découvert en 1895 les films des frères Lumière, il crée en 1898 son propre studio d'enregistrement. Les Lumière tournent quelques plans où l'on voit le Pierrot Cointreau, tourmenté par un mal de ventre, tenter de se soigner avec du vin, puis du champagne et trouver le soulagement avec du Cointreau[186]. Notons tout de même qu'un des tout premiers films publicitaires est, en 1897, une promotion des savons Sunlight, tournée en 1898 par les frères Lumière. Un plan, avec des laveuses penchées sur leurs baquets. Une deuxième version s'intitule « Laveuses ».

Et Angers sort progressivement de sa léthargie au XIXe siècle. Dans la jeunesse de Laurence, le chanvre mis à rouir dans la

Loire, qui servait surtout au tissage de vêtements d'usage local, avait déjà connu des entreprises industrielles d'envergure, liées cependant au contexte économique bouleversé de la Révolution et de l'Empire. La manufacture des toiles à voile d'Angers et de Beaufort avait ainsi fourni la marine de guerre des ports de Brest et de Lorient. Mais, à la fin du XIXe siècle, Angers développe un entrepreneuriat et un capitalisme modernes, paternalistes, dont l'exemple le plus connu est, en 1901, l'entreprise dirigée par J. Bessonneau, dont l'usine du Mail emploie alors plus de 5 000 personnes. Concentration du capital, création, en 1891, de la puissante Commission des ardoisières d'Angers, puis, en 1894, de sa concurrente, la Société ardoisière de l'Anjou. En 1900, avec 82 000 habitants, Angers, deuxième ville de l'Ouest après Nantes, n'est plus seulement une ville aristocratique et bourgeoise, c'est désormais aussi une ville ouvrière. On avait abattu ses remparts en 1807 et construit, vers 1820, de grands boulevards plantés d'arbres. Sous la monarchie de Juillet, ce sont deux nouveaux ponts, l'arrivée du chemin de fer, l'aménagement des rives de la Maine, avec la construction des beaux immeubles du quai Ligny.

Mais, là encore, une ombre se répand, venue de l'avenir. Un siècle plus tard, ces beaux immeubles dégradés seront détruits selon la logique absurde des années 1970. On crée une voie rapide sur berges, la ville est traversée d'un flot ininterrompu de voitures, les liens sont rompus avec le quartier historique de la Doutre, « d'Outre-Maine », aristocratique, puis révolutionnaire, et enfin, ouvrier.

Née en 1863, Laurence n'a pas 40 ans lorsque ces bouleversements inouïs ébranlent le monde qui l'a vue naître. De grands changements vont être pour elle et les siens le signe assuré que le progrès est en marche. Nous autres, un siècle et quelques décennies plus tard, nous voyons aussi de quelles désillusions cette confiance va être payée, de quelles destructions : une déviation, une perversion de cet idéal. La « Belle Époque », autour de 1900, c'est pour Christophe Prochasson, dans son livre *Les Années électriques*, une notion dévoyée. On travaille dur, on épargne et on vit chichement. « C'est le temps des anarchistes, des grèves ouvrières. De l'affaire Dreyfus et de scandales politico-financiers. Une France hésitant entre l'industrie et l'artisanat, la ville et la campagne, la foi catholique et la laïcité, la rente et le profit, l'Empire et ses départements. »

Sans doute, selon la phrase qu'on prête à Péguy, le monde a-t-il « plus changé entre 1880 et 1914 que depuis les Romains ». En a-t-on bien conscience dans les villages de « la Vallée », dans le bocage du Segréen ou des Mauges ? Plus ou moins. L'élan vers l'avenir que la République incarne est tempéré par l'ancestrale peur du changement, source de bien des maux.

L'Exposition universelle de 1900 doit à la fois établir le bilan du siècle passé et témoigner des espérances du XXe siècle, le tout sur fond de « solidarité », de « paix » et de « fraternité » entre les peuples. On inaugure la première ligne du métropolitain, on a construit le pont Alexandre-III entre les Invalides et les Champs-Élysées, le Petit et le Grand Palais qui bordent l'avenue Nicolas-II, aujourd'hui Winston-Churchill. L'exposition, ouverte solennellement par le président de la République Émile Loubet, le 14 avril, et close le 12 novembre, reçoit 50 millions de visiteurs. Avec, en septembre, le banquet des 20 000 maires.

Depuis l'Exposition internationale de l'électricité qui se tient à Paris en 1881, c'est « l'enchantement du futur » : pour Zola (dans *Travail*), la « fée électricité » résoudra tous les maux de l'humanité à venir. Lors du transfert de ses cendres, Jaurès publie dans *L'Humanité* un éditorial où il exalte son œuvre, et « cette force sublime d'espérance, palpitant dans la grossièreté même de la vie, qui va tout à l'heure entrer au Panthéon[187] ».

Et la province est conviée à partager cette exaltation du progrès, cette confiance qui marque les discours pour l'ouverture de l'Exposition universelle. En Anjou, les journaux locaux rendent compte des dimensions impressionnantes du stand des établissements Bessonneau. Un pavillon des Ardoisières est élevé sur le Champ-de-Mars. La « fée électricité » était du reste entrée aux ardoisières en 1879, à la carrière des Fresnais. Dès 1863, on avait procédé à une expérimentation à la carrière de la Paperie, sous la surveillance de Zénobe Gramme. Puis c'est le tour des grands magasins, ce qui va davantage encore conquérir le peuple, un peu effrayé en même temps, « quoique la lumière électrique soit très blanche et très douce », car on ne sait pas par quelle magie le courant circule. Est-ce qu'il ne risque pas de rester bloqué dans les fils, comme l'eau stagne dans des tuyaux ? L'électricité pour les services publics est pour la première fois évoquée au conseil municipal d'Angers le 9 juillet 1887. Timidement, on se contente le 30 mars 1888 d'électrifier le théâtre. Puis c'est l'arrivée des tramways électriques en 1896. Une usine électrique est installée, fin 1901, avec huit chaudières au charbon. En 1902, progressivement, une à une, les rues sont éclairées. « *Fiat lux !* s'exclame *Le Petit Courrier*. Pour l'éblouissement général ! »[188]

Ces avancées techniques suggèrent à certains que la propagation de l'électricité dans les campagnes serait peut-être une solution à la crise agricole. Peut-être aussi à une amélioration du confort et, ce qui en découle, contribuerait à l'allongement de l'espérance de vie[189]. Mais il faudra attendre 1920. Bertoldi : « C'est la Première Guerre mondiale qui ouvre les yeux à un grand nombre de paysans, notamment aux plus jeunes, qui n'avaient jamais quitté leurs terres : en traversant les grandes villes, ils ont entrevu le progrès apporté par la "fée mystérieuse". » Non sans que de grandes résistances persistent, notamment dans un département limitrophe, la Sarthe. Peut-être parce qu'en même temps on voit disparaître progressivement les marques de l'« ancien temps ». Dans la vallée de la Loire, que le vent d'ouest remonte dans un flux continu et puissant, les moulins à vent petit à petit cessent de fonctionner. Il y en avait huit, rive droite, autour de mon village natal de Savennières ; dont celui de la Roche qui s'arrête définitivement en 1904. Magnifique ouvrage, classé en 1977, constitué d'une tour cylindrique en maçonnerie coiffée d'une toiture conique pivotante. Une tempête lui a arraché ses ailes en 2018.

Avec l'immobilisation des moulins à vent, c'est tout un paysage qui est affecté. Et on ne pense plus à l'immense progrès qu'avaient été au Moyen Âge les moulins à eau, disparus sur jugement du 31 juillet 1854. Chalonnes en possédait un fixé sur trois piles avec une arche marinière permettant le passage des bateaux. Un pont en bois le reliait à l'île. Le général Turreau le fit détruire en 1793 pour priver les Vendéens de ravitaillement.

À partir de 1905, l'orientation de mon livre subit un infléchissement : auprès de mon arrière-grand-mère Laurence, je dois désormais compter avec une présence hautement symbolique, celle de sa fille Laurence, ma grand-mère, institutrice publique à partir de cette année-là. (Elle prendra sa retraite juste avant la Deuxième Guerre mondiale.)

Un des derniers élèves de ma grand-mère (2014).

Cela va nécessairement introduire des modifications dans la vie de mon arrière-grand-mère. D'abord, parce que c'est pour elle un grand sujet de fierté : dans les quelques témoignages que j'en ai, on est frappé par la soif d'instruction que manifestait cette femme peu instruite, par son goût des livres. Et puis, c'est un début d'« ascension sociale » : sa fille est entrée dans un autre monde. Quoique par la « petite porte », le cours supérieur et le brevet élémentaire. On est surpris cependant de la qualité et de l'exigence des questions posées lors de l'examen. Orthographe, grammaire, arithmétique, solfège, dessin, lecture expliquée — « la lecture se fera dans un recueil de morceaux choisis en prose et en vers ; des questions seront adressées aux candidats sur le sens des mots, la liaison des idées, la construction et la grammaire ». À quoi s'ajoutent, naturellement, pour les filles, « sous la surveillance de dames désignées à cet effet par le recteur, des travaux à l'aiguille prescrits par l'article 1er de la loi du 28 mars 1882 ».

L'année où ma grand-mère débute dans l'enseignement, c'est l'année de la loi de séparation des Églises et de l'État, promulguée le 9 décembre 1905 et entrée en vigueur le 1er janvier 1906, qui met fin à la notion de « culte reconnu » et fait des Églises des associations de droit privé. Le vote de cette loi intervient au terme de longs débats et de vives confrontations, qui divisent profondément la société française, et qui expliquent peut-être aussi certains choix municipaux. J'ai signalé dès le début comme hautement symbolique pour mon propos que mon arrière-grand-mère ait terminé sa vie dans une modeste maison entre la rue de la Justice et le quai Victor-Hugo. Lorsque, en 1905, le maire de Chalonnes, le radical de gauche Lucien Frémy, a pris la décision importante, forcément soumise à l'approbation du conseil municipal, de renommer ainsi le quai Saint-Maurille, ce n'est peut-être pas un hasard. À juste titre, Victor Hugo peut être considéré comme l'ancêtre d'une loi qui agite la vie politique ; la loi du 9 décembre 1905 met fin au Concordat napoléonien, et instaure une séparation entre l'État et les Églises. On s'en souvient : « l'Église chez elle, l'État chez lui », s'était écrié Victor Hugo à la Chambre en 1850 lors du houleux débat sur la « liberté de l'enseignement ». Aucune confession ne peut prétendre être religion d'État puisque tous les Français n'ont pas la même, et que certains n'en ont pas du tout. Pas même, selon le Concordat de 1801, « la religion de la grande majorité des citoyens français », parce que cela induirait le traitement particulier d'une Église — et aussi la mainmise de l'État sur les religions.

La neutralisation de l'école se traduit par le retrait des signes religieux, mais elle avait commencé bien plus tôt. Les premiers enlèvements de crucifix ont eu lieu à Paris dès 1881, suite à la décision prise le 9 décembre 1880, par le préfet de la Seine, Ferdinand Hérold. Mais le reste de la France n'a pas suivi. Un nouvel arrêt est pris le 9 avril 1903 par Joseph Chaumié, ministre de l'Instruction publique, précisant que « les emblèmes religieux, de quelque nature qu'ils soient (crucifix, images, statues), ne doivent pas figurer dans les locaux scolaires ». C'est enfin la circulaire du ministère du Commerce, de l'Industrie, des Postes et des Télégraphes sur l'enlèvement des emblèmes religieux, le 23 mars 1904. J'ai raconté ailleurs cette confidence d'une de ses anciennes élèves : lorsque la loi imposa que les crucifix soient retirés de sa classe, « ta grand-mère a pleuré », m'avait-elle dit. Vrai ou faux souvenir ? Cela dit, si elle est authentique, cette anecdote signifie-t-elle que ma grand-mère dut vivre toute sa vie déchirée entre les attachements de son enfance et les obligations de son métier ? Pas nécessairement, au vu des choix que fit à l'époque la République.

La république suppose-t-elle l'incroyance ? C'est ce que redoutait Mgr Freppel et que voudraient en 1905 les partisans d'une laïcité antireligieuse. C'est ce qu'ils n'obtiendront pas. « On peut être anticlérical sans être athée ou hostile à la chose religieuse », note Jacqueline Lalouette dans un article de 1983[190]. En reprenant le mot peut-être apocryphe de Gambetta (« le cléricalisme, voilà l'ennemi ! »), la République s'engage dans une voie nécessaire, et dont elle aurait tort de vouloir s'écarter. L'anticléricalisme, c'est la volonté de barrer toute emprise d'une religion sur la vie politique. L'Église catholique, en France, a dû l'admettre, bon gré mal gré. Et il y a une certaine arrogance chez les catholiques d'aujourd'hui affirmant que c'est l'Église qui a enseigné à la République une séparation présente déjà dans le fameux « Rendez à César ce qui est à César et à Dieu ce qui est à Dieu ». Le fauve rentre ses griffes lorsqu'il comprend qu'on va les lui couper. Dans le même temps, si la République veut installer dans les esprits l'idée que la séparation des ordres est une chose bonne et nécessaire, il lui faut faire savoir qu'elle n'oblige nullement à renier ses convictions intimes. Jules Ferry : respectons un peuple « qui tient à la République mais qui ne tient pas moins à ses processions ».

Cette conclusion, je ne suis pas sûre de l'avoir admise d'emblée. Dans les milieux laïques où j'ai grandi, où j'ai été formée, on n'avait pas beaucoup d'estime ni de considération pour des croyances reposant sur des « vérités révélées » soustraites à toute vérification. Et on était d'autant plus enclin à refuser l'emprise politique d'une religion, que par ailleurs on en rejetait les dogmes. La laïcité, c'était un double combat pour la liberté politique et contre une imposture philosophique. Une étape sur la voie de l'émancipation.

D'où, avant de revenir à la vallée de la Loire et aux aventures du républicanisme sur cette terre, un détour qui s'impose. Par un système philosophique et politique de plus en plus présent à partir des années 1880-1890 sur la scène européenne : le marxisme. La loi de séparation des Églises et de l'État est promulguée le 9 décembre 1905. Mais son principe a été quelques jours plus tôt largement approuvé dans un article de la revue *Novaïa Jizn* (« Vie nouvelle ») par Vladimir Ilitch Oulianov, devenu Lénine en 1901. Et voici ce qu'il écrit : il est bon et nécessaire que la religion devienne « une affaire vraiment privée ». Mais à condition de poser correctement le problème, à condition « de ne pas oublier que l'oppression religieuse de l'humanité n'est que le produit et le reflet de l'oppression économique au sein de la société ». Il se montre ainsi fidèle à ce qu'écrivait Marx, en 1841, dans sa *Contribution à la critique de la philosophie du droit* de Hegel : « La religion est le soupir de la créature accablée, l'âme d'un monde sans âme, de même qu'elle est l'esprit d'un état de choses où il n'est point d'esprit. Elle est l'opium du peuple. » Seule ressource d'un peuple exploité, elle est sa consolation, mais une solution fallacieuse à ses maux. On ne desserrera l'étau de l'emprise religieuse que si on desserre l'étau de la nécessité. Le combat antireligieux, issu de la tradition des Lumières, n'est qu'une « ruse de la bourgeoisie ». Aux yeux de Marx, l'anticléricalisme du XIXe siècle n'est pas allé jusqu'au bout.

D'où la conclusion de Lénine, un demi-siècle plus tard : la séparation des ordres politique et religieux ne suffit pas. L'Église ne doit pas être asservie à l'État, les citoyens ne doivent pas être soumis à l'emprise d'une Église qui apporte sa caution et son soutien à l'ordre dominant, économique et social. Il faut débarrasser l'homme de sa soumission à cette « moisissure médiévale ». Mais seule y parviendra la lutte contre « l'esclavage économique », « cause véritable de l'abêtissement religieux de l'humanité ». Sans avoir encore lu Lénine, c'est sûrement la conclusion à laquelle je me tenais. Ainsi ai-je quelque temps habité près de chez lui. Au figuré, comme du reste au propre. En 1908, Lénine est à Paris. Il a quitté la Russie après une première tentative ratée de révolution en 1905. Après diverses résidences à Longjumeau, puis à Paris, il s'installe en 1909 dans le 14e arrondissement, au 4 rue Marie-Rose. Il prend sa bicyclette pour se rendre à la Bibliothèque nationale, se promène au parc Montsouris. Je suis passée souvent devant sa maison. C'était à quelques centaines de mètres du « Boulevard-Jourdan », l'École normale supérieure de jeunes filles où j'ai été élève dans le début des années 1960, aujourd'hui fusionnée avec celle de la rue d'Ulm. Notre apprentissage politique était tout à fait rudimentaire, la fin de la guerre d'Algérie y avait contribué en nous éloignant vivement de l'hypocrisie républicaine de prétendus « droits de l'homme » à géométrie variable. Quelques élèves, dont j'étais, protestaient vivement contre la présence d'un aumônier : la loi de 1905 n'autorisant la mise en place d'aumôneries que dans les hôpitaux, les prisons et les lycées, c'est-à-dire dans des internats qu'on ne peut pas quitter.

Telles sont les formes par lesquelles j'ai commencé à mettre en question l'idéal républicain que j'avais reçu d'une petite école rurale de l'Ouest clérical. Dans ces années-là, la question de l'« esclavage économique » se fait de plus en plus insistante : d'où ce virage vers l'Est, et sa « grande lueur », que j'opère alors avec toute ma génération — avant de rejeter à jamais les utopies totalitaires. Ce faisant, j'ai été à deux reprises certainement beaucoup plus proche que je ne le pensais de ces « proto-républicains » d'en bas, ces « impropriétaires » dont mon arrière-grand-mère est la figure exemplaire... En prenant au pied de la lettre leur exigence de justice sociale puis, lorsque je vis que la grande promesse était trahie, en remettant au premier plan leur demande d'égalité et de reconnaissance.

Quant à la question religieuse, un ou deux voyages au-delà du « rideau de fer » eurent vite fait de me convaincre que l'athéisme officiel faisait très bon ménage avec des formes nouvelles d'asservissement politique et social. Et, pour rester en France, que l'incroyance ne suffit pas pour faire des républicains ; Maurras était athée (athée catholique, disait-il, en hommage à la puissance conservatrice de l'Église).

Il m'a fallu un peu plus de temps cependant pour comprendre la justesse du compromis voulu en 1905 par les plus modérés, et la sagesse d'Aristide Briand, qui s'opposa à ce qu'on interdise cornettes et soutanes dans les rues. Car, un siècle plus tard, une version maximaliste de la laïcité s'est développée dans certains cercles républicains, qui soupçonnent de séparatisme l'attachement à leur religion de nos compatriotes issus du monde et de la culture musulmans. En refusant de comprendre que, s'ils manifestent leurs croyances parfois agressivement, c'est peut-être parce qu'ils y trouvent une forme d'identité qui leur fut et leur est encore trop souvent déniée. « Au XIXe siècle, note Pierre

Conesa, la colonisation est venue imposer le christianisme comme la norme suprême, faisant entrer par réaction les autres croyances dans le cercle de l'identité à défendre[191]. »

Dans sa croisade contre l'islam de France (confondu habilement avec le djihadisme mondial), un républicanisme pur et dur, un universalisme abstrait fermé à toute revendication d'appartenance réveillent une version maximaliste de la laïcité. Sans aucun doute, le modèle républicain doit s'imposer face à une minorité fondamentaliste, tentée par les formes violentes du refus, portées jusqu'à l'exercice de la terreur. Cela ne se discute pas. Mais les pouvoirs doivent affirmer leur attachement à une forme de la laïcité « attentive à la liberté religieuse et au respect de l'altérité. La visibilité des signes musulmans dans l'espace public ne devrait plus être opposée à l'idée laïque et républicaine[192] ». Il est nécessaire de s'en tenir à ce que posait la loi de 1905 : la neutralité de l'État et de la *sphère* publique, la liberté de conscience et celle de manifester ses convictions dans l'*espace* public. Afin que puissent coexister en paix, dans le respect des principes de la République, les tenants d'une incroyance radicale et ceux qui « tiennent aussi à leurs processions ».

Je séjourne souvent dans la région de Creil, une ville marquée par des événements dramatiques, l'« affaire du voile », l'évasion de Rédouane Faïd, le meurtre atroce de Shaïna. Et dans la médiathèque, où je me rends souvent, je fais régulièrement la même expérience. Les femmes des « quartiers » qui viennent y accompagner leurs enfants portent souvent un fichu. L'interdire, c'est nourrir des prêches séparatistes, c'est leur fermer la voie d'une libre participation à un espace commun. Un espace où il n'y aurait pas de « territoires perdus ».

Revenons à 1905 en Anjou. On imagine comment cet ensemble de lois a été accueilli. Surtout lorsque sera décidé un inventaire des bâtiments et des biens mobiliers des Églises avant leur transfert à des associations cultuelles. Il sera vécu comme une profanation. En mars 1906, on peut lire dans *La Semaine religieuse* : « L'événement d'hier est le plus grave qui se soit, depuis un siècle, accompli dans notre histoire, plus grave que les révolutions successives, car celles-ci, en changeant les régimes, laissaient du moins la vieille France chrétienne debout dans la force de sa tradition [...] La nation française est rayée du nombre des États catholiques. »

Claude Petitfrère, dans les *Annales des pays de l'Ouest*[193], observe que les différents journaux du Maine-et-Loire prennent tous parti violemment contre ces inventaires, notamment lorsque le préfet envoie la troupe cerner les églises. Les manifestations et contre-manifestations se succèdent dans le mois de février. À Trélazé, notent avec horreur plusieurs journaux, il y avait, devant l'église, « une centaine de manifestants qui chantaient *La Carmagnole* ». Le reporter du Maine-et-Loire a, de plus, « entendu les accents de *L'Internationale* ». Comme si pareille évocation ne suffisait à faire frémir le lecteur bien-pensant, il précise : « La bande était composée de carriers. »

Le 5 mars 1906, sous l'impulsion de Mgr Rumeau, évêque

d'Angers, le *Journal de Maine-et-Loire* titre en première page « Grandiose Manifestation Catholique ». On a donné lecture à la cathédrale d'Angers de *Vehementer nos*, la « Lettre encyclique de sa sainteté le Pape Pie X au peuple français sur la fausseté du principe de la Séparation[194] ». Suivie d'un appel vibrant à « l'union des catholiques de France » : « Vous savez le but que se sont assigné les sectes impies qui courbent vos têtes sous leur joug, car elles l'ont elles-mêmes proclamé avec une cynique audace : "Décatholiciser la France." »*

Les propos redoublent de virulence : sacrilège et vol ! La presse s'en prend aux « pharisiens du parlementarisme », aux « faux libéraux » qui, en votant la séparation, ont rendu possible la « terreur ». Elle s'en prend aussi à ce « gouvernement de crocheteurs et d'assassins », au président Rouvier[195], qu'elle qualifie de « mignon des Apaches ». Quant à son successeur Sarrien, c'est un homme qui porte « la bêtise peinte sur le visage ». La droite se dit revenue aux pires temps de la Révolution, dont on va réveiller le souvenir pour galvaniser « tout un peuple, en masses profondes, qui affirme hautement sa volonté de rester catholique » : « C'est 1793 qui revient ! », « la marche à la Terreur ». Mgr Rumeau essaie toutefois de calmer cette violence.

La gauche n'est pas en reste, elle stigmatise et tourne en dérision les « vieilles barbes du cléricalisme », « le camp des fanatiques », l'« obscurantisme de l'Église ».

Dans les Mauges, l'écho s'en prolongera longuement. Le site *Vendeensetchouans* n'hésite pas, un siècle plus tard, à en réveiller les souvenirs. En 2015 encore, il rappelait cette « dernière confrontation violente entre l'Église et la République », dont « il reste chez nous des traces encore visibles dans des portes lacérées de coups de haches, à Saint-Martin de Beaupréau, à La Rabatelière ou encore à Courlay ».

* Cette lecture sera reprise à l'église de la Madeleine, le 11 mars. Encore une de ces églises reconstruites en néogothique (architecte Charles Roques, entre 1873 et 1878). Elle se trouve sur l'axe menant à la Pyramide de Trélazé : sens hautement symbolique ! Car c'est un quartier déshérité, surtout du point de vue de l'hygiène, très éloigné de la Maine et de la Loire. On ouvre un lavoir public, sur la place du Bourg-la-Croix, en 1900.

En mars 1906, les choses s'apaisent à Angers, où l'attention se tourne vers la grande grève des ouvriers des établissements Bessonneau. Et elle est captée certainement aussi par un de ces événements qui scandent l'entrée dans la modernité : l'ouverture du grand magasin Les Dames de France. « Tout à fait distingué ! » dit la presse. « Rien à envier aux magasins de la capitale ! » Marqué par une recherche architecturale et décorative qui sera préservée jusqu'à sa fermeture à la fin du XXe siècle, le magasin des Dames de France vient concurrencer les Nouvelles Galeries, lesquelles, en 1902, avaient surclassé immédiatement le Palais des Marchands. « Le Palais des Marchands ? C'est campagne par rapport aux Galeries. » Les Nouvelles Galeries avaient été conçues par l'architecte Auguste Martin sur le modèle des grands magasins parisiens. Plan centré sur une vaste trémie ouverte par des balcons à tous les niveaux, ossature métallique à la Eiffel. Au sous-sol, articles de ménage, de chauffage, vaisselle et verrerie. Au rez-de-chaussée, « articles de Paris et tissus », au premier, « la confection », etc. Ce qui frappe surtout, c'est « leur chic parisien ».

J'imagine que mon arrière-grand-mère s'est rendue une fois ou deux avec sa fille, dans l'un ou l'autre de ces magasins réputés pour leur élégance et leur modernité, plus encore vers 1907 ou 1908 quand se prépare le mariage de celle-ci. Je les imagine. C'est toute une affaire, en province, à l'époque, que d'aller « en ville » ! À Chalonnes, elles ont pris le train à la gare de l'Onglée, établie à deux kilomètres et demi du centre — « qu'elle aurait pu plus directement desservir », dit Célestin Port dans son *Dictionnaire*. Mon arrière-grand-mère, lourde déjà bien qu'elle ait à peine dépassé la quarantaine, ma grand-mère, dans sa dix-huitième ou vingtième année, fine et légèrement mélancolique, ses magnifiques cheveux relevés en grosses tresses sous son chapeau. Bottines, sacs, parapluies peut-être. On sort de la gare Saint-Laud, construite sur les anciens jardins d'une abbaye, la Visitation ; avec un mouchoir on tapote ses jupes, son mantelet, pour en faire tomber la suie. On gagne le centre par les petites rues, ou par l'imposant boulevard, le plus long et le plus large de la ville, tracé sur une ancienne fortification, et connu alors sous le nom de boulevard de Saumur. Une proposition avait été refusée en 1893 : celle de le baptiser boulevard de la République. Après la Première Guerre mondiale, il deviendra le boulevard Foch. Puis elles descendent la rue d'Alsace, autrefois rue Impériale, rebaptisée après la défaite de 1871.

Parfois, on profite de l'occasion pour aller chez le photographe. L'une des rares photos de grand format que j'aie de ma grand-mère date sûrement d'une de ces échappées. Elle porte une robe au corsage de dentelle ajusté, deux rangs de perles, et son air est sérieux. C'est la photo de ses 18 ans, disait-on. L'année où elle devient institutrice. Je comprends pourquoi elle semble hésiter à sourire. Une responsabilité lui est venue. Il lui faut s'en montrer digne.

Des « quatre races la race blanche est la plus parfaite », écrit Augustine Fouillée dans *Le Tour de la France par deux enfants*, manuel courant de lecture que ma grand-mère utilisera dans sa classe pendant toute sa carrière. Et continua de lire après sa retraite. Je ne voudrais pourtant pas accabler Augustine Tuilerie, peu capable sans doute de se détacher des préjugés raciaux de son époque, mais qui vécut courageusement une longue liaison publique avec le philosophe et sociologue Alfred Fouillée avant de l'épouser lorsque la loi sur le divorce fut votée en 1884.

Qu'est-ce qu'on pensait des « autres races » dans la famille de Laurence ? Mme L., née vers 1890, que j'ai connue enfant, ne manifestait aucune hostilité envers les Africains, mais ils la faisaient rire. « Celui-là ! Qu'est-ce qu'il est noir ! » disait-elle. Mon arrière-grand-mère n'aurait peut-être pas dit autre chose. Encore aurait-il fallu qu'elle en eût rencontré un. Ce n'est qu'en 1893 que s'établit un premier contact concret de la ville d'Angers avec l'Afrique noire. Avec des Dahoméens. (Le Dahomey, actuel Bénin, a été soumis par la France après deux guerres, en 1890 et de 1892 à 1894.)

Le racisme est un effet de la conquête impérialiste de territoires dont il faut vaincre et soumettre les habitants. Laurence, comme tous mes aïeux de ces années-là, était probablement pétrie de ce racisme primaire, transmis dans les familles, nourri des récits de quelques jeunes hommes revenus « d'Afrique » (d'Algérie) ou du Tonkin. Qui s'étaient battus et souvent sacrifiés sans bien savoir pourquoi. Sans que soit remise en question l'idée de l'infériorité des autres « races ». Il se développait parfois aussi une hostilité populaire à ces guerres lointaines et aux sacrifices inutiles qu'elles entraînent. Lorsque le Tonkin, avec toute l'Indochine française, se libéra du protectorat français en 1954, autre anecdote conservée dans les familles, la grand-mère de mon ami B., née comme la mienne dans les années 1880, se tourmenta pendant des jours. « Le cousin Déodat, disait-elle, à quoi ça a servi qu'il aille se faire tuer là-bas ? Tu peux me dire ? » Comprendre le sens de cette interrogation et de cette douleur, c'est faire un premier pas pour saisir la profondeur et la vérité de ces sentiments populaires, qu'on prend souvent pour des signes d'ignorance, d'indifférence, ou de lâcheté.

Mais officiellement, dès les débuts de la conquête de l'Algérie, on exalte les hauts faits de nos soldats, et ils inspirent les jeux des enfants jusque dans de petites bourgades. À Mazagran, en 1840, deux officiers français et cent vingt soldats ont tenu tête « héroïquement » à un lieutenant d'Abd el-Kader. Jules Vallès, né en 1832, « joue à Mazagran » avec ses camarades dans les rues du Puy en 1840, et ils sabrent des Bédouins.

À partir des années 1880, la philosophie officielle du nouveau régime est ouvertement colonialiste. La République ne peut asseoir sa puissance que sur le rayonnement de ses principes hors de son territoire. C'est sa mission d'héritière de la Grande Révolution que de civiliser « les races inférieures » par la diffusion des Lumières. Et, note Gilles Manceron dans *Marianne et les colonies*, l'opposition à la politique coloniale, dans les années 1880, est liée au courant nationaliste, quand monarchistes et cléricaux « cherchent toutes les occasions pour empêcher la République de s'installer durablement ». Mais, du côté républicain, Clemenceau est bien seul, quand il ose le 31 juillet 1885 le célèbre discours : « Devoir de civilisation ! Voilà en propres termes la thèse de M. Ferry, et l'on voit le gouvernement français exerçant son droit sur les races inférieures en allant guerroyer contre elles et les convertissant de force aux bienfaits de la civilisation. Races supérieures ? races inférieures, c'est bientôt dit. » Cette thèse, ajoute-t-il, « n'est pas autre chose que la proclamation de la primauté de la force sur le droit ; l'histoire de France depuis la Révolution est une vivante protestation contre cette inique prétention ».

Exhibition des Dahoméens.

Au cours de la décennie suivante, le clou des grandes expositions industrielles et artistiques sera l'exhibition d'Africains et même de « villages noirs ». Telle la venue à Angers de Dahoméens, à l'initiative de Jules Breton, ex-directeur du théâtre d'Angers, qui organise en juin une grande fête de bienfaisance en faveur des sinistrés du gigantesque incendie de l'atelier de sculpture Moisseron & André, quai des Carmes, le 2 mai 1893. « Afin d'assurer les recettes les plus fructueuses, le syndicat commercial et industriel d'Angers, réuni sous la direction d'Édouard Cointreau, rivalise d'idées, raconte Sylvain Bertoldi. Négociations difficiles, car il fallait obtenir l'adhésion du roi de la tribu de Dahoméens qui ne voulait pas se séparer d'une partie de sa troupe. Le roi finit par accepter [...]. C'est ainsi que six hommes, quatre femmes et leur interprète, un Dahoméen employé dans une factorerie de la maison Fabre de Marseille, arrivent à Angers le 23 juin 1893. Le chef de la petite tribu s'appelle Cou-Cou. »

L'Afrique ne revient à Angers qu'en 1906, sous les espèces d'un « village sénégalais, Soudan, Congo ». À cette époque, la France possède le deuxième empire colonial au monde après celui du Royaume-Uni. Pour l'Exposition coloniale de Marseille, on va constituer des « zoos humains » ; de véritables villages indigènes sont construits et des personnes sont déplacées pour « peupler » ces décors factices. Quelques animaux caractéristiques accompagnent ces populations. Auparavant, ces « villages » sont montrés dans quelques villes. Dont Angers, pour la dixième et dernière exposition agricole, organisée sous l'égide de la Société industrielle et artistique d'Angers.

Exposition d'Angers, 1906, « Sortie des Noirs » (carte postale).

Le succès est immense. Pour les protéger, ou pour protéger les Angevins, on a procédé à une vaccination générale des Sénégalais. Le docteur Barot, futur maire d'Angers et bon connaisseur de l'Afrique noire, s'étend sur la description de leur costume, notamment sur la coiffure des femmes, « élégantes dans leur genre ». Et met les visiteurs en garde : pas de commentaires ou de comportements inappropriés ; il importe que les Sénégalais emportent de France « une impression de grandeur matérielle et morale » (Archives départementales du Maine-et-Loire). Le 9 septembre, c'est leur départ pour Paris et l'Exposition coloniale. Titre de la presse : « Les nègres nous quittent ».

S'est-on rendu, dans ma famille, à Angers, voir le « village nègre » ? C'est peu probable. On a peut-être commenté des articles de journaux, émis quelques commentaires, forcément teintés d'un racisme ingénu, et du sentiment d'une irréductible distance entre « eux » et « nous ».

Il me paraît indispensable d'en dire un peu plus sur le docteur Louis Barot, médecin radical-socialiste qui fut maire d'Angers de 1912 à 1914. Son destin, sa trajectoire en font un personnage rare peut-être mais typique de ces années-là, par la nature et la force de ses engagements. Médecin militaire, il fait un certain nombre de séjours entre 1899 et 1904 au Sénégal, au Soudan français et en Côte d'Ivoire. Mais le site d'un de ses neveux nous en apprend davantage[196]. Le docteur Barot est dit « démissionnaire », lorsqu'il revient s'installer à Angers. C'est qu'on n'a « plus voulu de moi », explique-t-il dans un discours prononcé en 1905 à la Fête universelle de la Paix (« Vive la Solidarité humaine / Vive la Fraternité des Peuples / Vive la Paix Universelle ») dont il est un des initiateurs. Ce discours en dit long sur la présence dans ces années-là, et à Angers, d'un fort courant humaniste, anticolonialiste, pacifiste, minoritaire sans doute mais saisissant : « Je suis d'autant plus fondé à vouloir la Paix universelle que durant les onze années que j'ai servi, j'ai connu la guerre et toutes ses atrocités. [...] Après un de ces combats abominables livrés contre des nègres, plusieurs prisonniers avaient été faits. On parlait de les fusiller. Et alors je me suis écrié : "Le premier Européen qui voudra exercer des violences contre un nègre, je délivre contre lui un certificat d'aliénation mentale. Aux officiers de ma colonne de choisir entre la Cour d'assises et l'asile d'aliénés." Ces théories n'étaient plus de mise dans l'armée. On n'a plus voulu de moi. » Depuis son retour d'Afrique, il est secrétaire général de l'association républicaine Les Bleus d'Anjou. En 1909, il prononce un discours à la mémoire du libre-penseur et pédagogue libertaire espagnol Francisco Ferrer qui vient d'être fusillé. Ferrer a été condamné à mort le 13 octobre par un tribunal militaire à l'issue d'une parodie de procès ; il avait été accusé par le clergé d'être l'instigateur de « la semaine tragique à Barcelone ». (L'armée avait refusé de tirer sur les grévistes qui protestaient contre la mobilisation nationale dans la guerre du Rif.) La colère gagne Paris, et des manifestations éclatent aussi en Italie, à Prague, à New York, en Amérique latine. À Paris, le mouvement s'organise sous la houlette de la CGT, des socialistes de la SFIO (Section française de l'Internationale ouvrière) et des anarchistes.

Francisco Ferrer avait fondé en 1901 l'Escuela Moderna, qui prônait la mixité, l'égalité sociale, et un enseignement fondé sur la raison. Il avait fait un long séjour en France où il avait dû s'exiler, et son républicanisme teinté d'anarchisme y laissera de profondes traces.

Le docteur Barot se manifeste à plusieurs reprises comme un partisan déterminé et un défenseur de l'école publique. Devenu maire d'Angers, il organise le premier baptême civil à l'hôtel de ville ; ce qui lui vaut un pamphlet dans *Le Cri d'Angers* du 20 septembre 1913 : « À M. le docteur Barot, maire d'Angers / Toi qui baptises les enfants / Et transformes l'hôtel de ville / En une chapelle civile / Accueillante aux seuls incroyants... »

Une ombre au tableau : il est condamné en 1945 pour collaboration. Il sera réhabilité par le général De Gaulle. Je n'en sais pas davantage. On voit bien, tout de même, à travers cette esquisse, le cadre qui s'offre, dans mon Anjou natal, à une conscience et à un engagement républicains : anticléricalisme, anticolonialisme appuyé, défense de l'école publique. Et l'hypothèse ou la réalité d'un glissement vers la collaboration en fait partie.

Le grand événement de l'époque moderne, qui a bouleversé de fond en comble l'histoire de l'Europe et du monde, notre espace et nos représentations, c'est la Première Guerre mondiale. Telle était l'opinion du Nobel de littérature Czesław Miłosz qui y voyait le point de départ des totalitarismes et autres exterminations de masse. Le monde n'est plus le même après 1918 ; de grands empires se sont écroulés, l'Empire ottoman, l'Empire austro-hongrois, l'Empire russe. Pour nous qui connaissons tout du déroulement tragique du « terrible XXe siècle », ses débuts semblent un suspens avant la catastrophe. 14-18 : la dimension industrielle d'une guerre occasionnant des millions de morts entraîne une défiance envers le progrès technique, et une inquiétude largement partagée quant à la permanence des valeurs de civilisation, ainsi qu'une première interrogation sur la suprématie de l'Europe. La France notamment a dû puiser largement dans le réservoir colonial de soldats indigènes, qui ont découvert à cette occasion que le maître incontesté avait ses fragilités. Et que devient la croyance en l'ouverture de possibles indéfinis : instruction, développement, vigoureuses luttes sociales pour l'émancipation ouvrière ? Tout a sombré, et devra être repensé à nouveaux frais. Dès les premières années du XXe siècle on devinait qu'un monde nouveau était en train d'éclore, gros de menaces, porteur de changements inouïs, de désillusions.

Risquant de compromettre, voire de ruiner la tenace confiance en un avenir meilleur.

Illusion rétrospective ? Peut-être. Une logique implacable semble entraîner les peuples européens dans la guerre : graves crises dans les Balkans, course aux armements, rivalités coloniales entre les grandes puissances, rivalités franco-allemandes autour de l'Alsace-Lorraine et austro-russe dans les Balkans, enchaînements d'alliances, compétitions multiples jusqu'à la crise de Sarajevo. C'est en Jaurès que s'incarne le fragile espoir de paix. Lui-même voit bien que le monde du nouveau siècle est une poudrière. Ce qu'il faut, dit-il, c'est « surveiller les événements du point de vue de la paix ». Toujours optimiste, il signale que les systèmes d'alliance diplomatiques « ménagent l'un avec l'autre des entrevues, des rapprochements et commencent à paraître comme une première organisation de l'Europe, préparant et ébauchant une alliance plus vaste, l'alliance européenne pour le travail et pour la paix »[197].

Crue de la Loire, 1910.

Mais qu'en sait-on, qu'en pense-t-on, qu'en dit-on, sur les quais de la Loire, dans les cafés, sur les bateaux-lavoirs ? La vie traditionnelle semble ne devoir jamais changer sur ces rives paisibles. Et pourtant, à chaque instant, on frôle le gouffre. Ce que symbolise, pour moi, cette photographie de 1910.

Qu'on regarde un instant ces femmes qui côtoient le désastre sans avoir l'air d'en être affectées. La route familière, une levée, s'est effondrée. Sur un étroit chemin entre l'eau du fleuve et celle de la crue, elles s'en retournent chez elles, comme chaque jour, l'une avec son fagot, l'autre avec une bourriche pendue au bras. Près d'elles on devine un animal. Un chien ? Une chèvre ? Comme celle d'Agafia, la Sibérienne de l'Altaï. Plusieurs de ces femmes ont l'allure de Laurence, mon arrière-grand-mère. La tête couverte d'un fichu de laine noué sous le menton, elles marchent lourdement, les pieds largement écartés.

Ces femmes comme on n'en reverra plus sont les témoins d'un monde qui va disparaître. À Chalonnes, l'important trafic des bateaux de Loire, compromis par le développement du chemin de fer, va s'arrêter définitivement en 1913. Silence sur les quais, au port Chailloux, au port Saint-Maurille, au port Garou, où l'on chargeait le charbon, le chanvre, le vin des coteaux du Layon. C'est une transformation considérable dans la vie économique, dans la vie sociale, dans le paysage, auparavant sans cesse traversé par les grandes voiles et les trains de bateaux qui descendent et remontent la Loire. Changement aussi dans la population de la petite ville, où abondent les constructeurs de bateaux, les mariniers, les bateliers. Avec leurs mœurs, leur langage, les querelles entre les « cul-terreux », riverains, paysans, vignerons, et les bateliers, « chalandous » ou « chie-dans-l'eau ». Les mariniers ont une réputation de grands buveurs, ils mesurent l'eau-de-vie dans une « topette », un flacon de forme conique, renflé de cannelures qui indiquent la mesure. *Tôpette*, en langue angevine, c'est aussi une façon de dire : salut, au revoir, à la revoyure !

Mon arrière-grand-mère habite toujours quai Notre-Dame. Elle a presque 50 ans, elle descend chaque jour au lavoir, l'eau de la

Loire est toujours aussi froide quand on y rince le linge sorti de la lessive bouillante, et les draps mouillés sont toujours aussi lourds. Mais elle reste la même, courageuse et résolue, sa force physique est intacte. Sa première fille, Laurence, s'est mariée le 26 juillet 1908 avec Jean-Pierre, dit Pierre, Sallenave, né à Jurançon dans les Pyrénées-Atlantiques, autrefois Basses-Pyrénées, un jeune homme qui a quitté presque enfant ses Pyrénées natales pour chercher fortune. Je ne sais rien des détails de ce mariage, juste le nom des témoins, sur la déclaration : Jean-Baptiste Marreins, instituteur retraité, 73 ans, et Cyprien Loustau, garde champêtre. Un site généalogique me donne quelques renseignements sur le premier. Jean Baptiste Paul Eugène Léopold Marreins est né en juin 1855 à Saint-Jean-Pied-de-Port. Il a sans doute été son instituteur, avant que mon grand-père encore enfant, devenu orphelin, soit spolié et chassé par ses tuteurs. Quant à Cyprien Loustau, il sera maire de Jurançon entre 1925 et 1929. J'ignore aussi pourquoi ils se sont mariés à Courléon, selon la notice de l'état civil. Était-ce le premier poste de ma grand-mère ? Ou plus probablement le lieu de résidence du futur marié, ouvrier agricole dans un vignoble de la région ? À l'époque, il n'y a pas d'école publique à Courléon, juste l'école privée mixte des sœurs de La Salle-de-Vihiers.

En tout cas, à partir d'une date que j'ignore, ma grand-mère est en poste à Saint-Laurent-de-la-Plaine, et mon arrière-grand-mère fait régulièrement à pied le trajet de cinq kilomètres qui la sépare de Chalonnes pour lui apporter son linge. C'est là que naît mon père, le 7 juillet 1909, unique petit-fils de Laurence Cormeau. Le petit-fils qu'elle élève, pour soulager sa fille de santé fragile, et sur qui elle fixe tous ses espoirs, parce qu'il est vif, curieux de tout, espiègle. La seule image que j'ai de lui enfant, c'est un médaillon à double face, probablement de 1914, car mon grand-père y est en uniforme, donc mobilisé. Mon père, sur l'autre face, a tout juste 5 ans, un col marin, une raie sur le côté, des yeux très noirs, et il se mord l'intérieur des joues — par provocation ou pour s'empêcher de rire ?

Saint-Laurent-de-la-Plaine a été au cœur d'événements dramatiques durant la guerre de Vendée. En 1791, la population avait sombré dans une folie de processions autour d'un chêne miraculeux. Jean-Baptiste Leclerc, le conventionnel chalonnais, fait alors insérer dans le journal du département un « avis aux bons citoyens » où il raille les « quercilâtres ». Le village est ravagé par les colonnes infernales en 1794. En 1909, Saint-Laurent-de-la-Plaine a une école publique de garçons, construite dès 1860 en même temps que la mairie. Et, ouverte un peu plus tard, toujours sous le Second Empire, une école publique de filles, tenue par les Sœurs de la Pommeraye, l'une de ces congrégations enseignantes auxquelles Jules Ferry voudra substituer des institutrices laïques. Ma grand-mère est probablement nommée à la « salle d'asile » qui accueille garçons et filles, si j'en crois une anecdote, restée obscure, que je ne peux vérifier auprès de personne. Dans les années 1910, ta grand-mère, me disait-on, n'avait que deux garçons comme élèves : son fils, né en 1909, et le fils du maire, par obligation plus que par conviction. La loi de 1905 avait poussé les familles en nombre vers l'enseignement privé.

Dans ces années-là, la perspective d'une nouvelle guerre ravive, autour d'un mot enflammé, « la patrie », le souvenir des souffrances de 1870-1871. Mais encore une fois, que signifient, dans la conscience populaire, ces mots : guerre, paix ? Ils ont certainement un contenu précis où n'entrent probablement pas beaucoup de considérations géopolitiques. Mais plutôt une sourde revendication populaire, un pacifisme d'en bas, et un antimilitarisme qui prend diverses formes. Depuis l'opposition simple, radicale, à une institution qui dévore la jeunesse, jusqu'à l'opposition plus savante, plus argumentée des anarchistes. Le tout sur fond d'une horreur de la guerre, qui « traîne au charnier toutes nos espérances » :

Batailles ! ô drapeaux, ô linceuls ! noirs lambeaux !
Ouverture hâtive et sombre des tombeaux !

Victor Hugo, « L'avenir » (1872), in *L'Année terrible*

Ce qui n'empêche nullement une espèce de militarisme populaire, naïf, qui s'exprime dans l'engouement pour la musique militaire. Charriant toute une gamme de sentiments complexes, plaisir du rythme qui soulève les corps, héroïsme à bon marché, souvenirs de régiment, rares occasions publiques d'entendre de la musique, festivités accessibles à tous. Au demeurant, la musique militaire n'atteint pas forcément le but qu'on lui assigne : elle peut aller de pair avec une ironie, un irrespect, voire un antimilitarisme très répandu dans les couches moyennes et basses de la société. Mais c'est un fait : au tournant du siècle, elle rivalise dans la faveur des foules avec le café-concert, dont les refrains ont traversé les époques, comme *Viens Poupoule* (1902) (« Quand j'entends des chansons, ça me rend tout polisson. / Souviens-toi qu'c'est comm'ça / que j'suis dev'nu papa »). Ou *Mademoiselle Rose* qui frôle la grivoiserie et finit par y tomber : « J'ai un p'tit objet qui vous fera plaisir ».

Parmi les marches les plus populaires, *Le Régiment de Sambre et Meuse* (paroles de Paul Cézano, musique de Robert Planquette) : « Le régiment de Sambre et Meuse / Marchait toujours au cri de liberté, / Cherchant la route glorieuse / Qui l'a conduit à l'immortalité. » Défait en 1870, ce régiment était resté auréolé de la gloire acquise sous la Révolution. Y compris dans une version parodique, qu'enfants dans les années cinquante du siècle dernier, nous scandions vaillamment : « Le régiment des fromages blancs / Partit en guerre contre les camemberts... » Ces détournements en disent long : et surtout la défiance populaire devant les grands mots qui cachent de grands sacrifices extorqués. Lorsque se multiplieront en août 1914 les images fallacieuses d'une joie conquérante, celles de mobilisés scandant « À Berlin ! » dans les gares, on croira y voir le résultat d'un patriotisme belliciste enseigné dans toutes les écoles de France. On oublie les manifestations de refus et d'hostilité qui se sont déclenchées un peu partout juste avant la déclaration de guerre. Mais un revirement s'est produit au moment de la mobilisation générale, ces malheureux soldats croyant être revenus dans leurs foyers à Noël montent dans les wagons en multipliant les signes bruyants d'une gaieté factice.

Mais restons un moment sur l'année 1913, « l'année d'avant »... Les documents d'archives nous donnent l'impression que le monde suit une marche somnambulique, où le plus futile alterne avec le plus inquiétant. *Le Petit Courrier* du mardi 11 novembre 1913 fait le point sur « les empoisonnements de Cholet », commente l'enquête « ouverte contre trois fillettes de 9 à 12 ans qui ont trouvé divertissant d'enlever du zinc à la toiture du marché de la place Grégoire-Bordillon », et met en bonne place l'encadré commercial de Mme Paulina, une somnambule (« consultation par correspondance ») qui « voit la guerre se préparer ». La menace de guerre s'accompagne d'une montée de la protestation sociale : on signale que la grève des carriers se poursuit aux ardoisières de Trélazé. Au même moment, deux organes de la gauche républicaine sont fondés à Angers, *Le Ralliement*, « organe hebdomadaire angevin d'action républicaine et socialiste », et *Le Cri populaire d'Anjou*, « contre toutes les réactions »*.

En mai 1913, face à la montée des périls, la classe politique est en quête d'une réponse adaptée. À la Chambre des députés, le débat s'ouvre sur la durée du service militaire. Trois ans, au lieu de deux. Conscription à 20 ans et non plus à 21. En novembre, on enrôlera deux classes au lieu d'une. Jaurès est opposé à « cette loi d'imbécillité monumentale, ce Titanic de sottise et d'arbitraire ». Une pétition dans *L'Humanité* contre la loi des trois ans recueille 730 000 signatures. Au Pré-Saint-Gervais, sur la butte du Chapeau-Rouge, la SFIO organise une manifestation où 15 000 Parisiens hostiles à la guerre brandissent un drapeau rouge.

* Cette même année 1913, à Angers, dans l'ancienne abbaye Saint-Serge, s'ouvre un « Cours secondaire de jeunes filles », à la demande de familles républicaines. Qui deviendra le collège Joachim-du-Bellay puis, après la Deuxième Guerre mondiale, le lycée où j'ai fait mes études secondaires.

Ce que veut Jaurès, il l'a développé dans un livre, publié deux ans plus tôt, *L'Armée nouvelle* : défense nationale et « mêlée sociale ». Réduire la durée du service militaire, organiser des milices citoyennes, armer le peuple, s'appuyer sur les syndicats pour négocier la paix avec les Allemands, décréter la grève générale en cas de guerre. D'où cette observation que fait Jean-François Chanet : le pacifisme n'est pas forcément antimilitariste. « Alain le dit dans son "Propos d'un Normand" à la une de *La Dépêche de Rouen et de Normandie* du 7 juin 1911 : "Le livre de Jaurès sur la guerre était nécessaire. Car le Socialisme en était arrivé chez nous à nier le devoir militaire purement et simplement [...] Or — ajoute Alain — cela est puéril. Si peu que vaille une organisation sociale, il se peut toujours qu'on ait à la défendre contre des ennemis plus barbares encore. Plus une organisation sociale est parfaite, plus cette nécessité de la guerre défensive apparaît clairement."[198] »

Le pacifisme armé de Jean Jaurès est un échec : le président Poincaré souhaite l'adoption de la loi des trois ans, il choisit donc comme premier ministre du gouvernement un socialiste qui s'est prononcé en sa faveur, René Viviani. Prudemment de gauche, prudemment dreyfusard, prudemment laïque, Raymond Poincaré est né en 1860 et son enfance a été marquée par la défaite de 1870, il a même donné le nom de Bismarck à son chien. Après la guerre, il recevra un surnom dévastateur : « l'homme qui rit dans les cimetières ». En fait, il grimaçait, le soleil dans l'œil, quand on l'avait pris en photo lors de l'inauguration d'un monument aux morts*.

La loi « des trois ans » est adoptée le 29 juillet 1913. Elle coûterait très cher : Jaurès suggère donc à son ami Joseph Caillaux, ministre des Finances, de créer un impôt sur le revenu. La droite dénonce une « inquisition fiscale ». Tout s'effondre lorsque la

* Pour la petite histoire, ce que personne n'a su à l'époque : en 1917, sa femme est enlevée dans les jardins de l'Élysée par un orang-outan échappé d'un cirque établi au rond-point des Champs-Élysées. Elle sera vite libérée, et toute information sera rigoureusement bannie sur l'incident.

femme de Joseph Caillaux, ne supportant pas une campagne de calomnies organisée par *Le Figaro*, tue le directeur du journal, Gaston Calmette. Joseph Caillaux démissionne du gouvernement. L'impôt sur le revenu ne sera définitivement adopté qu'en juillet 1914, en contrepartie de l'acceptation par la gauche du service militaire de trois ans. Il sera mis en place le 15 juillet 1914, quinze jours avant le début de la guerre.

Le 31 juillet 1914, Jaurès est assassiné. Le 2 août, la guerre est déclarée. « Les lumières s'éteignent sur l'Europe, nous ne les reverrons plus s'allumer de notre vivant » (sir Edward Grey, ministre des Affaires étrangères britannique).

Me voici donc parvenue au terme d'une tentative peut-être déraisonnable : retrouver les traits d'une figure obscure, oubliée, celle de mon arrière-grand-mère, figure symbolique de ces proto-républicains du petit peuple, convaincus que la république allait accomplir leur aspiration séculaire à la justice, à la dignité, à la reconnaissance. Au départ : une anecdote familiale. Toute sa vie cette simple femme conserva sur sa cheminée une gravure des obsèques nationales de Victor Hugo. La conclusion s'imposait. Il y eut, pendant ces trente premières années de la IIIe République une alliance singulière entre ce nouveau régime et le petit peuple. Mon arrière-grand-mère devenait ainsi le symbole de ces temps où les plus obscurs d'entre les obscurs étaient animés d'une farouche certitude : le temps du peuple était venu. Et pour le comprendre, ou du moins en explorer toutes les significations, parfois ambiguës, j'ai essayé de restituer un monde autour de cette femme issue du profond de « l'en-bas », cette zone où les regards ne s'attardent pas. De reconstituer des scènes montrant sans équivoque que cette espérance était partagée. Et de souligner les résistances qu'elle rencontre.

En résumé, la République, en 1870, pour ces impropriétaires des bords de Loire, ma famille, c'est la « grande promesse » de 1789. N'être rien, aspirer à « devenir quelque chose ». Autour de grands mots. Justice, égalité, instruction, progrès. Qui n'ont pas forcément le même sens selon l'angle sous lequel on les regarde. Pour la première fois, sans doute, ils ont un contenu concret. Un contenu inscrit dans la loi. Le monde a changé, et la résistance des nantis le donne chaque jour à voir, et à comprendre. Cette promesse a-t-elle été tenue ? A-t-elle été trahie ? Il est clair que, vers 1914, beaucoup reste à faire. Dans ces années d'avant la Première Guerre mondiale, la société est profondément hiérarchisée, l'égalité ne règne ni entre les sexes ni entre les peuples, et il faudra attendre 1945 pour que le suffrage dit universel le devienne. L'égalité proclamée par la loi ne s'accompagne ni de la justice économique et sociale, ni d'une véritable égalité démocratique. La grande promesse n'est peut-être qu'un vain mot, à la réalisation toujours repoussée. Il n'empêche : on est en république, et cela veut tout dire.

Sur deux points essentiels, quelque chose s'est produit, qui est venu combler, au moins partiellement, cette aspiration confuse du peuple d'en bas : le progrès et l'instruction. Il faut se souvenir de la dureté de leur condition pour comprendre en quoi, aux yeux des gens ordinaires, la grande réussite de cette république, ce par quoi elle convainc, c'est qu'elle apporte le « progrès ». Sous une forme qui leur convient, dont on découvre les bienfaits au tournant du siècle : le progrès technique et matériel, dont à juste titre ils attendent une amélioration de leur sort. Et en un sens, la promesse a été tenue, nous en avons eu maint exemple, entre 1880 et 1910. Avec de grands travaux routiers, l'arrivée progressive de l'électricité, les grands magasins et, depuis le milieu du XIXe siècle, le développement du réseau ferré. Qui répond d'abord aux besoins du développement économique, mais il s'y ajoute, avec la république, une volonté de désenclaver le territoire et d'unifier la nation autour de son nouveau régime. (Même si, en 1848, des ouvriers s'attaquent aux voies ferrées, symbole honni du pouvoir et du capitalisme naissant.)

Or qu'en reste-t-il un siècle plus tard ? Il faudrait un ouvrage entier pour rendre compte des mutations géopolitiques, économiques, sociales qui ont changé la face du monde. Décolonisation, mondialisation, financiarisation de l'économie. Triomphe, depuis la chute du Mur, de politiques au service d'un néolibéralisme qui livre une population entière au piège mortel d'une croissance destructrice de la planète, et source d'inégalités croissantes. À ce compte, comment la république n'aurait-elle pas entièrement, elle aussi, changé de nature ? Quel sens la grande promesse républicaine peut-elle encore avoir, si elle se confond avec l'aspiration infinie et toujours frustrée à toujours consommer davantage ?

Un premier signe, qui ne trompe pas : ce qu'est devenu le service public, et particulièrement, ce que sont devenus, aujourd'hui, les chemins de fer. Le beau réseau ferré avait vu progressivement se confirmer sa mission républicaine lorsque, en 1937, peu avant sa fin, le Front populaire l'avait nationalisé. Aujourd'hui, rien n'est plus pareil : le statut des cheminots est menacé, la concurrence est introduite, le tracé et le développement des lignes à grande vitesse s'est fait au détriment des voies secondaires et de leur public. C'est justement de là, je l'ai dit, qu'est partie la révolte des Gilets jaunes, fin 2018. Un article récent du *Courrier de l'Ouest* y fait écho en rapportant une protestation de même nature : les habitants du petit village de Savennières, où j'ai passé mon enfance, demandent qu'un arrêt journalier supplémentaire soit prévu sur la courte ligne qui les relie au chef-lieu, Angers. Réponse de l'administration : « Les TGV sont prioritaires. » Des TGV qui passent à grand fracas au pied du village, en détruisent le charme tranquille, mais ne profitent en rien aux villageois. « Les petites lignes sont sacrifiées », commente le maire. On se réjouira donc d'apprendre que dans certaines parties de la province, d'heureuses initiatives ont remis en état le réseau ferré et restauré les anciennes machines. Mais on ne résoudra pas ainsi le redoutable problème de l'éloignement qui frappe les « zones périphériques », où l'absence de service public contraint des populations entières à utiliser des voitures coûteuses en carburant et polluantes.

En émettant leurs protestations vigoureuses et justifiées, les habitants de ces petites villes, bourgs, bourgades et villages, sont fidèles à ce que demandaient, un siècle et demi plus tôt, ceux qui nous ont précédés : ils veulent un chemin de fer public, au service de tous ; ils veulent le désenclavement de leur territoire ; ils protestent contre un déni d'égalité et de reconnaissance ; ils veulent, à leur manière, que le mot de république ait un sens. Celui qu'il avait dans les débuts de la IIIe. À l'heure où tous se disent républicains, dont bon nombre d'héritiers infidèles, la République doit offrir à toutes et à tous l'accès à des modes de déplacement collectifs, sûrs et de coût modéré, en lieu et place de cette privatisation automobile, qui détruit les hommes et les paysages.

Autre signe de la dérive des institutions républicaines, et celui-là, de grande ampleur : l'état préoccupant de notre école. L'école et le chemin de fer, l'alliance ne paraîtra pas incongrue si on a bien voulu suivre cette longue et sinueuse prospection du monde disparu de ces modestes républicains ruraux. Ce qui se traduisait concrètement, du reste, par les carrières qu'embrassaient les enfants du peuple : cheminots ou instituteurs. J'en ai l'exemple dans la famille de ma mère, orpheline élevée avec ses deux frères par une grand-mère sans beaucoup de ressources. Je ne sais quelles étaient les convictions de cette autre arrière-grand-mère ; je sais seulement qu'elle mourut très âgée, et fière d'avoir deux petits-enfants instituteurs, le troisième « aux chemins de fer ». Fonctionnaires, tous trois. Reconnaissants envers la République, qui leur avait offert une forme de sécurité jusque-là inconnue, doublée du sentiment d'œuvrer pour le bien public. La haine ou le mépris des fonctionnaires est le mépris de la république.

Mais restons sur cette question de l'école, essentiellement de l'école élémentaire : nul ne peut nier qu'aujourd'hui trop d'enfants entrant au collège, trop de jeunes au seuil de la vie active ne maîtrisent pas les fondamentaux, notamment en termes de lecture et de compréhension de l'écrit. Nul ne peut nier que cela pèse particulièrement sur ceux qui sont issus des milieux les moins favorisés. La dépossession politique et sociale se dit dès l'enfance dans le rapport à la langue. L'inégalité linguistique devient la plus dangereuse des inégalités devant la transmission des savoirs et, plus tard, dans l'exercice effectif de la vie démocratique. Or l'école ne semble plus aujourd'hui être en mesure d'enseigner une langue exacte, complexe, maîtrisée. Et rien ne changera si, de surcroît, la grave crise de recrutement qu'elle traverse vient mettre en péril la qualité même de ses enseignants.

Or, « avoir de l'instruction », c'est l'un des vœux que j'ai cru repérer très vite chez mon arrière-grand-mère Laurence, qui n'avait été qu'un temps très bref à l'école. L'instruction, par où on conquiert la reconnaissance et une forme première d'« ascension sociale », dans un sens qu'on ne comprend plus très bien aujourd'hui : monter en dignité, accéder à quelques professions moins précaires, s'arracher à la grande dureté des existences d'impropriétaires. Sur ce point, la confiance de Laurence dans la république a trouvé sa récompense et sa confirmation ; sa foi en l'instruction n'était pas vaine. À travers sa fille aînée, d'abord, puis avec son petit-fils, auquel elle achète de beaux livres dans les ventes pour assouvir sa passion de la lecture et qui lui causera la grande fierté de sa vie lorsque, peu après la Grande Guerre, il sera reçu « premier du canton » au certificat d'études. Tel était le prestige de l'école dans ces temps lointains. Le premier du canton faisait l'objet d'une intense admiration dans le petit entourage familial et local, il avait son nom dans la presse régionale, il recevait des cadeaux officiels — pour mon père, ce fut une bicyclette Peugeot dernier cri. Plus tard, comme sa propre mère mais en étant passé par l'école normale, mon père sera instituteur, lui aussi.

On s'étonnera sans doute de lire ici une célébration du « certif' », mais on aurait tort d'y voir la nostalgie du temps des blouses grises. On ne peut avoir de regret d'une époque où les parcours scolaires étaient socialement séparés, dans une école fondamentalement inégalitaire : le certif' pour le peuple, le lycée pour la classe dominante. C'est d'une autre nostalgie qu'il s'agit, opérante et féconde, la nostalgie du lien principiel entre l'école élémentaire et la république. La classe dominante d'aujourd'hui, qui rêve pour ses enfants de brillantes écoles de commerce, comment ne le jugerait-elle pas avec une condescendance appuyée ? Un comédien talentueux, aimé du public, se croit obligé de tourner en dérision son seul diplôme, le certificat d'études, ce « petit morceau de papier pour les exclus du savoir[199] ».

Moqué ou méprisé, considéré comme révolu ou insuffisant, le certificat d'études en étonnerait plus d'un, au vu de la nature, de la variété et de la difficulté des épreuves. Sans doute ne concernait-il qu'une minorité d'élèves, soigneusement choisis et préparés par l'instituteur. Mais j'invite à consulter différents sites[200] qui donnent une idée de ce qu'il était encore dans les années cinquante du siècle dernier. Le texte de la dictée est aussi long que celui de la dictée actuelle du brevet, en fin de collège, deux ans, voire quatre ans plus tard. Surtout, le barême de correction a connu de significatifs allègements : le « cinq fautes égale zéro » de la dictée notée sur 10 est devenu « un quart de point par faute » d'une dictée notée sur 6. Il faut donc vingt-quatre fautes pour avoir zéro.

Ouvrant à de petites carrières publiques pour l'essentiel, le certificat d'études fut le plus modeste et le plus répandu des « titres », le seul que les familles aient possédé (et souvent encadré au mur) jusqu'aux années 1960 ou 1970. De 1880 à 1907, plus de 4 millions et demi d'enfants ont « décroché le certif' » ; la France aura décerné environ 20 millions de certificats jusqu'au milieu des années 1960[201]. C'était, dit Patrick Cabanel, « l'examen par excellence des temps républicains ».

Il est supprimé en 1989 — juste pour le deuxième centenaire de la Révolution française ! La même année disparaissent les écoles normales d'instituteurs, « espèce de nid rectangulaire, administratif, solennel et doux » (Péguy), remplacées quelque temps par les instituts universitaires de formation des maîtres. À partir de la rentrée 1990, les enseignants, de la maternelle au lycée, seront tous formés dans un type unique d'établissement rattaché aux universités.

C'était la conséquence inévitable d'une disparition : celle de l'autonomie de l'enseignement primaire. La création du collège unique en 1975, prenant acte de la prolongation de la scolarité jusqu'à

16 ans, a amputé l'école primaire de ses dernières années, dites « de fin d'études », et en un sens, rompu le lien entre l'école et la république. C'est dans *L'Argent*, paru en 1913, que Péguy mesure l'ampleur de la révolution scolaire qu'avait réalisée la République : il s'agissait de créer un monde commun. « Si nous vivons assez pour atteindre à l'âge des confessions, écrit-il, si tant d'entreprises commencées de toutes mains nous laissent l'espace de mettre par écrit un monde que nous avons connu, j'essaierai de représenter un peu ce qu'était vers 1880 cet admirable monde de l'enseignement primaire. Plus généralement j'essaierai de représenter ce qu'était alors tout cet admirable monde ouvrier et paysan, disons-le d'un mot, tout cet admirable peuple[202]. »

Peut-être le signe le plus visible est-il le changement sociologique dans le recrutement des instituteurs. Un changement radical. Que certains contestent et pourtant : la figure dominante des futurs enseignants est une femme, issue du côté du père en majorité des classes supérieures et des fractions supérieures des classes moyennes. Est-ce une simple ascension en phase avec celle de toute la population active ? Peut-être. Un recrutement de moins en moins populaire, et une féminisation massive ne vont certes pas « abaisser le niveau », comme disent les misogynes, et réduire l'aura de la fonction. Mais le fait est que tout sépare désormais ces nouveaux instituteurs des anciens : leur origine, leur mode de vie. Être instituteur n'est plus du tout une « ascension sociale », c'est parfois tout le contraire. Une distance croissante s'est établie, remarquée par maint observateur, qui aggrave les inégalités sociales pour les élèves issus des milieux populaires. En d'autres termes, l'instituteur n'est plus ce « médecin aux pieds nus », l'enfant du peuple qui rend à la République ce que celle-ci lui a donné. Cette forme-là de sa mission, comment pourrait-elle s'imposer à un enseignant recruté contractuellement selon des critères extrêmement discutables ?

Tout est à reprendre dans la question de l'école. Il ne s'agit nullement de renoncer à prolonger le plus possible l'obligation scolaire ; il s'agit que soit garanti un enseignement élémentaire de qualité. Non pas celui des années d'autrefois où s'arrêtait l'ambition des familles, mais un enseignement des éléments, au sens de Condorcet, qui assure la solidité des bases sur quoi tout ensuite peut être construit.

Ne voit-on pas que cette forme-là de l'école élémentaire manque cruellement à tous les enfants des classes dépossédées, quels que soient leur origine, la religion de leurs parents, et leur degré d'insertion dans la société française ? Une école refondée s'impose, qui s'attaquerait aux inégalités sociales dans leurs conséquences les plus désastreuses, le retard en matière d'instruction et de savoir.

« Il n'y a pas de liberté pour l'ignorant », dit la formule lapidaire de Condorcet. L'instruction doit redevenir une revendication et une promesse d'égalité républicaine. Mais, objecte-t-on, « l'ascenseur social » est en panne, l'école y perd de sa légitimité. Il serait cependant trop facile d'en attribuer la cause à une abstraite « mutation structurelle de l'économie française » après la fin des Trente Glorieuses. La « panne » de l'ascenseur social n'est pas l'effet d'une fatalité économique, elle est le résultat de choix politiques assumant la reproduction des inégalités de richesses, génération après génération. Ce qui exclut de voir le mérite et le travail menacer les positions acquises.

Tout le monde aujourd'hui se dit républicain, mais la république a cessé d'être une promesse qui réenchante le monde. En faisant renaître et en décrivant les frustes espoirs de ceux qui m'ont précédée tout en gardant à l'esprit le récent mouvement des Gilets jaunes, j'ai imaginé comment répondre à l'insatisfaction générale et à un désir profond de refondation. J'ai vu s'ébaucher les contours d'un nouveau « pacte républicain » qui répondrait au besoin de justice sociale et de représentativité qu'expriment nos concitoyens, las des vaines promesses des professionnels de la politique. J'ai vu s'amorcer un avenir et une possibilité d'action politique dans l'alliance entre les gens « d'en bas », habitants des banlieues et habitants des zones pavillonnaires, d'où qu'ils viennent, veilleurs de nuit, livreurs, infirmières, caissières de supermarché, que réunit un même destin, économique, politique et social. Utopie ? Peut-être. Que partage, en tout cas, un musicien, cinéaste et rappeur guadeloupéen d'origine haïtienne, Kery James. Dans plusieurs interviews récentes, il tient à souligner la communauté de situation et de destin qui l'unit, lui, l'enfant de banlieue difficile, aux protestataires en gilet jaune. « On n'est pas condamnés à l'échec », ajoute-t-il : c'est l'instruction, c'est « l'école », qui nous permettra de tenir la tête hors de l'eau. Rien ne peut me réjouir davantage : j'ai simplement peur de lui aliéner quelques sympathies en ajoutant qu'en 2013 il s'est converti à l'islam.

Pour déjouer l'alliance mortifère du libéralisme économique et de la République, pour poser de nouveau les bases de cités justes, populaires, démocratiques, il faut commencer par rendre leur sens plein, leur sens politique aux mots qui soulevaient en 1880 l'espoir des gens d'en bas : justice, égalité, progrès, instruction. Il faut retrouver leur valeur primitive, les arracher au discrédit qui les a frappés. Et, ainsi, face à un pouvoir arrogant, distribuant d'en haut sa parole souveraine, on verra se dresser la figure du citoyen-législateur, innombrable et puissant, car le peuple est comme l'océan :

Il te ressemble ; il est terrible et pacifique.
[...]
Sa vague, où l'on entend comme des chocs d'armures,
Emplit la sombre nuit de monstrueux murmures,
Et l'on sent que ce flot, comme toi, gouffre humain,
Ayant rugi ce soir, dévorera demain.

Victor Hugo, *Les Châtiments*, Livre VI

Rully-Paris, 15 avril 2022.

NOTES

1. Interview « ABC penser », Youtube, 8 février 2022.

2. *Le Petit Courrier*, « organe de l'Appel au peuple pour le département de Maine-et-Loire », fondé le 10 juin 1883, est interdit le 10 août 1944 pour faits de collaboration. Et devient *Le Courrier de l'Ouest*.

3. « 1848-1914. L'ascension d'un peuple » est le sous-titre du livre de Roger Thabault, monographie de son village des Deux-Sèvres, *Mon village. Ses hommes, ses routes, son école*, 1944.

4. Dans *La Débâcle*, 1892.

5. http://expositions.bnf.fr/presse/grandmobile/pre_018.php

6. « ... qui ne le sont jamais » (Bertolt Brecht).

7. Roger Martelli, « La crise de l'idée républicaine », *Futur antérieur*, n° 28, 1995. https://www.multitudes.net/la-crise-de-l-idee-republicaine/

8. Jacques Serieys, « 14 juillet 1789 : la prise de la Bastille... », *Midi insoumis, populaire et citoyen*, 21 octobre 2021.

9. Benjamin Constant, *Commentaire sur l'ouvrage de Filangieri* (1822).

10. Anton Tchekhov, *L'Île de Sakhaline* (1893).

11. « C'est ce qui distingue la solidarité de l'assistance et en fait un instrument de l'égale dignité des êtres humains », Alain Supiot, *in* Bossuet, *De l'éminente dignité des pauvres*, Mille et Une Nuits, 2015.

12. Axel Honneth, dans un entretien avec Catherine Halpern, *Sciences humaines*, janvier 2016.

13. AOC, septembre 2021.

14. Axel Honneth, *La Lutte pour la reconnaissance*, Gallimard, 2013.

15. *L'Assommoir* a été publié en feuilleton dès 1876 dans *Le Bien public*, puis dans *La République des Lettres*, avant sa sortie en livre en 1877 chez l'éditeur Georges Charpentier.

16. Jules Renard, *Nos frères farouches. Ragotte*, Fayard, 1907.

17. Jules Renard, *Poil de Carotte*, 1894, description d'Honorine.

18. Jules Michelet, *Histoire de France*, Livre III, *Tableau de la France*, édition 1893.

19. Cf. Aymeric Kurzawinski, « La France et l'insurrection polonaise de 1863 », *Beskid.com-La Pologne online*.

20. Sylvio Hermann De Franceschi, compte rendu du livre de Nathalie Richard : *La* Vie de Jésus *de Renan. La fabrique d'un best-seller* (Presses universitaires de Rennes, 2015), *Revue d'histoire des religions*, 2020.

21. Émile Zola, *Pot-Bouille*, in *Les Rougon-Macquart*, tome III, Éditions Gallimard, « Bibliothèque de la Pléiade », 1964, p. 373.

22. Cf. ma contribution en avril 2018 à un petit ouvrage collectif publié en soutien à la grève des cheminots, sous le titre « Va, cheminot, chemine ! » (*La Bataille du rail. Cheminots en grève, écrivains solidaires*, Éditions Don Quichotte, 2018).

23. Henry Cormeau, *Terroirs mauges. Miettes d'une vie provinciale* (1912).

24. Rendant compte du livre de François Lebrun, *Les Hommes et la mort en Anjou aux* XVIIe *et* XVIIIe *siècles*, 1971.

25. Étienne Davodeau, *Les Mauvaises Gens*, Éditions Delcourt, 2018.

26. *Educavox*, « Le média des acteurs de l'école », janvier 2017, en ligne.

27. Charles Ménière, pharmacien en chef de l'Hôtel-Dieu d'Angers, publia plusieurs travaux scientifiques sur l'Anjou, et en 1881 un *Glossaire angevin*.

28. Cf. Danièle Sallenave, *L'Églantine et le muguet*, Éditions Gallimard, 2018, « Folio » n° 6861, p. 71.

29. Cf. Victor Hugo, *Quatrevingt-treize*, 1874.

30. Blog de Daniel Jolivet : https://www.flickr.com/photos/sybarite48/19577260624

31. Abbé Deniau, *Histoire de la Vendée, d'après des documents nouveaux et inédits*, Angers, Lachèse et Dolbeau, 1878.

32. Claude Petitfrère, « Les causes de la Vendée et de la Chouannerie, essai d'historiographie », *Annales de Bretagne et des pays de l'Ouest*, 1977. https://www.persee.fr/doc/abpo_0399-0826_1977_num_84_4_2913

33. *L'Express*, 11 juin 2009.

34. Henri Baudrillart, *Les Populations agricoles de la France* (3 volumes, 1885), consultable sur le site de la Bnf, *gallica.bnf.fr*

35. Rita Hermon-Belot, *Aux sources de l'idée laïque. Révolution et pluralité religieuse*, Éditions Odile Jacob, 2015.

36. Bernard Coquet, *Le Dernier des chouans. Louis-Stanislas Sortant (1777-1840)*, Éditions Ophrys, 2007.

37. Sarga Moussa, « L'image des Bédouins dans la Description de l'Égypte », *in* « Anthropologies de l'Égypte, I », *Égypte/Monde arabe*, n° 24, 1995. En ligne : https://doi.org/10.4000/ema.638

38. Victor Hugo, *Napoléon le Petit* (1852).

39. « 1832 — Le Voide, un élu véreux ! », http://chemins-secrets.eklablog.com/un-maire-delateur-a157449206

40. Bernard Coquet, *Le Dernier des Chouans.*

41. « Magdeleine Delaitre, née en octobre 1742 à Saint-Marc (île de Saint-Domingue), Haïti, baptisée le 24 décembre 1742 (lundi) à Saint-Marc (île de Saint-Domingue), Haïti, décédée le 30 août 1823 (samedi) à La Fardellerie — La Tourlandry, 49351, Maine-et-Loire, Pays-de-la-Loire, à l'âge de 80 ans. » (*Geneanet.org*).

42. Cf. https://l-ardoise-fine.over-blog.com/article-33611474.html

43. *Rob Roy* est un roman de Walter Scott, paru en 1817, récit des aventures d'un Robin des Bois écossais.

44. Cf. Jacques-Guy Petit, *L'École de médecine, chirurgie et pharmacie d'Angers au début du XIX*e *siècle*, Presses universitaires de Rennes, 2009.

45. Cf. Philippe Bossis, « Le milieu paysan aux confins de l'Anjou, du Poitou et de la Bretagne (1771-1789) », *Études rurales*, n° 47, 1972.

46. *Ibid.*

47. *Ibid.*

48. Henri Baudrillart, *Les Populations agricoles de la France*, *op. cit.*

49. Philippe Auclerc, « Les crues et les inondations de septembre 1866 », *Loire & terroirs*, n° 98, septembre 2016, p. 14-35.

50. *L'Humanité*, « journal socialiste quotidien », 9 octobre 1904.

51. Sylvain Bertoldi (conservateur des archives d'Angers), « Le Cirque-Théâtre », *Contact, journal interne d'information de la ville d'Angers*, n° 10, 1993, p. 26-27.

52. Cf. Danièle Sallenave, *L'Églantine et le muguet*, *op. cit.*

53. Cf. Philippe Vigier, « Grégoire Bordillon », *Annales de Bretagne et des pays de l'Ouest*, 99-4, 1992, p. 431-440. Numéro thématique « Républiques & républicains d'Anjou ».

54. RS3 de Champtoceaux à Saint-Lambert-du-Lattay. Tracé de 1833 à 1862 : Champtoceaux – Saint-Laurent-des-Autels – Le Fuilet – Saint-Rémy – Montevrault – Bourgneuf – Saint-Laurent-de-la-Plaine – Saint-Lambert-du-Lattay. Route départementale à partir de 1862.

55. Ce pont fut détruit le 19 juin 1940, dans l'intention de ralentir les armées allemandes.

56. http://www.liorac.info/PAGES/instituteurs3a.php

57. Roger Thabault, *Mon village…*, *op. cit.*

58. François Lebrun, *Le Diocèse d'Angers*, Beauchesne, 1981.

59. Nicolas Delahaye et Pierre-Marie Gaborit, *Les 12 Colonnes infernales de Turreau*, Éditions Pays et Terroirs, 1995.

60. Célestin Port, *Dictionnaire historique, géographique et biographique de Maine-et-Loire*, 1878, tome I, p. XLI.

61. Henri Faye (1852-1909), « Les Prussiens en Touraine et en Anjou 1815 », *La Revue de l'Anjou*, 1887, Angers, Imprimerie-Librairie Germain et Lassin. (Consultable sur *gallica.bnf.fr*.)

62. Abbé Onésime Blanchard, *Campagne de 1870-1871* (1893). (Consultable sur *gallica.bnf.fr*.)

63. Jules Renard, *Histoires naturelles* (1896).

64. Ingo Fellrath et Francine Fellrath-Bacart, *La Guerre de 1870-1871 en Touraine. Un nouvel éclairage*, L'Harmattan, 2011.

65. Cf. Étienne Cornut, *Monseigneur Freppel. D'après des documents authentiques et inédits* (1893).

66. Pierre Moreau (né en 1855), « Mémoires d'un instituteur sous la IIIe République ». Extrait mis en ligne par son arrière-petit-fils, Claude Milsant, de Pornic, le 10 mars 2021, sur le site du *Courrier du pays de Retz*.

67. Le régiment du 75e mobiles, Loir-et-Cher et Maine-et-Loire, sera dissous après l'armistice du 28 janvier 1871. Le 11 février, il reçoit l'ordre de se porter au sud de la Loire avec l'ensemble du 16e corps. Il entame sa retraite le 12, est à Angers le 15. Le 3e bataillon retrouve ses blessés au dépôt, il traverse la Loire à Saumur le 17 et cantonne à Saint-Genest d'Ambière. Le 17 mars, c'est à Angers qu'il reçoit l'ordre de dissolution.

68. Angers, Imprimerie Lachèse, Belleuvre et Dolbeau, Chaussée Saint-Pierre, 13.

69. « Le groupe de recherche Achac est un collectif composé de chercheurs en relation avec de nombreuses institutions, équipes de recherche et universités, qui travaille sur les représentations, les discours et les imaginaires coloniaux et post-coloniaux, ainsi que sur les flux migratoires extra-européens. » (Wikipédia.)

70. Jean Giono, *Refus d'obéissance*, Gallimard, 1937.

71. Bénédicte Grailles, « *Gloria Victis*. Vétérans de la guerre de 1870-1871 et reconnaissance nationale », *Revue d'histoire du XIXe siècle*, 2005.

72. Ce commentaire est de la comtesse Dash, nom de plume de Gabrielle Anna de Cisternes de Courtiras, femme de lettres bien oubliée, que cite Georges Vigarello dans son *Histoire des pratiques de santé*, Éd. du Seuil, 1993.

Cf. Sylvain Sionneau, « Les médecines illégales et les médecines populaires en France au XIXe siècle, avec l'exemple du Maine-et-Loire » (thèse), 2013. https://tel.archives-ouvertes.fr/tel-00945371/document

73. https://saumur-jadis.pagesperso-orange.fr/recit/ch31/r31d3acc.htm

74. Émile Beaussire, « La formation spontanée d'une province à la fin du XVIIIe siècle. La Vendée », *La Revue des Deux Mondes*, 3e période, tome 92, 1889 (p. 884-912).

75. https://www.revuedesdeuxmondes.fr/wp-content/uploads/2016/11/c3b0ee6629b5386049d1c14ac13c93a0.pdf

76. Jean-Luc Marais, *Les Préfets de Maine-et-Loire*, Presses universitaires de Rennes, 2015.

77. *Ibid.*

78. Camille Rousset, « La conquête de l'Algérie », *Revue des Deux Mondes*, 3e période, tome 88, 1888.

79. *Le Parisien*, 26 février 2015.

80. Charles-Robert Ageron, « L'insurrection de 1871 en Algérie et son devenir », *Le Monde*, 14 avril 1971.

81. *Ibid.*

82. Rémi Caucanas, « L'insurrection kabyle de 1871 ». https://www.chretiens-delamediterranee.com/livre/l'insurrection-kabyle-de-1871/

83. Bertrand Jalla, « L'autorité judiciaire dans la répression de l'insurrection en 1871 », *Outre-Mers. Revue d'histoire*, 2001, p. 332-333.

84. François-Xavier Fauvelle-Aymar, *L'Invention du Hottentot*, Publications de la Sorbonne, 2002.

85. *Le Monde*, 29 janvier 1971.

86. Étienne Cornut, *Monseigneur Freppel*, *op. cit.*

87. Cf. Michelle Zancarini-Fournel, *Les Luttes et les rêves. Une histoire populaire de la France de 1685 à nos jours*, Zones - La Découverte, 2016, p. 368.

88. Louise Michel, *Mémoires* (1886), consultable sur *gallica.fr*, p. 200.

89. « La répression judiciaire des communards », *Les Amies et Amis de la Commune de Paris*, 11 mars 2021.

90. CRDP d'Aix-Marseille, Centenaire de la mort de Louise Michel, 10-14 janvier 2005.

91. Cf. Danièle Sallenave, *L'Églantine et le muguet*, *op. cit.*, *passim.*

92. *La Coopération*, n° 25, 11 août 1867.

93. Michelle Zancarini-Fournel, *Les Luttes et les rêves, op. cit.*

94. Roger Martelli, « La crise de l'idée républicaine », art. cité.

95. Louise Michel, *Je vous écris de ma nuit. Correspondance générale 1850-1904*, Les Éditions de Paris, 2005.

96. « Documents pour servir à l'histoire d'une république sans républicains » publiés « à la mémoire de Charles Delescluze », Genève, 1871. (Consultable sur *gallica.bnf.fr.*)

97. Cf. Chloé Gaboriaux, « Quand *rural* signifiait "réactionnaire". Le détournement politique du vocabulaire rustique autour de 1871 », *Mots. Les langages du politique*, n° 92, 2010.

98. Raymond Huard, « *Rural.* La promotion d'une épithète et sa signification politique et sociale, des années 1860 aux lendemains de la Commune », *Revue d'histoire moderne & contemporaine*, 1998.

99. Dominique Jobard, « Marx, la terre et les paysans », intervention aux premières rencontres « Actualités de la pensée de Marx » les 5 et 6 décembre 2008 à Sciences Po Bordeaux, organisées par Espaces Marx Aquitaine-Bordeaux-Gironde.

100. Cf. Elvina Le Poul, « Une lecture des *Paysans* de Balzac » (thèse), 2013.

101. Béatrice Didier, « Société rurale, société urbaine chez George Sand », *Cahiers de l'AIEF*, 1994.

102. Raymond Huard, « *Rural...* », art. cité.

103. Cf. Soo-Yun Chun, « "Amis de l'agriculture" (1870-1892) ou comment rallier les campagnes à la République », *Histoire & sociétés rurales*, vol. 20, 2003/2, p. 147-172.

104. Cf. Francine Muel-Dreyfus, https://www.persee.fr/doc/arss_0335-5322_1977_num_17_1_2575

105. « L'instituteur et l'institutrice dans la société moderne », concours organisé par le *Manuel général de l'enseignement primaire* entre les instituteurs et

les institutrices de France, Hachette, 1912 (réponse d'A. Meunier, instituteur à Bugeat, Lozère, l'un des lauréats du concours.)

106. Dans *Les Annales de Bretagne et des pays de l'Ouest*, 23 mai 1897. On peut lire le roman de Léon Frapié sur *gallica.bnf.fr*.

107. Paul Pasquali, *Héritocratie. Les élites, les grandes écoles et les mésaventures du mérite (1870-2020)*, La Découverte, « L'envers des faits », 2021.

108. Cf. Michelle Zancarini-Fournel, *Les Luttes et les rêves*, *op. cit.*, p. 381.

109. http://www.heritaj.bzh/page/ft-46-pays-de-retz

110. Cf. le site de l'Assemblée nationale sur « L'amendement Wallon ».

111. Jean-François Condette, « 1848 : un éphémère printemps de l'école du peuple ? La République, l'Instruction publique et les instituteurs (février 1848-mars 1850) », *Revue d'histoire du XIXe siècle*, 2017-2.

112. Gilbert Nicolas, *Les Instituteurs sous le Second Empire*. https://doi.org/10.4000/histoire-education.271

113. *L'Enseignement de l'histoire à l'école primaire de la Révolution à nos jours*, textes officiels, tome I : *1793-1914*, Institut national de recherche pédagogique, 2007.

114. « Livre de lecture courante contenant la plupart des notions utiles qui sont à la portée des enfants de 8 à 12 ans » (consultable sur *gallica.bnf.fr.*).

115. Cf. l'excellent site *Le temps des instituteurs*.

116. http://toutangers.canalblog.com/archives/2006/08/26/2542847.html

117. Extrait d'une brochure publiée à Angers en 1871 à la mort du comte de Quatrebarbes.

118. Cf. Jean-Marc Guislin, « La liberté de l'enseignement supérieur en débat au début de la Troisième République (1870-1881) », *Revue du Nord*, 2012/1 (n° 394).

119. Pierre Legal, « Dynamique pastorale et identité diocésaine. Le pèlerinage des Vendéens à Lourdes », en ligne, article né d'un ensemble d'échanges avec l'abbé Henri Baudry, archiviste du diocèse de Luçon.

120. https://www.lefigaro.fr/histoire/archives/2018/08/14/26010-20180814ARTFIG00056-1872-des-milliers-de-pelerins-affluent-a-lourdes-pour-prier-la-vierge.php

121. Vassili Peskov, *Ermites dans la taïga*, Actes Sud, 1992.

122. Cf. le récit en ligne « Un jour de plus à Paris » : https://www.unjourdeplusaparis.com/paris-insolite/plus-grand-banquet-des-maires-jardin-des-tuileries

123. Jean-Pierre Bois, « Sensibilité nationale et sensibilité locale. Le 14 juillet 1880 à Angers et dans le Maine-et-Loire », *Annales de Bretagne et des pays de l'Ouest*, année 1992.

124. *Ibid.*

125. Jean-Louis Kérouanton, « Les monuments aux grands hommes de la République à Angers à la fin du XIXe siècle », *Annales de Bretagne et des pays de l'Ouest*, année 1992.

126. Victor Hugo, *William Shakespeare* (1864).

127. Yves Verneuil, « École et religion : enjeux du passé, enjeux dépassés, enjeux déplacés ? », *Histoire, monde et cultures religieuses*, 2014/4 (n° 32), p. 13-27.

128. Cité par Pierre Barral, *in* « Jules Ferry et l'école rurale », *Revue internationale en science de l'éducation et didactique*, 1997, p. 7-16. https://doi.org/10.4000/trema.1836

129. https://www.senat.fr/evenement/archives/D42/deb1882.html

130. Cf. Danièle Sallenave, *L'Églantine et le muguet*, *op. cit.*, p. 367.

131. Frédéric Mole, « L'école unique, une émancipation collective ou individuelle ? Du début du XXe siècle aux années 1930 », *Le Télémaque*, 2013.

132. Jean Chevalier, « Avoir des enfants dans les Mauges au XIXe siècle » (thèse), 2011, https://halshs.archives-ouvertes.fr/tel-02911044/document. Voir aussi : Janine Brouard, *La Naissance, le mariage, la mort en Anjou dans la première moitié du XXe siècle*, GREA, 1984, p. 108.

133. Yvonne Verdier, « La "femme-qui-aide" et la laveuse », *L'Homme*, 1976. Elle est aussi l'autrice de *Façons de dire, façons de faire. La laveuse, la couturière, la cuisinière*, Éditions Gallimard, « Bibliothèque des sciences humaines », 1979.

134. Sur Jean-Baptiste Leclerc, cf. notre *Dictionnaire amoureux de la Loire*, Plon, 2014 à l'entrée « Chalonnes-sur-Loire ».

135. Reportage de France 3 - Pays-de-Loire, juin 2021.

136. Henri Baudrillart, *Les Populations agricoles de la France*, *op. cit.*

137. *Ouest-France*, 19 juillet 2015.

138. Consultable sur *gallica.bnf.fr*.

139. Cf. Daniel Janichon, « Le manuel de langue française au XIXe. L'émergence d'un genre », *Le Français aujourd'hui*, 2006-3 (n° 154).

140. Cf. Site Forum Enseignants du primaire.

141. Cf. l'« État des lieux. Patrimoine industriel. Région Pays-de-la-Loire », de Gaëlle Caudal, chercheuse au service Patrimoine, pôle Recherche et Inventaire (janvier 2010).

142. Le récit en est fait par plusieurs auteurs, dont Émile de La Bédollière mais aussi Prospère-Eugène Barante dans son *Histoire de la Convention nationale* (1851-1853).

143. Edmond Le Roy, « Les blanchisseuses en syndicat » [archive], *Le Gaulois*, 17 février 1889, p. 2, 3e colonne (d'après une notice Wikipédia).

144. Cf. Guy Thuillier, https://www.persee.fr/docAsPDF/ahess_0395-2649_1969_num_24_2_422062.pdf

145. George Sand, *Légendes rustiques* (1858).

146. *Ibid.*

147. *Comment Émile Zola composait ses romans*, Bnf, Ms. fr. 10271, f° 180-182.

148. Jules Renard, *Nos frères farouches…*, *op. cit.*

149. Chloé Leteurtre, « L'offre des lectures pour les lectrices des bibliothèques populaires : 1870-1900 » (thèse sous la dir. de Véronique Sarrazin), université d'Angers, 2019.

150. Marie-Françoise Bastit-Lesourd a mis en ligne en 2014 sur le site *Charlesfourier.fr* de nombreux éléments de cette vie d'exception.

151. Marguerite et Marie-Rose Albrecht, filles d'un capitaine tué près de Saumur en 1940 au moment de l'invasion allemande.

152. André Mercier, « De l'emploi des fientes dans la médecine populaire du XVIIIe siècle », *Bulletin mensuel de la Société linnéenne de Lyon*, 5e année, n° 3, mars 1936, p. 41-43.

153. Sylvain Sionneau, « Les médecines illégales et les médecines populaires en France au XIXe siècle », *op. cit.*

154. Carlo Ginzburg, *Le Fromage et les vers. L'univers d'un meunier du XVIe siècle*, Flammarion, 1980.

155. Cf. Claire Salomon-Bayet, « La gloire de Pasteur », *Romantisme*, 1998.

156. « Aujourd'hui je refais ainsi la définition de la révolution : / Une grande lumière mise au service d'une grande justice. / Ah ! pair de France, le proscrit te dit ton fait » (Victor Hugo, « Moi, l'amour, la femme » in *Océan*).

157. Madeleine Rebérioux, « Socialisme et religion : un inédit de Jaurès, 1891 », *Annales économie, société, religions*, année 1961.

158. Je renvoie naturellement au livre de Judith Perrignon, *Victor Hugo vient de mourir !*, L'Iconoclaste, 2015.

159. *La Croix* (organe des Assomptionnistes), mai 1885.

160. Cf. Jacqueline Lalouette, « Les enterrements civils dans les premières décennies de la Troisième République », *Ethnologie française*, vol. XIII, n° 2, 1983, et Emmanuel Fureix, « Un rituel d'opposition sous la Restauration : les funérailles libérales à Paris (1820-1830) », *Genèses*, 2002/1.

161. Cf. https://www.retronews.fr/journal/le-petit-courrier/28-mai-1885/2205/4858796/1

162. Cf. Jacqueline Lalouette, *La Libre Pensée en France, 1848-1940*, Albin Michel, 1997.

163. http://www.histoire-en-questions.fr/metiers/porteuse%20de%20pain.html

164. *Courrier du pays de Retz*, 3 avril 2015 : « C'est l'heure de la retraite pour la porteuse de pain. Après 25 ans à livrer du pain sur les routes de Rouans et des environs, Jeannine Barreau prend une retraite bien méritée. Retour sur une belle carrière au service d'autrui. »

165. Anne Sauvy, « L'aventure au coin du feu dans les premières années des *Veillées des chaumières* », in *L'Aventure dans la littérature populaire au XIXe siècle*, Presses universitaires de Lyon, 2019.

166. Consultable sur *gallica.bnf.fr*.

167. Son action est décrite dans le livre de Jacques René, *Chalonnes. Histoire des rues et des écarts*, Éditions HCLM, 2019.

168. Jean-Luc Marais, « Pourquoi le Maine-et-Loire n'est-il pas devenu républicain au début de la IIIe République ? », *Annales de Bretagne et des pays de l'Ouest*, 1992.

169. Jean-Clément Martin, « Monseigneur Freppel et la Révolution française », *Annales de Bretagne et des pays de l'Ouest*, 1995.

170. Voir p. 115.

171. https://www.routes-touristiques.com/tourisme/les-circuits/pays-de-la-loire/route-de-la-guerre-de-vendee-en-anjou-circuit-4-maine-et-loire.html

172. Discours prononcé au banquet commémoratif du 17 juin 1889 au siège de l'Association nationale républicaine.

173. Cf. Jean Cognée, « Mémoires du chanvre et chanvriers de la vallée de la Loire » (disponible à l'office du tourisme de Chalonnes).

174. 2005/2 (n° 20), p. 268-285.

175. Jean-Luc Marais, « Pourquoi le Maine-et-Loire... », art. cité, p. 194.

176. Cf. Danièle Sallenave, *L'Églantine et le muguet*, *op. cit.*

177. Cf. Jean-Luc Marais, « Les Bretons, les curés, les patrons. L'immigration bretonne et l'Église à Trélazé et Angers, 1860-1939 », *Annales de Bretagne et des pays de l'Ouest*, année 1989.

178. Cf. Maurice Poperen, *Syndicats et luttes ouvrières au pays d'Anjou*, Laval, 1964.

179. Elle avait été invitée par Émile Hamelin, dit Le Petit Chat, anarchiste, antimilitariste, anticlérical.

180. Cf. *Les Temps nouveaux*, n° 41, 2 février 1901, et n° 47, 16 mars 1901.

181. Voir aussi « Des Apaches à Angers 1903-1905 », *Annales de Bretagne et des pays de l'Ouest*, n° 110-1, 2003, p. 145-160.

182. Pierre Paraf, « La France de l'affaire Dreyfus », *Études renaniennes*, 1977, p. 4-13. https://www.persee.fr/doc/renan_0046-2659_1977_num_30_1_1164

183. Octave Mirbeau, « L'affaire Dreyfus en province », *L'Aurore*, 22 juillet 1899.

184. *Dictionnaire de l'affaire Dreyfus.*

185. Jacques-Guy Petit, « L'Anjou au XIXe siècle : tradition et modernité », *Revue d'histoire du XIXe siècle*, 1990.

186. On peut le voir sur Youtube : https://www.youtube.com/watch?v=KF-CJwUUQ_40

187. Jean Jaurès, « Vers l'avenir », *L'Humanité*, juin 1908.

188. Cf. Sylvain Bertoldi dans *Le Courrier de l'Ouest* du 21 juin 2020, article également publié sur le site des archives de la ville d'Angers.

189. Cf. Arnaud Berthonnet, « L'électrification rurale », *Histoire & Sociétés rurales*, vol. 19, 2003/1, p. 193-219. https://www.cairn.info/revue-histoire-et-societes-rurales-2003-1-page-193.htm

190. Jacqueline Lalouette, « Les enterrements civils... », art. cité, p. 118.

191. *Le Monde*, 6 décembre 2020.

192. Abderrahim Lamchichi, « L'islam de France à l'épreuve de la laïcité et du "vivre ensemble" », *Confluences Méditerranée* 2002/2 (n° 41).

193. Claude Petitfrère, « Angers, 1906 : la presse et les inventaires », *Annales de Bretagne et des pays de l'Ouest*, année 1979. https://www.persee.fr/doc/abpo_0399-0826_1979_num_86_1_2968

194. Encyclique du 11 février 1906.

195. Président du Conseil du 24 janvier 1905 au 18 février 1906. Gouvernement renversé à la suite des troubles provoqués par la crise des inventaires.

196. http://bertrand.auschitzky.free.fr/AppendicesMeynier/B15BAROTFamillesalliees.htm

197. Jean-Pierre Rioux, « Entre guerre et paix. Le monde nouveau vu par Jaurès », *L'Économie politique*, 2007/2 (n° 34).

198. Jean-François Chanet, « *L'Armée nouvelle* : défense nationale et "mêlée sociale" », *Cahiers Jaurès*, 2013/1-2 (n° 207-208).

199. Fabrice Luchini répondant à Augustin Trapenard, le 16 mars 2015, sur France Inter.

200. Par exemple : http://ecolepouilly.free.fr/cep_suj.htm

201. Cf. *France Archives*, le portail national des Archives : https://francearchives.fr/commemo/recueil-2016/39000

202. Charles Péguy, *L'Argent*, in *Œuvres en prose complètes*, vol. III, Éditions Gallimard, « Bibliothèque de la Pléiade », 1992, p. 787.

CRÉDITS

p. 13, p. 206, p. 212 : Collection de l'autrice ; p. 40 : EdiCarto ; p. 45 : Halgaro ; p. 48 : Lesmauges.fr ; p. 56 : vendeemilitaire.com ; p. 74 : Pierre Fréor, La Montagne / fonds Association Saint-Yann ; p. 79, p. 110, p. 231 : Delcampe.net ; p. 98 : wikiAnjou / CC -BY-SA.3.0 ; p. 107 : Delphine Cassereau ; p. 133, p. 171, p. 185, p. 232, p. 239, p. 287, p. 327, p. 331 : Archives départementales de Maine-et-Loire / Angers ; p. 138 : association André Léo / CC -BY-SA.3.0 ; p. 154 : Fonds Association Saint-Yann ; p. 156 : collection KHARBINE-TAPABOR ; p. 205, p. 209, p. 280 :CC -BY-SA.3.0 ; p. 208 : Josse / Leemage ; p. 236, p. 284, p. 286 : BnF, Paris ; p. 270, p. 276 : Maison de Victor-Hugo / Roger-Viollet ; p. 277 : © Musée Carnavalet / Ville de Paris – Paris-musées CCO ; p. 292, p. 313 : Photos de l'autrice ; p. 326 : Clemens Radauer / Humanzoos.com.

CONVERSATIONS CONJUGALES, 1987.
ADIEU, 1988.

Aux Éditions Autrement (« Les villes rêvées »)

ROME, 1986.

Aux Éditions des Femmes

VILLES ET VILLES, 1991.

Aux Éditions Michalon

LETTRES MORTES, 1995.

Aux Éditions Bayard

L'AMAZONE DU GRAND DIEU, 1997.

Aux Éditions Textuel

À QUOI SERT LA LITTÉRATURE ?, 1997.
NOS AMOURS DE LA FRANCE, *en collaboration*, 2002.

Aux Éditions Actes Sud

LES ÉPREUVES DE L'ART, 1998.

Aux Éditions Stock

CARNETS DE ROUTE EN PALESTINE OCCUPÉE, 1998.

Aux Éditions Plon

DICTIONNAIRE AMOUREUX DE LA LOIRE, 2014.

Aux Éditions Descartes & Cie

LE FOND DE L'AIR EST FRAIS, 2015.

Aux Éditions Don Quichotte

LA BATAILLE DU RAIL. CHEMINOTS EN GRÈVE, ÉCRIVAINS SOLIDAIRES, *collectif*, 2018.

Composition : Nord Compo.
Achevé d'imprimer par Normandie Roto Impression s.a.s.
À Lonrai en septembre 2022.
Dépôt légal : septembre 2022.
Numéro d'imprimeur : 2203682

ISBN : 978-2-07-299115-8 / Imprimé en France.

543346